La mystérieuse inconnue

—

Mariée à son meilleur ami

ANDREA LAURENCE

La mystérieuse inconnue

Traduction française de
MORGANE FROGERE

PASSIONS

HARLEQUIN

Collection : PASSIONS

Titre original :
BILLIONAIRE BEHIND THE MASK

HARPERCOLLINS FRANCE
83-85, boulevard Vincent-Auriol, 75646 PARIS CEDEX 13
Service Lectrices — Tél. : 01 45 82 47 47 - www.harlequin.fr
ISBN 978-2-2804-6176-4 — ISSN 1950-2761

Composé et édité par HarperCollins France.
Imprimé en septembre 2021 par CPI Black Print (Barcelone)
en utilisant 100% d'électricité renouvelable.
Dépôt légal : octobre 2021.

FSC www.fsc.org MIXTE Papier issu de sources responsables FSC® C159065

Pour limiter l'empreinte environnementale de ses livres, HarperCollins France s'engage à n'utiliser que du papier fabriqué à partir de bois provenant de forêts gérées durablement et de manière responsable.

- 1 -

C'était une mauvaise idée, mais personne à part Lauren ne semblait s'en rendre compte.

Son entourage avait été ravi de la voir gagner à ce concours radio dont le prix était un relooking, un déplacement en limousine et deux billets d'entrée pour le prestigieux bal masqué de bienfaisance du Texas Cattleman Club. En ce qui la concernait, la nouvelle ne l'avait pas vraiment enthousiasmée car, en toute honnêteté, Lauren Roberts n'était pas le genre de personnes à participer à un concours intitulé « Concours Cendrillon ». Quelle exagération ! Comme si elle allait rencontrer son prince charmant sur la piste de danse ! La dernière fois qu'elle avait mis les pieds dans cet endroit, ça avait été un cauchemar plutôt qu'un rêve devenu réalité.

Non, elle n'était intéressée ni par cette soirée ni par le fait de fréquenter les gens du club. Malheureusement, elle avait été inscrite à son insu par Amy, son amie et employée bien intentionnée. Avant même d'avoir eu le temps de dire ouf, elle s'était retrouvée embarquée pour une journée spa durant un samedi : la journée la plus chargée de la semaine, où elle réalisait son meilleur chiffre d'affaires. Au lieu de cela, elle aurait dû être dans son camion-restaurant garé en centre-ville, là où on pouvait toujours la trouver ! Mais elle devinait que c'était justement le message qu'Amy avait essayé de lui faire passer en l'inscrivant au concours.

Effectivement, elle n'avait aucune vie sociale, ce qui

ne la dérangeait absolument pas. Elle était propriétaire de deux camions-restaurants qui marchaient très bien, et sa carrière en tant que cheffe était en plein essor, ce qui était le plus important à ses yeux. Passer une journée entière à faire des soins vapeur du visage, une manucure et des mèches n'était que perte de temps et d'argent pour Lauren. Ces choses n'avaient aucune importance dans son quotidien : ses cheveux marron étaient toujours coiffés en chignon, donc personne ne remarquerait ses nouvelles mèches caramel, elle faisait plein de soins vapeur avec ses plateaux chauffants destinés à garder les aliments au chaud, et ses jolis ongles étaient invisibles quand elle portait des gants pour servir la nourriture.

Bien qu'elle trouvât tout cela absurde, elle avait fini par s'y résoudre car, que cela lui plaise ou non, si elle voulait trouver un local commercial à Royal et se constituer une clientèle aisée, il lui fallait absolument nouer des contacts avec le genre de personnes qui fréquentaient le club. Motivée par cette idée, elle avait enfilé la robe rouge vif choisie pour l'occasion par l'assistante shopping du concours et avait ajusté son masque en espérant que tout se passerait au mieux.

Tout le monde lui avait dit de s'amuser, de profiter de cette soirée et d'oublier ses camions-restaurants. L'espace d'un soir, elle devait cesser de penser à ses stocks de provisions et ne pas s'inquiéter de savoir si Javier, son cuisinier, avait correctement effectué le dépôt de nuit. Certes, Amy avait la situation en main, mais lâcher prise restait néanmoins difficile pour Lauren. Elle allait sûrement avoir besoin d'un petit remontant, mais elle se sentait capable de le faire… et au fond elle savait qu'elle devait le faire.

Elle n'était plus au lycée et pouvait fort bien passer un bon moment à ce bal. Ce masque orné lui permettait même d'être anonyme, car personne ne s'attendait à ce que la cheffe Lauren Roberts, effacée et bourreau de travail, se trouve au club ce soir. Si elle ne faisait pas partie de ce monde, la mystérieuse femme en rouge en revanche pourrait parfaitement s'intégrer… et passer une soirée formidable.

Il fallait juste qu'elle se décide à sortir de cette satanée limousine.

Le chauffeur l'attendait patiemment devant la portière ouverte depuis un moment déjà. Si ça se trouvait, elle avait même provoqué un embouteillage.

— Madame ? finit-il par demander d'un ton inquiet.

— Oui, je suis désolée.

Elle saisit sa pochette perlée de couleur noire et se força à sortir du véhicule, puis posa le pied sur la première marche menant à l'entrée, avant de s'arrêter à nouveau. L'endroit lui paraissait très différent de ses souvenirs, mais elle n'était plus revenue depuis onze ans après tout. Pourtant même si tout semblait avoir changé, que ce soit le club ou elle, ses sentiments demeuraient identiques : excitation mêlée d'anxiété et d'une pointe de terreur.

Elle se tourna pour voir si la fuite était encore possible, mais la limousine avait déjà disparu, remplacée par un autre véhicule qui déchargeait une foule prête à l'avaler si elle ne se remuait pas. Elle n'avait pas d'autre choix que d'avancer et d'affronter ses peurs.

Lauren souleva le bas de sa robe rouge moulante et monta les marches. Un homme assis derrière une table installée devant la porte vérifiait les billets d'entrée.

— Votre billet, madame ? demanda-t-il

Il était vêtu d'un smoking et portait un masque Guy Fawkes.

— Mon nom devrait figurer sur la liste, répondit-elle. Lauren Roberts ?

L'homme jeta un œil à la feuille posée à côté de lui.

— Le nom indique une entrée pour deux personnes. Attendez-vous quelqu'un ?

— Non, il n'y aura que moi.

Elle avait peut-être gagné deux billets, mais sa vie privée était si inexistante qu'elle n'avait pas été en mesure de se dénicher un cavalier à temps. Elle aurait pu amener Amy, mais elle savait pertinemment qu'elle aurait passé la nuit accrochée à sa meilleure amie. Lauren soupira. Si elle voulait que cette soirée lui soit pleinement profitable, il lui fallait absolument sortir de sa zone de confort et parler à des étrangers.

— Tant mieux pour les hommes célibataires, déclara l'homme.

Ne pouvant voir son expression derrière le masque, Lauren se demanda s'il plaisantait. En tout cas, il semblait tout à fait sérieux. Le relooking avait dû faire des merveilles, car d'habitude elle était complètement invisible pour la plupart des hommes de cette ville, voire inexistante. Est-ce que de simples mèches et une robe glamour pouvaient produire un tel changement ?

— À plus tard, mademoiselle Roberts.

Elle aurait voulu que son masque lui couvre entièrement le visage pour cacher la rougeur d'embarras qui se diffusait sous son fond de teint.

— Merci, bégaya-t-elle avant de se précipiter à l'intérieur, incapable de trouver une réplique pertinente.

Comme elle pénétrait dans le club, le son de la musique, des rires et des voix lui parvint. Elle longea le couloir, passa devant le bureau et la garderie dont elle n'avait aucun souvenir, puis s'arrêta net au seuil de la salle principale.

C'était un peu comme la dernière fois où elle était venue : un éclairage sombre, une musique forte, une mer de corps sur la piste de danse et des gens qui flânaient çà et là. La différence c'était qu'ils n'étaient plus des adolescents mais des adultes : de riches adultes capables d'investir dans son restaurant ou, à tout le moins, de devenir un jour clients. Personne n'allait lui faire de farces cruelles ou se moquer d'elle. Ils étaient simplement en train de s'amuser et de collecter des fonds pour des œuvres de bienfaisance. Il lui suffisait donc de se fondre dans la foule et de passer, elle aussi, un bon moment.

Cette dernière pensée la motiva pour entrer.

— Puis-je vous débarrasser de votre manteau ? demanda la jeune fille qui s'occupait du vestiaire.

Lauren retira sa veste en cuir et la lui tendit. Elle n'allait pas avec sa robe rouge de toute façon, mais ce mois d'octobre était inhabituellement frais pour cette région du Texas. L'automne était sa saison préférée : elle pouvait y tester de nouvelles saveurs pour ses menus, travailler sur les variétés de citrouille, offrir des bonbons en jouant à « un bonbon ou un sort » et ne plus étouffer de chaleur dans ses camions.

Elle devait à tout prix trouver un local commercial, ne serait-ce que pour l'air conditionné. Quand elle se garait quelque part, un générateur faisait fonctionner le matériel, mais pas l'air conditionné. En été, avec les plats chauds, les plateaux brûlants et la chaleur sans répit, elle ne rêvait que de mettre la tête dans le réfrigérateur.

Après avoir récupéré son ticket dans la poche de sa veste, elle le glissa dans sa pochette et parcourut la salle du regard. Remarquant le grand bar central, elle décida que ce serait son prochain arrêt : un verre lui donnerait une contenance et, avec un peu de chance, la détendrait quelque peu.

Ajustant nerveusement son masque de style carnaval, Lauren prit une profonde inspiration et se dirigea vers son objectif. Elle commanda un dirty martini avec olives supplémentaires et repéra un coin sombre d'où elle pourrait observer les gens, le temps de se sentir plus à l'aise.

Elle n'avait encore jamais assisté aux galas de charité du club. Ce genre de fêtes était réservé aux ranchers aisés, qui pouvaient ainsi se fréquenter et obtenir de belles réductions d'impôt tout en faisant une bonne action. Une cheffe de camion-restaurant n'avait normalement ni le temps, ni l'énergie, ni l'argent nécessaires à ce genre de choses. D'ailleurs, elle grimaçait déjà en songeant au prix de sa boisson, mais il était vrai qu'un open bar aurait coûté trop cher aux œuvres caritatives.

Les prix ne paraissaient néanmoins pas choquer les invités. Elle avait entendu l'homme à côté d'elle demander au serveur de mettre cela sur sa note, et bien d'autres semblaient faire de même. La salle était remplie d'hommes en smoking et en stetson noirs, et de femmes vêtues de robes étincelantes et de masques ornés. Tous avaient un cocktail à la main et un sourire aux lèvres. Du moins, d'après ce qu'elle pouvait voir de leurs visages.

L'invitation indiquait que le masque était requis. Certains en portaient de plus discrets, dans le genre du Justicier solitaire, qui permettaient de les identifier. Elle avait d'ailleurs reconnu plusieurs personnes. D'autres, comme l'homme qui vérifiait les entrées, se dissimulaient derrière un masque intégral. Lauren avait opté pour quelque chose d'intermédiaire : un masque noir métallique avec des ornements qui serpentaient autour. Il avait le double avantage de lui offrir un peu d'anonymat et de pouvoir rester en place quand elle buvait et mangeait.

Et comme Amy, son indiscrète d'amie, l'avait suggéré elle n'aurait pas non plus à l'enlever pour embrasser.

Amy, l'éternelle optimiste s'agissant de la vie amoureuse inexistante de Lauren. Comme si une nouvelle robe et un masque étaient suffisants pour la faire tomber dans les bras musclés d'un inconnu ténébreux !

À cet instant, un mouvement à la périphérie de son champ de vision attira son attention. En tournant la tête, elle aperçut un homme séduisant et de grande stature qui s'approchait de son coin préservé. Il était vêtu d'un magnifique smoking noir sur mesure et portait un masque de loup gris qui faisait ressortir les mèches platine de ses cheveux blonds coupés court. Les seules choses qu'elle pouvait distinguer de son visage étaient sa mâchoire carrée couverte de chaume et l'expression mécontente de sa bouche. Le loup ne passait pas un bon moment ce soir.

Il ne la regardait pas et tenait un téléphone portable pressé contre une oreille tandis que sa main recouvrait l'autre. S'il était à la recherche d'intimité et de calme, c'était raté. Il leva rapidement les yeux vers elle et détourna aussitôt le regard, concentré sur son appel, puis s'installa sur un siège à proximité.

Lauren ne comptait absolument pas céder sa place au grand méchant loup. Elle avait trouvé cet endroit la première. Peut-être qu'elle se risquerait à s'aventurer parmi la foule un peu plus tard, mais pour le moment elle n'avait pris que trois gorgées de son martini à douze dollars et elle ne se sentait pas encore assez audacieuse.

Tout à l'heure, se promit-elle en sentant la chaleur de l'alcool se répandre dans ses veines. *Tout à l'heure*.

Sutton Wingate avait décidé de laisser ses problèmes à la porte du club et de passer un agréable moment ce soir, mais ils avaient quand même réussi à le pourchasser jusqu'ici. Compte tenu du déroulement des événements ces dernières semaines, il n'était même pas surpris.

Il s'était montré optimiste lorsque les accusations

avaient commencé à pleuvoir sur sa famille. En tant que directeur financier de Wingate Entreprise, il aurait été le premier informé de tout détournement d'argent ou de trafic de drogue. Tout cela était faux. Ce n'étaient que des rumeurs alimentées par la jalousie et le dépit, et il était alors convaincu que tout finirait par rentrer dans l'ordre. Il l'avait cru jusqu'au moment où les fédéraux avaient gelé leurs avoirs, saisi le ranch et mis toute la famille à la porte.

Il n'était plus aussi optimiste à présent.

Pour le moment, ils avaient tous réussi à retomber sur leurs pieds. Lui et son jumeau, Sebastian, avaient décidé de louer une maison ensemble. Luke et Ezekiel avaient fait de même, et sa mère, Ava, était restée avec Keith Cooper, ce qui faisait sans doute très plaisir à l'« oncle » Keith. Ce n'était pas l'idéal, mais ils tiendraient bon et finiraient par trouver le responsable de cette situation.

Il avait cru que perdre leur fortune et le domaine familial serait la chose la plus difficile à vivre. Mais c'était avant de franchir la porte du club, ce soir.

Son masque de loup masquait son identité et, si quelqu'un le soupçonnait d'être un Wingate, personne n'aurait été capable de deviner s'il s'agissait de Sutton ou de Sebastian. Mais à en juger par la façon dont les invités comméraient sur le scandale qui frappait sa famille, alors qu'il était juste là, ils ignoraient qui il était. Ils devaient probablement penser que les Wingate ne seraient pas assez téméraires pour se montrer en public après tout ce qui s'était passé. C'était mal les connaître dans ce cas.

Ils étaient innocents et continueraient à agir de la sorte, peu importe ce que les autres en pensaient. Leurs amis proches les soutenaient, mais il avait été stupéfait par le nombre d'« amis » qui s'étaient détournés d'eux. Il avait perdu son travail, sa position au sein du conseil d'administration, sa demeure… Il avait même dû vendre sa collection de voitures de sport pour faire face aux dépenses le temps que l'enquête se poursuive. C'était maintenant, plus que jamais, qu'ils avaient besoin de leurs amis. Mais, hélas, ceux-ci semblaient fondre comme neige au soleil.

Sutton espérait de bonnes nouvelles quand son téléphone s'était mis à sonner, peu après son arrivée au club. Mais ce n'était que son avocat qui l'informait qu'il n'avait pas réussi à trouver un acheteur pour sa voiture de sport et qu'il fallait peut-être envisager de la mettre aux enchères. Cette solution lui aurait fait perdre de l'argent, et il devait décider s'il préférait garder son train de vie ou réduire ses dépenses le temps de traverser cette situation financière difficile.

Il ne se considérait pas comme quelqu'un de pauvre – et il ne s'attendait certainement pas à ce qu'on pleure sur son sort parce qu'il ne lui restait plus qu'une seule voiture de sport de luxe –, mais ils avaient tous dû abandonner de nombreuses dépenses extravagantes auxquelles ils étaient habitués. Il disposait de nombreux placements, mais en ce qui concernait les liquidités c'était une autre affaire, et l'équipe d'avocats qui travaillaient pour eux engloutissait leur argent à toute vitesse.

Prouver leur innocence avait un coût.

— Tenez encore quelques jours. Peut-être que nous trouverons finalement un acheteur. Je dois vous laisser, déclara Sutton.

Raccrocher d'avec son bavard d'avocat n'était pas toujours une mince affaire. Après avoir enfin réussi, il glissa son téléphone dans sa poche de poitrine et soupira de désarroi.

Il pouvait à présent se joindre aux festivités et prendre le risque d'entendre les invités médire de sa famille. Cependant il fallait avouer qu'il était beaucoup plus intéressé par la brune aux courbes affriolantes qui se tenait près de lui. Sa robe rouge à perles moulait chaque courbe de son corps. C'était exactement la distraction dont il avait besoin en ce moment.

S'il y avait une chose que Sutton appréciait plus que le moteur ronronnant d'une voiture de sport italienne, c'étaient les femmes. Grandes, petites, minces, voluptueuses... il les aimait toutes. Avec leurs problèmes récents, il n'avait eu ni le temps ni l'énergie de fréquenter le sexe opposé ces derniers temps. La jeune femme sensuelle qui se tenait là lui rappela soudain qu'il était un homme, et non une machine, et qu'il ne pouvait continuer à s'autoflageller éternellement.

Au moins il n'aurait pas à être Sutton Wingate ce soir – le play-boy en proie au scandale et suspecté de trafic de drogue. Il n'aurait pas à voir la lueur d'intérêt disparaître des yeux d'une femme sitôt qu'elle comprendrait que l'homme avec qui elle bavardait pourrait bien n'avoir comme perspective d'avenir qu'un aller simple pour la prison. Ce soir, il n'était qu'un loup affamé à l'affût d'une friandise savoureuse, comme le Petit Chaperon rouge ici présent.

Avec un regain de confiance qu'il n'avait plus ressenti depuis des semaines, Sutton se leva de son siège et s'avança vers la jeune femme, notant au passage que son verre était presque vide.

— Êtes-vous en chemin pour vous rendre chez mère-grand rouge ? demanda-t-il en arrivant par-derrière.

La femme se retourna, et il fut instantanément frappé par son regard brun et intrigué qui le passa en revue. Le milieu doré de ses iris souligna le mouvement de ses yeux, bien que le reste de son visage fût caché. Il attendit sur des charbons ardents qu'elle réponde, priant pour que l'inspection dont il était l'objet soit une réussite.

Les lèvres pleines et couleur rubis de la jeune femme lui adressèrent enfin un sourire narquois.

— Quels grands yeux vous avez ! répliqua-t-elle sur le même ton de la plaisanterie.

— C'est pour mieux voir à quel point vous avez soif, ma chère.

— Ai-je l'air d'avoir soif ? demanda-t-elle en regardant son verre. Je suppose que oui.

— Puis-je vous offrir quelque chose ?

— Vous pouvez. Un dirty martini, s'il vous plaît.

La femme retira la pique de son verre et il attendit, fasciné, qu'elle aspire la dernière olive dans sa bouche et la mâche consciencieusement avant de l'avaler, sans jamais le quitter du regard. Elle avait la bouche la plus sensuelle qu'il ait jamais vue, et peut-être ne pouvait-il s'ôter de l'esprit la vision de ses lèvres contre les siennes parce que c'était la seule partie visible de son visage.

— Extra dirty martini, précisa-t-elle.

Sutton sentit son cœur manquer un battement à l'allusion osée. Il ignorait totalement qui était cette déesse en rouge, mais elle avait déjà toute son attention. Il voulait bien lui offrir tout ce qu'elle désirait, mais ils commenceraient par un délicieux cocktail.

— C'est comme si c'était fait.

Souriant, il se dirigea vers le bar en se forçant à ne pas regarder par-dessus son épaule. Il craignait, s'il se risquait à un coup d'œil, de voir qu'elle était partie. Une telle femme ne pouvait être réelle. Ses courbes, ses lèvres, cette impertinence… Peut-être que le masque ajoutait une touche de mystère à sa personnalité, mais ce n'était pas tout. Il y avait entre eux un courant électrique et une alchimie, qui l'avaient percuté comme une tonne de briques dès l'instant où ses grands yeux marron s'étaient posés sur lui. Il était complètement sous son charme.

Au bar, il croisa le regard du barman et commanda le dirty martini.

— Mettez-le sur ma note, dit-il.

— Avec plaisir, mais qui êtes-vous ? demanda le barman en désignant ses yeux. Les masques, ajouta-t-il.

— Ah oui ! Wingate Sutton.

— Ça sera fait. Pendant une seconde, j'ai cru que vous étiez Sebastian. Je crois que vous portez les mêmes masques ce soir.

Sutton émit un petit rire.

— Oui, nous les avons commandés ensemble sur Amazon à la dernière minute. La plupart des gens n'arrivent même pas à nous différencier sans masque, alors pourquoi leur faciliter la tâche ce soir ? En tout cas, ne le laissez pas mettre ses consommations sur ma note.

Le barman s'esclaffa et glissa le dirty martini vers lui. Sutton était sur le point de le prendre quand il entendit une voix étouffée résonner dans la foule.

— Bonsoir tout le monde, j'aimerais avoir votre attention, s'il vous plaît. J'ai quelques annonces à faire avant que la soirée se poursuive.

Sutton se tourna vers l'estrade, où une femme en robe de dentelle noire se tenait devant le micro. C'était probablement sa sœur Beth, l'organisatrice du bal.

La jeune femme souleva son masque à plumes noires et confirma ses soupçons.

— Devinez qui c'est ? dit-elle avec un petit rire repris par la foule. Tout d'abord, au nom des associations de bienfaisance de Wingate et de tous ceux qui bénéficient de nos efforts, je tiens à vous remercier d'avoir acheté un billet et d'être venus ce soir. En dépit des événements récents, nous sommes déterminés à œuvrer pour nos associations, et cela aussi longtemps que nous le pourrons. Cette branche de la société est mon bébé, et elle compte énormément à mes yeux, donc je tiens à vous remercier personnellement d'être venus nous soutenir. J'ignorais combien nous vendrions de billets ou collecterions de dons cette année, mais j'ai eu tort de douter de la générosité et de la sollicitude des habitants de Royal. En fait, cette année, nous avons vendu plus de billets que jamais !

Sutton savait que l'augmentation de la vente de billets était probablement liée au fait que les gens espéraient un petit drame juteux durant la soirée. Bien sûr il n'irait pas en parler à Beth, par peur de gâcher sa soirée. Elle avait travaillé d'arrache-pied pour cet événement et méritait tout le soutien de la communauté, quelle qu'en soit la raison.

Sa sœur fit une pause, attendant que les applaudissements prennent fin et de pouvoir empêcher ses larmes de couler.

— Si vous ne l'avez pas encore remarqué, il y a toute une série d'incroyables lots qui nous ont été donnés dans le cadre de cette vente aux enchères silencieuses, et qui sont posés le long du mur du fond. Je vous encourage tous à faire monter les enchères le plus vite possible, dit-elle avec un sourire. Et, bien sûr, nous acceptons également les bons vieux chèques à l'ancienne. Si vous souhaitez faire un don en espèces, vous pouvez me trouver près du vestiaire avec mon carnet de reçus. Il faut bien satisfaire ces comptables, n'est-ce pas ?

« Maintenant, avant que nous retournions sur la piste de danse, j'ai une chose de plus à vous dire. Ma jolie sœur Harley, et son fiancé, Grant Everett, ont une annonce à vous faire.

Le couple monta sur l'estrade auprès de Beth et du groupe de musiciens. Harley prit le micro qui lui était tendu et le porta à ses lèvres, tout en se blottissant contre Grant.

— Bonjour à tous. Je ne vais pas vous priver trop longtemps de cette soirée, mais Grant et moi voulions partager une merveilleuse nouvelle. Beaucoup d'entre vous sont comme une famille pour nous, et je sens ces derniers temps que notre famille aurait bien besoin d'un peu de bonheur. Nous allons donc nous marier le mois prochain dans le ranch des Everett. Nous n'aurons pas le temps d'imprimer les invitations officielles, mais nous vous enverrons l'adresse aussi vite que possible. Nous espérons que vous viendrez nombreux fêter cela avec nous.

La foule applaudit comme il se doit, et Sutton se dit qu'une moitié des applaudissements devait être sincère, et l'autre polie. Tout comme pour ce gala, certains iraient au mariage dans l'espoir de dénicher de nouveaux potins, mais Sutton doutait qu'ils trouvent quelque chose à se mettre sous la dent : Harley savait ce qu'elle voulait dans la vie, et elle ne laisserait rien, pas même les coups durs du destin, ruiner son mariage. Elle avait dû faire des concessions sur le lieu de la cérémonie, car son idée de départ avait été de se marier dans la propriété Wingate. Mais, comme ils ignoraient le temps que prendrait l'enquête et le délai nécessaire avant de pouvoir retourner sur la propriété, elle et Grant avaient décidé de ne pas attendre plus longtemps. Le mariage avait déjà cinq ans de retard.

Sa famille descendit de l'estrade alors que la musique reprenait. C'était le signal pour que Sutton attrape son verre et retourne auprès de sa beauté distrayante. Il laissa échapper un lourd soupir de soulagement en voyant que sa mystérieuse inconnue l'attendait toujours.

— Extra dirty, dit-il en lui tendant le verre.

— Vous ou la boisson ? demanda-t-elle avec un éclat dans ses yeux sombres.

Sutton fit claquer sa langue en signe d'appréciation. Elle flirtait comme une déesse, et il n'était pas du genre à être facilement impressionné. Il était certain de connaître tout le monde dans cette ville ainsi que tous les membres du club, mais cette femme était nouvelle et passionnante dans tous les sens du terme. Peut-être qu'elle n'était pas du coin, ce qui était encore mieux. Si elle n'était que de passage à Royal, elle ne savait probablement rien des Wingate et de leurs déboires.

— Peut-être les deux, dit-il d'une voix traînante. Je suis le grand méchant loup après tout.

— Parfait dans ce cas, répliqua-t-elle en souriant avant de prendre une gorgée de sa boisson.

- 2 -

Le « Concours Cendrillon » portait bien son nom. Lauren avait l'impression d'avoir été aspirée dans une sorte de conte de fées, mais à la place d'un bal royal c'était un gala de charité à Royal et, au lieu de danser avec un prince, elle était en train de virevolter dans les bras du grand méchant loup vêtu d'un smoking Armani. Elle s'attendait à tout moment à perdre une chaussure et à se transformer en citrouille, mais minuit passa, et le doux et séduisant prince la tenait toujours dans son étreinte.

Elle n'arrivait à croire ni à la situation ni à la façon dont elle se comportait. Le masque conférait à cette rencontre une certaine magie, à laquelle elle ne s'était pas attendue. Il la rendait plus audacieuse, effrontée, et plus qu'insouciante. Au milieu de cette foule d'inconnus sur la piste de danse, il lui faisait dire des choses qu'elle n'aurait jamais osé dire autrement.

Son soupirant masqué ne l'avait pas quittée de toute la soirée. Ils avaient dansé, consulté attentivement les enchères silencieuses et grignoté des hors-d'œuvre posés sur des plateaux qu'ils avaient sélectionnés entre deux danses. Il y avait un large choix de crevettes cocktail, boulettes de viande douces et épicées, crostinis couverts de caviar et d'endives accompagnées de crabe et de bleu. Il manquait néanmoins un petit quelque chose qu'elle remarqua en tant que cheffe, sans oser le dire.

Elle mangea donc autant qu'elle put, espérant que la

nourriture aiderait son estomac à ne plus jouer les montagnes russes. Rien n'y fit, car si son estomac était noué ce n'était pas à cause de son ventre vide ni de l'alcool : c'étaient ses nerfs.

La soirée se terminait et, à en juger par la façon dont son compagnon la tenait durant la danse, leur histoire était sur le point de déboucher sur autre chose. Était-elle prête pour cela ? Quand les yeux verts la fixèrent à travers le masque, elle sentit au plus profond d'elle une forte attraction.

Oui.

Elle était prête à accepter tout ce que son beau prétendant masqué avait à offrir. Ce soir, elle ferait ce qui lui plairait, et non ce qui était le mieux pour les affaires : elle ferait ce qui était le mieux pour Lauren. Et en ce moment elle était incapable de trouver une seule raison de ne pas se donner corps et âme à cet homme séduisant et éloquent qui la tenait dans ses bras. Elle se consacrait depuis tant d'années à son entreprise, privant son corps du plaisir auquel il aspirait auprès d'un homme. Elle était fatiguée d'être seule.

La chanson sur laquelle ils dansaient se termina, et au lieu de la relâcher son partenaire l'attira plus près. La sensation de son corps ferme et musclé plaqué contre elle fit battre son pouls à tout rompre. Il ne pouvait pas le voir, mais elle rougissait probablement comme une écolière sous son masque. Elle passa les bras autour de son cou et pressa ses seins contre le mur ferme de son torse.

Son mystérieux cavalier l'observa, la mâchoire crispée.

— Viens avec moi, Rouge, dit-il après une profonde inspiration.

Son expression avait soudain changé : il ne lui proposait pas d'aller prendre un verre avec lui ni jeter un œil sur les enchères. Non, elle avait parfaitement conscience de ce qu'il lui demandait, et elle était plus que désireuse de le suivre. Elle accepta la main qu'il lui tendait et le laissa la guider hors de la piste de danse.

Ils coupèrent à travers la foule et, au lieu de se diriger vers la sortie, s'enfoncèrent plus profondément dans le club.

— Où allons-nous ? chuchota-t-elle.

Elle n'était pas très familière du lieu, mais lui si visiblement. La nervosité de la jeune femme augmentait à mesure qu'ils s'enfonçaient dans les méandres de l'établissement. Elle dut se remémorer qu'il cherchait un endroit intime et non un sujet de moquerie, afin de pouvoir continuer à le suivre.

— Je pensais que tu serais peut-être intéressée par une partie de billard.

Il ouvrit une porte, et ils entrèrent dans une pièce sombre. Elle commença à se détendre en distinguant une grande table de billard en chêne au centre de la pièce, éclairée par le clair de lune qui filtrait par une fenêtre. Tout autour étaient disposées de hautes tables de bar, et contre les murs des porte-queues. Ça ressemblait parfaitement au genre d'endroit fréquenté par des cow-boys pleins aux as.

Lauren s'avança dans la salle et laissa ses doigts manucurés glisser sur le revêtement en feutre de la lourde table de billard. Elle posa sa pochette et se tourna vers lui en s'adossant à la table.

— Vraiment ? dit-elle avec un sourire espiègle qui trahissait sa nervosité. Tu m'as amenée dans cette pièce sombre et privée pour que nous puissions jouer… au billard ?

La lumière provenant du couloir souligna le sourire amusé de l'homme, avant qu'il referme la porte et soit dissimulé par les ténèbres.

— Pas exactement.

Elle distingua vaguement sa silhouette et devina qu'il quittait sa veste de smoking et la jetait sur un tabouret, non loin.

— Je me disais que nous pourrions peut-être jouer à un petit jeu, ajouta-t-il.

— Je suis tout ouïe, murmura-t-elle, espérant masquer sa nervosité par ses paroles aguichantes.

— Je pensais à quelque chose d'un peu plus intime que le billard. Un jeu où nous pourrions tous deux être gagnants.

— Est-ce qu'à ce jeu il y a également du bois, des boules et des griffures de temps à autre ?

— Bon sang, je l'espère, souffla-t-il. Qu'en dis-tu ?

— Ça me paraît amusant. Je suis partante, mais j'ai une condition.

Il se redressa et enfonça les mains dans ses poches.

— Quoi donc, Rouge ?

— Les masques resteront en place, et la lumière sera éteinte.

Elle tenait à maintenir le mystère ; son attitude bravache ne tiendrait pas sans cela. Elle était peut-être désireuse de se donner à cet homme, mais le fait de se retrouver à nouveau dans cet endroit après tant d'années lui faisait ressentir le besoin de se protéger.

Il s'approcha sans rien dire, hésitant juste un instant avant de la soulever et de la poser sur la table de billard. Elle laissa échapper un petit cri de surprise et s'accrocha à lui pour garder l'équilibre. Il la plaqua aussitôt contre lui avec avidité.

— Waouh, murmura-t-elle contre sa gorge.

Elle l'entendit s'esclaffer doucement avant qu'il desserre légèrement son étreinte.

— J'espère que ce ne sera pas la dernière fois que tu diras ça ce soir.

Il l'embrassa alors avec une intensité telle qu'elle sentit sa tête tourner dangereusement, et les minutes suivantes se passèrent dans un agréable flou. Sans se détacher un seul instant de sa bouche, il fit remonter sa robe perlée le long de ses jambes.

— Comment trouves-tu mon jeu jusque-là ? demanda-t-il d'une voix rauque.

Il se plaça entre ses cuisses et prit ses fesses en coupe pour la tirer durement contre l'érection lancinante qui appuyait contre son pantalon.

Lauren eut d'abord le souffle coupé de le sentir si intimement pressé contre elle, mais elle passa rapidement les jambes autour de sa taille pour le maintenir en place.

— C'est beaucoup mieux que le billard, dit-elle.

Elle se pencha pour l'embrasser à nouveau et, comme elle lui mordillait doucement la lèvre, ils atteignirent rapidement le point de non-retour. C'était réellement en train de se produire. Elle avait une aventure avec un inconnu. En public. Cette pensée suffit à faire courir des frissons sur tout son corps. Ils s'explorèrent mutuellement, bataillant contre boutons et fermetures à glissière et repoussant coton et satin afin d'atteindre la peau nue qu'ils recherchaient désespérément.

Lauren ne pouvait se lasser de son homme masqué. Entre les pans de sa chemise de smoking ouverte jusqu'à la taille, elle toucha son torse merveilleusement ferme dont les poils lui chatouillèrent les paumes. L'odeur chaude de sa peau lui taquinait les sens, la poussant à enfouir le visage dans son cou et à le goûter. Il laissa échapper un grondement sourd qui vibra contre ses lèvres et ses doigts. Elle n'était peut-être pas une experte en matière de séduction, mais elle semblait faire un sans-faute avec lui.

Les mains du loup se déplacèrent sur ses cuisses, poussant l'épaisse étoffe de sa robe plus haut.

— Soulève les hanches, Rouge.

Elle s'exécuta, et sa robe se retrouva enroulée autour de sa taille, donnant à l'inconnu un libre accès à toute cette zone.

C'était exactement ainsi qu'il semblait la vouloir. Il saisit sa culotte et la tira sur ses jambes, s'arrêtant le temps de lui retirer ses chaussures à strass et de les laisser retomber au sol, ainsi que la culotte.

Si la lumière avait été allumée, Lauren se serait sentie incroyablement exposée, mais l'obscurité lui offrait une liberté inattendue. Son partenaire ne pouvait la voir qu'avec les mains, ce qui était parfait pour elle.

Alors qu'il se relevait, il posa à nouveau les paumes sur ses jambes et s'aventura à l'intérieur de ses cuisses, les caressant et les écartant légèrement. Lauren sentit l'air frais s'infiltrer sur sa chair exposée, mais la sensation fut rapidement suivie par la chaleur humide de son souffle.

Ne s'attendant pas à recevoir la caresse de sa langue, elle haleta et se tortilla contre le bord de la table de billard. À mesure des coups de langue dispensés sur sa chair lancinante, son esprit se vidait de tout. Plus rien n'existait à part les vagues de plaisir qui pulsaient à travers son corps. Elle dut se pencher en arrière et prendre appui sur les coudes pour ne pas s'effondrer entièrement. Elle se cambra et griffa futilement le revêtement en feutre. En quelques minutes, cet inconnu avait réussi à provoquer en elle des sensations enivrantes totalement inédites. Il la maintenait à la frontière de l'orgasme, et cela en la touchant à peine.

— Allonge-toi et détends-toi, ordonna-t-il en levant brièvement la tête.

Lauren ne put faire autrement que de se soumettre. L'homme déplaça ses jambes sur ses épaules et repoussa ses genoux vers sa poitrine. Après l'avoir ainsi épinglée sur la table, il lança un nouvel assaut sur son sexe.

Elle n'avait encore jamais vécu quelque chose de semblable. Elle ne pouvait ni échapper aux sensations ni s'écarter de sa bouche, et avant même qu'elle s'en rende compte un orgasme puissant la balaya, plus fort que tout ce qu'elle avait jamais ressenti. Elle se mordit la main pour ne pas crier, le temps que la vague de plaisir s'estompe, mais l'inconnu n'en resta pas là. Il l'épargna un petit moment, la laissant reprendre son souffle avant de recommencer. Elle ne pensait pas que ce fût possible, mais elle jouit presque aussitôt, plus fort que jamais.

— Arrête, s'il te plaît, haleta-t-elle, le souffle coupé, en repoussant sa tête pour le stopper.

Elle n'était pas sûre de pouvoir supporter un troisième orgasme si tôt.

Il céda, abaissant ses jambes et les laissant retomber mollement sur le bord de la table.

— Tu en as déjà assez ? demanda-t-il.

— Assez avec ça. Maintenant c'est toi que je veux. Tu comptes me faire attendre encore longtemps ?

Il se releva et posa les mains sur ses genoux tremblants.

— Pas longtemps. Je dois juste m'occuper d'un dernier détail important.

Lauren regarda la silhouette sombre se déplacer dans la pièce, vers l'endroit où il avait laissé sa veste de smoking, et fouiller dans ses poches avant de revenir vers son corps encore frissonnant.

Se replaçant entre ses cuisses, il posa quelque chose sur la table de billard, à côté de sa hanche nue. Le clair de lune révéla l'emballage en aluminium du préservatif qu'il était allé chercher. Heureusement qu'il était prévoyant. Ce qui se passait en ce moment était tellement aux antipodes du comportement habituel de Lauren qu'elle n'aurait jamais eu l'idée d'avoir des préservatifs dans son sac à main.

Elle entendit le cliquetis de sa ceinture et le bruit d'une fermeture Éclair, puis le sentit prendre le préservatif pour le mettre en place. Ses mains puissantes saisirent alors ses hanches, et il la pénétra en une poussée lente et régulière. La chaleur intense qui s'enfonçait dans son corps accueillant était un plaisir qu'elle s'était longtemps refusé. Bâtir son entreprise ne lui laissait pas beaucoup de temps pour avoir une vie sociale. Elle fréquentait des hommes, ici et là, mais rien de sérieux. Comment pouvait-elle sortir avec quelqu'un, dans une ville où personne ne la prenait au sérieux ? Cela faisait si longtemps qu'elle était célibataire qu'elle avait du mal à réaliser ce qui était en train de se passer.

Lauren se redressa sur la table et enroula les jambes autour de la taille de son inconnu et les bras autour de son cou. Pressant ses seins recouverts de satin contre son torse solide, elle se pencha à son oreille.

— J'ai tellement envie de toi, lui murmura-t-elle avant de lui mordre doucement le lobe.

Il dut aimer ça, car il frissonna dans ses bras et s'immobilisa, peut-être pour reprendre le contrôle. Mais il menait une bataille perdue d'avance, car cette aventure incroyable les tenait tous deux sur le fil tranchant du désir. Il posa les mains sur son dos et la tira brusquement vers lui, si près du rebord de la table qu'elle serait tombée sans son soutien. Puis il lui donna ce qu'elle demandait. Il la remplit encore et encore, allant et venant avec force dans son corps tremblant.

Il ne connaissait ni son nom ni quoi que ce soit à son sujet, mais semblait pourtant savoir exactement de quoi elle avait besoin. Elle n'aurait jamais cru être capable de répondre si vite à ses assauts, mais elle était sans conteste à nouveau au bord de la jouissance. Elle s'accrocha à son grand et méchant loup, haletant et gémissant contre son épaule.

Alors que la délivrance de Lauren approchait, son corps se tendit et ses cris augmentèrent. Il répondit en redoublant d'ardeur et en accentuant la cadence de ses va-et-vient. L'orgasme la balaya instantanément, et elle s'écroula contre lui, mordant son épaule pour s'empêcher de crier. Quand elle se tut enfin et s'immobilisa, il poussa une dernière fois en elle et la rejoignit dans la jouissance avec un profond gémissement de satisfaction.

Ils s'effondrèrent d'un même mouvement sur la table de billard, et après un moment il roula sur le côté pour s'allonger près d'elle et reprendre son souffle. C'était étrange d'être étendus ensemble dans l'obscurité totale de la pièce, d'entendre les voix et la musique provenant de la grande salle à quelques pas de là.

Elle s'attendait à ce que le loup dise quelque chose, mais ils gardèrent tous deux un silence confortable. Peut-être trop même. Après quelques minutes, sa respiration se stabilisa et ralentit. Il s'était endormi à côté d'elle. Elle fut tentée de se blottir contre lui et de céder également à l'attrait du sommeil, mais elle devait partir.

Le matin ne leur apporterait que de la déception : cela ne faisait aucun doute pour Lauren. Elle n'était pas la séductrice glamour qu'elle avait prétendu être ce soir. Elle n'avait jamais fait quelque chose qui lui ressemblait si peu. Rester ici signifierait que son amant apprendrait la vérité, ce qui gâcherait tout.

Se déplaçant aussi silencieusement que possible, Lauren descendit de la table. Elle abaissa sa robe sur ses jambes et chercha ses affaires dans l'obscurité.

Regardant par-dessus son épaule, elle vit qu'il était toujours endormi. Elle retira son masque et le posa à côté de lui : un petit souvenir pour qu'il ne l'oublie pas.

Cela fait, elle ouvrit la porte et se glissa dans le couloir et sortit de sa vie.

— Qu'est-ce que…

Sutton gémit et se redressa en prenant appui sur les coudes. Tous ses muscles le lançaient comme jamais encore. D'ailleurs, c'était une forte douleur dans le bas du dos qui l'avait réveillé, comme s'il avait dormi sur une planche en bois. Il scruta la pièce sombre ; soudain tout lui revint. Il était encore dans la salle de billard du club et il avait, en effet, dormi sur une planche en bois. Il avait sombré dans le sommeil sur la table de billard après avoir fait l'amour à sa partenaire de danse. Levant le poignet, il plissa les yeux dans le noir et consulta sa Rolex : 4 h 30.

Il tourna alors la tête vers l'endroit où elle s'était allongée près de lui. La pièce était encore sombre, et il ne distingua pas sa silhouette. Il tendit le bras à travers la surface douce et feutrée de la table, mais ne trouva rien : c'était froid, et il n'y avait aucune trace de son corps chaud et souple. Ses doigts touchèrent alors quelque chose.

Se redressant, Sutton descendit de la table et traversa la pièce pour allumer la lumière. Il grimaça le temps que ses yeux s'habituent et vit alors ce qui avait été laissé sur la table : un masque. Il s'approcha pour le récupérer et le tint un petit moment dans ses mains.

Il réalisa alors que Rouge était partie depuis longtemps et qu'il n'avait aucun moyen de connaître son identité ni de la retrouver.

Bon sang !

À présent qu'elle était partie, cette histoire d'obscurité et d'anonymat perdait tout son attrait et devenait uniquement frustrante. Cette femme – cette déesse à la robe rouge – était la chose la plus extraordinaire qui lui soit arrivée depuis longtemps. Il y avait eu une connexion incroyable entre eux. Et maintenant il ne lui restait plus rien de leur rencontre, mis à part un dos raide et un masque noir.

Il soupira et jeta le masque sur la table de billard, puis rassembla le reste de ses vêtements pour se rhabiller. Son propre masque était sur le sol avec sa cravate. Il le ramassa et le jeta à la poubelle. Il ne comptait plus se cacher des petites gens de la ville qui voulaient croire le pire de lui, ni de personne d'autre d'ailleurs. Son désir d'échapper à la réalité, même l'espace d'une seule nuit, lui avait coûté sa chance de vivre quelque chose de… spécial. Peut-être même le genre de relation qu'il n'avait encore jamais vécue.

Aussi fou que cela puisse paraître, il savait que c'était vrai. Sa réputation de play-boy à Royal était bien méritée, mais la nuit dernière avait été différente. Elle était différente. Au lieu d'être repu de plaisir et prêt à affronter les défis de la journée, il avait la désagréable impression d'avoir été volé durant son sommeil. Il connaissait déjà la sensation de perdre sa demeure et sa fortune, mais ce qu'il ressentait en ce moment lui faisait en quelque sorte plus mal. Il n'était pas habitué à ce sentiment : celui de perdre. Et pourtant il ne faisait que ça ces derniers temps.

Sutton prit le masque de l'inconnue et le regarda à nouveau, tenté de le jeter en même temps que le sien. Il valait probablement mieux les oublier, elle et cette soirée. Sa famille et lui avaient suffisamment de soucis à gérer en ce moment, sans avoir à rajouter un petit drame inutile. Mais il ne put s'y résoudre : c'était tout qui lui restait d'elle. Il le glissa donc dans sa poche et se dirigea vers la porte. Il lui fallait prendre exemple sur Cendrillon et quitter cet endroit avant de se faire remarquer par une foule de gens venus disputer une partie matinale de golf.

Une fois dans le couloir, il vit que le club était aussi sombre et calme que la pièce qu'il venait de quitter. La fête s'était terminée depuis longtemps. Un éclairage tamisé du côté du bar mettait en évidence les tables et les chaises empilées, et prêtes à être transportées au matin. La lumière révélait également une silhouette familière assise au bar.

— Sebastian ? C'est toi ?

La silhouette se retourna et leva son masque sur sa tête. Oui, c'était bien son frère jumeau, Sebastian, un verre de quelque chose à la main et l'air déprimé.

— Sutton ? demanda celui-ci, confus. Que fais-tu encore ici ?

— Je viens de me réveiller. Je m'étais endormi dans la salle de billard. Pourquoi es-tu toujours là, toi ?

Son jumeau secoua la tête et soupira tristement.

— J'étais avec une femme ce soir. Une femme incroyable. Un rêve en rouge que j'épouserais sur-le-champ si elle me disait oui. Mais elle a disparu avant même que je puisse connaître son nom.

Sutton fronça les sourcils à la similitude de leurs histoires. Quelle était la probabilité qu'ils aient tous deux une incroyable aventure avec une femme en rouge qui s'enfuirait à la première occasion ? C'était une étrange coïncidence, mais peut-être était-ce ce genre de nuit après tout. Il y avait sans doute quelque chose dans l'air.

— Je vois. Mais pourquoi es-tu assis au bar à une heure pareille au lieu de rentrer ?

Sebastian haussa les épaules.

— Eh bien, comme je me suis réveillé seul, je suis revenu pour boire un verre et pleurer sur ma malchance avec les femmes. Je n'arrête pas de repenser aux événements de la soirée, à elle, et à quel point elle était captivante. Je n'avais encore jamais rencontré une femme comme elle, Sutton.

Il secoua de nouveau la tête avant de poursuivre :

— Et ensuite je me suis mis à penser à tout ce qui nous arrive avec l'entreprise et les fédéraux. J'imagine que je n'ai pas vu le temps passer.

— Nous avons pas mal de choses en tête en ce moment.

Son frère opina du chef, puis le regarda avec curiosité.

— Comment as-tu fait pour t'endormir dans la salle de billard ? demanda-t-il comme s'il intégrait enfin les propos de son frère.

— J'y étais en compagnie d'une femme moi aussi. Elle s'est sauvée. Il semble que nous ayons tous deux passé une nuit incroyable avec des femmes qui préfèrent ne pas être rappelées le lendemain.

— Est-ce que ça t'arrive de les appeler le lendemain de toute façon ?

Sutton regarda son frère en fronçant les sourcils. S'agissant des femmes, lui et son jumeau ne pouvaient pas être plus différents.

— Je n'apprécie pas cette insinuation. Beaucoup de femmes m'ont peut-être aimé et perdu durant ces années, mon cher frère, mais je me suis toujours comporté en gentleman. Je n'ai jamais traité une femme avec dédain.

Sebastian l'observa comme s'il n'était pas vraiment convaincu par sa version des faits, mais finit par secouer la tête.

— Eh bien, on dirait que tu as eu le retour du bâton ce soir. Elle t'a quitté en te laissant le bec dans l'eau, n'est-ce pas ?

C'était un euphémisme. Mais il était trop tard pour philosopher sur le karma des relations amoureuses et la vengeance du destin.

— Tu as faim ? demanda-t-il en changeant de sujet.

Sebastian haussa les épaules.

— Pourquoi pas ? Tous ces amuse-gueules n'étaient pas très nourrissants.

Sutton lui donna une claque dans le dos et sortit ses clés de la poche de sa veste.

— Alors viens. Je t'emmène au Royal Diner où nous prendrons un petit déjeuner matinal avant de rentrer. Peut-être que nous pourrons battre le lever de soleil.

- 3 -

— On dirait que quelqu'un a passé une bonne soirée.

Lauren fit la grimace face à la lumière matinale qui inonda le camion-restaurant quand Amy ouvrit la porte et grimpa à l'intérieur. Elle regarda un instant son employée, puis retourna à sa tasse de café fumante.

— Peut-être bien.

— Tu es rentrée tard, nota Amy. À boire et bavarder avec l'élite de Royal, sans aucun doute.

— Oui. Je suis rentrée très tard et j'ai bu plusieurs martinis. Donc, tu m'excuseras si je ne saute pas de joie ce matin. Je suis épuisée, j'ai mal à la tête, et mes pieds me font encore souffrir d'avoir été emprisonnés dans ces talons ridicules choisis par cette femme. J'aurais dû porter mes Converse sous la robe. Personne ne l'aurait su à part moi.

— Même avec la gueule de bois, tu es toujours magnifique, lui dit son amie. Ce relooking était incroyable. S'il n'y avait pas ce sourire sarcastique que je connais si bien, je ne sais même pas si j'aurais su que c'était toi.

Il était trop tôt et Lauren était bien trop fatiguée pour se sentir flattée par le compliment sincère d'Amy.

— Très drôle. Je suppose que tout est parti maintenant, mais être séduisante n'a aucun intérêt pour moi en tant que cheffe.

— Je ne sais pas. Moi je dirais qu'en ce moment tu es assez canon pour avoir une émission télé sur une chaîne dédiée à la cuisine.

Lauren se redressa sur son siège à cette déclaration ridicule.

— Une émission de télévision ? Je n'ai même pas assez de capitaux pour ouvrir un restaurant. Aucun directeur de chaîne ne songerait à me proposer une émission télé.

— Pas si tu fronces les sourcils comme ça, en tout cas. Mais tu aurais dû nouer des contacts avec certaines de ces personnes hier soir et voir si elles étaient partantes pour investir, répliqua Amy en laissant tomber le journal du dimanche sur le plan de travail en acier inoxydable. Apparemment c'était la grosse fête. Ils ont levé une fortune pour la fondation Wingate. Ces gens riches savent faire la fête… et écrire des chèques. Tu aurais dû tendre la main.

Lauren prit le journal et lu l'article en première page qui parlait du bal masqué. Il évoquait surtout les œuvres de charité et les actions qu'ils prévoyaient grâce aux fonds récoltés. La photo montrait la coordinatrice de l'événement, Beth Wingate, et un homme portant un masque de loup familier, identifié par l'auteur de l'article comme étant son frère et P-DG des entreprises Wingate : Sebastian Wingate.

L'information la frappa silencieusement en plein ventre et menaça de lui faire remonter son café. Elle qui pensait ne jamais pouvoir trouver l'identité de son inconnu masqué, imaginant même que c'était peut-être mieux ainsi. Après tout, cette soirée avait été une parenthèse unique entre deux étrangers, qu'il ne fallait pas songer à reproduire. Essayer de revivre cela ne ferait que gâcher le souvenir de ce qu'ils avaient partagé.

Et pourtant, à présent qu'elle lisait son nom noir sur blanc, elle ne pouvait plus ignorer l'information. Le génie ne retournerait pas dans sa bouteille maintenant qu'il était sorti. Son mystérieux amant n'était nul autre que l'homme qui se trouvait au cœur du scandale dont la ville faisait actuellement ses choux gras. Lauren ne savait pas grand-chose des Wingate et n'aurait pas été capable de les reconnaître même si sa vie en avait dépendu, mais elle avait entendu ce nom plus d'une fois ces derniers temps. La famille avait été accusée de trafic de drogue et d'autres horribles choses, et toute la ville était en pleine effervescence à ce propos.

Pas étonnant que son inconnu mystère ait eu l'air si irrité après son coup de fil. C'était bien sa chance : vivre une aventure incroyable avec un homme riche et couronné de succès, qui s'avérait finalement être ruiné et à deux doigts de la prison. Elle aurait dû se méfier de ce masque de loup. Rien de positif ne pouvait en résulter : tous les contes de fées le prouvaient.

— Alors raconte-moi tout, insista Amy.

— Je préfère t'entendre me faire le compte rendu des camions-restaurants.

Lauren avait laissé ses deux précieux camions entre les mains de son employée de confiance, durant la nuit la plus chargée de la semaine. C'était un sujet beaucoup plus important à ses yeux.

— Le camion de Javier a été volé sous la menace d'une arme à feu, et mes crevettes mal cuites ont intoxiqué dix personnes. Mais à part ça tout s'est plutôt bien passé.

Lauren étudia l'expression pince-sans-rire de son amie. Elle savait que c'était n'importe quoi – Amy adorait se moquer d'elle.

— Sérieusement. Raconte-moi.

— Tout a marché comme sur des roulettes, déclara Amy avec un gros soupir. Le plus grand drame a été d'être rapidement à court de brochettes de poulet. À part ça, rien à signaler, et Javier a fait le dépôt de nuit, sans problème. Maintenant, parle-moi de cette fiesta déguisée. Je meurs d'envie de savoir comment c'était.

— Nous ne sommes pas ici pour bavarder. Nous devons

nous rendre au marché et acheter des produits frais pour le menu de cet après-midi.

Son amie haussa les épaules.

— Il n'y a aucune règle disant que tu ne peux pas déverser tes tripes pendant que nous étudions les légumes du jour. Allez quoi ! C'est moi qui t'ai inscrite à ce concours. Ce n'est pas juste de ne pas partager tous les délicieux détails avec moi.

— Tu aurais dû m'accompagner si tu étais si intéressée, déclara Lauren en attrapant son café et sa liste de courses.

Elle s'arrêta à la porte pour prendre son chariot pliable qui lui servait à ramener les achats.

— Il fallait bien que quelqu'un s'occupe des camions. Et d'ailleurs personne n'a jamais fait de frasques en restant collée à une amie.

Elles descendirent du véhicule, et Lauren verrouilla la portière.

— Bref, marmonna-t-elle en se tournant vers le marché des fermiers et en ignorant ostensiblement les arguments plus que justes d'Amy.

— Bref ? C'est tout ce que tu vas me donner ? protesta Amy en accordant ses pas à ceux de Lauren, alors que sa longue queue-de-cheval blonde se balançait dans la brise. Tu sais que je ne te lâcherai pas, n'est-ce pas ?

— L'as-tu déjà fait ?

— Non, dit Amy sur le ton de l'humour.

C'était vrai. Quand Amy faisait une fixation sur un sujet, elle était comme un chien ayant trouvé un os et semblait toujours persuadée de savoir ce qui était le mieux pour Lauren. Elle ne se mêlait pas de l'aspect commercial et laissait Lauren décider entièrement des menus mais, en ce qui concernait sa vie privée, sa meilleure amie avait beaucoup à dire.

Heureusement, le marché des producteurs était bondé et bruyant.

— Une fois que nous aurons fini, promit-elle. Je ne veux pas en parler ici. Choisis une belle caisse de patates douces, des tomates et des oignons. Je vais acheter du brocoli, du chou-fleur et jeter un œil sur les pommes.

Elles se retrouvèrent une quinzaine de minutes plus tard, près du stand d'un éleveur local qui proposait généralement une belle sélection de viandes provenant de la région. Lauren choisit une douzaine d'œufs, une grande épaule de porc, des blancs de poulet et un morceau de bacon bien épais.

— Quel est le menu du jour ? s'enquit Amy pendant qu'elles transportaient leurs marchandises vers les camions.

— Je ne sais pas encore, admit Lauren.

Elle devait y réfléchir et voir comment marier le tout.

— Je pensais à un *chipotle* de patates douces frites pour commencer. Accompagné de brochettes de poulet au barbecue, puisqu'elles ont bien marché hier. Je changerai un peu les épices peut-être. Des tacos de *carnitas* avec une sauce au bacon et de la salsa aux tomates. Sans doute du brocoli et du chou-fleur frits et épicés en accompagnement. Au dessert, une tarte aux pommes. Je vais voir ce que nous avons et y réfléchir un peu plus.

— Ça me semble pas mal.

Une fois le tout chargé dans le camion, elles commencèrent à nettoyer et à se préparer. Lauren était soulagée de se laisser aller à la routine familière de sa journée de travail et de ne plus penser pendant un petit moment à la nuit précédente. Elles étaient enfoncées jusqu'aux coudes dans une caisse de patates douces quand quelqu'un frappa à la fenêtre.

Lauren s'approcha de la porte de service, sur le point d'expliquer à la personne qu'elles ne commenceraient pas avant 11 h 30, quand elle vit Gracie Diaz, souriante et un verre de *Pumpkin Spice Latte*, sa boisson favorite, à la main. La nouvelle millionnaire de Royal était une des plus grandes fans de leur cuisine. Elle avait coutume de venir aux camions plusieurs fois par semaine, après sa journée de travail auprès des Wingate. À présent qu'elle n'avait plus à gagner sa vie, Gracie se faisait un peu rare. Ses visites manquaient à Lauren, et elle fut ravie de la revoir.

— Bonjour, Gracie, dit-elle en faisant coulisser la fenêtre. Ça fait un moment que je ne t'avais pas vue. Comment se porte ta vie de millionnaire ?

— Ce n'est…

Gracie hésita un instant, affichant une expression tiraillée, avant de continuer :

— … Pas ce à quoi je m'attendais. Mais je n'irai pas non plus m'en plaindre. Personne n'a envie d'écouter mes problèmes de toute façon.

Lauren hocha la tête. Le chemin de la victoire de Gracie à la loterie avait été compliqué, mais elle pouvait maintenant profiter de son succès.

— Plus d'argent, plus de problèmes, comme on dit. En tout cas, si tu en as assez des riches et que tu veux t'encanailler avec de viles cuisinières de camion-restaurant, tu sais où nous trouver.

Gracie leva son téléphone.

— Je sais toujours où sont garés tes camions, même si je ne peux pas venir. Et tu n'es pas une cuisinière, Lauren. Tu es une cheffe. Une cheffe incroyable. Les camions-restaurants sont un moyen de parvenir à tes fins, et un jour tu ouvriras un restaurant sans roues. J'en suis persuadée.

— Que Dieu t'entende ! répondit Lauren en souriant.

— Je suis tout de même surprise que tu sois ouverte aujourd'hui. Tu étais au bal masqué hier soir, n'est-ce pas ? Il paraît que tu as gagné à ce concours. Je m'attendais à ce que tu sois fermée aujourd'hui et que tu te reposes. Ça s'est terminé tard.

Lauren n'en avait aucune idée. Elle avait pu dormir quatre heures, après être rentrée en douce chez elle et s'être allongée un long moment sur son lit, à réfléchir à ce qu'elle venait de faire. Ça avait été la rencontre la plus érotique de sa vie. Chaque fois qu'elle fermait les yeux, elle pouvait à nouveau sentir les mains de son loup sur son corps. Il lui avait fallu plusieurs heures avant que l'adrénaline se dissipe et qu'elle puisse enfin dormir.

— C'était plus excitant que ce à quoi je m'attendais. J'ai passé un bon moment, dit-elle, évitant tout détail inutile. Et toi ?

Gracie sourit avec mélancolie. Elle contempla son café au lait et prit une gorgée en évitant le regard de Lauren.

— C'était amusant. Un peu comme le genre de nuit qui pourrait changer la vie pour toujours, si on se laissait tenter.

Lauren fut surprise par cette observation pertinente. Qu'entendait-elle par là ? Gracie ne pouvait même pas la regarder dans les yeux en disant cela. Avait-elle vu Lauren en compagnie de Sebastian la nuit dernière ? Il était possible qu'elle ait été la seule étrangère à ne pas reconnaître le tristement célèbre P-DG. Peut-être que toute la ville faisait des gorges chaudes à propos de son aventure torride dans la salle de billard et que Gracie lui donnait l'information avant que l'affaire éclate.

Si c'était le cas, il valait mieux qu'elle contacte Sebastian pour essayer de limiter les dégâts. Le voir à nouveau était une perspective à la fois effrayante et excitante, mais elle devait le faire. Elle s'était donné beaucoup de mal pour bâtir son entreprise, et il ne fallait pas qu'une nuit d'imprudence détruise tout. Elle s'était rendue à cette soirée pour nouer des contacts, pas pour se retrouver au cœur des ragots.

Elle décida cependant de repousser ses inquiétudes pour

le moment : elle devait se concentrer sur la confection du menu et la préparation du personnel avant de mettre les camions en route. Mais tôt ou tard Lauren allait devoir affronter les conséquences de ses actes et retrouver Sebastian Wingate.

On était lundi. En général une des matinées les plus chargées de la semaine. Et pourtant Sebastian Wingate n'avait rien à faire. Il s'était levé tôt, comme d'habitude, avait couru quelques kilomètres, s'était douché et avait pris un café et un petit déjeuner. Il était à présent à court d'idées pour occuper sa journée.

Sutton avait déjà quitté la maison. Il était en ville pour s'entretenir avec son avocat au sujet d'une voiture qu'il essayait de vendre. Son jumeau semblait beaucoup moins perturbé par tout ce temps libre. En tout cas il arrivait mieux à occuper ses journées. Quant à Sebastian, il comptait chaque minute qui le séparait du moment où leur réputation serait restaurée. La vie pourrait alors revenir à la normale.

Tout s'arrangerait. C'était ce qu'il n'arrêtait pas de se répéter. Mais en attendant il lui fallait trouver un moyen d'occuper son temps. Peut-être qu'il pourrait passer quelques appels et réunir une poignée d'amis pour jouer un dix-huit trous à Pine Valley. Il décrocha son téléphone, mais comprit rapidement que toutes ses connaissances étaient au travail.

Frustré, il termina sa deuxième tasse de café et la posa dans l'évier. Il fallait qu'il sorte de cette maison avant de devenir fou. Saisissant les clés de sa BMW et sa veste, il ouvrit la porte à la volée… et fit une peur bleue à la femme qui se tenait là, prête à sonner.

Dans sa hâte, Sebastian avait presque failli entrer en collision avec elle.

— Je suis vraiment désolé, dit-il en reculant dans la maison alors qu'ils se remettaient tous deux du choc.

Une fois le premier effet de surprise passé, il remarqua que la jeune femme était assez jolie. Le soleil faisait des reflets miel dans cheveux châtain foncé. Elle avait des lèvres pleines et une silhouette aux courbes voluptueuses sous sa veste en cuir et son jean moulant. Mais il ne la reconnut pas.

— C'est ma faute, déclara-t-elle. Je me tenais là, à chercher le courage de sonner à la porte.

— Je ne sais pas qui vous cherchez, mais nous venons de louer cette maison, expliqua-t-il.

Elle semblait le connaître, mais ce n'était pas son cas.

— En fait, je pense que c'est toi que je cherche. Est-ce que tu es bien Sebastian Wingate ?

Le doute s'insinua soudain dans son esprit. Il détestait le fait de prêter des intentions obscures à ceux qu'il rencontrait, mais c'était plus fort que lui. Quelqu'un avait piégé sa famille et, jusqu'à ce qu'ils découvrent de qui il s'agissait, tout le monde était suspect.

— Est-ce que c'est pour me donner une citation à comparaître ?

La jeune femme écarquilla les yeux de surprise.

— Non ! Une assignation ? Pas du tout.

Sa réaction semblait sincère.

— D'accord. Alors oui, je suis Sebastian Wingate. Que puis-je faire pour vous ?

La femme lui parut soudain plus nerveuse. Elle mordilla sa lèvre inférieure avec anxiété avant de prendre une grande inspiration, cherchant manifestement à maîtriser sa nervosité.

— Je m'appelle Lauren Roberts. Je suis propriétaire de deux camions-restaurants en ville : les Street Eats. Je sers une cuisine fraîche et facile à manger à base d'ingrédients locaux et haut de gamme...

Sebastian hocha la tête alors qu'elle continuait de parler, mais il n'était pas certain de saisir pourquoi une femme possédant des camions-restaurants venait le voir. Elle ne cherchait certainement pas un investisseur, et si c'était le cas elle était mal renseignée. Les Wingate n'étaient plus la poule aux œufs d'or qu'ils étaient il y a encore quelques semaines.

— ... En fait, ça n'a pas vraiment d'importance, conclut-elle avant de reprendre son souffle. Je suis ici parce que toi et moi, euh, nous nous sommes rencontrés à la soirée de samedi.

Sebastian avait croisé beaucoup de monde à la soirée de samedi. Mais, à en juger par la façon dont la femme le regardait dans l'expectative, cela n'avait pas été une entrevue ordinaire.

— Toi et moi..., ajouta-t-elle en hésitant, avons couché ensemble.

À présent, c'était à Sebastian d'écarquiller les yeux de surprise. La soirée de samedi avait été extraordinaire. Une des nuits les plus incroyables de sa vie. Mais il ne s'était pas attendu à ce que la mystérieuse femme frappe à sa porte. C'était là un cadeau qu'il n'aurait jamais imaginé recevoir.

— Oh ! waouh, dit-il en passant nerveusement les doigts dans ses cheveux. Entrez... je veux dire, entre.

Lauren s'exécuta, attendant qu'il referme la porte et l'escorte jusqu'au salon.

— Je sais que tu étais en train de partir, alors je comprendrais que tu ne puisses pas discuter maintenant.

— Non, non, insista-t-il. Je ne sortais pas longtemps. J'ai le temps.

Tout le temps qu'il fallait, en fait. Surtout pour cette

beauté rouge qui ne quittait plus son esprit depuis cette nuit-là.

— Assieds-toi, s'il te plaît.

Comme elle opta pour le fauteuil, il choisit le canapé à côté d'elle.

— Est-ce que je peux t'offrir quelque chose à boire ?

— Non, ça ira, merci. Je suis juste venue te parler en privé. Je n'ai pas réalisé qui tu étais avant de voir ta photo dans le journal le lendemain. Quand j'ai vu ton nom, j'ai su que je devais venir te voir et t'expliquer…

— M'expliquer quoi ? l'interrompit-il.

Pour autant qu'il se souvienne, ce qui s'était passé entre eux était la conséquence d'une attirance dévorante. Ils n'auraient pas pu l'empêcher, même en faisant de leur mieux.

— Pour t'expliquer que tout ce que j'ai fait ce soir-là ne me ressemble pas du tout. Je ne veux pas que tu penses que je suis ce genre de femme et que j'ai pour habitude d'agir de cette façon, déclara-t-elle en s'empourprant d'embarras.

— Ce n'est pas le genre de choses que je fais normalement non plus, admit-il. Je laisse les escapades à mon frère. Mais avec tout ce qui se passe en ce moment je n'étais pas dans mon assiette et j'ai agi de manière inhabituelle. Dans des circonstances normales, je suis plutôt un gentleman. Étant donné que nous n'avons pas retiré nos masques et que je ne connaissais même pas ton prénom… Bref, tout ça ne me ressemble pas.

Lauren soupira, semblant se détendre quelque peu.

— Je voulais juste que tu le saches, au cas où les gens se mettraient à jaser après nous avoir vus ensemble, et que les langues se délieraient.

— Les gens jasent toujours à mon sujet, donc je suis habitué, répondit Sebastian.

Même si c'était pire que d'habitude ces derniers temps.

— Mais comme je l'ai dit je ne suis pas du genre à

avoir des aventures d'un soir, et visiblement toi non plus. Alors si on sortait ensemble ?

Il n'avait pas prévu de proposer une chose pareille quand il l'avait conduite au salon, mais la perspective que cette femme séduisante quitte à nouveau sa vie lui était insupportable.

— Nous pourrions dîner ensemble et apprendre à mieux nous connaître. Peut-être samedi soir ?

Lauren sembla quelque peu abasourdie par sa proposition, mais elle se ressaisit rapidement et lui sourit.

— C'est une bonne idée. Mes camions ne travaillent pas les mercredis, et c'est donc une des rares soirées libres dont je dispose.

— Parfait. Disons mercredi soir.

Il prit son téléphone, et ils échangèrent leurs numéros.

— Je vais essayer de faire une réservation au Glass House aux alentours de 19 heures et je t'enverrai un SMS pour te le confirmer. Envoie-moi ton adresse, et je passerai te prendre.

— Tu n'es pas obligé, protesta Lauren.

— Bien sûr que si. C'est un rendez-vous galant. Nous avons peut-être mis la charrue avant les bœufs, mais j'ai l'intention d'y remédier et de faire les choses correctement cette fois.

— Très bien, si tu insistes.

Lauren se leva, incitant Sebastian à faire de même.

— À mercredi soir, alors, dit-elle en tendant la main pour lui dire au revoir.

Le geste semblait ridiculement maladroit et distant pour deux personnes ayant été si intimes, mais comme ils l'avaient dit ils étaient des personnes différentes cette nuit-là. Ils repartaient donc de zéro, sans masque et sans alcool cette fois. Cependant une accolade amicale ou un baiser sur la joue auraient été bien plus appropriés, mais il n'allait pas se montrer insistant et la faire fuir une seconde fois. Il lui serra donc la main doucement et l'accompagna jusqu'à la porte.

Une fois seul et le battant refermé, il baissa les yeux sur sa main et fronça les sourcils. Quelque chose n'allait pas.

Il n'arrivait pas à mettre le doigt dessus, mais quelque chose avait changé entre eux depuis samedi. Au club ce soir-là, il ne pouvait s'empêcher de la toucher. Il y avait presque une force magnétique qui l'attirait plus près chaque fois qu'il essayait de s'éloigner. Chaque contact de sa peau nue envoyait des étincelles à travers tout son système nerveux. Aucune femme ne lui avait encore jamais inspiré une chose pareille.

Cela ne pouvait être uniquement attribué à l'alcool et aux masques. C'était de l'alchimie pure et simple… Et l'alchimie ne pouvait être présente un jour et disparaître le lendemain. Ça vous attirait encore et encore, même si on savait que c'était une erreur, et c'étaient une passion et un désir de cet ordre qu'il avait éprouvés pour la beauté aux cheveux sombres, cette nuit-là.

Et maintenant tout avait disparu. Terminé.

Il détestait l'admettre, mais Lauren aurait tout aussi bien pu être une inconnue rencontrée au bureau ou dans un magasin. Jolie, sans aucun doute. Avenante, bien que nerveuse. Mais quand il lui avait serré la main il n'avait ressenti aucun picotement, pas de frissons. Ses mains étaient douces et soignées, mais s'il l'avait touchée en fermant les yeux il n'aurait pas reconnu la femme de la soirée.

Et pourtant elle était venue chez lui en affirmant le contraire. À part eux, personne n'était au courant de ce qui s'était passé ce soir-là. Donc, si Lauren prétendait être la femme en question, ça devait être vrai.

Sebastian espérait que l'alchimie serait de retour, une fois qu'ils seraient plus intimes et qu'elle pourrait enfin lâcher prise. Peut-être qu'un verre de vin les détendrait et que leur attirance mutuelle s'exprimerait à nouveau. Une seconde chance lui était offerte, et il désirait plus que tout retrouver sa beauté masquée.

Si la violente attraction ne revenait pas, Sebastian serait profondément déçu.

- 4 -

Lauren était simplement nerveuse. Évidemment !

Aucune autre raison ne pouvait justifier que ce rendez-vous soit le plus ennuyeux de sa vie. Elle dînait en compagnie d'un homme séduisant, fortuné et puissant, dans un des restaurants les plus réputés et les plus chers de la ville. Ça ne devait tout de même pas être si compliqué de passer un bon moment ! La nourriture était excellente et le vin accompagnait merveilleusement chaque plat. Sebastian était d'une très bonne compagnie et réussissait même à la faire bavarder malgré son tempérament introverti. En outre, il était charmant, poli, et il lui adressait ce beau sourire qui l'avait tant séduite lors de leur première nuit ensemble.

Mais ça ne ressemblait pas à un rendez-vous galant. On aurait plutôt dit un agréable dîner avec une connaissance, sans cette indéniable étincelle d'attraction qui lui avait coupé le souffle, lors de leur rencontre.

En ce moment, les yeux verts dans lesquels elle s'était perdue le soir du bal l'étudiaient pendant qu'ils terminaient leurs desserts. Tout indiquait que Sebastian était bien l'homme avec qui elle avait passé la nuit. Tout sauf la partie la plus importante – l'alchimie.

Après qu'il eut payé l'addition, ils flânèrent un moment dans le magnifique jardin de l'hôtel Bellamy. C'était une belle soirée d'automne. L'air était doux et le ciel dégagé. Elle aurait même pu prendre plaisir à cette promenade si elle ne s'était pas autant mis la pression pour que ce dîner soit spécial… et si elle n'avait pas choisi de porter à nouveau ses chaussures du gala. Comme si c'étaient des chaussures magiques qui pourraient faire une différence !

Cette fois encore, ses pieds la firent souffrir, et elle regretta son choix. Ces instruments de torture iraient directement rejoindre la pile des affaires à donner, à la minute où elle rentrerait à la maison.

Ils retournèrent enfin à la voiture et, ne voyant aucun intérêt à prolonger cette soirée, Sebastian la raccompagna chez elle, loin des ranchs luxueux et hôtels particuliers de Pine Valley. Sa maison était petite et bien plus modeste à tous égards, sauf pour la cuisine. Elle l'avait fait rénover de sorte qu'elle convienne à un chef, et cette pièce pouvait désormais rivaliser avec les demeures hors de prix à Royal. De l'extérieur, personne, cependant, ne s'en serait douté.

Il se gara dans l'allée et, comme le gentleman qu'il était, fit le tour de la voiture pour lui ouvrir la portière, puis l'escorta jusqu'à l'allée pavée menant à son porche. C'était très agréable, mais son grand méchant loup ne s'était pas tout à fait comporté comme un gentleman, et cette intensité manquait à Lauren ce soir. Tout dans leur première nuit lui manquait, en fait.

— Sebastian, dit-elle alors qu'elle s'arrêtait devant la porte et se tournait vers lui.

Il la suivait, mais heureusement pas de trop près. Elle n'imaginait pas qu'il lui réclame un baiser ce soir.

— Oui ?

— J'ai passé une agréable soirée.

— Moi aussi, dit-il avec un sourire poli qui lui démontra qu'il était aussi peu impressionné qu'elle-même par leur rendez-vous.

Elle ressentait comme une obligation envers lui, ce qui était pire que leur manque d'attirance sexuelle. Il fallait qu'elle mette fin à cela et qu'elle les empêche de gaspiller davantage de temps par simple courtoisie.

— Et je te remercie d'avoir voulu donner une autre chance à notre histoire, mais je ne pense pas que nous devrions sortir à nouveau ensemble.

Il parut surpris.

— Est-ce que tu es en train de rompre avec moi ? Je n'ai jamais été largué de toute ma vie.

— Je ne dirais pas « largué », corrigea-t-elle.

Lauren ne voulait pas être connue comme la seule femme assez stupide pour rompre avec Sebastian Wingate.

— Disons que nous nous séparons d'un commun accord. Tu ne vas tout de même pas me dire que tu as passé une soirée formidable et que tu as hâte de me revoir ?

— Eh bien, non, admit-il d'un air penaud. Mais j'ai eu des rendez-vous bien pires et je ne pense pas être prêt à abandonner si rapidement en ce qui nous concerne. C'était juste une soirée. Peut-être que nous devrions faire quelque chose de différent la prochaine fois. Quelque chose d'un peu moins formel et de moins ennuyeux. Je pense que nous nous sommes trop mis la pression pour que ce rendez-vous soit parfait.

Il s'éclaircit la voix avant de proposer :

— Que dirais-tu d'aller jusqu'à Dallas et de faire quelque chose d'amusant ? Il y a beaucoup de restaurants, de musées et de choses à faire là-bas.

Lauren étudia son visage et se sentit partagée. Il faisait vraiment de son mieux et semblait sincère. Si elle avait décelé de l'obligation de sa part, elle aurait refusé. Après tout, ils avaient simplement eu une aventure torride et anonyme. Il n'y avait pas de quoi se sentir coupable pour ça. Cela dit, un rendez-vous supplémentaire ne serait pas de trop. Si ça ne marchait pas, elle pourrait au moins se dire qu'elle avait tout essayé.

— D'accord, concéda-t-elle. Nous pouvons tenter une autre sortie et voir ce que ça donne. Une sortie à Dallas par contre va nous prendre toute une journée. Je ne serai pas disponible avant mercredi prochain, quand les camions seront fermés.

Sebastian fronça les sourcils de confusion.

— Tu n'as pas du personnel capable de te remplacer ?

— Si…

Mais elle n'était pas du genre à laisser ses bébés en métal et en caoutchouc sans surveillance.

— Tu ne travaillais pas samedi dernier. Je pense que tu peux recommencer.

Lauren soupira.

— Je vais voir avec mon équipe ce que je peux faire.

Tout s'était bien passé le week-end dernier après tout : Amy et Javier étaient des sous-chefs compétents, mais elle n'était pas douée pour déléguer. C'était d'ailleurs pour cette raison qu'Amy l'avait inscrite au concours.

— Génial.

Sebastian se pencha, une interrogation dans le regard à laquelle elle n'était pas encore prête à répondre. Mais elle ne recula pas. Elle ferma les yeux alors que leurs lèvres se touchaient. Ce fut un baiser bref, doux et léger. Mais un baiser complètement différent de ce qu'ils avaient partagé samedi soir.

Elle avait laissé faire dans l'espoir de réveiller la flamme entre eux. Que leurs corps se souviennent et que le feu s'allume à nouveau dans leurs entrailles.

Rien.

Quand finalement il recula, Lauren nota une lueur de déception et de frustration dans ses yeux verts. Elle comprenait exactement ce qu'il ressentait. Ils savaient tous deux que quelque chose manquait, mais ils ignoraient comment y remédier. Peut-être qu'une journée décontractée à Dallas les aiderait.

Elle l'espérait.

— Bonne nuit, Lauren.

Sebastian leva la main en guise d'adieu et retourna vers sa BMW.

Elle le regarda s'éloigner, puis entra et verrouilla sa porte. Une fois à l'intérieur, elle se débarrassa de ses talons avec dégoût et se dirigea vers le tiroir fourre-tout de l'îlot de la cuisine, où elle conservait une collection de stylos, piles, petites monnaies et élastiques à cheveux. Sans hésitation, elle repoussa ses mèches rebelles de son visage et réalisa son habituel chignon haut. Sa nouvelle coupe était réussie et lui allait à ravir, du moins d'après les dires de la styliste, mais ça la gênait. Elle était même certaine d'avoir reçu quelques gouttes de soupe aux butternuts un peu plus tôt. En matière d'élégance, on faisait mieux !

Soulagée, elle alla vers son réfrigérateur et prit une bouteille de son eau gazeuse favorite. Puis elle sortit un tabouret et s'assit devant le grand îlot en quartz pour réfléchir. La cuisine – et cette cuisine en particulier – était l'endroit qu'elle préférait. Il y avait quelque chose d'apaisant dans les appareils électroménagers en acier inoxydable, les plans de travail en pierre froide et les élégants éviers blancs, qui l'aidait à se calmer quand elle était nerveuse et à s'éclaircir l'esprit. Elle n'avait absolument pas faim, mais elle avait envie de cuisiner quelque chose.

Après avoir délassé ses orteils, Lauren se leva et abaissa la fermeture Éclair de sa robe droite, la laissant glisser de son corps pour tomber à ses pieds. Elle l'abandonna là et, en sous-vêtements, se dirigea vers le garde-manger pour en sortir un tablier. Un instant plus tard, les bras chargés de légumes, elle retourna à l'îlot et se mit au travail, nettoyant et hachant.

Demain, ils finiraient soit en soupe, soit en *frittata*, elle n'avait pas encore décidé. Mais pour le moment elle coupait.

Le rythme thérapeutique occupa son esprit et, quand le dernier poivron fut découpé, elle posa son couteau et prit une profonde inspiration.

Elle n'aurait jamais dû aller trouver Sebastian Wingate. Elle le savait maintenant. C'était un homme parfaitement gentil et encore plus séduisant qu'elle ne l'aurait imaginé sans son masque. Mais cette nuit au club avait été spéciale. Une sorte de nuit unique dans une vie. En essayant de le retrouver et en le contactant dans la vraie vie, sans masque et sans la brume nocturne de la vodka, rien n'était plus pareil.

Lauren se rendrait avec lui à Dallas. Elle irait jusqu'au bout parce qu'elle lui avait dit oui. Mais elle devait se résoudre à l'idée que ça n'irait probablement pas plus loin que cela. Elle ne vivrait plus de nuit enchanteresse dans les bras de son soupirant masqué. Elle n'avait pas vraiment réfléchi à ce que ce serait d'avoir des rapports intimes avec Sebastian, mais elle savait au fond de son cœur que ça ne ressemblerait en rien à ce qu'ils avaient déjà partagé.

Le charme était rompu. Les douze coups de minuit avaient mis fin à tout, et Cendrillon et son joli conte de fées s'étaient changés en une vieille grosse citrouille et en souris.

— Pour quelqu'un qui revient d'un rendez-vous en tête à tête, tu n'as pas l'air dans ton assiette.

Sutton regarda sa montre, puis de nouveau son frère qui arrivait tout juste et dénouait sa cravate.

— En plus il n'est que 21 heures, continua-t-il. Ce n'est pas bon signe de rentrer si tôt.

Sebastian fronça les sourcils et secoua la tête.

— Merci pour ton compte rendu détaillé sur le déroulement catastrophique de ma soirée. J'aurais dû t'amener avec moi pour que tu puisses le raconter.

Il posa ses clés sur la table basse et se laissa tomber sur le canapé à côté de Sutton, qui regardait un match de football.

— Une bière ? proposa-t-il.

— Et comment !

Sutton se leva et rapporta deux bières fraîches de la cuisine. Ils prirent quelques gorgées et suivirent le match en silence, jusqu'à la publicité. Sutton en profita alors pour presser son frère de questions et obtenir des informations.

— Alors que s'est-il passé ?

Sebastian secoua la tête.

— Si seulement je le savais. Sur le papier, ça aurait dû être parfait, et pourtant ce n'est plus comme avant. Si elle n'était pas venue sonner à ma porte en affirmant qu'elle était bien la femme que j'ai rencontrée, je ne l'aurais pas crue.

Sutton fronça les sourcils. Son frère et lui n'avaient pas beaucoup discuté récemment : leurs vies étaient trop compliquées. Mais manifestement quelque chose d'important lui avait échappé, et il avait besoin des pièces manquantes pour remplir les trous.

— Attends. Qui est cette femme déjà ?

— Son nom est Lauren Roberts. Elle est cheffe et propriétaire des camions-restaurants Street Eats qui sont généralement stationnés dans le centre-ville.

Sutton reconnut le nom. Il y avait même mangé plusieurs fois. C'était rapide, idéal pour les journées remplies de réunions, et la nourriture était excellente.

— Où l'as-tu rencontrée ?

— Disons que c'est plutôt insolite. C'était au bal masqué. Enfin, je pense. Ensuite elle est venue quelques jours plus tard pour se présenter et s'excuser d'avoir agi d'une manière qui ne lui ressemblait pas. Au début, j'étais extatique… Mais maintenant… pas vraiment.

— J'ai l'impression que tu survoles les parties importantes. Retourne à la fête. Qu'est-ce qui s'est passé là-bas ?

— Qu'est-ce qui ne s'est pas passé, tu veux dire, répondit Sebastian avec un soupir. Je ne sais pas ce que c'était. Cette nuit était différente. Elle était différente, belle et exotique. Avec nos masques, nous pouvions faire semblant d'être qui nous voulions. Je me suis laissé prendre au jeu.

— Je comprends parfaitement ce que tu veux dire.

Cette soirée n'avait rien eu à voir avec les autres soirées du club. Il avait souvent rencontré des femmes lors de ce genre d'événements et dansé toute la nuit avec elles. Il avait même eu une aventure, une fois. Mais ça n'avait jamais été ainsi. La femme ne s'était par attardée dans son esprit comme c'était le cas de Rouge.

— Ça devait être les masques.

Sebastian hocha la tête.

— Tu sais que je ne suis pas du genre à agir de cette manière, mais elle était si envoûtante. Et pourtant familière, en quelque sorte, expliqua-t-il avant de soupirer de nouveau. Je me sentais tellement bien avec elle, je suppose que j'ai baissé ma garde… La toucher a presque été une expérience mystique. Je ne peux même pas le décrire. Nous avions une connexion extraordinaire. Et puis la fête s'est terminée, elle est partie, et je pensais l'avoir perdue à jamais.

Le nez de Sutton se plissa aux paroles de son frère. Tous deux étaient comme le jour et la nuit et faisaient rarement les mêmes choses. Pourtant, ils semblaient avoir vécu des expériences très similaires durant ce bal.

— Je me suis senti comme un idiot de l'avoir laissée partir : pas de nom, aucun moyen de la contacter… je n'ai même pas vu son visage. J'ai passé des nuits entières dans mon lit à me fustiger d'avoir été si bête. Il se passait enfin quelque chose de positif dans ma vie, et je l'ai laissé filer entre mes doigts.

— C'était involontaire, déclara Sutton.

Il avait commis la même erreur, après tout. Sa tentatrice masquée s'était échappée pendant qu'il dormait, et tout ce qui lui restait d'elle était un masque. Le côté positif c'était que le malheur rapprochait les êtres vivants : Sebastian et lui pouvaient se lamenter ensemble de leur bêtise.

— Et un jour elle a sonné à notre porte. J'ai cru à une seconde chance avec la femme de mes rêves.

— Tu veux dire qu'elle est venue ici ?

Sutton n'avait encore jamais été jaloux de son frère, mais il y avait une première à tout. Il aurait tant aimé que sa mystérieuse inconnue vienne le retrouver au lieu de s'enfuir dans la nuit sans laisser de trace.

— Oui. Elle a dit qu'elle a réalisé qui j'étais en voyant ma photo dans le journal. Elle voulait me parler de ce qui s'était passé. Je n'en revenais pas qu'elle me tombe ainsi dans les bras et j'ai sauté sur l'occasion pour l'inviter à dîner. Et maintenant je suis assis ici avec toi à me demander ce qui a bien pu clocher.

— Ce n'était plus pareil ?

Sebastian haussa les épaules.

— Je ne sais même pas comment le décrire. Je veux dire, Lauren est adorable, jolie, intelligente et, honnêtement, une aventure avec une femme masquée aurait pu être bien pire une fois les identités révélées. Mais ça n'a rien à voir avec cette nuit-là. L'alchimie, l'attirance… Tout a disparu. Elle n'est rien de plus qu'une femme agréable. Il n'y avait aucune étincelle, cette fois.

— C'est déprimant.

— Tu peux le dire, grogna Sebastian. Je ne comprends pas. Je ne cesse de penser à la femme masquée. J'ai même rêvé d'elle. Elle était exactement ce que je désirais, comme un fantasme sorti de ma tête qui aurait atterri tout droit sur la piste de danse. Mais Lauren n'a rien à voir avec cette femme. Elle m'a dit qu'elle n'était pas vraiment elle-même cette nuit-là, mais je ne pense pas qu'on puisse simuler à ce point l'attirance. Elle prétend être la femme en question, mais mon instinct me dit le contraire.

Il passa une main dans ses cheveux et poursuivit :

— Si seulement elle avait laissé une pantoufle de vair que j'aurais pu lui faire essayer pour vérifier son identité.

C'est alors que Sutton sentit une douleur sourde lui fouailler l'estomac. Il y avait tant de similitudes dans leurs histoires. Ce n'était peut-être pas une innocente aventure, après tout ? Quelles étaient les chances pour que tous deux vivent une nuit identique et qu'une des femmes vienne ensuite frapper à leur porte et prétende être l'inconnue de Sebastian ?

Il n'aimait pas avoir de telles pensées paranoïaques mais, vu tout ce qui se passait avec l'entreprise Wingate en ce moment, ils ne pouvaient faire autrement que de se montrer prudents. Peut-être que quelqu'un avait embauché ces deux femmes pour qu'elles les séduisent à la soirée et leur soutirent des informations ?

— Dis-m'en plus sur elle, mais concentre-toi sur la soirée du gala, pas sur votre rendez-vous de ce soir, car nous ne sommes pas certains que ce soit la même personne.

Sebastian hocha la tête et ferma les yeux.

— La femme de l'autre nuit avait des cheveux châtain foncé et de grands yeux marron. Ses cheveux étaient relevés, mais on voyait qu'ils étaient longs. Elle portait un masque noir et une longue robe rouge…

— Arrête, dit Sutton en levant une main. Es-tu sûr de tout de cela ? Elle avait des yeux marron, une robe rouge et un masque noir ?

Sebastian leva les yeux au ciel.

— Évidemment. Elle ne quitte plus mon esprit depuis cette nuit-là. Je ne pourrais pas l'oublier, même si j'essayais. Pourquoi est-ce que tu m'interroges sur elle ?

Sutton prit une profonde inspiration et essaya de clarifier ses pensées.

— Parce que j'ai vécu une expérience très similaire à la tienne. J'étais avec une brune aux yeux marron vêtue d'une robe rouge et portant un masque noir.

— C'est un drôle de hasard.

— Peut-être. Mais si c'était la même femme ?

À en juger par la moue sceptique de son jumeau, il n'y croyait guère.

— Impossible. Il devait sûrement y avoir plus d'une femme en robe rouge cette nuit-là.

— Oui, mais tout le reste coïncide trop. Nous aurions tous deux rencontré de mystérieuses femmes en rouge et couché avec elles durant la soirée ? Moi encore, pourquoi pas, mais toi ? Tu ne fais jamais ce genre de choses. C'est comme si nous étions visés.

— Es-tu en train de suggérer que nous avons couché avec la même femme ? Et qu'elle l'a fait dans un but précis ? demanda Sebastian en grimaçant de dégoût. Ce n'est pas possible. Et même si c'était le cas… Pour quelle raison aurait-elle fait ça ?

— Pourquoi quelqu'un voudrait nous piéger pour nous renvoyer du conseil d'administration et faire geler nos avoirs ? répliqua Sutton.

Son frère s'enfonça sur le canapé et prit une grande gorgée de bière.

— Tu penses que tout est lié ? Que cette femme en question nous aurait intentionnellement ciblés et que ça a un rapport avec les accusations de trafic de drogue ?

Sutton se rendait compte à quel point cela semblait tiré par les cheveux, mais qu'ils soient tous deux sous le charme de deux femmes identiques à la même soirée l'était tout autant.

— Peut-être. Je ne fais plus confiance à personne. Aucun endroit n'est sûr, pas même le club.

— Mais pourquoi ? Que ce soit une seule femme ou deux sosies, quel serait pour elles l'intérêt de coucher avec nous ?

Ça, Sutton l'ignorait encore. Mais s'il arrivait à assembler toutes les pièces de ce puzzle peut-être pourrait-il remonter jusqu'au cerveau de ce complot.

— Pourquoi pas tout simplement pour faire des photos à scandale ? Nous faire davantage de mauvaise presse pourrait anéantir le peu d'opinion favorable qui nous reste auprès du public. Ou peut-être qu'elle espérait obtenir des informations ? Lui as-tu parlé de la famille ou de l'entreprise ?

— Non, déclara fermement Sebastian. Rien de personnel, je t'assure. Et toi ?

— Non. Nous avons complètement joué le jeu de l'anonymat. Et au dîner de ce soir ?

Encore une fois, son jumeau secoua la tête.

— C'étaient des sujets légers et anodins. Je ne suis même pas sûr que Lauren en sache beaucoup sur la famille… En tout cas pas assez pour être le cerveau de toute cette histoire. Elle n'est pas membre du club et ne fréquente pas du tout la haute société de Royal. Elle est vraiment étrangère à notre milieu.

— Ou elle veut te le faire croire.

— Ça ne me paraît pas plausible, insista Sébastian. Tu as vraiment trop de temps libre si tu te mets à imaginer des complots diaboliques.

— Pourtant elle en connaissait assez sur toi pour venir chez nous, alors qu'elle n'était pas censée savoir qui tu étais ?

Son frère haussa les épaules.

— Elle a compris en voyant ma photo dans le journal le lendemain.

Sutton se leva du canapé et alla au garage chercher le journal du dimanche dans la poubelle de recyclage. Il vit alors un cliché de son frère avec le masque de loup et une légende indiquant son nom. Il le rapporta à l'intérieur et le jeta sur les genoux de Sebastian.

— Cette partie de l'histoire est peut-être vraie.

Sebastian y jeta un œil et le posa sur la table basse.

— Tout ce que cet article nous apprend, c'est que j'étais au bal et que je portais un masque de loup. Mais toi aussi. Si c'est bien la femme avec qui j'étais, est-ce que voir cette photo ne serait pas suffisant pour l'inciter à me contacter ?

— Je ne sais pas. Peut-être que c'est juste mon imagination qui en fait trop. Peut-être qu'elle s'est laissé emporter par le moment présent et qu'elle a eu une aventure avec nous deux ? Ou peut-être qu'il y avait bien deux femmes habillées à l'identique et que je ne m'y connais pas assez en matière de mode pour les distinguer. Mais je pense que nous devrions au moins demander à Miles de faire une petite recherche sur Lauren pour en avoir le cœur net.

— Ce n'est pas une mauvaise idée, approuva Sebastian. Juste par précaution… mais plus nous en parlons, plus je suis convaincu que c'est une histoire d'attirance qui a tourné court. Nous allons faire une dernière tentative. Peut-être que les choses s'arrangeront. Je vais l'emmener à Dallas.

Sutton abandonna ses théories du complot et décida d'aller se coucher. Son équipe était en train de perdre de toute façon et, même si la sortie de Sebastian ne s'était pas très bien passée, il ne pourrait lui cacher bien longtemps son sentiment de jalousie. Si ce n'était pas un traquenard, alors le sort avait ramené à Sebastian sa mystérieuse inconnue, mais pas à lui.

Il monta dans ses appartements et, une fois dans sa

chambre, se laissa tomber sur son lit et regarda un moment le plafond. Puis il ouvrit le tiroir de sa table de chevet pour en sortir le masque noir laissé par Rouge.

Sutton le tourna dans tous les sens, comme il le faisait chaque soir depuis le gala. Il pouvait encore se représenter les beaux yeux marron qui l'observaient : si confiants et ouverts.

Comment croire que ces yeux confiants aient cherché à le piéger ? Il refusait que le souvenir de cette nuit soit entaché. Elle était la bouffée d'oxygène lui permettant de tenir face à tous ses problèmes actuels.

Soudain il prit une décision : si Rouge ne comptait pas le retrouver, alors c'est lui qui le ferait. Que ce soit Lauren Roberts, une espionne ou quelqu'un d'autre, il découvrirait le fin mot de l'histoire.

- 5 -

Sutton était concentré sur son ordinateur et étudiait la liste communiquée par sa sœur Beth de toutes les personnes présentes au gala. Il avait déjà éliminé tous les couples, se disant qu'une femme mariée n'aurait pas pu passer la nuit entière en sa compagnie sans que son mari s'en aperçoive. Il avait également éliminé la famille et toutes les femmes qu'il connaissait. Il ne restait finalement qu'une dizaine de femmes.

Dont Lauren Roberts.

En demandant à Miles de vérifier ses antécédents, il avait même envisagé pendant une fraction de seconde de lui envoyer la liste. Une petite recherche l'aurait aidé à déterminer si l'une d'elles pouvait être la femme mystérieuse. Mais il lui aurait alors fallu expliquer à son jeune frère qu'il devait éliminer celles qui n'étaient pas brunes et n'avaient pas les yeux marron. Cela aurait forcément entraîné de nombreuses questions auxquelles il ne voulait pas répondre. Comment pourrait-il expliquer qu'il était obsédé par une femme sans savoir qui elle était ? Ou qu'il se demandait si elle n'était pas une espionne envoyée pour détruire la famille ?

Non. Pour le moment, il se contenterait de demander une recherche pour le compte de Sebastian. Décision prise, il imprima sa liste et l'étudia cette fois en version papier. Une de ces femmes était forcément celle qu'il cherchait. C'était certain. Son cœur tambourinait dans sa poitrine alors qu'il lisait les noms encore et encore. Il était si près de la retrouver.

— J'ai une idée.

Sutton repoussa la feuille et regarda son frère qui se tenait sur le seuil de leur bureau commun.

— Oserais-je poser la question ?

Sebastian entra et s'installa sur une chaise.

— Je t'ai dit que quelque chose n'allait pas avec Lauren et que je n'arrivais pas à mettre le doigt dessus.

— Oui.

— Alors je sais ce que nous devrions faire pour y voir plus clair. Je pense que tu devrais sortir avec elle à ma place.

Ce n'était pas ce que Sutton s'apprêtait à entendre.

— Sortir avec elle ? Je m'attendais à ce que tu proposes quelque chose de concret, comme lancer une enquête, ce que je suis déjà en train de faire. J'ai envoyé un mail à Miles ce matin.

— Parfait. Mais avant qu'il t'envoie sa réponse rien ne t'empêche de sortir avec Lauren.

Confus, Sutton fronça les sourcils.

— Je ne comprends pas. Tu voudrais que j'aille jusqu'à Dallas à ta place samedi ?

— Exactement. Elle et moi ne ressentons plus la même attirance, et mon instinct me dit qu'elle n'est pas celle avec qui j'ai passé la soirée. Si ça marche entre vous, nous y verrons sans doute plus clair. C'est peut-être tout simplement ta mystérieuse femme rouge et non la mienne. Mais nous ne le saurons que lorsque tu l'auras vue.

— Tu as dit qu'elle était formelle à ce sujet. Elle a même pris la peine de venir ici.

— Oui, approuva Sebastian, mais seulement parce qu'elle avait vu ma photo dans le journal. Mais sur cette photo je porte mon masque de loup.

— Et alors ?

— Alors… Toi et moi portions le même masque, rappelle-toi. Si elle s'imagine que je suis la personne avec qui elle a passé la nuit, c'est parce que je portais également un masque de loup.

L'idée était fascinante. Des jumeaux portant le même masque pouvaient facilement être confondus, que ce soit par leurs proches ou par des inconnus, comme Lauren.

— Peut-être effectivement qu'elle n'a pas réalisé que nous étions deux à porter ce masque. Mais tu ne penses pas qu'elle se demandera pourquoi je prends ta place ?

Sebastian leva les yeux au ciel.

— Tu es sérieux ?

— Quoi ?

— Je te suggérais d'y aller en te faisant passer pour moi. Elle ne verra pas la différence, et cela te permettra de passer du temps en tête à tête avec elle. Sois Sebastian pour un jour et vois ce que ça donne.

De la part du frère qui esquivait en général ce genre de plaisanterie typique des jumeaux, la suggestion ne put que surprendre Sutton.

— C'est prendre un très gros risque sur une simple intuition de ta part. Et si elle était capable de faire la différence entre nous ?

— Allons, mon frère. Notre propre famille et nos amis ont du mal à nous distinguer. Est-ce que tu penses vraiment qu'une femme qui m'a vu deux fois sans masque ferait mieux ?

C'était une proposition intéressante, et totalement sans risque pour Sebastian. Mais, si les choses tournaient mal, lui serait coincé toute la journée avec Lauren à des kilomètres de là. D'un autre côté, Lauren figurait sur la courte liste des femmes célibataires de la soirée. Et si son frère avait raison et qu'elle était celle avec qui il avait passé la nuit ?

— Contre-proposition, murmura-t-il après une minute

de réflexion. Je vais d'abord faire un essai et voir si ça peut fonctionner. Ça fait longtemps que je ne me suis pas fait passer pour toi.

Sutton sortit son téléphone et chercha le restaurant Street Eats de Lauren Roberts sur Instagram. Ses camions se déplaçaient tous les jours, donc il fallait voir en ligne où ils se trouvaient.

Il chercha la dernière publication, avant qu'une autre attire son attention. C'était une photo professionnelle d'une femme brune aux yeux marron. Ses cheveux étaient relevés en un chignon, et elle était vêtue d'une veste blanche de chef. Ça ne ressemblait en rien à l'image glamour de la femme en robe rouge perlée, mais il y avait quelque chose de frappant chez elle. Peut-être sa confiance affichée ou quelque chose dans la moue de ses lèvres et son visage en forme de cœur qui lui parut familier. Il détourna le regard de la photo pour lire la description. C'était Lauren Roberts elle-même, la propriétaire et cheffe de Street Eats.

Et si Sebastian avait raison ? C'était peut-être la femme avec qui il avait passé la nuit la plus incroyable de sa vie. Il y avait quelque chose en elle qui l'attirait. Comment son frère avait-il pu passer la soirée avec cette femme sans être intrigué par son sourire ensorceleur et son regard sombre ? Il fit défiler les publications jusqu'à trouver celle du jour et nota sa localisation pour la journée.

— On dirait que son camion principal sera garé à Courtyard Shops et que le Street Eats 2 sera à l'hôpital du Royal Memorial. Et si je prenais ta voiture pour me faire passer pour toi et que je lui rendais une petite visite ?

Il essaya de ne pas paraître soudain trop impatient par l'idée de son frère, mais son pouls battait à tout rompre quand il songeait à l'éventualité de pouvoir retrouver sa mystérieuse inconnue.

— Si je vois qu'elle ne se doute de rien, continua-t-il,

j'étudierai la possibilité de me faire passer pour toi ce week-end. D'ailleurs, peut-être que nous aurons un retour de Miles d'ici là et que nous saurons si on peut lui faire confiance.

Sebastian sourit.

— Brillant. Comment sais-tu dans quel camion elle se trouve aujourd'hui ?

Sutton regarda le compte.

— D'après ce que je vois, elle semble toujours être dans le camion principal. Je vais donc commencer par là.

— Excellente idée.

Sebastian sortit ses clés de voiture de sa poche et les lança à son frère.

— Ne raye pas mon bébé.

Amusé, Sutton leva les yeux au ciel. Il était passionné de voitures, et celle qu'il avait été forcé à vendre dernièrement valait le triple de la BMW de Sebastian.

— Ne t'en fais pas. Je conduirai comme un vieillard puisque je me fais passer pour toi.

— Ha, ha ! rétorqua Sebastian en quittant la pièce. Bonne chance pour essayer d'être aussi charismatique et agréable que moi.

La bonne blague, songea Sutton.

Sebastian et lui se ressemblaient sur certains points, mais étaient à l'opposé pour d'autres, surtout en ce qui concernait les femmes. Pourtant il adorait son jumeau, mais ce dernier était tellement coincé ! Pas étonnant que l'alchimie qui avait opéré avec sa mystérieuse partenaire ait disparu avec la réalité. Les méthodes de séduction de son frère étaient suffisantes, à elles seules, pour endormir Sutton.

Au fil des ans, son frère avait soumis de nombreuses douces débutantes de la région à l'approbation de leur mère. Pas une n'avait éveillé le moindre intérêt chez Sutton. Tous deux avaient des goûts totalement différents en matière de femmes. Ce simple argument aurait dû suffire à le convaincre qu'il y avait bien eu deux femmes à la soirée. Il était impossible que lui et Sebastian soient épris de la même personne, même si elle jouait la comédie.

Donc, si Lauren Roberts n'était pas l'inconnue de Sébastian, peut-être que son frère avait raison et que la jolie cheffe était sa mystérieuse amante à lui. Il n'y avait qu'un moyen de le savoir. Il regarda son téléphone et nota le menu du jour.

— Des *tamales*, dit-il avec un sourire satisfait.

De mieux en mieux. Tant qu'un de ses plats favoris se trouvait au menu, cette aventure ne pouvait être un total échec.

Lauren était débordée. Les *tamales* étaient toujours très populaires dans ses camions-restaurants. Ils se vendaient bien et pouvaient être préparés assez tôt, ce qui générait moins de stress. Elle en aurait bien proposé plus souvent, mais elle ne voulait pas être cantonnée à un seul type de cuisine. Il y avait tant de spécialités dans le monde qu'elle aurait voulu cuisiner et goûter.

Le rush de midi était passé. Entre 14 heures et 17 heures, l'affluence diminuait assez pour qu'elle puisse faire le point sur les stocks, refaire certaines préparations et, si l'endroit ne fonctionnait pas bien, se déplacer ailleurs.

Par chance, elle avait fait un bon choix en s'installant près de Courtyard Shops, aujourd'hui. Les luxueuses boutiques d'antiquités marchaient toujours très bien, tout comme le salon de mariée de Natalie Valentine. La saison des demandes en mariage débutait, d'après ce qu'on disait, ce qui était vrai. La foule de femmes se dirigeant vers la boutique, accompagnées de leurs familles et de leurs amies, en était la preuve.

Les robes de mariée n'avaient pas grand intérêt pour Lauren quand elle n'arrivait même pas à réussir un premier rendez-vous, mais elle prévoyait de se rendre à la fromagerie artisanale plus tard et de voir ce qu'elle pourrait y dénicher.

Amy chargeait un autre lot de *tamales* dans le plateau vapeur, quand Lauren regarda par la vitre et vit une BMW noire s'arrêter. Certes, ce n'était pas une voiture rare, mais elle comprit aussitôt de qui il s'agissait. Son cœur fit un bond dans sa poitrine à l'idée de devoir affronter Sebastian si tôt. C'était pourtant un homme séduisant et attentionné qui venait d'une bonne famille. La voix de sa mère résonna dans son esprit, l'exhortant à ne pas tout gâcher. Quoi qu'ils aient partagé cette nuit-là, il n'en restait aucune trace dans la vraie vie, et prétendre le contraire n'en aurait été que plus douloureux. De toute manière elle avait toujours été une piètre menteuse.

Désolée, maman.

— Nous avons un client, annonça-t-elle à Amy en se détournant de la vitre pour s'affairer de l'autre côté de la cuisine.

Elle ignora le soupir d'impatience de son amie, forcée d'abandonner ce qu'elle faisait pour accueillir le client.

— Lauren, c'est pour toi. C'est Sebastian Wingate qui est venu te rendre visite.

Zut. Elle avait espéré qu'il venait pour manger. Mais non, il voulait la voir, elle. Lauren prit une profonde inspiration et se colla un sourire sur le visage avant de se retourner. Sebastian attendait patiemment avec un sourire plus éblouissant que jamais.

Tout en s'approchant du comptoir, elle ne put s'empêcher de remarquer qu'il semblait légèrement différent aujourd'hui. Peut-être était-il simplement de bonne humeur et cela changeait-il totalement sa physionomie ? Ou peut-être qu'il avait passé une bonne journée. En tout cas, ça lui donnait un air plus heureux et ouvert, et étrangement elle le trouva encore plus séduisant.

— Bonjour, Sebastian, dit-elle en souriant plus spontanément. Que fais-tu ici, au Courtyard Shops ?

Il sortit son téléphone.

— J'ai vu que vous serviez d'excellents *tamales* aujourd'hui.

Lauren ne put s'empêcher de rougir au compliment. Elle dédaignait la plupart des commentaires – bons ou mauvais – sur son apparence physique, son intelligence et même son sens de l'humour. Mais dès qu'il s'agissait de sa cuisine elle se sentait immédiatement touchée.

— C'est gentil de ta part. Tu as fait tout ce chemin juste pour mes *tamales* ? L'autre camion est pourtant garé plus près de chez toi.

— J'adore les *tamales*, mais je ne pouvais évidemment pas laisser passer l'occasion de te revoir. Ça valait la peine de conduire un peu plus.

Il avait l'air de le penser. Au vu de leur dernière conversation au sujet de l'inévitable fin de cette relation, Lauren se sentit quelque peu confuse. Avait-il oublié ce qu'elle avait dit ? Ou était-il déterminé à tirer le meilleur parti de leur dernière tentative ? Elle appréciait sa détermination à essayer d'insuffler l'étincelle, mais elle n'était pas convaincue que ce soit suffisant.

Prise de court, elle se concentra donc sur la nourriture, car c'était plus simple que leur relation.

— Nous en avons préparé une nouvelle série, qui sera prête dans quelques minutes, si tu souhaites attendre.

— Bien sûr. Ça ne me dérange pas.

— J'ai les choses en main, annonça Amy par-dessus l'épaule de Lauren en s'immisçant dans la conversation.

Pourquoi n'iriez-vous pas vous asseoir quelque part ? Je vous apporterai votre commande dès que ça sera prêt.

Lauren jeta un œil méfiant à Amy, mais celle-ci lui adressa un sourire innocent. Elle savait parfaitement comment ça se passait avec Sebastian, et pourtant elle jouait les entremetteuses. Et avec succès, car il l'avait entendue et il aurait été impoli de la part de Lauren de refuser.

— Ce serait génial, répondit-elle, les dents serrées, avant de se tourner vers Sebastian. Qu'est-ce que tu aimerais boire avec tes *tamales* ?

— Du thé sucré ?

— Parfait.

Lauren leur versa deux verres et lança un regard noir à Amy avant de se diriger vers l'arrière du camion. Quand elle ouvrit la porte, Sebastian l'attendait là, une main tendue pour l'aider à descendre. Elle lui passa un verre à la place et descendit en utilisant la poignée de la porte comme elle le faisait toujours.

Dans la matinée, elles avaient installé un parasol et une table de pique-nique démontable pour ceux qui souhaiteraient manger sur place. En centre-ville ce n'était pas possible, mais il y avait plus de place ici, et les commerçants n'y voyaient pas d'inconvénients. Lauren se dirigea vers la table qu'elle avait nettoyée un peu plus tôt.

Ils s'installèrent l'un en face de l'autre. Étrangement, Lauren se sentait un peu nerveuse. Peut-être était-ce la façon dont Sebastian la regardait, avec une sorte de curiosité et de chaleur inattendue, comme s'il appréciait ce qu'il voyait… ce qui n'avait aucun sens. Elle était dix fois mieux à la soirée et même lorsqu'ils avaient dîné ensemble. Aujourd'hui, elle était habillée pour cuisiner : cheveux en chignon et sa grosse veste de chef par-dessus un T-shirt et un jean.

Son silence était tout aussi troublant que son regard

scrutateur. Il n'essayait même pas d'engager la conversation et de discuter de banalités comme la dernière fois. Non, il se contentait de siroter son thé et de l'étudier.

Lauren finit par rompre le silence.

— Je ne m'attendais pas à te voir aujourd'hui. Ni même avant samedi.

— Je sais. J'ai agi sous l'impulsion du moment. J'ai vu ta publication sur mon Instagram et j'ai décidé de passer. Je n'ai encore jamais eu l'occasion de tester ta cuisine après tout, et si je sors avec une cheffe il faut bien que je bénéficie de certains avantages, non ?

Lauren ne put s'empêcher de lui rendre son sourire.

— Pour être honnête, la plupart des hommes avec qui j'ai eu de brèves aventures ne voyaient pas ça comme un avantage. C'est un métier très prenant qui ne me laisse pas beaucoup de temps pour eux.

— Oui, mais ce n'est pas comme si tu étais une cheffe employée chez quelqu'un. C'est ta propre affaire, et tu essayes de la faire fructifier. Je sais à quel point ça prend du temps. Maintenant que je n'ai plus d'entreprise à gérer, je ne sais plus quoi faire de mon temps libre. J'en finis par inventer des excuses boiteuses sur des envies de déjeuner, pour pouvoir passer à l'improviste auprès de jolies jeunes femmes.

Lauren se mit à glousser.

— Ce n'était pas une excuse boiteuse, mais franche.

Elle allait lui demander comment avançait l'enquête, quand Amy arriva avec deux plateaux de *tamales* et du riz épicé à la sauce Bloody Mary, qu'elle testait en ce moment au menu du jour.

— Bon appétit, dit celle-ci en remuant les sourcils de façon suggestive à l'intention de Lauren, avant de retourner au camion.

— Waouh, ça a l'air fameux, commenta Sebastian.

Il saisit sa fourchette et la plongea aussitôt dans son plat fumant.

Lauren attendit sa réaction en retenant sa respiration. Elle le regarda souffler sur son *tamal* avant de mordre dedans et de le mâcher pensivement. Il prit ensuite une seconde bouchée, sans rien dire, ce qui mit Lauren sur des charbons ardents. Le fait qu'il aime sa cuisine représentait bien plus à ses yeux que ses efforts pour donner une chance à leur relation : du bouche-à-oreille positif dans le cercle social de Sebastian serait une aubaine pour ses affaires, et cela même s'ils décidaient de se séparer.

— C'est sans aucun doute le meilleur *tamal* que j'aie jamais mangé, finit-il par déclarer.

Lauren laissa échapper un souffle de soulagement.

— Vraiment ? Tu ne dis pas ça juste comme ça ?

— Pas du tout.

Il prit une autre bouchée et la mâcha joyeusement.

— C'est tellement bon !

Il ne lui fallut que quelques minutes pour faire disparaître le contenu de leurs deux assiettes dans son estomac. Lauren ne se souvenait pas d'un appétit pareil de sa part, le soir où ils avaient dîné ensemble. Donc, soit il aimait vraiment, soit il avait très faim. Il s'était même sali un peu en mangeant.

Sans réfléchir, elle tendit son mouchoir et essuya la sauce chili au coin de sa bouche. C'était un geste étrangement intime pour des personnes dans leur situation. Comme s'ils le réalisèrent au même moment, leurs regards se verrouillèrent l'un à l'autre.

Sebastian leva la main, et ses doigts chauds recouvrirent ceux de Lauren. Elle lâcha sa serviette sans s'en rendre compte, uniquement consciente de la sensation de sa peau pressée contre la sienne : sensation familière et enivrante. Son cœur se mit à battre à toute vitesse, comme si son corps s'était soudain souvenu de son toucher. Des bribes de souvenirs de ces mêmes mains puissantes et masculines posées sur son corps lui revinrent aussitôt en mémoire.

Et en un claquement de doigts le charme fut de retour, plus puissant que jamais, comme si un éclair les avait frappés à travers la tige en aluminium du parasol. Lauren se demanda ce qui avait pu changer, car il y avait bien une différence.

Sebastian le remarqua aussi. Ses yeux verts s'étrécirent, à la fois plus prudents et plus intéressés, comme le jour où elle avait sonné à sa porte. Le regard fixé sur elle, il s'humecta machinalement les lèvres et relâcha ses doigts avant de prendre une profonde inspiration.

— Ta manucure a bien tenu.

Elle ne sut quoi dire, d'autant plus que Sebastian n'avait jamais mentionné ses ongles. Il avait peut-être fait un commentaire le soir du gala, mais pas depuis. C'était étrange qu'il en reparle maintenant… mais peut-être qu'il cherchait simplement quelque chose à dire pour briser la tension qui crépitait entre eux.

— J'en suis la première surprise, déclara-t-elle. La cuisine sollicite constamment les mains. Elles ne sont pas aussi raffinées en général. C'est un vestige de mon relooking.

— Ton relooking ?

Lauren fronça les sourcils. Si elle n'était pas assise en face de lui, elle aurait pu penser qu'elle parlait à quelqu'un d'autre.

— Mais oui tu sais bien. Je t'ai raconté comment j'ai gagné le billet d'entrée au gala de charité et la séance de relooking.

Elle vit dans son regard l'instant précis où ses propos le frappèrent. Puis l'éclair de surprise disparut, et il lui sourit à nouveau.

— Ah oui. J'avais oublié. Ils ont fait un excellent travail

en tout cas. Tu es toujours aussi belle. Il suffirait que tu portes à nouveau ta robe rouge pour qu'on puisse se croire au club à jouer au billard.

Lauren se figea l'espace d'un instant, puis retira doucement sa main. C'était la première fois qu'il faisait une allusion si directe à cette fameuse nuit. Au début, elle pensait qu'il était simplement courtois. Après tout, s'ils voulaient donner une chance à leur histoire, mieux valait ne pas parler de leur aventure sur une table de billard.

Mais à bien y réfléchir c'est à la soirée dans sa globalité qu'il n'avait jamais fait référence : il paraissait par exemple ne pas se souvenir qu'elle aimait les dirty martinis, bien qu'il lui en ait acheté plusieurs ce soir-là, et leurs conversations dans l'alcôve ou sur la piste de danse ne lui semblaient pas familières. Elle avait, jusque-là, imputé cela au fait qu'il avait trop bu.

Et voilà que tout à coup il parlait de la table de billard. Rien que ça ! C'était un revirement total. Quand elle leva la tête avec surprise, elle vit une lueur entendue dans son regard. Ce fut assez pour enflammer ses joues, et cette fois elle n'avait aucun masque derrière lequel se cacher.

— Tu n'es pas très douée pour dissimuler tes pensées avec ce visage expressif. Je sais que je l'ai peut-être déjà dit, mais j'aime voir ton visage en entier. C'est comme si à cause du masque j'étais passé à côté de toutes tes palettes d'émotions et d'expressions.

Non, il ne l'avait pas dit, comme pour tout ce qui concernait cette soirée, C'était comme s'il avait fait une réinitialisation complète jusqu'à ce moment précis. Lauren était à la fois confuse et extrêmement intriguée. La déception qu'elle avait éprouvée après avoir fait la connaissance de son homme masqué s'était soudain volatilisée.

— Comme en ce moment précis, continua-t-il. Si tu portais ce masque, je n'aurais jamais vu ces adorables petites lignes entre tes sourcils, qui surgissent dès que tu réfléchis. Je n'aurais vu que tes yeux marron et or qui semblaient me transpercer, même à travers mon propre masque. J'aime te voir en entier.

Lauren fut stupéfaite par ses paroles. Que pouvait-elle répondre à une chose pareille ? Il semblait soudain se souvenir de tous les détails à son sujet. La plupart des gens ne prêtaient aucune attention aux éclats dorés de ses yeux et encore moins pour en parler de cette façon, comme si chaque petite tache couleur miel avait été mémorisée. Son cœur manqua un battement alors que la chaleur inondait ses joues.

— Je dois retourner au camion. Mais c'est toujours d'accord pour samedi ?

— Absolument.

— Tu as déjà une idée de ce que nous ferons à Dallas ?

— Pas exactement. Mais il y a un restaurant éphémère dont j'ai pas mal entendu parler et qui sera présent ce jour-là. J'ai pensé que ça pourrait plaire à une cheffe telle que toi, et peut-être te donner des idées pour ta propre entreprise. Ça te dirait que je réserve une table ?

Lauren avait souvent songé à tester un restaurant éphémère. Ça aurait pour elle été l'occasion de prendre la température et de voir l'effet que cela ferait d'avoir un restaurant permanent. Elle avait même des vues sur un établissement inoccupé en ville qui lui semblait parfait.

— J'adore l'idée. Au fait, tu n'as pas une tante qui vit dans ce coin ?

— Ma tante Piper, oui.

— J'aimerais visiter sa galerie si nous en avons le temps. Ça fait longtemps que j'aimerais y aller, mais je n'ai jamais trouvé le temps.

L'expression soudainement crispée de Sebastian lui rappela leur dîner tendu et fit disparaître son partenaire de billard. Apparemment, il pouvait passer d'un extrême à l'autre aussi facilement que s'il jetait une pièce en l'air.

— Bien sûr, dit-il sans trop d'enthousiasme. Je vais voir ce que je peux faire.

- 6 -

Passer du temps en compagnie de Lauren était chose aisée. Lui mentir et prétendre être son frère par contre ne l'était pas.

Sutton détestait faire ça. Tout sonnait faux. Il marchait constamment sur des œufs en espérant ne pas dire quelque chose qui le trahirait. Lauren semblait n'avoir rien remarqué jusqu'à présent… ou du moins n'avait pas eu l'air gênée par le changement. Elle avait vu qu'il paraissait plus détendu, ce qui était logique : même dans les moments de stress intense Sutton n'était jamais aussi collet monté que Sebastian.

Samedi, il passa la prendre dans la BMW de son frère, et ils se rendirent ensemble à Dallas. Le trajet avait beau être extérieurement agréable, il avait du mal à garder les mains sur le volant. Être piégé dans ce petit habitacle avec elle et son parfum enivrant… Il ne pensait qu'à arrêter la voiture et l'embrasser jusqu'à en perdre haleine. Mais il se maîtrisa et continua de conduire bien sagement.

Il ne comprenait pas comment faisait son frère pour ne rien trouver de spécial chez Lauren. Certes, elle n'était pas aussi belle que toutes ces débutantes qui papillonnaient autour des jumeaux depuis leur adolescence, mais c'était uniquement parce que contrairement à ces dernières elle ne consacrait pas de longues heures à s'habiller et à se parer. Cela dit, il pouvait ainsi apprécier sa beauté naturelle.

Son teint de porcelaine sans défaut par exemple ne devait

rien à l'application d'un fond de teint : sa peau était tout simplement belle. Ses épais cils noirs se passaient parfaitement de mascara, et ses sourcils n'avaient pas besoin d'être dessinés au crayon. Ses lèvres étaient naturellement pleines et roses, sans qu'elle ait recours au rouge à lèvres, au crayon à lèvres ou au gloss. Oui, son maquillage, le soir du gala, n'avait fait que mettre en valeur ces caractéristiques, mais c'était quand elle travaillait dans son camion-restaurant à faire ce qu'elle aimait le plus qu'il la trouvait la plus attirante.

Et si son attirance pour elle ne suffisait pas il n'avait qu'à la toucher pour que tous ses doutes sur sa véritable identité se dissipent. C'était bien la femme avec qui il avait passé la nuit au club. Il y avait une alchimie si familière et instantanée entre eux : il avait vu ses yeux marron et doré s'arrondirent quand il lui avait pris le poignet et son souffle se couper…

Cette femme ne l'avait pas quitté un instant au club, avant de disparaître au beau milieu de la nuit en abandonnant son masque. Elle aurait donc eu peu de temps pour se procurer un nouveau masque et séduire ensuite son frère. Et d'après leurs conversations Lauren ignorait que Sebastian Wingate avait un jumeau. Elle n'avait pas non plus l'air de savoir grand-chose sur sa famille. Conclusion ? Elle n'était probablement pas une espionne envoyée pour détruire la famille. Mais elle pouvait très bien se jouer de lui. Par sécurité, il décida donc de garder ses distances jusqu'à avoir le rapport de son frère Miles.

Le trajet jusqu'à Dallas fut donc un douloureux exercice de retenue pour Sutton. Il regretta même d'avoir choisi de porter un jean aussi serré pour la journée.

— On commence par la galerie ou le restaurant ? demanda Lauren après quelques kilomètres de silence absolu, mis à part le faible son de la radio.

— La galerie en premier. J'ai vérifié les horaires, et elle ferme tôt. Il faudra donc commencer par là si nous voulons en profiter. J'ai réservé plus tard pour le restaurant.

En vérité, Sutton n'était pas enthousiaste à l'idée de passer par la galerie. Sa tante Piper était très observatrice et avait le sens du détail, ce qui faisait d'elle une excellente galeriste et accessoirement une tante très curieuse. S'il y avait une personne capable de le démasquer dans son rôle de Sebastian, c'était bien Piper. Mais éviter la galerie soulèverait également des questions. Il n'avait donc pas d'autre choix que de s'y rendre et de prier pour que tout se déroule au mieux.

Arrivé à destination, il trouva une place dans la rue. Il aida Lauren à sortir de la voiture, puis ils pénétrèrent ensemble dans la galerie.

Il avait toujours adoré cet endroit, et visiblement Lauren était également sous le charme. Les murs étaient d'un blanc éclatant, avec des œuvres colorées disposées un peu partout : peintures, sculptures et même un mobile moderne en verre et en métal accroché au plafond, qui donnait vie à l'endroit.

— C'est ça que je veux, déclara Lauren avec conviction.

— Tu veux dire une galerie d'art ?

— Non. Mais cette atmosphère : les couleurs, les lignes modernes. Si un jour j'ouvre mon propre restaurant, j'aimerais qu'il ressemble à ça. J'adore.

— Je suis sûr que tante Piper serait heureuse de te vendre quelques œuvres pour décorer tes murs, le jour venu.

Lauren émit un petit rire dédaigneux.

— Je ne peux même pas me permettre d'ouvrir un vrai restaurant. Qu'est-ce qui te fait croire que j'aurais les moyens de m'offrir des œuvres d'art hors de prix ?

Sutton haussa les épaules.

— Peut-être qu'elle pourrait te les laisser gratuitement ?

Tu devrais lui poser la question. Comme certaines de ces œuvres sont d'elle, elle serait peut-être d'accord pour conclure un arrangement. Et puis ma tante aime bien suivre les jeunes talents et exposer leurs travaux ici. Ces œuvres ne sont probablement pas aussi chères que tu le penses.

Une femme menue habillée tout en noir s'approcha d'eux. Sutton ne la reconnut pas et en fut soulagé.

— Bienvenue à Holloway Gallery. Puis-je vous aider ? demanda-t-elle.

— Je suis Sebastian Wingate, le neveu de Piper, déclara Sutton en se concentrant pour prononcer le bon prénom. J'ai amené une amie pour lui montrer la galerie. Est-ce que ma tante est ici aujourd'hui ?

— Malheureusement, non, répondit la femme. Elle n'est pas en ville et ne rentrera pas avant lundi, mais n'hésitez pas à jeter un œil et appelez-moi si vous avez besoin de quoi que ce soit.

Il hocha la tête, essayant de cacher son soulagement. L'employée disparut, ainsi que sa crainte d'être démasqué, et il put enfin se détendre. Lauren s'approcha d'un grand portrait coloré, et il la suivit. Ils flânèrent dans la galerie, discutant des œuvres et de celles qui conviendraient le mieux pour son futur restaurant. Sutton était en faveur d'un avocat géant en pop art.

Ils étaient en train d'admirer une peinture sur le mur du fond, quand la cloche de la porte d'entrée tinta. Sutton se retourna et vit une connaissance entrer dans la galerie.

— Brian ?

L'homme regarda dans sa direction et le reconnut.

— Salut, dit-il en s'avançant vers eux.

Comme il ne l'avait pas appelé par son prénom, Sutton comprit qu'il ignorait à quel jumeau il s'adressait.

Parfait.

— Sebastian, dit-il sciemment.

Brian soupira de soulagement, et Sutton continua :

— Voici mon amie, Lauren Roberts. Lauren, voici Brian Cooper. Techniquement nous ne sommes pas de la même famille, mais Brian est comme un cousin. C'est le neveu de l'homme que nous appelons tous « oncle Keith ». Keith était le meilleur ami de mon père, et il est resté aux côtés de ma mère quand mon père est décédé d'un AVC.

Sutton ne développa pas plus longuement et évita de mentionner l'attention grandissante d'« oncle » Keith à l'égard de sa mère. Il n'avait pas d'affinités particulières avec l'homme, mais puisque sa mère semblait heureuse avec lui il avait décidé de ne pas s'en mêler. Cependant, tout le monde dans la famille ne se montrait pas aussi bienveillant à propos des attentions de Keith envers Ava.

Lauren sourit poliment et serra la main de Brian. Sutton remarqua que celui-ci ne semblait pas vraiment désireux de leur parler. En tout cas, il était distrait. Il ne cessait de jeter des coups d'œil par-dessus l'épaule de Sutton, comme s'il cherchait quelque chose ou quelqu'un.

— Brian est avocat à Dallas, expliqua Sutton. Alors, qu'est-ce que tu fais à la galerie ? Tu cherches une œuvre à accrocher dans le hall de ton cabinet ?

— Non, mais ça ne serait pas une mauvaise idée. J'espérais échanger quelques mots avec Piper.

Sutton ne voyait absolument pas ce que le neveu de Keith aurait pu avoir à dire à sa tante, mais il n'insista pas et lui annonça la mauvaise nouvelle.

— Nous venons de parler à la personne qui travaille ici. Piper ne sera pas de retour avant lundi.

Brian fronça les sourcils, mais hocha la tête en signe d'acceptation.

— J'imagine que j'aurais dû appeler avant de faire tout ce chemin. Mais ce n'est pas en vain, puisque je vous ai vus, toi et cette ravissante jeune femme. Que faites-vous à Dallas ?

— Nous sommes venus y passer la journée et visiter la galerie.

— Qu'est-ce que tu as prévu d'autre ?

— Après ça, peut-être une petite balade en ville avant notre réservation pour dîner. Nous allons tester un restaurant éphémère.

— Ça me semble un beau programme. Eh bien, je vais vous laisser continuer votre visite. C'était sympa de te voir.

Brian recula vers la sortie et fit un signe d'adieu de la main.

— Toi aussi, répondit Sutton tandis que le jeune homme disparaissait. C'est étrange, murmura-t-il, une fois la porte fermée.

— Pourquoi donc ? demanda Lauren.

Sutton se contenta de secouer la tête.

— Ce n'est rien. As-tu terminé ici ? Que dirais-tu d'aller manger une glace et nous promener un peu ? Il fait assez beau.

— Bonne idée.

Lauren prit une des cartes de visite posées sur le comptoir avant de suivre Sutton vers la porte.

— Juste au cas où j'aurais un jour mon propre restaurant, expliqua-t-elle.

Sutton ne connaissait pas encore très bien Lauren, mais il était convaincu que cette carte lui servirait plus tôt que prévu.

Lauren n'était encore jamais allée dans un restaurant éphémère. C'était un concept relativement nouveau – du moins pour elle –, et elle avait hâte de voir comment cela se passait. Après que Sebastian lui avait proposé cette sortie, elle avait fait une recherche en ligne sur le restaurant. Comme le sien, il fonctionnait principalement sous forme de camion-restaurant, et un samedi par mois il ouvrait de manière éphémère dans un vrai local : parfois dans des restaurants vacants, parfois dans de vrais restaurants, les jours de leur fermeture, et parfois sous une tente dans des parkings. Cela avait contribué à les rendre célèbres, et les chefs espéraient pouvoir ouvrir un véritable établissement d'ici la fin de l'année.

Lauren trouvait l'idée intéressante. Peu de locaux commerciaux étaient vacants à Royal, mais il y avait quelques possibilités. Il fallait juste qu'elle réussisse à convaincre les propriétaires de lui faire confiance. Oh ! et trouver un moyen de réunir tout ce qui était nécessaire au bon fonctionnement d'un restaurant.

À peine eurent-ils franchi la porte qu'elle réalisa que son rêve n'était qu'un fantasme impossible. Cet endroit était bien plus qu'un restaurant installé pour quelques heures dans un local commercial inutilisé : ils avaient complètement pris possession de l'endroit, et si on ne connaissait pas le concept on ne pouvait pas deviner que tout cela n'était que temporaire. Une opération pareille avait un coût et nécessitait des sommes dont Lauren ne disposait pas.

Ces restaurateurs avaient de l'expérience et n'avaient lésiné ni sur la décoration ni sur les fournitures. Le thème austère en noir et blanc était présent partout, adouci par des roses rouge foncé disposées dans des vases, sur chaque table. Une tapisserie blanche recouvrait les murs, des ampoules Edison étaient suspendues au plafond, et des photographies en noir et blanc avaient été accrochées un peu partout. Une vingtaine de tables noires couvertes de nappes blanches et des chaises assorties emplissaient l'espace, probablement en provenance d'une entreprise spécialisée en location d'articles de fête.

Une douce musique s'échappait des haut-parleurs placés en hauteur, et les bougies votives posées sur chaque table dispensaient une lumière dorée. Le parfum des roses et des bougies se mêlait aux odeurs alléchantes d'épices, d'ail, d'oignon et de sauce tomate.

Lauren adorait la cuisine italienne et était excitée à l'idée de découvrir le menu de « Secrets de maman ». Leur camion-restaurant proposait habituellement des plats classiques tels que des boulettes de viande, des sandwichs au poulet et au parmesan et des *arancini* farcis décrits comme étant de la taille d'une balle de softball. Ce soir, leur site web promettait les mêmes grands classiques dont leurs fans raffolaient, mais cette fois avec des couverts.

À en juger par la foule présente, leurs clients dévoués étaient venus en nombre. Alors que Sutton s'enregistrait à l'accueil, Lauren remarqua que toutes les tables étaient prises et que quelques personnes attendaient même leur tour devant la porte. C'était un succès. Pour un restaurant, mieux valait des clients attendant une table que des tables attendant des clients, lui avait un jour dit un mentor.

Heureusement, leur réservation leur permit d'entrer tout de suite : la dernière table disponible était pour eux. Sutton posa une main au creux des reins de Lauren, et ils suivirent l'hôtesse jusqu'à leurs sièges.

C'était la première fois qu'il la touchait – la touchait vraiment – aujourd'hui. Certes, il lui avait pris la main pour l'aider à descendre de voiture, mais sinon il avait été très distant. C'était extrêmement frustrant pour Lauren qui se sentait à fleur de peau chaque fois qu'il s'approchait d'elle. Une fois devant leur table, elle s'éloigna à contrecœur de la chaleur de sa main et s'assit.

Ils se mirent alors à étudier le menu du jour. Lauren saliva en examinant les choix : osso-buco accompagné de risotto, *saltimbocca* de veau et gâteau à la polenta, pâtes au *cacio* et au poivre, aubergines parmesanes, gnocchis de patates douces et épaule de porc. Il y avait tant de plats incroyables qu'elle ne savait plus où donner de la tête.

Pour ajouter à son indécision, une autre source de distraction l'attendait de l'autre côté de la table : quittant le menu du regard, elle vit que Sebastian s'était remis à l'observer. Cette nouvelle manie chez lui était déconcertante. Il n'avait jamais fait ça avant sa visite surprise au camion-restaurant. À présent, chaque fois qu'elle levait les yeux, elle le trouvait en train de la fixer… avec une faim qui ne devait rien à la cuisine italienne. Et pourtant il s'obstinait à garder ses distances.

Il n'avait pas été si réservé le soir du gala : au contraire, il ne pouvait s'empêcher de la toucher. Qu'est-ce qui avait changé, à part les masques ? Sebastian avait déclaré qu'il la préférait sans, mais ses actes démentaient ses propos. Il semblait en conflit, d'un côté la désirant et de l'autre gardant ses distances. Ce comportement perturbait Lauren et l'emplissait d'incertitudes, faisant passer le menu alléchant au second plan.

— As-tu choisi ? demanda-t-elle.

La question semblait légitime puisqu'il ne regardait même pas la carte.

— Je pense que je vais te laisser commander pour moi. C'est toi la cheffe, après tout.

Lauren entrouvrit les lèvres, prête à protester, mais elle se ravisa. S'il voulait qu'elle commande pour lui, pourquoi pas ? Personne ne lui avait encore jamais demandé cela. C'était l'occasion de lui montrer ses connaissances en matière de cuisine.

— D'accord. Eh bien, s'il y avait deux moi à cette table, nous aurions pris les *arancini*, les gnocchis et je pense… l'osso-buco. J'espère qu'il restera de la place pour le tiramisu.

Sebastian s'esclaffa. C'était un rire chaleureux et

familier qu'elle n'avait plus entendu ces derniers jours, mais qui fit vibrer son cœur et libéra la tension de ses épaules. Il s'était montré si sérieux quand elle était allée le trouver la première fois. Peut-être qu'il avait fini par se détendre ? Son idée de se voir en dehors de la ville n'était pas mauvaise finalement.

Elle commanda le tout à l'arrivée du serveur et ajouta à la dernière minute des beignets de fleurs de courgette ainsi qu'une bouteille de vin rouge.

— Il va falloir me rouler jusqu'à Royal, déclara Sutton. Allons-nous pouvoir manger tout ça ? Je compte sur toi pour m'aider.

— Avec grand plaisir.

Il hocha la tête d'un air approbateur.

— Ça me plaît. Je suis tellement habitué aux femmes qui ne veulent rien manger durant un rendez-vous. Je sais qu'elles ont faim et j'entends presque leur estomac gargouiller pendant qu'elles picorent leur salade. Je les imagine en train de se jeter sur leur frigo dès qu'elles rentrent chez elles, mais malheur si tu leur proposes du pain beurré : elles pourraient te poignarder avec leur couteau à steak.

— Je suis cheffe. La nourriture c'est ma vie. Je passe mon temps à manger.

Ce n'était pas une déclaration élégante, ni le genre de choses à dire à un homme durant un rendez-vous, mais c'était la vérité. Pour enfoncer le clou, elle arracha un morceau de la *focaccia* apportée par le serveur et le plongea dans l'huile aromatisée aux fines herbes.

— Et je n'ai pas peur du pain, ajouta-t-elle avant de mordre dedans.

— Ça me plaît, dit-il en prenant un morceau de pain. Alors, comment restes-tu si mince, si tu n'es pas pathologiquement phobique des glucides ?

Lauren ne se trouvait pas particulièrement mince, mais elle accepta le compliment.

— Le stress d'abord. Je reste debout pendant des heures au travail et, quand les camions sont fermés, je prépare, cuisine et m'active sur les livres de comptes et les stocks. Mon podomètre dépasse la plupart des jours les vingt mille pas. J'ai aussi un vélo elliptique que j'essaye de pratiquer régulièrement pour augmenter mon rythme cardiaque et brûler les excès de la journée.

Elle leva son verre de vin rouge avant d'ajouter :

— Comme celui-ci. Je vais d'ailleurs devoir en faire pendant une heure en rentrant, après toute cette nourriture italienne.

— En ce qui me concerne, je reste assis à un bureau toute la journée, admit-il. Du moins c'est ce que je faisais jusqu'à il y a peu. Maintenant, je reste assis à la maison à ne rien faire et à me demander comment occuper mes journées. J'avais l'habitude de nager, mais notre propriété familiale et sa piscine ont été saisies. Je joue au golf ou au tennis de temps à autre, mais pas suffisamment. Heureusement, nous semblons avoir un bon métabolisme dans la famille. Nous sommes tous assez minces.

— Quelle chance ! Moi je dois faire attention à ma ligne, mais ça m'aide d'être particulièrement pointilleuse sur la qualité de ce que je mange. Je suis capable d'avaler pratiquement tout ce qui est comestible, à condition que ce soit cuisiné d'une façon qui me convienne. Je n'aime pas la nourriture transformée ni les aliments prêts à la consommation ou en conserve. J'ai grandi avec ce genre de choses et je ne peux plus les supporter. Mais donne-moi une belle tranche de fromage importé, du pain artisanal croustillant, des fruits mûrs et du bon vin, et je suis capable de tout manger jusqu'à la dernière miette.

Sebastian lui adressa un autre grand sourire sincère. Elle commençait à s'habituer à son côté détendu.

— Ça me plaît. Tu cuisines et tu manges. Tu es belle, intelligente et sexy.

Il lui prit la main et la caressa du pouce avant de la porter à ses lèvres, sans jamais la quitter du regard.

— Et tu sors avec moi, ajouta-t-il d'un ton presque étonné.

Surprise, Lauren faillit gémir à la sensation de ses lèvres contre sa peau. Elle émit un rire nerveux et retira sa main pendant qu'elle avait encore la volonté de le faire.

— Je... je ne comprends pas, bégaya-t-elle. Tu me complimentes tout en te rabaissant. Pourquoi est-ce que je ne voudrais pas sortir avec toi ?

Il soupira et recula pour prendre une grande gorgée de vin.

— Ma vie est compliquée en ce moment. Les choses sont différentes aujourd'hui, mais il fut un temps où j'étais carrément arrogant. Prétentieux, même. Les femmes devaient lutter pour attirer mon attention, et certaines se sont même battues pour moi. Les fils Wingate ont toujours été des partis hautement recherchés à Royal.

— Tu as un frère ? demanda-t-elle.

Sebastian parut soudain se raidir.

— Oui. J'ai un jeune frère, Miles. Mais il n'est plus sur le marché des célibataires. Il a eu la chance de trouver Chloe et n'a plus à voir cette expression dans le regard des femmes.

Lauren tressaillit.

— Quelle expression ?

— Un peu comme si j'étais pestiféré. Je ne sais pas si tu as suivi l'actualité concernant ma famille, mais c'est très mauvais. J'ai dû quitter mon poste de directeur finan... je veux dire directeur général, et je risque fort de tout perdre : mon travail, l'entreprise, notre résidence familiale... Tout a disparu. Je ne sais pas si nous pourrons tout récupérer un jour. J'en suis à un point où je serai heureux de ne pas finir en combinaison orange.

Elle n'avait pas réalisé que leur situation était si désastreuse. Comment s'étonner de son attitude si sérieuse et tendue le jour où elle avait sonné à sa porte ? Aurait-elle été capable de faire confiance à qui que ce soit, si elle avait été dans une situation pareille ?

— La prison ? Waouh ! C'est vraiment grave. J'ai entendu plusieurs choses ici et là, mais je n'y ai pas vraiment prêté attention. Je suis généralement trop occupée pour me concentrer sur les potins de la ville.

Il acquiesça tandis qu'un muscle sur sa mâchoire se mettait à tressauter.

— Est-ce que tu vas aussi me regarder comme ça, maintenant ? demanda-t-il avec une petite lueur de vulnérabilité dans les yeux.

Tout le monde avait dû leur tourner le dos, à lui et à sa famille. Cette pensée lui brisa le cœur, mais elle savait l'effet que cela faisait. Elle n'avait jamais été vraiment acceptée par les élites de cette ville. La plupart l'ignoraient, et les autres étaient carrément cruels. Elle n'était admise qu'à condition de porter un masque. Son rêve de tenir un restaurant haut de gamme à Royal n'était que cela finalement : un rêve. À moins qu'elle ne réussisse à leur faire aimer suffisamment sa cuisine pour qu'ils en oublient ses origines modestes.

Elle était une cheffe talentueuse, mais pas une faiseuse de miracles.

Lauren le regarda droit dans les yeux. Elle était connue pour sa franchise brusque, même si cela concernait la cuisine d'habitude. Elle ne mentirait pas pour flatter son ego, mais il devait faire preuve d'honnêteté.

— Êtes-vous coupables des choses dont toi et ta famille êtes accusés ?

— Non, répondit-il vivement en se redressant instinctivement d'un air de défi.

Chaque parcelle de son corps parut soudain se tendre sous l'effet de cette affirmation véhémente.

— Quelqu'un s'est donné beaucoup de mal pour nous détruire, et j'ignore pourquoi.

— Je te crois, affirma-t-elle avec douceur.

C'était le cas. Elle ne savait pas grand-chose de Sebastian, mais elle avait confiance en lui. Peut-être était-ce encore une erreur, car elle avait la mauvaise habitude d'être trop naïve quand il s'agissait des hommes, mais c'était ainsi.

— Donc non, continua-t-elle. Je ne vais pas te regarder comme si tu étais pestiféré. À condition que tu fasses la même chose pour moi.

— Bien sûr. Quelle raison aurais-je de faire cela ? s'enquit-il, visiblement surpris.

Apparemment la tristement célèbre histoire du club, à l'époque du lycée, n'était pas arrivée à ses oreilles. Il était plus âgé qu'elle et n'avait peut-être pas entendu parler de « Trempe à l'eau », ou il ne comprenait pas qu'il s'agissait de Lauren. Il ne la voyait pas comme une paria ou une intruse au sein de son monde, et elle en était heureuse. Il était l'une des rares personnes à la voir telle qu'elle était.

Du coin de l'œil, elle aperçut le garçon qui apportait les *arancini* et les beignets de fleurs de courgette : juste à temps pour mettre un point final à cette conversation.

— Aucune raison, dit-elle en souriant. J'espère que tu as faim.

- 7 -

Sutton n'avait jamais été aussi ravi de lire quoi que ce soit de toute sa vie. La seule chose qui aurait pu le rendre plus heureux aurait été la lecture de l'abandon des charges contre sa famille. Mais comme ça ne semblait pas d'actualité il se contenterait de ça.

La vérification des antécédents de Lauren Roberts était très satisfaisante. Miles avait fait des recherches très approfondies et n'avait rien trouvé de louche. Elle n'avait aucun contact avec leur entreprise ou leurs concurrents et n'avait reçu aucune grosse somme d'une source mystérieuse. Ce qui prouvait qu'elle n'était pas une espionne et qu'elle ne cherchait pas à ruiner sa famille.

C'était un énorme poids qui lui était ôté des épaules, car il appréciait vraiment Lauren. Il avait été fasciné par son amante mystérieuse, mais étonnamment apprendre à connaître la femme qui se cachait derrière le masque était tout aussi excitant. Si cette vérification des antécédents avait été défavorable, il aurait été extrêmement déçu.

À présent qu'il était rassuré, il se trouvait confronté à une vilaine vérité. Le seul menteur dans cette histoire, c'était lui. Il était temps de tout avouer. Et il le ferait dès ce soir, au dîner. Non seulement parce qu'il le devait, mais surtout parce qu'il le voulait. Il ne pourrait pas la séduire tant qu'elle le prendrait pour Sebastian. Et il la désirait terriblement. La seule façon de l'avoir serait de lui expliquer qui il était vraiment. Et, si elle ne le détestait pas une fois que ce serait fait, peut-être que leur relation pourrait passer à un niveau supérieur.

C'était risqué, mais il n'avait pas le choix. C'était aussi simple que cela.

Sutton fit une réservation au Glass House pour le soir même. Il savait que Sebastian l'y avait déjà emmenée mais, question choix, Royal était limité. À moins qu'ils n'aillent au Silver Saddle bar ou au Royal Diner. Autrement ça serait le Glass House ou le club. Il fallait vraiment que Lauren ouvre un restaurant. Royal avait besoin d'une autre excellente adresse où manger, et elle était la personne idéale. S'il n'avait pas été dans une situation financière si délicate, il aurait financé ce projet en personne.

Mais comme la seule chose en son nom était son Audi R8 Coupé blanche, il allait devoir attendre que toute cette histoire avec les entreprises Wingate s'éclaircisse.

Pour cette occasion, il s'habilla comme Sutton, et non comme son frère. Il opta pour son costume gris préféré et une chemise en soie bleu marine. Pas de cravate : il détestait porter des cravates. Puis il se coiffa dans le style savamment ébouriffé qu'il affectionnait et porta sa propre eau de Cologne. Ce fut un véritable soulagement de quitter la maison en étant lui-même. Être son frère était frustrant et franchement… un peu ennuyeux.

Quand il se gara devant la maison de Lauren, elle ouvrit la porte, l'air confuse. Il descendit de voiture et lui ouvrit sa portière.

— Qu'est-il arrivé à la BMW ? demanda-t-elle avant de se tourner vers lui. Et toi, que t'est-il arrivé ?

Sutton sourit.

— J'ai décidé de me détendre, dit-il. Je t'expliquerai ça au restaurant.

Elle le regarda avec curiosité, mais monta dans la voiture sans plus de questions.

— Je suis surprise que tu aies suggéré de retourner au Glass House, fit-elle remarquer alors qu'ils se dirigeaient vers l'hôtel Bellamy. Mais ensuite j'ai vu qu'ils ont changé le menu et qu'ils ont ajouté quelques nouveaux plats incroyables.

Lauren continua à parler avec enthousiasme de gastronomie et de ce qu'elle allait commander. D'habitude Sutton adorait le feu qui se dégageait d'elle quand elle parlait de sa passion, mais cette fois il entendit à peine un mot de ses paroles. La seule chose à laquelle il pensait, c'étaient ses propres inquiétudes. Comment lui annoncer la nouvelle ? Quand fallait-il le faire ? Tout de suite ? Après le dessert ? Ne faisait-il pas que retarder la fin inéluctable de cette relation ?

Probablement. Mais chaque moment passé avec Lauren était un cadeau. Ce soir, elle était particulièrement charmante. Elle portait une petite robe noire qui moulait ses courbes délicieuses et mettait en valeur ses jambes galbées. Quand elle avait ouvert sa porte, ça avait été comme recevoir un coup de poing en plein ventre. Heureusement que la soirée était fraîche et qu'elle avait enfilé un chandail crème par-dessus sa robe, sinon il serait devenu fou de ne pas pouvoir la toucher. Le vêtement la couvrait beaucoup, mais soulignait ses épaules dénudées, son long cou gracile et ses oreilles nues. Il souhaita aussitôt pouvoir lui acheter un collier de perles et des boucles d'oreilles assorties à porter avec cette tenue. L'ancien Sutton n'aurait pas hésité un instant. Il aurait même pu faire un détour à la bijouterie en allant au restaurant.

Mais le Sutton actuel avait simplement collé un sourire sur son visage, ravalé son mécontentement et l'avait escortée jusqu'à sa voiture. Cette situation ne durerait pas éternellement et, une fois tout cela terminé, quand tout serait revenu à la normale, il lui achèterait ce collier… même si elle ne lui adressait plus la parole.

— Sebastian ? fit Lauren après quelques minutes de trajet.

Il repoussa ses pensées sombres et réalisa que pour le moment il devait encore répondre au prénom de son frère.

— Pardon ?

— Je te demandais ce que tu penses du rouget.

— Je ne raffole pas du poisson.

— Pourtant tu avais pris le mérou la dernière fois que nous y étions ?

Bon sang ! Cette mascarade devait prendre fin pour qu'il cesse de s'inquiéter de chaque mot qui sortait de sa bouche.

— Oui, mais c'est différent, le mérou. Je voulais juste parler du rouget. Je trouve que ça a un goût trop prononcé, se justifia-t-il en espérant que l'explication suffirait.

— C'est un poisson plutôt doux, presque sucré avec un petit goût de noisette. Tu devrais essayer.

— Peut-être, dit-il pour mettre fin à cette conversation.

Quand ils arrivèrent à l'hôtel, Sutton décida d'avoir recours aux services d'un voiturier. Il ajouta un pourboire supplémentaire afin que la voiture soit garée à proximité. D'une part, il ne tenait pas à ce que l'employé s'amuse à faire un tour avec son bébé, et d'autre part, une fois que la vérité serait dévoilée, il y avait de fortes chances pour que le rendez-vous soit écourté. Autant garder la voiture à proximité, au cas où.

Lorsqu'ils furent installés à leur table, les plats commandés et le vin apporté, il décida qu'il était temps. Il ne pouvait plus différer.

— Lauren, je dois te parler de quelque chose.

La jeune femme écarquilla les yeux et posa son verre de vin.

— À quel propos ?

Le moment était venu. Il ne lui restait plus qu'à répéter à voix haute ce qu'il s'était entraîné à dire dans sa tête.

— La dernière fois, je t'ai expliqué la situation délicate dans laquelle se trouve ma famille en ce moment. Nous ne savons même plus à qui nous pouvons nous fier.

— Je comprends tout à fait, murmura-t-elle.

Elle se montrait compréhensive, ce qui jouerait certainement en sa faveur, mais pour l'instant il n'en était que plus mal à l'aise de lui avoir menti. Il leva la main pour l'empêcher d'ajouter quoi que ce soit qui pourrait lui compliquer davantage la tâche.

— Quand tu es venue à la maison ce premier jour, c'était parce que tu pensais avoir couché avec Sebastian Wingate. Mais ce n'était pas le cas.

— Je ne comprends pas, dit-elle en le fixant d'un regard étréci.

— Tu as vu la photo dans le journal et à cause du masque tu as supposé qu'il s'agissait de Sebastian. Mais il y avait deux hommes ce soir-là qui portaient ce masque. J'étais l'autre.

Elle étudia son visage comme si elle cherchait les réponses dont elle avait besoin, avant de finir par demander :

— De quoi parles-tu ? Tu es Sebastian Wingate.

Sutton prit une profonde inspiration.

— Non, je ne le suis pas. Je suis son frère jumeau, Sutton. Je me fais passer pour Sebastian depuis le jour où je suis allé te rendre visite au camion-restaurant.

Lauren en resta bouche bée. Elle passa mentalement en revue la semaine précédente, réfléchissant à tous les signes qui lui avaient échappé. Malgré son inquiétude, Sutton préféra lui laisser le temps d'assimiler l'information avant de continuer.

— Alors, tu es comme les autres, finit-elle par s'exclamer d'un ton farouche.

Sutton se figea. Ce n'était pas du tout ce à quoi il s'attendait.

— Quels autres ?

De quoi parlait-elle ?

— Vous, les riches snobs de Royal, vous êtes tous pareils ! Est-ce que vous passez vos journées à vous réunir au club pour vous féliciter de tout votre argent, en cherchant comment vous moquer de ceux qui ne sont pas de votre monde ? Est-ce que vous aimez leur donner l'impression de les accepter dans votre petite clique et ensuite leur tirer le tapis sous les pieds pour vous distraire ?

De quoi parlait-elle ?

— Non, Lauren, protesta-t-il en lui prenant la main. Bien sûr que non. Ce n'est pas du tout ça. C'est juste que nous n'étions pas certains de pouvoir te faire confiance.

— Me faire confiance ? lança-t-elle d'une voix qui frisait l'hystérie.

Elle retira sa main, le visage rouge de colère et les yeux brillants de larmes.

— C'est toi le seul qui n'est pas digne de confiance, Sam. Steve ou quel que soit le prénom que tu viens de me donner.

— Sutton, répéta-t-il. Je t'en prie, ne te fâche pas. Je peux tout t'expliquer.

— Je…, commença-t-elle. Je dois y aller.

Elle repoussa sa chaise et jeta sa serviette sur son siège.

— Laisse-moi au moins te ramener à la maison, insista-t-il.

Ça ne s'était pas passé comme il l'espérait, mais même si elle ne voulait plus jamais le revoir il tenait quand même à la raccompagner. C'était le moins qu'il puisse faire.

— Non, merci. Je vais appeler un Uber.

— Lauren, s'il te plaît, supplia-t-il en lui prenant le bras alors qu'elle se retournait pour partir.

— Ne me touche pas, siffla-t-elle, le regard farouche.

Les larmes avaient disparu, remplacées par de la colère

à l'état pur et un sentiment de trahison. Il n'avait jamais vu une telle expression sur son visage. Elle écarta son bras et se dirigea vers la sortie.

Voyant que tous les regards dans le restaurant étaient braqués sur eux, il préféra renoncer à son désir de la suivre et leva les mains en signe de reddition. Il dut donc se contenter de la regarder s'éloigner entre les tables et disparaître dans le hall de l'hôtel Bellamy.

Il avait tout gâché. De façon atroce.

— Qu'est-ce qui ne va pas aujourd'hui ?

Lauren soupira sans se retourner, afin de ne pas faire face à Amy. Elle avait passé la journée à éviter le sujet mais, à présent que le service était terminé et qu'elles s'apprêtaient à rentrer, Amy se montrait insistante.

— Rien du tout. Je suis simplement fatiguée.

— Je t'ai déjà vue fatiguée, et ce que je vois ne ressemble pas à de la fatigue. Est-ce qu'il s'est passé quelque chose avec Sebastian ?

C'était le moins qu'on puisse dire. Et pourtant, pas exactement, puisqu'il ne s'était rien passé avec Sebastian. C'était avec Sutton que tout s'était passé, Sutton dont elle ignorait l'existence jusqu'à la nuit dernière.

Des jumeaux ? Depuis quand sa vie était devenue si mélodramatique ?

— Hé regarde, c'est Gracie, s'exclama soudain Amy en ouvrant la fenêtre du camion-restaurant. « Gracie ! », cria-t-elle.

Lauren se retourna et vit Gracie Diaz passer devant le camion sans s'arrêter. C'était étrange. Elle ouvrit la porte arrière du véhicule pour l'intercepter.

— Gracie ?

Celle-ci se figea, fixant Lauren comme si elle cherchait un moyen de fuir plutôt que de bavarder.

— Euh, salut, Lauren. Je dois y aller.

Et elle se retourna pour repartir dans le sens inverse.

— Tu vas bien ? Quelque chose ne va pas ?

D'habitude elle s'arrêtait pour leur dire bonjour. Or cela faisait des jours qu'elles ne l'avaient plus revue, ce qui ne lui ressemblait pas du tout.

Gracie hésita un instant, puis fit demi-tour et revint sur ses pas.

— Je vais bien. Comment ça va avec Sebastian ? s'enquit-elle d'un ton inhabituellement froid.

Lauren fut prise au dépourvu par la question. Elle n'avait parlé à personne de Sebastian… ou de Sutton, en dehors d'Amy.

— Comment sais-tu à propos de Sebastian et moi ?

La mâchoire de Gracie se crispa, comme si elle tentait de réprimer son irritation… ou sa colère.

— Je vous ai vus tous les deux au Courtyard Shops l'autre jour. Vous aviez l'air plutôt bien ensemble.

Gracie semblait presque jalouse, ce qui n'échappa pas à Lauren. Son regard aurait presque pu la transpercer. Elle n'avait jamais rien entendu au sujet de Gracie et de Sebastian, mais peut-être que son amie avait eu le béguin pour lui du temps où elle travaillait pour les Wingate.

— Ce n'était pas Sebastian, expliqua Lauren en ignorant l'expression choquée d'Amy qui avait passé la tête par la fenêtre du camion. C'était Sutton.

Gracie tressaillit, le nez plissé en signe de confusion.

— Il conduisait sa BMW noire, argua-t-elle. C'est la voiture de Sebastian.

— Sutton l'avait empruntée, j'imagine. Peut-être que sa voiture était en révision, parce que quand il est passé me prendre pour dîner hier soir il conduisait son Audi blanche.

Ce fut suffisant. Un poids sembla aussitôt se lever des épaules de Gracie.

— Oh. Je ne savais pas que tu fréquentais Sutton. Quand je vous ai vus ensemble avec la voiture de Sebastian, j'ai cru que…

— C'est très récent. Mais ça ne mènera à rien finalement, précisa Lauren. Les choses ne se sont pas si bien passées hier soir.

La Gracie habituelle réapparut aussitôt et inclina la tête avec sympathie.

— Je suis désolée d'entendre ça. Sutton est quelqu'un de sympathique.

— Merci. Mais, et toi alors ? demanda Lauren sans réfléchir.

— Comment ça « et toi » ?

Bonne question. Elle ne pouvait tout de même pas lui dire de but en blanc qu'elle lui avait semblé très jalouse et qu'elle aimerait savoir ce qu'il y avait entre elle et Sebastian. Elle décida donc de s'abstenir et de mettre un mouchoir sur sa curiosité.

— Je, euh, ne t'ai pas beaucoup vue ces derniers temps. Tu manges habituellement au camion une ou deux fois par semaine.

— Oh ! dit Gracie en se détendant. Je vais bien, ce n'est rien. J'ai eu des petits soucis d'estomac récemment et j'ai dû m'en tenir à la soupe au poulet, aux nouilles et aux craquelins. Ça doit être le stress. Mais je repasserai, promis.

— Je suis désolée que tu ne te sentes pas bien. Reviens dès que ça ira mieux : ça sera aux frais de la maison.

Gracie lui adressa un sourire narquois et croisa les bras sur sa poitrine.

— Tu plaisantes ? Je ne suis pas devenue multimillionnaire pour escroquer mes amis. Je reviendrai et je payerai plein tarif, insista-t-elle. À plus tard, les filles.

Lauren lui adressa un petit signe et la regarda s'éloigner. Quelle étrange conversation ! Heureusement qu'elle ne savait pas que c'était bien Sebastian ce jour-là à Courtyard Shops. Pour rien au monde elle n'aurait voulu contrarier à la fois son amie et sa meilleure cliente.

— J'aimerais vraiment qu'on termine rapidement pour que je puisse rentrer à une heure décente ! cria Amy depuis le camion.

— Oui, oui, répondit Lauren en la rejoignant à l'intérieur.

Elle n'avait même pas fermé la porte qu'Amy se jetait sur elle.

— Je vais donc avoir besoin de plus amples informations sur tout ce que je viens d'entendre.

Lauren soupira. Sa meilleure amie lui avait tendu un piège pour la faire revenir. Elle se fichait de l'heure où elle rentrait : elle voulait juste des détails.

— Tant que nous pouvons parler et nettoyer en même temps, ça me va.

Elles retournèrent à leurs tâches, et Lauren raconta de manière aussi succincte que possible, les révélations de la soirée précédente.

— Donc tu dis que c'était Sutton et non Sebastian, qui est venu au camion ?

— Apparemment.

— Et avec lequel as-tu couché au bal masqué ?

— Sutton.

Il n'y avait aucun doute à ce sujet. Elle avait passé la nuit dernière, allongée dans son lit, à réfléchir à cette situation folle. Les pièces avaient enfin semblé s'assembler. Cette histoire avec Sebastian n'avait jamais eu de sens, mais tout avait soudain changé quand Sutton avait pris sa place : l'alchimie entre eux était réapparue, plus forte que jamais, et tout se passait merveilleusement bien entre eux depuis.

Au moins jusqu'à hier soir, quand elle avait appris que tout n'était que mensonges.

— Et c'est lequel des deux à la fenêtre en ce moment ?

Lauren se retourna et vit l'un des jumeaux Wingate, un bouquet à la main et l'air contrit.

— Oh non ! lâcha-t-elle.

— Alors, c'est Sutton ou Sebastian ?

Lauren eut la sensation familière d'un millier de papillons s'envolant dans le ventre : les cheveux décoiffés, le sourire en coin. C'était forcément Sutton. Mais pourquoi était-il ici après la nuit dernière ? Ne lui avait-elle pas clairement fait comprendre qu'elle avait besoin de temps ?

Elle poussa un gémissement en retournant à la porte arrière et descendit du camion.

— Nous sommes fermées pour la nuit, annonça-t-elle après avoir contourné le véhicule pour le rejoindre.

Il se retourna, et elle vit alors le bouquet qu'il tenait à la main. Ce n'étaient pas des fleurs mais des herbes aromatiques fraîches telles que du romarin, du thym, du persil et du basilic. Le présent parfait pour un chef.

— Je ne suis pas venu pour manger, lui dit Sutton. Je suis là pour m'excuser.

Lauren ne sut que répondre. Il avait fait un réel effort pour trouver un cadeau original et, en voyant son regard suppliant, elle sentit ses genoux – et sa résolution – flancher. Elle n'avait jamais réagi de la sorte face à un homme et elle aurait souhaité pouvoir arrêter ça. Malgré tout ce qui s'était passé, elle continuait à le désirer avec une ardeur impossible à nier. Elle décida donc de le laisser s'expliquer.

Il lui tendit le bouquet qu'elle accepta.

— Merci, dit-elle avant d'inhaler les différents aromates.

— C'est loin de suffire, mais c'est un début. Je sais que je te dois des explications, et j'espère vraiment que tu voudras bien m'écouter. J'ai passé les dernières vingt-quatre heures à réfléchir sur la façon de t'exprimer mes sentiments… Si tu veux bien me donner une chance.

Un bruit sourd retentit et, en se retournant pour voir de quoi il s'agissait, Lauren vit que son sac à main avait atterri sur le trottoir derrière elle. Amy lui fit alors un signe de la main par la fenêtre, avant de démarrer le moteur de la camionnette et de disparaître. Une fois son amie partie, elle dut choisir entre écouter Sutton et rentrer à pied.

Quand Sutton lui indiqua un banc à proximité, elle prit son sac et le suivit. Assise à côté de lui, elle fixa les devantures des boutiques fermées, de l'autre côté de la rue. Elle craignait, si elle le regardait, de céder trop facilement. Il fallait qu'elle soit ferme et intransigeante.

— Je t'écoute.

— C'est compliqué d'être un Wingate, commença-t-il. Je n'essaye pas de trouver une excuse, mais simplement de t'expliquer ce que c'est. À l'époque où nous étions riches et auréolés de succès, nous pouvions difficilement faire confiance aux gens, car la plupart étaient intéressés : recherche d'un investisseur, d'une subvention ou d'un amant fortuné. Difficile de savoir qui étaient vraiment nos amis.

Il s'éclaircit la voix avant de poursuivre :

— Quand nous avons perdu l'entreprise, notre méfiance a encore augmenté. Qui était derrière ce complot et pourquoi nous faire subir une chose pareille ? Ça devait être quelqu'un que nous connaissions et en qui nous avions confiance. La pilule a été très difficile à avaler.

« Ce soir-là, au gala, je ne prenais aucun plaisir. Je

sentais tous les regards braqués sur moi, qui indiquaient clairement que l'assemblée jugeait notre famille pour des choses qu'elle n'avait pas faites. Et puis je t'ai vue, et tout a changé.

Il s'arrêta et se tut un moment. Lauren ne put alors s'empêcher de se tourner vers lui. Il la regardait avec des yeux implorants, souhaitant désespérément qu'elle l'écoute et le comprenne, et luttant manifestement contre l'envie de la toucher avant qu'elle soit prête.

— Tu ne m'as pas regardé de cette manière, continua-t-il. Tu n'avais aucune idée de qui j'étais. Tu ne cherchais pas un pigeon en vue d'une future pension alimentaire ou pour t'entretenir. Tu voulais juste danser avec moi, m'embrasser… te donner à moi. Et c'était incroyable. J'avais hâte de découvrir qui tu étais vraiment. Et puis tu as disparu, sans rien laisser d'autre qu'un masque pour me prouver que je n'avais pas rêvé.

Lauren baissa alors le regard avec un sentiment de culpabilité. Sur le coup, cela lui avait paru la meilleure chose à faire. La vraie Lauren n'était pas si excitante après tout… ni glamour. Du moins c'était son avis. Était-il possible qu'il soit intéressé par elle, même sans masque ni robe de bal ?

— Je pensais ne jamais pouvoir découvrir qui tu étais, expliqua Sutton. Et soudain mon frère m'annonce que la femme avec qui il a eu une aventure à la soirée s'est présentée à sa porte. J'étais tellement jaloux ! Mais il trouvait que quelque chose n'allait pas. Nous avons donc commencé à nous poser des questions. Avions-nous été séduits par la même femme ou étaient-ce deux femmes désireuses d'obtenir des informations ? Est-ce que cela pouvait avoir un rapport avec les problèmes de l'entreprise ? Nous n'avions aucun moyen de le savoir.

Sebastian m'a donc suggéré de prendre sa place et de voir ce que j'en pensais.

« Dès l'instant où j'ai posé les yeux sur toi, j'ai compris la raison de son malaise : en fait tu étais ma partenaire mystérieuse et non la sienne. Il a suffi que je te touche pour en être certain. J'étais tellement excité de t'avoir retrouvée, Lauren. Et puis tu m'as appelé par le prénom de mon frère, et j'ai réalisé que j'avais un gros problème. Je voulais te dire la vérité, mais je ne savais pas comment. Alors j'ai gardé mes distances pour ne pas laisser les choses aller trop loin tant que tu me prenais pour Sebastian.

Elle ferma les yeux en comprenant enfin pourquoi il ne l'avait plus embrassée depuis cette première nuit.

— J'ai cru que je ne te plaisais plus. Que sans la magie du masque et du maquillage tu t'étais refroidi. Si j'ai accepté de te revoir, c'était un peu par obligation… Du moins en ce qui concernait Sebastian.

Sutton prit sa joue en coupe et tourna son visage vers lui.

— Tu ne pouvais pas être plus loin de la vérité, Lauren. Je ne voulais rien d'autre que te tenir dans mes bras, t'embrasser et te faire à nouveau l'amour. Mais pour ça je voulais d'abord que tu m'appelles par mon prénom, et non par celui de mon frère.

Elle haleta à ces paroles, plus sincères et intenses qu'elle n'aurait jamais pu l'imaginer. Aucun homme ne lui avait jamais parlé de cette façon auparavant.

Incapable de s'en empêcher, elle se pencha vers lui. Il devança son mouvement et pressa les lèvres contre les siennes. Ce fut exactement comme dans le souvenir de Lauren : passionné et affamé. Il gémit quand elle fit glisser la langue sur la sienne, l'invitant ainsi à continuer.

Sutton passa aussitôt les bras autour de sa taille et la tira vers lui. Elle se languissait déjà de sentir à nouveau ses doigts sur sa peau et de presser sa poitrine contre son torse dur. Elle voulait déboutonner son col et le toucher comme ce soir-là. Mais pas ici, pas sur le banc d'un parc. Si elle avait bien appris une chose avec Gracie aujourd'hui, c'était que les gens vous observaient toujours. Elle souhaitait l'emmener chez elle pour faire tout ce qu'elle voulait, sans témoins ni table de billard inconfortable qui entraverait leurs mouvements.

Elle s'écarta donc de ses lèvres, presque essoufflée.

— Je connais ton prénom maintenant, dit-elle avec un sourire malicieux.

- 8 -

Alors qu'ils se rendaient chez Sutton, Lauren commença à s'inquiéter que ce ne soit pas une bonne idée. Il avait présenté ses excuses de l'avoir trompée, et elle les avait acceptées, donc tout allait bien de ce point de vue. Cependant, elle se demandait s'il était trop tôt pour coucher à nouveau avec lui. Elle venait tout juste d'accepter qui il était vraiment.

Mais à l'instant où Sutton la fixa, le regard empli d'un désir ardent, elle cessa de s'inquiéter et de se poser des questions. Plus rien n'avait d'importance. Depuis le gala, elle passait ses nuits allongée dans son lit, à rêver de son grand méchant loup. Quand elle avait rencontré Sebastian et que ses espoirs s'étaient effondrés, elle avait cru ne plus jamais revivre cela.

Et voilà qu'elle se trouvait là, dans la luxueuse chambre de Sutton, en train d'ôter sa veste de son chef. Elle ne pouvait attendre plus longtemps avant de se donner à l'homme qui avait peuplé ses fantasmes, alors qu'il se tenait si près d'elle.

Il se défit de sa propre veste sans jamais la quitter des yeux et en essayant de se concentrer sur ce qu'il faisait. Mais elle voyait bien à quel point cela lui était difficile quand il la regardait en même temps retirer lentement son T-shirt et dévoiler son soutien-gorge. Elle se débarrassa du vêtement qui alla rejoindre sa veste sur la chaise, puis se baissa pour déboutonner son jean.

À ce stade, Sutton se figea, incapable de continuer à se

déshabiller tout en la contemplant. Elle devinait que leur union serait différente cette fois, car non seulement ils n'étaient plus anonymes, mais la lumière était allumée : ils pouvaient voir tout ce que l'autre avait à offrir, tout ce qu'ils avaient déjà touché dans l'obscurité.

Alors qu'elle aurait voulu ôter rapidement ses vêtements et se presser contre lui, elle décida de prendre son temps. Elle tourna donc le dos à Sutton, lui offrant une vue complète de ses fesses, et fit lentement glisser son pantalon, exposant sa culotte rouge échancrée.

Sutton gémit quand elle se pencha pour retirer son jean et, lorsqu'elle s'avança vers lui en sous-vêtements, il n'avait toujours pas bougé d'un pouce.

Elle se chargea donc de le débarrasser de sa chemise, puis fit courir les mains sur son torse nu et ses bras. N'ayant pas pu s'en délecter suffisamment la dernière fois, elle apprécia la sensation de ses muscles fermes qui se contractaient sous la peau. Il la laissa l'explorer à sa guise en retenant son souffle, jusqu'à ce qu'elle s'empare des boutons de son pantalon. Il posa alors la main sur la sienne et recouvrit ses doigts pour l'empêcher d'aller plus loin.

— Pas si vite. Nous ne sommes pas pressés ce soir.

Lauren bouda un instant, mais finit par admettre en son for intérieur qu'elle rêvait d'une longue nuit d'amour langoureuse, dans un vrai lit. Leur étreinte rapide et passionnée au club était de celles qui faisaient tout oublier, à part le désir incandescent. Mais ce soir ils pouvaient bénéficier de tout le confort nécessaire, sans crainte d'être interrompus.

— Attends-moi, je reviens tout de suite, dit-il en lui donnant une tape ludique sur les fesses.

Lauren se dirigea lentement vers le lit, sachant qu'il la regardait. Elle abandonna ses sous-vêtements en chemin et enfin, complètement nue, repoussa la couette gris acier pour s'allonger sur le matelas moelleux et accueillant.

Quand elle fut installée, Sutton se débarrassa enfin du reste de ses vêtements et disparut dans la salle de bains. Il revint un instant plus tard avec une poignée de sachets en aluminium. Les yeux de Lauren s'arrondirent alors qu'elle essayait de les compter.

Elle finit par renoncer et se rapprocha du bord du lit pour s'installer sur ses genoux, face à lui. Elle posa à nouveau les mains sur lui, jouant avec les poils de son torse et descendant jusqu'à son ventre. Arrivée là, elle sentit ses joues s'empourprer : le désir de Sutton pour elle était pleinement visible dans la chambre bien éclairée. Ses paumes la picotaient. Son besoin de le caresser était vif, mais il s'éloigna à ce moment pour allumer la lampe de la commode à la place du plafonnier. L'éclairage cru disparut en faveur d'une lumière tamisée et romanesque. Il revint alors vers elle et s'avança jusqu'à la renverser sur le matelas et recouvrir son corps du sien.

En sentant sa chaleur et son poids contre sa peau nue, Lauren s'apaisa et, quand il se mit à l'embrasser, toute sensation de fraîcheur disparut, et son sang se réchauffa de seconde en seconde et à chaque battement de cœur. Elle savoura la douceur de sa langue sur la sienne. Chacune de ses caresses était savamment ciblée sur ses zones les plus sensibles, comme s'il avait réussi à mémoriser son corps au cours de leur unique nuit ensemble.

Quand du pouce il effleura la pointe dure de son mamelon, Lauren haleta. Puis il l'aspira dans la torride chaleur de sa bouche, et elle se cambra brusquement pour venir à sa rencontre. Il continua impitoyablement sa torture langoureuse, la taquinant avec les dents et la langue tout en faisant glisser les mains le long de ses hanches pour ensuite plonger entre ses cuisses.

— Sutton ! cria-t-elle en sentant sa caresse brûlante au cœur de sa féminité.

Il leva la tête et la regarda.

— Dis-le encore, demanda-t-il en traçant de la main de lents cercles sur sa peau.

— Sutton, répéta-t-elle avec une pointe de désespoir.

— J'adore le son de mon nom sur tes lèvres. Je vais te le faire crier toute la nuit.

Il étouffa sa réponse en l'embrassant à nouveau. Sa langue faisait écho aux mouvements de sa main, glissant lentement dans et hors de sa bouche. Elle se tortilla sous lui, haletante, tandis qu'il la conduisait encore et encore vers la délivrance, pour ralentir dès qu'elle approchait de l'orgasme.

Sutton prit alors un préservatif sur la table de chevet et le déroula sur lui-même. Puis il se glissa à nouveau entre ses cuisses. Sa bouche trouva la sienne et, après un changement subtil de poids, il se pressa contre son sexe. Mais là encore il s'arrêta.

Un gémissement de déception monta dans la gorge de Lauren : elle ne pouvait plus attendre. Elle ondula contre lui et, impatiente, agrippa ses hanches pour le tirer en avant. Il suivit le mouvement et en un instant fut en elle. Chaque centimètre du sexe massif de Sutton était profondément enfoui en elle. Elle retrouva immédiatement les sensations de l'autre nuit, et plus encore maintenant qu'elle le voyait se dresser au-dessus d'elle.

Sutton se retira et avec un gémissement poussa une deuxième fois en elle. Lauren souleva les hanches pour venir à sa rencontre et le prendre en entier. Son corps se tendit autour de lui, et ses muscles se resserrèrent jusqu'à ce qu'un grondement sourd monte en lui.

S'allongeant sur elle, il l'embrassa et adopta un rythme plus rapide. Lauren dut alors séparer ses lèvres des siennes afin de pouvoir crier son plaisir à chaque pénétration.

Ils adoptèrent un rythme parfait tandis que les hanches

de Lauren se soulevaient pour répondre à ses assauts. Le plaisir monta lentement en elle, cette fois avec plus d'intensité. Elle griffa futilement les couvertures sous elle, essayant de toutes ses forces de trouver quelque chose à quoi se raccrocher quand son orgasme la submergerait comme un véritable raz-de-marée.

Elle y était presque. Elle ferma les yeux alors que tout son corps se tendait et que ses gémissements s'intensifiaient.

— Oui, l'encouragea Sutton, qui semblait reconnaître les sons familiers de son imminente libération. C'est ça. Ne te retiens pas, Lauren. Je veux te voir jouir cette fois.

Il accéléra son rythme, l'emportant au sommet de l'extase. Les vagues de plaisir déferlèrent en elle, secouant son corps de frissons. Elle haleta et cria son nom en se cambrant sous lui. Quand ce fut fini, elle ouvrit les yeux et constata qu'il l'avait observée pendant tout le temps où elle s'était abandonnée au plaisir.

— Tu es belle.

Elle ne se sentait pas belle. Surtout en ce moment. Elle était venue directement après une longue journée de travail, sans maquillage et coiffée de son chignon habituel. Son orgasme l'avait sans doute laissée rouge et moite, ses lèvres étaient gonflées de ses baisers et la peau délicate de ses joues sans doute irritée par le chaume rude de sa mâchoire. Elle plissa le nez, souriant ironiquement à sa remarque.

— Non, dit-il d'un ton ferme avant de l'embrasser avec force afin d'effacer sa moue sceptique. C'est la vérité. Tu es belle, talentueuse… et incroyable. Et puisque c'est mon opinion je n'en discuterai pas.

Lauren rit et repoussa quelques cheveux égarés de son visage.

— Tu vis entouré de riches mondaines qui passent leur temps dans des SPA et des salons de beauté luxueux.

Certaines, le soir du gala, ressemblaient même à des stars de cinéma.

— Et alors ?

Elle le regarda, les yeux écarquillés. Comment pouvait-il la mettre au même niveau que ce genre de femme ? C'était un sentiment agréable, mais tout de même un peu difficile à croire.

— Et… je ne sais pas si je suis dans la même catégorie.

— Tu ne l'es pas. Tu es dans une catégorie à part.

Pour toute réponse, Lauren secoua la tête.

Avec un grognement d'irritation, il roula sur le dos en l'entraînant et l'installa à califourchon sur lui. Elle poussa un petit cri, surprise du changement soudain de position, mais sans que leurs corps se séparent.

— Te faire l'amour dans la lumière est une sensation incroyable. Et étant donné que je suis en toi, aussi dur qu'un roc, et avec aucune de ces autres femmes, je pense être meilleur juge en ce qui concerne mes goûts.

Il saisit le haut de ses cuisses et commença à pousser en elle. Lauren posa les mains sur son torse pour se maintenir en position et ondula avec lui. Il ne la quitta jamais du regard et, en quelques secondes, il crispa la mâchoire et enfonça les doigts avec insistance dans la chair de ses hanches.

Elle se demanda pourquoi elle ne le pousserait pas dans ses retranchements puisqu'il aimait la regarder. Elle cambra alors le dos, détacha ses cheveux et les secoua jusqu'à ce qu'ils retombent en vagues sur ses épaules, puis passa les doigts à travers et fit ressortir sa poitrine tout en ondoyant contre lui.

Sutton recouvrit ses seins de ses mains, et elle posa fermement ses propres paumes au-dessus tout en bougeant plus vite.

— Je n'éteindrai plus jamais la lumière…, chuchota-t-il d'une voix rauque avant de succomber à un puissant orgasme.

Elle s'écroula alors sur le matelas à côté de lui, épuisée à la fois physiquement, mentalement et émotionnellement.

C'était exactement de cela qu'elle rêvait depuis leur aventure au club. Pas seulement du plaisir, mais de la proximité physique et de l'intimité des bras de Sutton. De sentir ses caresses alors qu'il semblait savoir exactement ce qu'elle aimait et de le serrer dans ses bras en ayant le sentiment qu'il tenait à elle : elle voulait que quelqu'un la désire et ait besoin d'elle. C'était comme si la dernière pièce du puzzle de leur aventure s'était mise en place : une émotion incroyable, et pourtant effrayante. Lauren sentit ses propres défenses s'abaisser. Si elle n'y prenait garde, elle pourrait se mettre à avoir des sentiments pour lui.

Si ce n'était pas déjà fait.

Sutton la prit dans ses bras et la pressa contre son torse ferme.

— Tu es belle, murmura-t-il en plantant un baiser sur son épaule nue tandis qu'ils sombraient tous deux dans le sommeil.

— Je vois que vous vous êtes réconciliés.

Sutton et Lauren étaient assis devant l'îlot de la cuisine pour savourer leur première tasse de café pendant que la machine à laver tournait et lavait les vêtements de la jeune femme. Après la nuit qu'ils avaient passée et le manque de sommeil, Sutton avait besoin d'un peu de caféine pour commencer la journée. Du moins, s'il avait eu quelque chose à faire. Il aurait encore été au lit si Lauren n'avait pas dû se lever tôt pour rejoindre ses camions.

En tournant la tête, il vit son frère Sebastian qui les observait depuis le bas des marches.

— Bonjour à toi, cher frère. Et, oui, nous nous sommes réconciliés. Nous avons d'ailleurs passé la nuit à nous réconcilier.

Sebastian leva les yeux au ciel devant les confidences indiscrètes de Sutton.

— Tant mieux pour vous.

Il alla à la cafetière pour se verser une tasse, et ce faisant son regard dériva brièvement sur Lauren qui ne portait rien d'autre que le T-shirt oversize de Sutton.

— Ses vêtements sont dans le sèche-linge, expliqua Sutton.

Sebastian secoua la tête.

— Je n'ai aucun problème avec le fait de trouver des femmes à moitié dévêtues dans ma cuisine. Surtout quand c'est avec moi qu'elles sortent.

— Moi aussi je trouve que notre cohabitation est une véritable source de rire, le taquina Sutton en levant ironiquement sa tasse en direction de son jumeau tendu.

Lauren se tourna vers Sebastian et l'étudia un moment avant d'observer Sutton.

— Tu m'as bien dit que vous êtes de vrais jumeaux ?

— Oui. Génétiquement identiques mais socialement opposés.

— Intéressant. Maintenant que je vous vois ensemble, je ne sais comment j'ai pu vous confondre.

— Forcément, plaisanta Sutton. Je suis tellement plus attirant que Sebastian !

— Ce n'est pas ça. Vous vous ressemblez physiquement, mais vous vous comportez différemment. C'est une ambiance totalement différente. Ce qui a joué en votre faveur, c'est que j'ignorais que Sebastian avait un jumeau, mais c'était un peu comme s'il avait un alter ego décontracté. En tout cas, vous ne pourrez plus me tromper à présent.

— Est-ce un défi ? la taquina Sutton.

— N'y pense même pas, l'avertit Lauren en pointant un doigt. J'en ai assez de ces jeux.

— Ne t'inquiète pas, Lauren, déclara Sebastian. Sutton n'aime pas se faire passer pour moi. Ça l'oblige à se coiffer et à porter des vêtements décents.

— Et à conduire des voitures ennuyeuses, et à discuter de choses ennuyeuses, plaisanta son jumeau.

Sebastian soupira.

— Tu as des frères et sœurs, Lauren ? demanda-t-il.

— Non. Il n'y a que moi.

— Ah. Alors tu ne comprendras jamais ce que je vis en étant l'aîné d'une fratrie de cinq. Trois d'entre eux ne posent pas de problème, mais celui-ci…, dit-il en désignant Sutton tout en allant chercher de la crème dans le réfrigérateur. Ce n'est que problème sur problème.

— Pas du tout, répliqua Sutton sur le même ton ironique. Je suis un véritable ange. Tout le monde le pense, tu peux demander autour de toi. Et encore, tu ne m'as pas vu à l'époque où j'étais directeur financier. L'entreprise prospérait à merveille quand nous étions aux commandes… et ça n'avait rien à voir avec le trafic de drogue, bien entendu.

Sebastian gémit.

— Peut-on parler d'autre chose ? De n'importe quoi d'autre, s'il te plaît ?

Lauren sourit et saisit la balle au bond.

— Très bien. Alors voici un nouveau sujet, Sebastian. Maintenant que nous savons que je suis l'inconnue mystérieuse de Sutton, que vas-tu faire pour retrouver la tienne ?

C'était une bonne question, et Sutton était curieux d'entendre la réponse. Son frère n'était pas vraiment du genre à avoir une aventure durant un gala. Le simple fait que cela se soit produit témoignait de l'attraction magnétique que cette femme exerçait sur lui. Sutton n'aurait jamais pensé voir le jour où son jumeau, d'une logique toujours si analytique, serait ébloui par une femme au point d'abandonner son bon sens habituel.

Mais est-ce qu'il comptait agir ?

Sebastian posa sa tasse de café et porta pensivement le regard sur le salon.

— Je n'en ai aucune idée. Je pensais ne plus jamais avoir de ses nouvelles. Quand tu es venue chez nous, j'étais excité à l'idée d'avoir une seconde chance avec elle, mais maintenant que je suis de retour à la case départ je ne sais pas par où commencer.

— Si tu veux, Beth m'a donné la liste des invités à la soirée. Je la lui avais demandée quand je cherchais ma beauté masquée, déclara Sutton en déposant un baiser sur la nuque de Lauren.

Il aimait que ses cheveux soient toujours relevés en chignon. Cela lui donnait un accès libre à son cou, et il pouvait l'embrasser sous l'oreille chaque fois qu'il en avait envie.

— Maintenant que je l'ai trouvée, je peux te la passer, ajouta-t-il.

Il aimait la voir rougir ainsi. Ses pensées et ses sentiments s'affichaient immédiatement sur son visage, ce qui rendait leurs relations sexuelles particulièrement excitantes, même à la faible lueur d'une lampe. La première fois qu'ils avaient fait l'amour, c'était dans une obscurité totale, sans parler des masques. Mais maintenant il pouvait observer chaque frisson, chaque frémissement de plaisir se refléter sur ses traits.

— Il se pourrait que j'accepte ton offre. Mais pour le moment je dois sortir.

— Pour aller où ?

Il était terriblement tôt pour que son frère sans emploi, tout comme lui, soit levé, habillé et prêt à quitter la maison.

— Au club. Je dois y rencontrer certaines personnes,

dit-il avant de terminer son café et de poser la tasse dans l'évier. Je serai de retour dans l'après-midi.

Sutton caressa doucement le dos de Lauren à travers son T-shirt et regarda son frère partir.

— Il est vraiment entiché d'elle, quelle que soit son identité.

— Comment peux-tu le savoir ? s'étonna Lauren en se tournant vers lui.

— Parce qu'il envisage de la rechercher. C'est énorme pour lui. La famille et l'entreprise sont toujours passées avant sa vie sociale.

— Peut-être qu'il est désœuvré à présent et qu'il peut se consacrer à cette recherche.

— C'est possible. En ce qui me concerne, j'ai l'impression de devenir fou avec tout ce temps libre, dit-il en se penchant pour lui mordiller à nouveau le cou. Dommage que tu travailles autant. Tu aurais pu m'aider à occuper mes journées.

Lauren gloussa et se tortilla dans ses bras.

— Tout le monde n'est pas directeur financier d'une des entreprises les plus fortunées. Certains sont justes P-DG, directeur financier, DRH, cuisinier et laveurs de vitres. Pour ma part, je dois travailler sans relâche tous les jours pour garder la tête hors de l'eau et faire fructifier mon entreprise.

Sutton se pencha vers elle.

— Je pourrais t'aider, tu sais.

— Vraiment ? Tu sais cuisiner ?

— Non, pas de cette façon, dit-il en riant. Je gérais les finances de notre entreprise avant. Le département commercial était également sous ma responsabilité. J'ai un véritable don pour la gestion. Laisse-moi l'utiliser pour t'aider.

L'expression de Lauren était éloquente – elle ne savait pas comment refuser poliment.

— Je ne sais pas, Sutton. La restauration fonctionne différemment de ton entreprise.

— Évidemment qu'il y a des différences. Mais je sais comment faire fonctionner le bouche-à-oreille et je suis doué en publicité. Je peux t'aider à trouver des idées. Crois-moi. Par exemple, dis-moi quel est ton objectif ultime pour l'entreprise.

— Quoi ?

Sutton fit tourner le tabouret de Lauren pour la positionner face à lui et agrippa doucement ses épaules. Elle était têtue. Il se demanda si elle était simplement habituée à ne compter que sur elle ou si elle ne lui faisait pas confiance. Il sentit sa propre assurance fléchir face à sa résistance. Comment la blâmer de rejeter son offre ? Qui voudrait les conseils d'une personne évincée par son propre conseil d'administration, après tout ? Mais il rejeta ses doutes.

— Fais-moi juste une faveur et ferme les yeux.

Elle finit par obtempérer, l'expression tout de même inquiète.

— D'accord. Et maintenant ?

— Visualise-toi dans dix ans. Tu es au sommet de ta carrière. Tu as tout ce dont tu as toujours rêvé, et même plus. Visualise-le dans ton esprit et concentre-toi dessus. Dis-moi maintenant ce que tu vois.

Lauren prit une profonde inspiration avant de répondre :

— Je possède mon propre restaurant florissant à Royal. Un restaurant sans roues.

— C'est génial.

Il ne l'aurait pas exprimé à haute voix, mais une cheffe telle que Lauren n'avait pas à cuisiner dans un camion. Elle avait besoin de travailler dans un vrai restaurant où elle pourrait se concentrer sur ses créations culinaires.

— Que vois-tu d'autre ?

— Des murs blancs, des tableaux colorés. Toutes les tables sont occupées, les gens sont heureux… ils mangent… discutent. C'est beau. Et ça sent incroyablement bon.

— As-tu vendu les camions-restaurants ? demanda-t-il.

Elle réfléchit un moment.

— Je ne sais pas. Peut-être que j'ai du personnel pour les gérer à ma place pendant que je me concentre sur le restaurant.

— Est-ce que c'est un seul restaurant ou une chaîne de restaurants ? Rappelle-toi, c'est ton rêve ultime. Tu peux tout avoir.

Lauren ouvrit les yeux et le regarda.

— Un seul me suffit. Je ne suis ni Bobby Flay ni Wolfgang Puck. Je veux plus qu'avoir juste mon nom sur un insigne : je veux être cheffe dans ma cuisine. Une chaîne, c'est… trop. Je veux juste avoir mon propre restaurant et rendre les gens heureux avec ma cuisine. N'est-ce pas suffisant ?

Sutton réalisa qu'il était allé au-delà de ses souhaits. Il tenta aussitôt de faire marche arrière avec un sourire éclatant.

— Bien sûr que c'est suffisant. C'est toi qui décides. Je veux simplement être sûr que tu t'autorises à voir les choses en grand. Ta cuisine est incroyable. Tu pourrais un jour avoir ta propre chaîne de restaurants si tu le voulais. Ou un unique restaurant incroyable, si tu préfères. À mon avis tu dépasses largement ce restaurant italien à Dallas. D'ailleurs, tu pourrais peut-être faire comme eux et organiser un événement éphémère pour te donner une idée de ce qui t'attendra.

Lauren secoua la tête.

— J'adorerais, mais ce restaurant a vraiment les moyens pour se permettre cela. C'est une chose que je ne serai jamais en mesure de faire, parce que je n'ai pas l'argent nécessaire. Dans ce genre de situation, il faut de l'argent pour faire de l'argent. Quand on voit tous ces restaurants qui ferment en moins de cinq ans, j'ai de la chance d'être toujours ouverte.

— Je ne pense que ce sera si compliqué de tout réunir. Tu n'as pas à faire quelque chose d'aussi branché qu'eux. Tu peux réduire les dépenses en décoration. Peut-être travailler avec des entreprises locales pour louer la vaisselle ou récupérer des compositions florales en échange de publicité. Je connais beaucoup de monde dans cette ville. Je parie que je pourrais tirer quelques ficelles pour toi.

Lauren le regarda comme si elle voulait y croire. Mais elle manquait trop de confiance en elle… en lui. C'était clairement visible.

— Samedi prochain, annonça Sutton. Le restaurant « Eatery » de Lauren Roberts débarque à Royal.

- 9 -

Lauren déambula dans le vaste local vide qui ferait office de salle à manger pour son événement éphémère, le samedi suivant. C'était l'ancien restaurant inoccupé situé sur la place de la ville, qu'elle lorgnait depuis toujours, avec une cuisine aménagée et une salle parfaitement agencée. Jamais elle n'aurait imaginé pouvoir obtenir ce local pour sa soirée événementielle mais, fidèle à sa parole, Sutton avait fait jouer ses contacts. Il connaissait le propriétaire et avait réussi à le convaincre de lui laisser l'endroit gratuitement, en lui faisant miroiter que si tout se passait bien elle pourrait peut-être le lui louer définitivement. Comme il était vide et ne rapportait rien, le propriétaire avait accepté.

Et il ne s'était pas arrêté là. Il avait fait appel à toutes ses connaissances pour que la soirée soit un succès. Le fleuriste lui fournissait vingt petites compositions de table et une plus grande pour le bureau de la réception. L'entreprise de location des fêtes lui apportait des tables, des chaises, du linge de table, de la vaisselle, des couverts et des verres, en échange d'une annonce publicitaire au dos de son menu. Le journal local l'avait même interviewée, ce qui avait dirigé les lecteurs curieux vers son compte Instagram, triplant presque ses abonnés et même ses ventes au camion cette semaine-là.

Sutton avait pris soin de tout. Il avait fait des pieds et des mains pour l'aider à réussir, et elle n'avait eu presque rien à débourser. C'était… incroyablement intimidant.

Elle lui en était reconnaissante, mais était également inquiète. Et si elle ne réussissait pas ? Il faisait tant d'efforts pour l'aider à concrétiser ses rêves. Il lui avait fourni tout le matériel dont elle avait besoin, car il croyait en son talent. Mais il existait beaucoup de gens talentueux, et cela ne les empêchait pas d'échouer. Que se passerait-il si, malgré tous les efforts de Sutton, elle n'y arrivait pas ?

Lauren prit une profonde inspiration et essaya de repousser ses doutes. La seule chose en son pouvoir était de faire de son mieux. Elle devait tirer le meilleur parti de ce cadeau inattendu et laisser venir les choses.

À présent qu'elle visitait l'intérieur, elle se rendait compte que l'endroit avait besoin d'un bon rafraîchissement si elle voulait un jour en faire le restaurant de ses rêves. Les murs pouvaient facilement être repeints, mais le tapis vert foncé devait être remplacé, et l'éclairage fluorescent au plafond était trop fort pour une salle à manger romantique ou chic. Mais pour le moment elle s'en contenterait. Il lui suffisait de se répéter que la rénovation de ce local était un problème qu'elle adorerait avoir et qui dépendrait de la réussite de cette soirée.

Il n'était pas question du restaurant de ses rêves imaginé l'autre matin avec Sutton, mais de faire marcher cet endroit durant une nuit, dans l'espoir qu'un jour ce soit plus. Forte de sa nouvelle détermination, elle comprit qu'elle était capable de transformer ce rêve en réalité.

Elle retourna à la cuisine, émerveillée par toute la place qu'elle aurait à sa disposition pour officier. L'endroit pouvait facilement contenir sept ou huit collaborateurs – une véritable équipe digne d'un restaurant de cette taille. Par rapport à la camionnette dans laquelle Amy et elle se cognaient constamment l'une contre l'autre, ça serait un changement bienvenu. Les camions-restaurants n'étaient pas particulièrement spacieux.

Ni prestigieux.

Lauren soupira et s'appuya contre le plan de travail en acier inoxydable. Sa détermination s'ébranla légèrement, tandis qu'elle croisait les bras sur sa poitrine dans un geste protecteur. Elle n'était pas aussi excitée qu'elle aurait dû l'être. Pourtant elle n'aurait jamais imaginé avoir de sitôt une occasion pareille, et avec une telle facilité qui plus est. Mais quand elle s'attardait sur cette idée elle savait que ce n'était pas seulement la peur d'échouer : c'étaient les conséquences que pourrait avoir un échec sur sa relation avec Sutton.

Ces derniers jours, c'est en le voyant passer des heures à essayer d'organiser cet événement que Lauren avait pris la pleine mesure de l'influence des Wingate à Royal. Elle savait que sa famille était riche : ils étaient membres du club, après tout. Mais elle commençait à comprendre qu'ils n'étaient pas loin de régner en maîtres ici, et cela malgré le scandale qui planait sur leurs têtes.

Si elle n'en avait pas pris conscience plus tôt, c'était peut-être parce qu'elle ne fréquentait pas les bons cercles. Royal avait un grand nombre d'habitants riches et influents, et pour elle ils se ressemblaient tous. Elle n'était pas de leur monde et les côtoyait juste le temps de leur vendre de la nourriture épisodiquement. Cela lui importait donc peu de connaître la hiérarchie de la société de Royal.

C'était probablement cela qui l'inquiétait aujourd'hui. Elle ne cadrait pas dans ce monde, mais par une ironie du destin elle sortait avec l'un des princes les plus en vue de Royal et avait même développé des sentiments pour lui. Elle n'était qu'une sorte de roturière finalement et, si elle n'avait aucun problème avec sa position au sein de la ville, qu'en était-il de Sutton ?

Sous prétexte de lui venir en aide, il la poussait à avancer plus vite que prévu. Organiser un événement éphémère, ouvrir un « vrai » restaurant, vendre ses camions… C'était le chemin qu'elle espérait emprunter un jour, mais son insistance lui donnait l'impression de ne pas être assez bien pour lui. Ils s'étaient souvent montrés en public, donc il n'était pas embarrassé à l'idée de s'afficher avec elle, mais ils ne parlaient à personne non plus quand ils se voyaient à l'extérieur. S'il devait la présenter à ses connaissances, dirait-il qu'elle était cheffe en occultant commodément les camions ? Est-ce qu'un restaurant à roues n'était pas assez bien pour les Wingate et leurs acolytes du club ?

Lauren regarda ses ongles, qui avaient été nerveusement rongés ces derniers jours. Sa manucure datant du relooking avait pratiquement disparu, et elle avait remarqué ce matin en se regardant dans le miroir que ses mèches avaient poussé, dévoilant des racines sombres qui nécessitaient une retouche. Elle aurait probablement besoin d'un brushing aussi, afin de lisser ses boucles naturellement indisciplinées. Elle n'avait pas l'habitude de faire des efforts sur le maquillage ni sur son apparence, sauf quand elle sortait.

De ce fait, elle ressemblait à nouveau à la Lauren qu'elle connaissait, mais elle avait l'impression que ce n'était plus assez bien.

Elle n'avait plus rien à voir avec la Cendrillon prête à se rendre au bal. La belle et mystérieuse femme qui avait enchanté le prince derrière un masque avait disparu. Sutton devait à présent se contenter de la vraie Lauren et, bien qu'il n'ait jamais rien dit laissant croire qu'il était déçu par la réalité, il semblait déterminé à la modeler en quelque chose de plus présentable. Une cheffe de camion-restaurant fruste n'était tout simplement pas le genre de femme qu'un Wingate pouvait présenter à sa mère.

Et pourtant, songea Lauren en écartant une mèche de son visage, il l'aidait à concrétiser son rêve. Peut-être qu'elle devait simplement se concentrer sur cet aspect et mettre ses doutes de côté. Elle ne souhaitait pas non plus rester propriétaire d'un camion-restaurant toute sa vie. Cela avait toujours été un tremplin pour atteindre le restaurant de ses rêves et, même si Sutton avait de grands projets au sujet d'une chaîne de restaurants « Eatery » à travers le pays, en ce qui la concernait, un seul lui suffisait.

— Assez rêvassé, dit-elle à voix haute dans la cuisine vide.

Peu importaient les motivations de Sutton, elle lui était vraiment reconnaissante, et demain le Eatery deviendrait une réalité, ne serait-ce que l'espace d'une soirée. Elle avait fermé les camions durant quelques jours pour que son équipe puisse l'aider : Amy, Javier et son assistant, Ed, du second camion ainsi que quelques intérimaires qu'elle avait embauchés dans une agence locale devaient la retrouver ici à 10 heures.

Aujourd'hui, ils allaient se concentrer sur le nettoyage et les petites réparations. Ensuite, elle planifierait le menu, ferait les courses et établirait un plan d'action pour le lendemain soir. La tâche était presque écrasante, mais elle ne cessait de se répéter qu'elle en était capable. Elle préparait plusieurs plats tous les jours pour ses camions, après tout. Elle était parfaitement capable de gérer un service à l'aide de son équipe.

Le carillon de la porte d'entrée attira son attention.

— Nous sommes là ! s'écria Amy depuis l'entrée.

Lauren alla à la rencontre de son équipe. Tous trois se tenaient devant la porte et étudiaient la pièce avec des expressions dubitatives. Elle comprenait leur réaction, étant elle-même passée par cette phase quand elle avait découvert l'endroit, et elle était prête à présent à jouer le rôle de leader enthousiaste dont ils avaient besoin.

— Ça ne paye pas de mine, mais il y a beaucoup de potentiel, argua-t-elle. Ce local est vide depuis un certain temps, alors avant tout chose il faudra faire un grand nettoyage en profondeur. Ed et Javier, pourquoi ne pas commencer par la cuisine ? J'ai laissé une caisse remplie de produits ménagers là-bas. Amy, aide-moi avec la salle à manger. L'entreprise de location va nous apporter des tables et des chaises dans environ deux heures.

Chacun se mit au travail sans poser de questions, et en quelques heures les choses commencèrent à prendre forme. Les tables et les chaises furent livrées et placées et, à la fin de la journée, la cuisine était remplie de nourriture, de fournitures et de tous les ustensiles nécessaires.

— J'irai chercher les menus à l'imprimerie demain matin, déclara Amy en glissant son ordinateur portable dans sa sacoche.

Ed et Javier étaient déjà partis et avaient emporté les sacs-poubelle et les produits d'entretien.

— Merci pour toute ton aide, dit Lauren.

— Je t'en prie. Personne ne souhaite autant que moi que cet événement soit un succès.

— Et pourquoi cela ? demanda Lauren.

Elle s'attendait à ce que sa meilleure amie lui fasse une réponse sur l'importance de la voir réaliser ses rêves.

Amy sourit tandis qu'elles se dirigeaient vers le parking.

— Pour pouvoir travailler dans un endroit où je n'aurai pas à me rendre dans une station-service au bout de la rue chaque fois que je dois aller aux toilettes.

Lauren gloussa en refermant la porte. C'était typique de la part d'Amy, ce genre de réflexion.

— Envoie-nous des pensées positives pour demain, dit-elle. Il faut que ce soit un succès.

— Ça le sera, déclara Amy. Je n'ai aucun doute.

Lauren regarda son amie monter dans sa voiture avant de faire de même. Il fallait espérer qu'Amy ait raison car, si elle avait vu juste au sujet des véritables motivations de

Sutton, la fin d'Eatery pourrait bien sonner également la fin de leur relation.

Sutton fut époustouflé par l'affluence au Eatery ce soir-là. Le parking était plein, et il dut se garer un bloc plus loin. Il y avait une file d'attente à l'intérieur du restaurant, et toutes les tables étaient prises. Comme il ne restait plus qu'une heure avant la fermeture, il se demanda comment l'équipe allait pouvoir servir tous ceux qui attendaient encore.

Pourtant les gens semblaient heureux de patienter, et il devinait pourquoi. Non seulement l'air était saturé d'odeurs alléchantes, mais la salle avait été complètement transformée depuis la dernière fois où il était venu.

Il ne s'agissait pas de gros travaux bien sûr – c'était toujours la même peinture, le même éclairage et la même moquette –, mais Lauren et son équipe avaient modifié tout ce qui pouvait l'être. Pour commencer, ils avaient choisi d'éteindre la lumière agressive au plafond et d'utiliser des bougies sans flamme sur les tables, des ampoules Edison et de grandes lampes dans les coins. Cela permettait par la même occasion de masquer une multitude de défauts. Au lieu de nappes blanches, les tables disposaient de nappes rouges, jaunes, bleues ou vert foncé. C'était peut-être tout ce que le magasin de location avait de gratuit un samedi soir, mais Lauren avait réussi à marier les tons avec des posters aux couleurs vives et des compositions florales jaune et rouge.

Si elle était capable d'un tel miracle avec quelques donations, et en seulement deux jours, il avait hâte de voir ce que serait le vrai restaurant. Il aurait aimé pouvoir l'aider à concrétiser son rêve, et peut-être qu'un jour il le pourrait, mais c'était déjà un grand début, et il était fier d'y avoir contribué.

Sutton avait fait tout ce qui était en son pouvoir et avait appelé toutes ses relations. Le résultat l'enchantait. Il avait eu du plaisir à retrouver des journées occupées, ce qui en quelque sorte lui avait donné l'impression de reprendre son poste de directeur. Il s'était senti partir à la dérive ces jours-ci et, si Lauren n'était pas entrée dans sa vie à la fois en tant que distraction et avec ce projet ludique pour qu'il puisse s'occuper l'esprit, il était certain qu'il serait devenu fou.

Regardant alentour, Sutton sourit avec un sentiment de fierté qu'il n'avait pas ressenti depuis des lustres. Non, c'était plus qu'une simple distraction pour l'occuper : Lauren était bien plus que cela. Il aidait une femme incroyable à réaliser des choses incroyables. Elle n'avait besoin que d'un petit coup de pouce pour réussir.

Quelques personnes dans la file d'attente regardèrent dans sa direction et se mirent à murmurer. C'était devenu courant ces derniers temps, et il essayait en général de ne pas y prêter attention. Mais à cet instant il lui vint soudain à l'esprit que la meilleure chose pour Lauren serait peut-être qu'il la quitte. Après lui avoir apporté cette petite aide, il valait peut-être mieux à présent qu'il s'efface. Il ne voulait surtout pas que la réputation entachée de sa famille ruine toutes ses chances de réussite alors qu'elle avait travaillé si dur.

Mais peut-être pourrait-il se contenter de dire un petit bonjour avant de partir ?

— Monsieur, la liste d'attente est pleine pour ce soir. Nous n'acceptons plus personne.

Sutton se tourna vers l'hôtesse d'accueil. À en croire son expression lasse, il n'était pas le premier qu'elle se voyait obligée de refuser.

— Ça ira. Je ne reste pas. Je passais simplement pour embrasser la cheffe.

La jeune femme écarquilla un instant les yeux, puis sourit.

— Oh ! vous devez être monsieur Wingate. La cheffe Roberts a dit que vous pouviez vous rendre en cuisine. Elle m'a également demandé de vous trouver une table, peu importe le nombre de clients. Laissez-moi une petite minute pour voir ce que je peux faire.

— Ce ne sera pas nécessaire.

Il préférait laisser la table à quelqu'un qui n'avait pas encore goûté à l'excellente cuisine de Lauren.

— Vous en êtes certain ? Son bœuf Wellington a reçu des critiques élogieuses ce soir.

— Je n'en doute pas, mais j'aurai l'occasion de le goûter une autre fois. Merci.

Il se fraya un chemin à travers le labyrinthe de tables, jusqu'à la porte battante qui séparait la salle à manger de la cuisine. Mais juste au moment où il allait l'atteindre la porte s'ouvrit sur Lauren qui tenait une assiette dans chaque main.

— Sutton ! lança-t-elle, surprise.

Elle sourit en le voyant, l'air à la fois excité et épuisé. Une mèche de cheveux châtains s'était échappée de son chignon, et il la remit en place derrière son oreille. Il avait pourtant prévu de lui donner un simple baiser sur la joue avant de partir, mais il ne put s'empêcher de prendre son visage en coupe et de lui planter un baiser brûlant sur les lèvres.

Lauren parut étourdie, et elle rougit en serrant les assiettes dans ses mains.

— Je suis heureuse de te voir aussi, répondit-elle avec un sourire impertinent.

— Tu es cheffe ou serveuse ce soir ? demanda-t-il en regardant les assiettes qu'elle portait. Si tu as besoin d'un coup de main, je peux retrousser mes manches.

— Non, tout va bien. C'est une livraison spéciale pour

une cliente spéciale, déclara Lauren en désignant la table où se trouvait Gracie Diaz en compagnie d'une amie. Suis-moi.

Une fois devant la table, Lauren posa les assiettes.

— Mesdames, une commande spéciale pour la table de Gracie qui a été une de mes premières clientes et d'un soutien toujours indéfectible. Bon appétit.

Le visage de Gracie s'illumina à la vue de Lauren et des assiettes.

— Ça a l'air délicieux. Tout est fantastique, s'exclama-t-elle en se levant et en prenant Lauren dans ses bras. Je n'ai même pas besoin d'y goûter pour savoir que tu dois absolument ouvrir ton propre restaurant. J'en ai assez de déjeuner sur le pouce. J'ai besoin de ta haute gastronomie.

Lauren sourit et posa une main sur l'épaule de son amie.

— Grâce à vous tous, et en particulier à Sutton, cette soirée a été un grand succès. Mais je pense qu'un restaurant permanent est encore au-dessus de mes moyens.

Gracie étudia son amie pendant un petit moment et secoua la tête.

— Non.

— Non ? répéta Lauren avec confusion.

— Non, je ne veux pas attendre. Et si je te proposais d'investir dans ton restaurant ? En tant qu'associé passif bien sûr. Je n'interférerai pas dans ta gestion, mais je pourrai t'aider à démarrer.

Sutton et Lauren levèrent tous deux la tête à cette offre inattendue. Sutton était à la fois ravi pour Lauren et jaloux de Gracie. Il aurait aimé pouvoir financer le rêve de Lauren, mais il était heureux que Gracie ait la possibilité de le faire à sa place.

— Tu es sérieuse ? demanda Lauren en pressant sa poitrine comme si son cœur risquait de s'en échapper.

— Absolument. Je ne plaisanterais pas sur un sujet pareil. Tu es une cheffe époustouflante, et je crois en tes talents. À tel point que je suis prête à investir pour en faire une réalité. Pour tout t'avouer, j'y pense depuis un moment, et maintenant que je vois ce que tu es capable de faire en une seule soirée je sais que je ne regretterai pas mon choix. À quoi me sert tout cet argent si ça reste dans une banque et que je ne peux pas aider mes amis ?

— Je ne sais pas quoi dire, répondit Lauren, les larmes aux yeux.

— Dis que tu es heureuse d'accepter mon argent et de faire des choses incroyables avec. Je te ferai un chèque dès demain matin pour lancer le projet, et si tu as besoin de plus tu n'auras qu'à me demander. Je sais que la seule chose dont tu as besoin, c'est d'un capital de départ. Et quand tu auras réussi, ce dont je suis persuadée, tu pourras me rembourser et me racheter ma part.

Lauren en resta d'abord bouche bée, puis elle se ressaisit et serra à nouveau Gracie contre elle.

— Merci beaucoup !

Elle se tourna alors vers Sutton et se jeta dans ses bras. Il ne lui avait encore jamais vu une expression aussi excitée. C'était comme un matin de Noël pour elle. Il la serra contre lui en la soulevant du sol.

— Nous ouvrons un restaurant ! cria-t-il à l'intention de la clientèle, qui répondit par une salve d'applaudissements.

Tout en tenant Lauren contre lui, il repoussa à nouveau la mèche rebelle derrière son oreille.

— Félicitations, cheffe Roberts.

— Tu peux y croire ?

— Sans aucun problème. Tu le mérites. Ta vie entière est sur le point de changer. Toute la ville connaîtra ton nom en un rien de temps.

L'expression de Lauren vacilla un instant, et elle hocha la tête.

— Les choses vont changer, acquiesça-t-elle avec un peu moins d'enthousiasme.

Puis elle se dégagea des bras de Sutton et se tourna vers Gracie.

— Je t'apporte une bouteille de vin !

— Oh non, fit Gracie. Je conduis ce soir. Mais il paraît qu'il y a un dessert incroyable au menu. J'accepterai volontiers une douceur.

— Et comment ! Je vais te réserver une part de crème brûlée au potiron. Nous sommes sur le point d'en manquer.

— C'est parfait.

— Profitez de votre dîner, mesdames, dit Lauren avant de retourner en cuisine. Est-ce que tu as déjà mangé, Sutton ?

— Non, répondit-il en la suivant. Mais ce n'est pas important. Tu dois te concentrer sur tes futurs clients. Je passais juste dire un petit bonjour.

Lauren le regarda en plissant le nez et repoussa la porte battante.

— Sûrement pas. Tu es un client, toi aussi. Viens avec moi en cuisine que je te prépare une assiette si tu ne veux pas prendre une table. Qu'est-ce que tu aimerais manger ?

Sutton se dit que, s'il était dans la cuisine, sa présence ne ferait pas sensation auprès des clients. Et il avait faim.

— Qu'importe, lâcha-t-il, convaincu que tout ce qu'elle cuisinait était délicieux.

Lauren lui sourit.

— Il me faut un Wellington tout de suite, s'il vous plaît !

— Oui, cheffe ! cria Javier à l'autre bout de la cuisine.

— Et il faut me réserver une crème brûlée pour la table huit.

— Oui, cheffe ! fit écho Amy en se tournant vers le réfrigérateur pour mettre l'assiette de côté.

— J'ai également d'excellentes nouvelles à partager avec vous.

Le chaos dans la cuisine se figea en un instant, et tous la fixèrent.

— De quoi s'agit-il ? demanda Amy.

— Nous avons trouvé un investisseur ! Nous allons ouvrir un vrai restaurant !

Tous laissèrent tomber leurs tâches et se précipitèrent pour féliciter Lauren et la prendre dans leurs bras. Excités, ils échangèrent des mots d'encouragement, mais la démonstration de joie fut de courte durée. Après avoir chacun partagé un moment avec Lauren, les membres de l'équipe retournèrent à leurs postes et à leurs occupations. Apparemment il n'y avait pas de temps mort dans une cuisine pendant le service, quelle que soit la bonne nouvelle.

Sutton les regarda se remettre au travail, mais cette fois avec un regain d'énergie visible dans leurs démarches et leurs sourires. Lauren reprit tout de suite son rôle, annonçant les plats notés sur les billets des serveurs et ajoutant les garnitures avant de leur passer les assiettes.

— Un Wellington et une roulade de poulet pour la table quatre ! cria-t-elle en faisant sonner une cloche pour rappeler les serveurs à la cuisine.

Comme s'ils exécutaient des pas de danse bien chorégraphiés, ces derniers prenaient les assiettes en se contournant les uns les autres, ainsi que Sutton, et disparaissaient en un instant par la porte de service. C'était un chaos comme il n'en avait jamais vu de sa vie, mais il pouvait en distinguer le rythme. Ça ne ressemblait en rien aux environnements d'entreprise auxquels il était habitué, et il admettait volontiers ne pas être sûr de pouvoir survivre à une telle pression.

Mais finalement était-il également à sa place dans l'environnement des entreprises ? Il croyait à l'époque faire du bon travail en dirigeant celle de la famille aux côtés de son frère, après la mort de leur père. Et pourtant tout s'était effondré si vite et si facilement qu'il en doutait. Quelqu'un les détestait au point de vouloir les détruire, ainsi que leur carrière et l'héritage de leur père. S'ils ne débusquaient pas le coupable rapidement et si son avenir au sein de l'entreprise Wingate était compromis, Sutton ignorait s'il saurait faire autre chose.

Il n'était pas passionné par son travail comme Lauren l'était. Il avait été préparé toute sa vie pour diriger l'entreprise et n'avait jamais vraiment réfléchi à un autre métier. Si le véritable coupable réussissait à faire mettre Sutton et Sebastian derrière les barreaux, un sombre avenir les attendrait. Dans un an, Lauren accomplirait tous ses rêves, et Sutton serait… Il secoua la tête. Il ne voulait pas y penser.

— Bœuf Wellington, purée de pommes de terre et asperges grillées, annonça Amy en s'approchant avec une assiette joliment décorée.

Elle désigna un coin libre du plan de travail en acier inoxydable et un tabouret où il pouvait s'asseoir.

— C'est la meilleure place du restaurant, ajouta-t-elle avec un sourire.

Il s'installa et prit l'assiette avec impatience. C'était exactement ce qu'il lui fallait pour chasser ses idées sombres. Ça faisait des années qu'il n'avait pas mangé un bœuf Wellington digne de ce nom, et il n'avait aucun doute quant à la qualité de celui-ci. Une bouchée plus tard, il sut qu'il ne s'était pas trompé. Il ignorait dans quelle école hôtelière Lauren avait étudié et avec quels grands chefs elle avait travaillé, mais elle possédait un véritable don. Un don qui méritait un environnement élégant, pas une camionnette exiguë garée le long d'un trottoir.

Sutton avait hâte que le service se termine. Il voulait la ramener à la maison et fêter son succès. Elle le méritait vraiment et, avec un peu de chance, quand tout cela serait terminé, il la mériterait encore.

- 10 -

Lauren ouvrit la porte, plus tard cette nuit-là, et trouva Sutton sous son porche, une bouteille de champagne français hors de prix à la main.

— Ooh…, dit-elle en acceptant la bouteille pour en étudier l'étiquette. Tu as pensé à fêter ça !

Sutton entra et retira rapidement sa veste de costume avant de défaire le nœud de sa cravate.

— Je sais que tu es probablement épuisée, mais on ne pouvait tout de même pas se passer de champagne après un succès pareil.

Lauren acquiesça et referma la porte derrière lui. Ça avait été le jour le plus long de sa vie, mais étrangement le plus excitant aussi. Son esprit vibrait de tout ce qui s'était passé, et elle aurait été incapable de s'endormir même si elle avait essayé.

— Je suis désolée de ne pas être habillée pour l'occasion.

Elle s'était douchée en rentrant et ne portait qu'un peignoir en soie quand il avait sonné à la porte.

Sutton lança un regard appréciateur au cordon lâche du peignoir et à ses mèches humides, avant de répondre :

— Tu es même trop habillée à mon goût.

Lauren gloussa en songeant qu'elle avait peut-être un petit quelque chose dans son armoire qui pourrait bien lui plaire.

— Ouvre ça pendant que je mets une tenue plus appropriée.

Il lui prit la bouteille des mains et se rendit à la cuisine. Tout en se changeant, Lauren l'entendit faire sauter le bouchon du champagne. Elle enfila rapidement une nuisette rose garnie de dentelle et au décolleté profond, puis le rejoignit et posa sur le plan de travail en quartz deux flûtes en cristal qu'elle venait de sortir du placard.

Sutton les remplit et posa la bouteille avant de lever les flûtes remplies de liquide pétillant et doré. Il croisa son regard et plongea plus bas pour admirer sa nouvelle tenue. Il déglutit et serra entre ses doigts crispés la délicate tige de cristal tout en prenant une profonde inspiration. Quand son regard croisa à nouveau celui de Lauren, elle y vit briller une vive lueur de désir qui lui coupa le souffle par son intensité.

Cette nuit était spéciale. Ils avaient tous deux travaillé dur pour ce résultat, et cette célébration devait être à la hauteur de leur joie. Avec un sourire malicieux, Lauren regarda le champagne et eut une idée. Elle ignora le verre que Sutton lui offrait et lui tourna le dos pour se diriger d'un pas langoureux vers sa chambre. Elle saisit alors sa nuisette et la fit passer par-dessus sa tête. Ses cheveux humides retombèrent sur ses épaules, chatouillant ses omoplates nues. Elle jeta le déshabillé à peine utilisé sur une chaise et se retourna.

Comme elle l'avait espéré, Sutton l'avait suivie. Il se tenait sur le seuil de la pièce, serrant les verres dans une tentative de garder le contrôle. Elle fut d'ailleurs surprise que les tiges ne se soient pas déjà brisées.

Lauren s'avança, complètement nue, et s'arrêta en face de lui. Ses doigts agiles s'attaquèrent aux boutons de son col avant de descendre plus bas et d'écarter les pans de sa chemise, puis elle posa les paumes sur les muscles d'acier de son torse nu.

Entravé dans ses mouvements par les flûtes, il demeura

immobile, les yeux à moitié fermés tandis qu'elle le touchait. Lauren lui prit finalement un des verres et le leva pour porter un toast.

— Au Eatery, dit-elle.

— Au Eatery, répéta Sutton d'une voix basse et tendue.

Il la regarda porter le champagne à ses lèvres et en prendre une grande gorgée.

— Hum…, fit-elle, les yeux rivés sur lui. C'est délicieux, mais je sais ce qui pourrait l'améliorer.

Se penchant vers Sutton, elle leva sa flûte et versa un mince filet de champagne sur son cou, avant d'en lécher aussitôt les gouttes et de faire remonter la langue jusqu'à sa barbe naissante.

— Tu aimes ? demanda-t-elle en sentant le grondement sourd qui faisait vibrer sa gorge.

Sutton enlaça alors sa taille nue et la tira vers lui. Surprise, Lauren se heurta contre la paroi de son torse, les seins pressés contre sa peau froide et collante en raison du champagne. Quand elle leva les yeux, il lui adressa un sourire diabolique.

— Oh ! oui, dit-il.

Il prit une gorgée de son propre champagne et approcha les lèvres des siennes. Le liquide pétillant lui emplit la bouche, et elle le fit tourner sur sa langue avant de l'avaler.

Leurs lèvres toujours verrouillées, Sutton l'entraîna lentement vers le lit. Avec son bras passé autour de ses reins, il la fit lentement basculer sur le matelas et la coucha sur les draps frais.

Il s'écarta alors pour admirer avec avidité son corps nu et ôter sa propre chemise. Puis il versa le reste du champagne dans la vallée entre ses seins et laissa tomber la flûte vide qui atterrit sur le tapis moelleux avec un bruit sourd. Sutton baissa alors la tête pour aspirer la boisson. Sa langue glissa le long de son torse et taquina le globe de ses seins. Du doigt, il préleva du champagne qui avait glissé dans son nombril et le passa sur ses tétons durcis, avant de prendre son temps pour en lécher chaque goutte.

Lauren se cambra dans sa bouche, l'encourageant à continuer, et quand il se mit à sucer fortement son mamelon elle haleta bruyamment. Sa propre flûte vide roula sur le matelas, et elle saisit la tête de Sutton pour le rapprocher, enfouissant les doigts dans ses épais cheveux blonds. Il résista, descendant plus bas le long de son ventre, jusqu'aux gouttes dorées qui l'attendaient là. Ses lèvres brûlantes étaient comme du feu sur sa peau. Elle attendit avec une impatience douloureuse qu'il en caresse chaque parcelle, ce qu'il fit avec joie.

Les mains de Sutton lui ouvrirent doucement les cuisses, et il s'insinua entre elles, hors de sa portée. Elle cria quand sa langue glacée par le champagne trouva sa féminité brûlante. Sa bouche s'activa lentement sur sa peau sensible, lui tirant des cris étranglés face aux délicieuses sensations qu'il faisait naître dans son corps. Puis il glissa un doigt en elle et la caressa jusqu'à la conduire à l'orgasme.

— Sutton ! s'écria-t-elle, le souffle court, prise de convulsions avec le plaisir qui déferlait sur elle.

Son intention n'avait pas été de jouir sans lui, pas ce soir en tout cas. Mais comme à chaque fois il ne lui laissa pas le choix. Elle s'écroula contre le matelas, les muscles alanguis et les poumons en feu.

Elle ouvrit les yeux en sentant le corps chaud de Sutton remonter le long du sien. Il avait retiré le reste de ses vêtements, et sa peau nue glissait sur elle.

Quand il la regarda, elle eut l'impression de se perdre dans la profondeur de ses yeux émeraude. Elle sentit la chaleur ferme de son désir se presser contre sa cuisse et fut prise d'un besoin frénétique de s'unir à lui. Enserrant ses joues rugueuses avec les paumes, elle l'attira vers sa bouche et s'abandonna à lui, non seulement physiquement, mais émotionnellement. Il avait cru en elle, même lorsqu'elle-même n'y croyait pas, et elle voulait être cette femme-là pour lui.

Elle avait eu peur de céder à ses sentiments naissants. Elle s'était inquiétée de ne pas être assez bien pour lui, mais quand il la regardait ainsi elle comprenait que seuls ses propres doutes la retenaient. Il l'avait toujours qualifiée de parfaite, et elle devait arrêter de lutter contre ça. *Cesse de le combattre*. Il méritait tout d'elle et pas seulement la femme effrayée à l'idée de ne pas convenir, au point de ne même pas vouloir essayer.

Quand il unit son corps au sien, l'emplissant de son sexe palpitant, elle haleta contre sa bouche mais refusa de se laisser aller. Elle avait besoin de ce moment et de lui, pour avoir la force de donner le meilleur d'elle-même. Lauren releva les jambes pour enserrer ses hanches, le poussant plus profondément en elle. Elle voulait être aussi près de lui que possible, l'accueillir et le garder en elle, pour toujours.

Alors qu'il augmentait la cadence de ses poussées, Sutton dut finalement se détacher de ses lèvres. Il enfouit le visage dans son cou, la respiration brûlante et irrégulière alors qu'il entamait un puissant va-et-vient. Le corps de Lauren, pourtant épuisé quelques instants plus tôt, s'éveilla à nouveau, picotant de sensations. Une onde de plaisir monta inexorablement en elle, ses muscles se resserrèrent et se tendirent alors qu'elle approchait des pics de l'extase.

— Je n'ai jamais… désiré une femme… autant que je te désire en ce moment, Lauren.

Ses paroles étaient à peine un murmure parmi les halètements rauques et le bruissement des draps, mais elle les entendit et les ressentit au plus profond d'elle. Son cœur manqua un battement. Ce n'était pas une déclaration d'amour, mais c'était tout de même une déclaration sérieuse pour un homme avec une réputation de play-boy comme la sienne. Elle savait qu'il était sincère.

— Je suis à toi, murmura-t-elle. Je suis à toi depuis que je t'ai vu dans le club ce soir-là.

Lauren aussi était sincère. Elle aurait aimé pouvoir en dire plus, exprimer les sentiments qui gonflaient dans sa poitrine chaque fois qu'elle le regardait, mais elle se retint. Pas maintenant. Leurs vies étaient déjà bien assez compliquées en ce moment et, à certains égards, trop fragiles. Elle était sur le point de démarrer une nouvelle affaire, impliquant une pression écrasante. Il se battait pour réhabiliter le nom de sa famille et récupérer son entreprise. Tout bouleversement, tel qu'une déclaration d'amour inattendue et inopportune, pourrait suffire à faire écrouler le château de cartes.

Elle n'eut cependant pas le temps de s'attarder sur ses pensées sombres, car son corps prit le dessus sur son esprit. Des vagues de plaisir déferlèrent sur elle, et elle fut traversée par un orgasme si puissant qu'elle en eut le souffle coupé. Elle cria contre son épaule, le serrant avec force alors qu'il continuait de pousser en elle.

— Lauren, haleta-t-il, le corps pris de convulsion, en la suivant dans l'extase.

Le visage de Sutton toujours enfoui dans son cou et leurs cœurs battant à l'unisson, elle ravala les mots qui étaient sur le bout de sa langue. Peut-être que, lorsque leurs vies prendraient un rythme plus calme, ils auraient de la place pour plus que ce qu'ils partageaient actuellement.

Mais pas maintenant.

Sutton roula sur le côté et enroula un bras autour de sa taille. Il l'attira contre lui, l'enfermant dans le cocon protecteur de ses bras pour la garder au chaud.

— Félicitations, cheffe Roberts, lui murmura-t-il à l'oreille alors qu'elle s'endormait.

— Je me disais qu'on pourrait aller au club fêter ta victoire.

Lauren ouvrit un œil et le regarda, pas tout à fait disposée à se réveiller complètement, malgré le soleil qui inondait la chambre. Ils étaient encore au lit, retardant le moment de se lever, quand il avait fait cette suggestion.

— Pourquoi voudrais-je aller là-bas ?

Sutton fut déconcerté par sa réponse. La plupart des gens auraient sauté sur l'occasion de visiter cet endroit exclusif de Royal.

— Hum, eh bien, nous avons fait le tour de tous les restaurants en ville. Du moins jusqu'à l'ouverture prochaine de l'incroyable restaurant de la cheffe Roberts. Pourquoi ne pas aller au club ?

Elle soupira et roula vers lui pour poser la tête sur son torse.

— Disons simplement que ce n'est pas un endroit que j'affectionne. Je préfère encore fêter ça dans un drive que de retourner au Texas Cattleman Club.

Il la serra contre lui et ignora sa mauvaise humeur matinale.

— Ôte-moi d'un doute. C'est bien là-bas que nous nous sommes rencontrés, n'est-ce pas ? Aurais-je un problème de mémoire ?

— C'est vrai, répondit-elle, pas vraiment amusée par sa plaisanterie. Mais c'était différent. J'avais gagné à ce concours, et Amy m'avait forcée à y aller. Sinon je me serais abstenue. Ça faisait des années que je n'avais pas mis les pieds dans ce club.

Lauren avait déjà émis plusieurs commentaires curieux au sujet du club, mais elle n'avait jamais expliqué la raison de son ressentiment. Ce matin, il était décidé à ne pas la laisser éluder le sujet.

— Pourquoi ?

— Ce n'est tout simplement pas mon genre d'endroit, dit-elle.

— Essaye une autre réponse.

Quand elle tenta de s'écarter, il la serra contre lui. Elle se tortilla un moment, puis finit par céder avec un profond soupir.

— Je n'aime pas en parler.

— Tu penses que j'aime raconter ce qui se passe avec ma famille ? Ça ne peut pas être plus embarrassant que ce que je traverse.

— Tu veux parier ?

— Explique-moi, Lauren. J'ai besoin de savoir. Ne garde pas un tel secret en toi. J'ai besoin de comprendre ce qui s'est passé. Tu sembles haïr le club et tout ce qui le concerne. J'en suis membre, donc ça me fait peur de penser que dans ton esprit je suis associé à tout cela.

Il la sentit se détendre dans ses bras, même si « se rendre » était probablement un terme plus approprié.

— Très bien. Tu as quelques années de plus que moi, donc nous n'étions pas au lycée à la même époque, sinon tu connaîtrais sûrement cette histoire. Mais de toute façon je ne fréquentais pas le club. Mes parents s'en sortaient pas mal financièrement mais, même si nous avions appartenu à la classe moyenne ailleurs, nous aurions été considérés comme pauvres pour Royal. Pour résumer, je ne faisais pas partie des populaires à l'école. Amy était une de mes seules amies, et ensemble nous avons traversé l'enfer du collège et du lycée.

Sutton la tenait silencieusement dans ses bras, attendant la suite de l'histoire. Il savait qu'elle ne serait pas agréable, et son cœur souffrait déjà pour l'adolescente qu'avait été Lauren, luttant pour s'intégrer. Il n'avait jamais eu ce genre de problèmes. Lui et Sebastian avaient toujours été en haut de la chaîne alimentaire à l'école. Ça avait été une période agréable pour lui, et il n'avait jamais réfléchi aux difficultés rencontrées par les élèves qui avaient vécu le contraire. Peut-être même qu'il avait contribué à leur compliquer la vie parfois, même sans le vouloir.

— Comme la plupart des adolescentes, j'avais le béguin pour le mec le plus inaccessible du lycée. Son nom était Jesse. Jesse Wilde. Nous suivions le même cours de chimie en première, et je trouvais qu'il n'y avait pas de garçon plus beau. Il était gentil avec moi. Nous avions été désignés pour travailler en binôme en laboratoire de chimie et parfois nous travaillions ensemble sur nos devoirs.

Elle soupira.

— Je savais que je n'avais aucune chance avec lui – il était dans l'équipe de base-ball et sortait avec la pom-pom girl qui faisait de ma vie un enfer – mais, quand j'étais avec lui, j'avais l'impression d'être appréciée pour la première fois depuis longtemps.

Sutton sentit un malaise monter en lui. Il connaissait Jesse Wilde avant qu'il quitte Royal pour partir Dieu sait où. C'était un jeune homme beau et arrogant mais, pour être honnête, un abruti fini. Sutton n'avait jamais eu d'affinités avec lui, mais il le croisait de temps en temps au club. Cette histoire ne pouvait pas avoir une fin heureuse, et une part de lui voulait l'empêcher d'en dire plus. Mais il tint sa langue.

— En terminale nous nous sommes retrouvés dans le même cours d'anglais. Il a fini par s'asseoir derrière moi et de temps en temps il se penchait pour discuter… juste assez pour faire battre mon cœur quand je sentais son souffle sur mon cou et que je l'imaginais en train de m'embrasser là. C'était un béguin absurde, mais quand il était près de moi je ne pouvais pas m'empêcher de croire que j'avais une chance.

« Environ une semaine avant le bal de fin d'année,

un tuyau a éclaté dans le gymnase, et tout a été inondé durant le week-end. Il fallait refaire le sol, et donc il était impossible d'organiser le bal là-bas comme prévu. Alors quelqu'un a proposé le Texas Cattleman Club. Comme je ne comptais pas aller au bal, ça m'était égal, mais c'était excitant pour ceux qui n'étaient pas membres d'avoir la chance de visiter l'endroit, comme tu l'as dit. Puis Jesse a rompu avec sa petite amie quelques jours avant le bal. Tout le monde ne parlait que de ça dans les couloirs, et tous spéculaient sur ce qui avait bien pu se passer et se demandaient s'il y avait une autre fille dans l'histoire.

Elle secoua la tête avant de poursuivre :

— Je n'aurais jamais rêvé que ce soit moi, mais ce vendredi en classe d'anglais Jesse m'a demandé de rester après les cours parce qu'il voulait me dire quelque chose. Je pensais qu'il avait besoin d'aide pour notre devoir sur Hamlet, mais il s'est avéré qu'il voulait me proposer d'aller au bal avec lui.

Lauren s'assit, silencieuse durant un instant avant de continuer :

— J'étais sur la lune. J'ai à peine dormi cette nuit-là. Ma mère m'a même emmenée à Dallas le lendemain matin pour me trouver une robe à la dernière minute. Mon béguin m'avait demandé de l'accompagner au bal, et je pensais que tout dans ma vie allait changer en mieux.

Une expression douloureuse traversa alors son visage.

— J'étais une gamine si stupide. Naïve dans l'âme. Je n'avais encore jamais embrassé un garçon avant, mais je pensais savoir comment tout cela allait se passer.

Elle rit amèrement.

— Tout a commencé comme je l'espérais. Jesse est venu me chercher dans son joli nouveau pick-up et m'a acheté une rose blanche à porter au poignet. Il était si beau dans son costume que je voulais juste mourir de bonheur.

Nous nous sommes rendus au club, et tout le monde était stupéfait de nous voir ensemble. Surtout son ex-petite amie, Kaylah, qui était là avec un autre garçon que je ne connaissais pas.

Elle s'éclaircit la gorge.

— Mais je ne faisais pas trop attention à tout ça, parce que j'étais éblouie par le lieu. J'avais toujours rêvé de voir l'intérieur et je me retrouvais là avec le garçon que je croyais aimer de toute mon âme d'adolescente.

« Jesse est parti nous chercher du punch, et je suis allée aux toilettes pour vérifier ma coiffure. J'étais si nerveuse à l'idée d'être décoiffée ou que mon maquillage soit défait et qu'il change d'avis en me trouvant moche. En chemin, je suis tombée sur Kaylah et ses copines. Je m'attendais au pire. Comme je l'ai dit, depuis toujours Kaylah semblait prendre un malin plaisir à me torturer. J'ai pensé que, comme j'étais avec son ex, elle aurait encore plus de raisons de vouloir m'arracher les cheveux... Mais elles ont été vraiment sympas avec moi. Elles m'ont complimentée sur ma robe et m'ont demandé ce que je pensais du club.

Sutton retint un sifflement alors qu'il prenait une inspiration prudente. Il connaissait les filles comme Kaylah, et elles ne devenaient jamais soudain gentilles avec une fille qu'elles harcelaient sans raison.

— Je me suis dit que, comme je sortais avec Jesse, j'étais peut-être acceptée par le groupe des populaires. Kaylah m'a même proposé de me faire visiter le club. Elle a réussi à me faire baisser complètement ma garde. Nous sommes entrées dans quelques pièces, puis elle a affirmé que la dernière serait ma préférée parmi toutes. Elle a ouvert une porte et m'a demandé d'entrer. Il faisait complètement noir, mais je devinais que la pièce était immense à cause des échos de nos voix.

« Ensuite, la seule chose dont je me souviens, c'est

d'avoir été poussée par-derrière. J'ai pratiquement volé vers l'avant mais, à ma grande surprise, au lieu d'atterrir sur le sol j'ai heurté l'eau. Une eau profonde. J'ai lutté dans l'obscurité pour remonter à la surface, et quand j'y suis enfin arrivée et que j'ai pris une profonde inspiration la lumière s'est allumée. Tous les lycéens étaient debout autour de la piscine à rire de moi et à prendre des photos avec leurs téléphones. Y compris Jesse.

Lauren fit une pause, les traits tendus.

— Lui aussi était là. Il ne m'avait jamais appréciée. C'était juste une ruse pour me faire venir au club. J'aurais voulu mourir, j'étais tellement gênée. J'étais trempée de la tête aux pieds, ma robe était fichue, mes cheveux dégoulinaient, et mon maquillage fondait sur mon visage.

— Qu'as-tu fait ? demanda finalement Sutton, les poings serrés.

Il espérait au fond de lui que Lauren avait grimpé hors de l'eau et qu'elle avait mis un coup de poing à Kaylah. Mais il savait que ce n'était pas ainsi que ce genre d'histoire se terminait. Les personnes riches et nanties comme Kaylah et Jesse – ces gens qu'il considérait comme ses amis auparavant – avaient rarement ce qu'elles méritaient.

— J'ai fait la seule chose dont j'étais capable. Je suis sortie de la piscine alors que tout le monde riait et j'ai marché sans m'arrêter. J'ai marché jusqu'à la maison, trempée. Le lendemain, j'ai compris que Kaylah était jalouse que Jesse me parle autant, même si c'était intéressé et qu'il cherchait uniquement à réussir l'examen d'anglais pour ne pas être renvoyé de l'équipe de base-ball. Quand elle a découvert que j'avais eu le culot d'avoir le béguin pour lui, elle a fomenté tout ce plan. Elle l'a convaincu de simuler une rupture avant le bal pour qu'il puisse m'inviter et qu'elle se venge. Pendant qu'elle m'entraînait dans la visite du club, tout le monde avait quitté la salle de danse pour se faufiler dans la piscine intérieure et attendre qu'elle me pousse dans l'eau.

« Je pensais ne jamais réussir à retourner au lycée. Mais j'y suis arrivée, et l'année suivante je suis immédiatement partie pour l'école hôtelière dans l'espoir que tout le monde oublierait « Tombe à l'eau ».

— Tombe à l'eau ? répéta Sutton en se redressant.

— C'est comme ça que tout le monde m'a appelée jusqu'à la fin de l'année scolaire.

— Waouh ! fit Sutton après avoir pris le temps d'absorber cette horrible histoire.

Certains détails qu'il avait remarqués à propos de Lauren commençaient à prendre sens.

— Je déteste l'idée que tu aies traversé tout ça. Les enfants sont parfois incroyablement cruels. J'aurais aimé être là pour botter le cul de Jesse.

— Tu ne m'aurais même pas regardée à l'époque, et encore moins défendue. Mais ça va. Les choses changent.

Elle avait raison : les choses changeaient, et il ne pouvait la laisser vivre pour toujours avec cet affreux souvenir. Elle avait grandi et réussi, et ces bêtises d'adolescents n'avaient plus d'importance.

— Si j'étais toi, je ne voudrais pour rien au monde retourner dans un endroit où j'aurais subi une humiliation pareille. Mais d'un autre côté je pense que tu devrais le faire. Tu dois affronter tes démons, Lauren. Ce ne sera plus l'endroit et les gens horribles que tu as imaginés pendant toutes ces années. Ce sont des adolescents, pas les membres du club, qui ont agi ainsi. Ils auraient fait quelque chose de différent mais de tout aussi embarrassant dans la salle de gym si elle n'avait pas été inondée.

— Oui, mais les meneurs étaient tous membres du club.

— C'est vrai. Mais ça ne veut pas dire que ce sont les affreuses personnes dont tu te souviens. Comme je l'ai dit, les adolescents sont terribles. Ils ont comme des lésions cérébrales à cet âge-là. C'est un fait scientifique avéré.

— Chut, le coupa Lauren, amusée, en lui donnant une tape sur le torse. Tu dis n'importe quoi pour me remonter le moral.

— Non, c'est vrai. Fais une recherche sur Google. Le cerveau humain n'est pas mature avant environ vingt-cinq ans. Donc, tout ce que tu fais de stupide avant cet âge peut être imputé à une matière grise sous-développée.

— Comme tomber amoureuse d'un crétin ? Me faire avoir comme une imbécile naïve et ruiner ma nouvelle robe ? Faire rire toute l'école, que des photos embarrassantes de moi soient publiées sur Internet et qu'on m'appelle Tombe à l'eau pour le reste de l'année ?

Sutton grimaça à ses arguments.

— Tous les adolescents prennent de mauvaises décisions. Ça a été notre cas à tous. Et maintenant que tu es plus âgée tu fais probablement de meilleurs choix, y compris avec les hommes, termina-t-il en lui adressant un grand sourire.

— Sur ce point tu as tout à fait raison.

— En tout cas, tout ce que je peux dire, c'est que je suis désolé de la façon dont certaines personnes idiotes de cette ville t'ont traitée. Je m'excuse au nom du club et de ses membres. J'ai souvent profité de cette piscine intérieure durant les hivers froids et je déteste savoir qu'elle a été le théâtre d'un des pires moments de ta vie. Espérons que tu pourras retourner dans cet endroit et y créer des souvenirs positifs. Ou du moins plus positifs que ceux que nous avons déjà créés, ajouta-t-il avec un sourire malicieux. Et maintenant que j'ai entendu cette histoire j'ajoute que je suis heureux que tu ne m'aies pas giflé quand je t'ai conduite dans la salle de billard en passant par ce couloir sombre.

— Fort heureusement, tu as dit billard et non piscine, sinon je ne serais peut-être pas entrée avec toi. Et le couloir n'était pas le même de toute façon. Je m'en suis rendu compte. Mon cerveau était en alerte maximale, et je n'allais pas retomber une seconde fois dans le piège. D'autant plus que ma robe était beaucoup plus chère cette fois.

Sutton la serra contre lui.

— Alors, qu'en penses-tu ? Juste un verre cet après-midi pour célébrer ta réussite et affronter tes démons ?

Lauren soupira, mais il la sentit hocher la tête contre son torse nu.

— D'accord. Un verre.

- 11 -

— Tu peux le faire. Tu l'as fait la nuit où nous nous sommes rencontrés et tu peux recommencer.

Lauren prit une profonde inspiration et plongea dans le regard encourageant de Sutton.

— J'étais masquée, murmura-t-elle en le suivant à l'intérieur.

— C'est juste un verre. Un seul. Et si tu ne te sens pas à l'aise après ça nous partirons. Mais je pense que tu comprendras que tes inquiétudes ne sont que l'ombre du passé. Le club n'est rien d'autre qu'un endroit rustique où les riches cow-boys se rencontrent.

Elle espérait qu'il avait raison, mais cela ne l'empêcha pas de sentir son estomac se contracter lorsqu'ils pénétrèrent à l'intérieur. Quand le club n'était pas décoré en vue d'une soirée, l'atmosphère y était très différente. Une faible musique de country était diffusée, et la lumière de fin d'après-midi entrait par les grandes fenêtres, conférant un aspect chaleureux aux lambris en chêne des murs et au parquet, et mettant en valeur la cheminée en pierre. C'était la première fois qu'elle venait en journée, et elle remarqua des détails, tels que les trophées de cerfs et de vieilles photos d'anciens membres, qui lui avaient échappé avec le faible éclairage de la nuit.

Il n'y avait pas grand monde aujourd'hui. La plupart étaient assis autour du bar et buvaient une bière en regardant un match de football sur l'écran de télévision. D'autres étaient attablés du côté salle à manger. Dans un coin salon, peut-être même celui où elle était cachée quand elle avait rencontré Sutton, deux hommes en stetson discutaient. Ils se tournèrent et leur jetèrent un rapide coup d'œil avant de retourner à leur conversation.

C'était très différent de ses souvenirs. Pourtant, ses yeux se dirigèrent instantanément vers le couloir obscur qui menait à la salle de sport et bien sûr, à la piscine intérieure. Elle détourna le regard, préférant se concentrer sur le deuxième couloir, celui qui menait à la salle de billard et à des souvenirs bien plus heureux.

— Tu veux t'asseoir au bar ou à une table privée ? demanda Sutton.

— Ça m'est égal.

Il ne parut pas convaincu.

— Prenons une table. Nous n'aurons pas à parler à des inconnus.

Une hôtesse leur proposa une table pour deux près d'une fenêtre. À l'extérieur, elle vit les courts de tennis et la grande piscine olympique qui s'étendait au-delà. Quelques personnes jouaient au tennis en double, mais la piscine était déserte par ce temps frais. Lauren se détourna du paysage et se concentra sur Sutton, face à elle. Il était la seule chose qui comptait en ce moment : il était là pour la soutenir, pour fêter sa réussite et l'aider à affronter les démons de son passé. Elle lui était si reconnaissante qu'elle aurait été prête à le suivre n'importe où. Surtout quand il se trouvait assis face à elle, plus appétissant que le plat le plus savoureux qu'elle ait jamais goûté.

La serveuse leur apporta deux verres d'eau.

— Heureuse de vous revoir au club, monsieur Wingate. Que puis-je vous servir, à vous et à votre invitée ?

— Un manhattan pour moi et… un dirty martini pour la dame.

Il sourit, se remémorant sans aucun doute le soir de leur rencontre.

La serveuse hocha la tête et disparut au bar pour préparer leurs boissons.

— J'espère que ça ne te dérange pas que je commande pour toi, dit-il. Est-ce que j'ai bien choisi ?

— Parfaitement. Je t'aurais corrigé sinon.

La serveuse revint un instant plus tard avec leurs consommations, et Sutton leva son verre.

— Je voudrais proposer un toast.

Lauren leva son propre cocktail pour se joindre à lui.

— À la cheffe la plus talentueuse que j'aie jamais rencontrée et à son nouveau restaurant à succès !

Elle sourit et fit tinter son verre de martini contre le sien avant de prendre une gorgée.

— Merci. J'apprécie la confiance que tu me portes. Je n'arrive toujours pas à y croire, mais j'ai déposé le chèque de Gracie ce matin, et tout s'est bien passé, alors je suppose que je peux arrêter de me pincer. Je n'ai jamais eu autant de zéros sur mon compte en banque professionnel… ni sur mon compte personnel d'ailleurs. Jamais.

Sutton sourit également.

— C'est agréable, n'est-ce pas ? Tu ferais mieux de t'y habituer : ton succès est inévitable. Bientôt tu auras tout cela en permanence sur ton compte, et même plus. Tu auras du monde pour t'aider, et tout sera plus facile. Tu pourras même vendre les camions-restaurants et te concentrer uniquement sur ton avenir de grande cheffe du Texas.

Lauren se raidit légèrement et prit une grande gorgée de son martini : il reparlait de vendre ses camions. Leur présence semblait vraiment le déranger. Elle se demanda comment il réagirait si elle lui annonçait que la vente ne serait pas pour tout de suite. Elle aurait aimé pouvoir en discuter avec lui, mais leur relation lui semblait encore trop fragile, et de plus il lui donnait constamment l'impression de vouloir la faire progresser et réussir.

— Je pourrais peut-être embaucher du personnel supplémentaire et conserver les camions. Du moins les midis et les week-ends, histoire de faire de la publicité. Ils engendrent de faibles frais et font de très bonnes recettes.

Elle pensait qu'il allait réagir à ses propos, mais il sembla soudain se concentrer sur un groupe d'hommes qui venaient d'arriver. Ces derniers discutaient entre eux, quand soudain leurs regards se tournèrent vers Sutton et Lauren. L'un d'eux donna un coup de coude à un autre et lui dit quelque chose que Lauren ne put entendre. Les trois se mirent à rire et partirent dans l'autre sens.

Quand elle se tourna vers Sutton, il était livide. Son sourire s'était effacé, et pour la première fois depuis qu'elle le connaissait il avait l'air presque ébranlé.

— Il y a un problème ? Qui sont ces gens ?

La mâchoire crispée, il secoua la tête.

— Avant, c'étaient des amis de la famille.

— Et maintenant ? demanda-t-elle.

— Maintenant, ils ne le sont plus. Tout le monde veut être ton ami quand tu es en haut de l'échelle. Mais dès que tu es à terre… c'est là que tu découvres qui sont tes vrais amis. Ces hommes nous ont tourné le dos à la première occasion. Ils semblent presque se réjouir de nos souffrances. Des salauds.

Lauren grimaça à ces mots. Elle réalisa la chance qu'elle avait de n'avoir jamais été dans ce genre de situation, avec des amis intéressés qui la laisseraient tomber dès qu'elle ne leur serait plus d'aucune utilité. Tout ce qu'elle avait à offrir, c'était son amitié et de temps en temps un repas maison.

— Je suis désolée, Sutton. Au moins, tu vois enfin leurs vrais visages.

— Oui.

Elle voyait cependant que son esprit était ailleurs.

— Sutton ?

Il se concentra à nouveau sur Lauren.

— Tu veux bien m'excuser un instant ? Je dois aller aux toilettes. Ça ira, seule ?

Elle voulut dire non, que ça n'irait pas, mais s'il avait besoin d'une minute pour se ressaisir elle ne pouvait la lui refuser.

— Ne t'inquiète pas. Vas-y.

Il hocha la tête et termina le reste de son verre avant de repousser sa chaise et de se diriger vers les toilettes. Elle le suivit du regard et remarqua plusieurs clients qui s'étaient mis à chuchoter en le regardant partir. Peut-être que c'était elle finalement qui avait raison au sujet du club et lui qui avait tort, songea-t-elle. Les gens ne semblaient pas si sympathiques sitôt que vous aviez le dos tourné.

— Trempe à l'eau ? C'est bien toi ?

Lauren sentit son sang se glacer à la mention de cet horrible surnom, et elle se tourna lentement vers la voix familière. Juste derrière elle, sur la droite, trois femmes étaient assises à une table voisine.

Elle reconnut Kaylah instantanément : plus âgée et moins fine, avec un front luisant de Botox. Elle l'aurait reconnue n'importe où. Impossible d'oublier le visage de son bourreau ou son rire qui résonnait dans la piscine intérieure.

Lauren regretta aussitôt d'avoir réagi à ce surnom stupide. Elle aurait également dû faire un effort sur sa tenue, se maquiller et mieux se coiffer avant de venir dans un endroit pareil. Sutton ne semblait pas particulièrement se soucier de son apparence, mais ce genre de préparatifs était parfois comparable à une armure féminine face aux flèches de l'ennemi.

Et Kaylah Anderson était définitivement une ennemie.

Le temps n'avait pas changé cela d'un iota, malgré ce que Sutton semblait penser.

Lauren choisit de ne pas répondre et fixa la femme d'un regard vide en espérant ne rien laisser transparaître de son émoi intérieur.

— Excusez-moi, vous me parliez ? demanda-t-elle.

— Oui. Tu es bien Lauren Roberts, n'est-ce pas ?

Elle fut surprise que Kaylah connaisse son nom. Elle ne l'avait pourtant jamais entendue le prononcer à haute voix.

— Oui. Je vous connais ?

— Bien sûr que oui. Je suis Kaylah Anderson-Tate. Nous étions au lycée ensemble.

Il y avait quelque chose de malveillant dans son sourire, comme si elle cherchait à revivre sa gloire passée en observant la douleur de Lauren.

Mais elle n'allait pas lui donner cette satisfaction.

— Je suis désolée, je n'ai pas beaucoup de souvenirs du lycée. C'était il y a si longtemps.

Kaylah s'efforça de froncer les sourcils, du moins autant que ses muscles figés par le Botox en étaient capables.

— Nous avons eu une petite querelle au sujet de Jesse Wilde à cette époque… en dernière année. Je suis sûre que tu t'en souviens.

Elle semblait déterminée à ce que Lauren se remémore sa mauvaise farce. Mais la jeune femme refusa de mordre à l'hameçon.

— Jesse Wilde. Je n'ai plus pensé à lui depuis des lustres.

— J'imagine bien. Pourquoi penser à lui quand tu te promènes aux bras d'un Wingate ? C'est carrément le niveau supérieur, surtout pour quelqu'un comme toi.

Les deux autres femmes ricanèrent doucement à sa pique.

— Il a simplement bon goût, répondit Lauren, impassible.

— Vraiment ? fit-elle en arquant à peine un sourcil avant de se pencher et de poursuivre à voix basse. Entre filles, comment as-tu mis le grappin sur Sutton Wingate ? Il a toujours été connu pour être si… particulier.

Lauren garda le silence. Que pouvait-elle répondre à cela ? Depuis qu'elle sortait avec Sutton, elle en avait appris un peu plus sur son passé de play-boy. Or les play-boys avaient tendance à être attirés par des femmes belles et élégantes, et elle doutait de pouvoir être classée dans cette catégorie. Elle était certes attirante, mais élégante ? Sûrement pas avec son chignon, son absence de maquillage et sa veste de cheffe couverte de sang après qu'elle avait découpé un gros morceau de viande pour le service du soir.

Elle avait peut-être fait illusion le premier soir, avec sa robe, son masque et son alter ego audacieux, mais plus maintenant. Peut-être que l'encourager à vendre ses camions-restaurants était le seul moyen pour Sutton de la rapprocher un peu de la femme belle et élégante qu'il désirait vraiment.

— Tu préfères garder tes secrets, hein ? ajouta Kaylah avec un petit rire aigu devant son silence. Enfin… De toute façon ça n'a pas vraiment d'importance. Sutton ne garde jamais une femme longtemps. Quoi que tu aies fait, ça a peut-être marché pour le harponner, mais ça ne le fera pas rester pour toujours. Je ne m'attacherais pas trop à ta place.

Ses amies rirent à nouveau, et Lauren se força à se retourner vers sa table. Elle aurait aimé que Sutton soit là pour éviter de se retrouver seule face à la pire personne au monde. S'il avait été là, peut-être qu'il l'aurait défendue et aurait fait taire Kaylah, ou qu'il aurait dit quelque chose qui aurait pansé son ego meurtri.

Mais toute seule elle se sentit s'effondrer. Kaylah avait réussi, sans le moindre effort, à toucher ses plus sombres craintes. Lauren savait déjà qu'elle était amoureuse d'un homme avec qui elle n'avait aucune chance. Mais que ce soit dit à haute voix, comme une simple évidence, était autrement douloureux.

Elle ne voulait pas rester ici un instant de plus si c'était pour subir ce genre de personnes capricieuses et malveillantes. Si Sutton n'était pas capable de voir qui étaient réellement ces gens, alors il était peut-être semblable à eux.

Mais pour sa part elle ne l'était pas et ne le serait jamais. Aussi douloureuse qu'en soit la perspective, elle devait peut-être arrêter de voir Sutton. Sortir avec lui était trop ambitieux pour quelqu'un comme elle.

Lauren saisit alors sa pochette et se leva sans un mot. Elle allait prendre sa dignité et ses camions-restaurants, et rentrer chez elle.

Venir ici avait été une erreur. Sutton s'en rendait compte à présent. Il n'avait pas compris que ce serait sa réputation à lui, et non celle de Lauren, qui poserait problème.

S'il avait délibérément évité le club ces dernières semaines, ce n'était pas pour rien. Car c'était une chose de savoir que ces gens – ces mêmes personnes qui se proclamaient ses amis il y a encore peu – médisaient dans son dos, c'en était une autre de le subir de plein fouet. Le gala de charité de Beth avait été l'exception. Mais il s'était laissé griser par son histoire avec Lauren et par le fait de l'aider à monter son restaurant, et il avait occulté tout le reste. En l'encourageant à affronter ses peurs, il avait oublié pourquoi lui-même évitait cet endroit.

Mais après à peine deux gorgées de son cocktail la mémoire lui était revenue. En entrant il avait pourtant senti les regards se braquer sur eux, mais il avait imputé cela au fait que Lauren était inconnue. Cependant, quand certains s'étaient mis à rire et que quelques mots lui étaient parvenus, il avait compris que c'était lui le sujet de moquerie et que venir ici était une erreur.

Il s'aspergea le visage d'eau et prit une profonde inspiration. Il devait se ressaisir. Il ne pouvait pas les laisser voir à quel point cela le touchait. C'était primordial. Sutton et sa famille n'avaient rien à cacher. Ils avaient été piégés. Tous ces amis du dimanche pouvaient rire tant qu'ils voulaient, mais la vérité finirait par éclater. Et ce jour-là, quand ils essayeraient de frapper à nouveau à la porte des Wingate, ils trouveraient un accueil glacial.

Prenant une serviette dans le distributeur, Sutton se sécha le visage et les mains et choisit une des eaux de Cologne mises à disposition pour s'en tapoter un peu le cou. Les senteurs d'eucalyptus étaient censées agir sur le stress, et toute aide était la bienvenue en ce moment.

Quand il revint à leur table, il crut au début s'être trompé de salle. Il était pourtant au bon endroit : leurs deux verres vides étaient toujours là. Mais Lauren était introuvable.

— Est-ce que ce sera tout, monsieur Wingate ? demanda la serveuse en s'approchant.

— Je ne sais pas. Je pense que oui. Avez-vous vu où est partie la dame qui était avec moi ?

— Non, monsieur. Elle a dû s'absenter quand j'étais à la cuisine. Est-ce que vous voulez que je mette cela sur votre compte ?

Sutton hocha la tête.

— Oui, merci.

Il doutait que Lauren veuille prendre un autre verre, même si elle était probablement aux toilettes ou sortie passer un coup de fil. Lui en tout cas avait hâte de s'éclipser. Mais où donc avait-elle disparu ?

— Elle est partie. Elle a appelé un taxi, je pense.

Sutton se tourna vers un groupe assis derrière eux, et plus précisément vers la femme qui lui avait parlé.

— Elle a quitté le club ?

— Oui. Il y a quelques minutes. Elle avait l'air assez bouleversée.

Il étrécit le regard vers cette inconnue aux cheveux blonds. Elle paraissait ravie et un peu trop désireuse de lui raconter ce qui s'était passé. L'ignorant, il se précipita vers la sortie, espérant pouvoir encore la rattraper.

Il la vit à l'instant même où une berline blanche affichant un autocollant Uber sur le pare-brise s'arrêtait devant elle.

— Lauren ! cria-t-il en se précipitant vers elle.

Au lieu de se retourner, elle se dépêcha de monter dans la voiture avant qu'il puisse la rejoindre. Il réussit néanmoins à lui saisir le poignet et à la remettre sur ses pieds.

— Qu'est-ce qui se passe ? Pourquoi est-ce que tu t'enfuis ?

Lauren leva le visage vers lui, les yeux emplis de larmes. Il vit la douleur et le conflit se refléter sur son visage. Elle ouvrit la bouche pour dire quelque chose, puis secoua la tête et pressa un baiser brûlant sur les lèvres de Sutton. Il y avait une irrévocabilité si poignante dans ce geste qu'il sentit sa poitrine se serrer.

— Tu dois me laisser partir, murmura-t-elle contre sa bouche en se libérant de son étreinte.

Sutton se redressa, confus et le cœur brisé, tandis que Lauren montait dans la voiture et s'éloignait. Il regarda l'Uber disparaître en s'interrogeant sur la raison de son départ.

Sortant son téléphone de la poche de sa veste, il composa aussitôt le numéro de Lauren, mais tomba directement sur la messagerie vocale. Déconcerté, il se demanda ce qui avait bien pu se passer.

Quand il rentra dans le club, les rires des mêmes hommes, assis dans le coin le plus éloigné de la salle, attirèrent son attention.

— J'espère que l'orange lui va bien ! déclara l'un d'eux dans un grand éclat de rire.

Ils étaient encore en train de le dénigrer, sans même faire l'effort d'être discrets. Il avait pourtant l'habitude, même avant le scandale, d'être le sujet de commérages des gens. Mais c'était nouveau pour Lauren. Peut-être avait-elle entendu leurs horribles plaisanteries au moment où il s'était absenté. Il lui avait expliqué tout ce qu'il y avait à savoir sur la situation de leur entreprise, mais peut-être que faire face au scandale était trop pour elle. C'était une chose d'expliquer qu'il faisait l'objet d'une enquête et de tenter de prouver son innocence, c'en était une autre d'entendre des hommes plaisanter sur le fait qu'il irait en prison. Qui voudrait d'une relation impliquant les mots *liberté conditionnelle* et des visites à travers un plexiglas les dimanches après-midi ?

Le fait qu'il clame son innocence ne signifiait pas qu'il ne finirait pas en prison de toute façon. Il n'était pas si naïf. Sa famille avait engagé de bons avocats, mais ceux qui leur avaient tendu ce piège avaient fait un excellent travail. Avec les preuves amassées et le bon jury, Sutton, Sebastian et un grand nombre de cadres de l'entreprise pourraient très bien passer la prochaine année derrière les barreaux.

La pensée le dérangeait bien sûr. Personne ne voulait aller en prison. Mais étrangement ce qui le dérangeait le plus en ce moment, c'était l'idée que Lauren monte son nouveau restaurant toute seule, sans son aide et sans son soutien.

Tout cela faisait beaucoup à digérer et était peut-être difficile à affronter pour elle. C'étaient des problèmes dont elle n'avait pas besoin en ce moment, avec sa vie bien remplie. Comment lui reprocher de prendre la fuite ? Un avenir brillant l'attendait à Royal, qu'elle en soit consciente ou pas. Il valait mieux éviter que les problèmes de Sutton l'entraînent vers le bas et ternissent sa réputation même pas encore bâtie.

La sensation n'en demeurait pas moins semblable à celle de recevoir un coup de poing en plein ventre au moment où il s'y attendait le moins. Il n'imaginait pas qu'elle soit le genre de femme à fuir aux premières difficultés.

Sans plus un regard pour les hommes qu'il avait autrefois appelés ses « amis », Sutton laissa la porte se refermer et se dirigea vers sa voiture. Il rentra chez lui à toute allure, au risque d'avoir une contravention. Il fallait qu'il s'éloigne du club et de ces personnes qu'il avait défendues devant Lauren tout à l'heure. Peut-être avait-elle raison de vouloir les éviter. Il avait tout intérêt à suivre son exemple d'ailleurs et à abandonner sa carte d'adhérent pour un petit moment. Ça serait une dépense en moins, en plus du reste.

Une fois de retour chez lui, il jeta ses clés sur le comptoir de la cuisine et sortit une bière du réfrigérateur. La colère décuplant ses forces, il fit voler la capsule à travers la pièce en ouvrant la bouteille. Celle-ci atterrit aux pieds de son frère qui entrait tout juste.

— Tu rentres tôt, commenta Sebastian en regardant le disque argenté sur le carrelage avant de s'arrêter net en voyant la mine renfrognée de Sutton. Oh oh ! que t'est-il arrivé ?

Sutton relata sa visite au club de manière aussi brève que possible.

— Elle m'a fui, conclut-il

— As-tu essayé de l'appeler ?

Il sortit son téléphone et composa à nouveau le numéro de Lauren, pour retomber sur le répondeur disant de laisser un message.

— Elle ne prend pas mes appels.

— Je me demande ce qui s'est passé pendant que tu

étais aux toilettes, s'interrogea Sebastian en s'installant sur un tabouret, l'air pensif. Ça a dû être rapide en tout cas.

— C'était probablement en rapport avec l'enquête. Les frères Kennedy et Mark Swenson étaient en train de bavasser sur nous. Ils riaient en parlant de combinaison orange.

Il marqua alors un arrêt avant de poursuivre :

— Je déteste le reconnaître, mais c'est sans doute mieux ainsi. J'aurais fait pareil à sa place : personne ne souhaite sortir avec un criminel. Peut-être a-t-elle décidé de fuir pendant qu'il en est encore temps et avant que notre relation devienne trop sérieuse ?

— Premièrement, tu n'es pas un criminel, et j'aime à croire que Lauren le sait aussi. Deuxièmement, tu es aveugle si tu penses que ce n'est pas sérieux entre vous.

Sutton avala sa gorgée de bière et posa la bouteille sur le plan de travail en granit.

— Qu'est-ce que tu racontes ?

Sebastian leva les yeux au ciel.

— C'est une plaisanterie ? Tu penses vraiment que ce n'est pas du sérieux, vous deux ? C'est la relation la plus sérieuse que tu aies jamais eue, Sutton. Que tu le reconnaisses ou pas, tu es fou amoureux de cette femme.

Il ouvrit la bouche pour protester, mais s'arrêta net. Plus il pensait aux paroles de son frère, plus il comprenait qu'elles étaient vraies : Sutton n'avait jamais rien ressenti de semblable pour aucune femme. Elle n'était pas qu'une simple distraction à ses problèmes, mais la raison pour laquelle il devait se battre et en sortir plus fort. Elle était la première chose à laquelle il pensait en se réveillant le matin et la dernière sur laquelle son esprit s'attardait lorsqu'il s'endormait. Quand il n'était pas avec elle, il ressentait un vide en lui que rien ne pouvait combler.

Et pour une fois il ne s'agissait pas là uniquement de sexe. Pour lui, les relations sexuelles s'étaient toujours résumées au plaisir physique, et dès qu'il s'ennuyait avec une partenaire il passait à autre chose. Mais avec elle c'était totalement différent. Le sexe avec Lauren était, bien sûr, époustouflant, mais il se sentait également heureux de se blottir à ses côtés sur le canapé. Il aimait humer l'odeur de son shampoing et essayer de le mémoriser, et il avait l'impression que tout allait instantanément mieux quand il la voyait sourire.

Il n'y avait plus aucun doute dans son esprit. Il détestait l'admettre, mais Sebastian avait raison : il était amoureux de Lauren. Il avait fallu qu'elle le quitte pour qu'il découvre la vérité.

Et maintenant qu'il savait il devait trouver une solution pour récupérer son amante en fuite.

- 12 -

Lauren ne savait pas trop comment gérer sa nouvelle vie. Pour faire tourner le restaurant, elle devait renoncer à tout contrôler. Ce qui signifiait de ne pas passer sa journée à s'occuper de ses camions-restaurants. Ed et Javier dirigeaient toujours le second camion, mais elle avait embauché quelqu'un pour aider Amy avec le premier. Son rôle à présent consistait à élaborer les menus une semaine à l'avance et à laisser Amy et Javier s'occuper du reste.

C'était un grand progrès pour elle, mais pour préserver l'emploi de tous et avoir des rentrées d'argent, elle devait laisser les camions tourner pour le moment. D'autant plus que les affaires étaient en plein essor après la soirée éphémère. Une fois le restaurant ouvert, elle pourrait peut-être embaucher d'autres personnes pour les camions et ramener son équipe principale auprès d'elle. Ils connaissaient sa cuisine mieux que quiconque, et elle avait besoin de leur soutien pour réussir.

Mais c'était une décision qu'elle prendrait ultérieurement. Pour l'instant il lui fallait penser à beaucoup de choses qui devaient être réglées immédiatement. Elle avait déjà signé le bail du restaurant, et chaque journée passée où elle ne gagnait rien la rendait de plus en plus nerveuse. Elle devait donc se décider rapidement pour tout ce qui était artisans, peinture, moquette et plus encore. Les aspects sur lesquels elle aurait aimé pouvoir se concentrer – autrement dit, le menu – devaient impérativement être relégués en deuxième position.

Heureusement, elle avait Gracie pour l'aider. La nouvelle millionnaire et investisseuse n'était pas une associée aussi passive que Lauren l'aurait cru, mais ce n'était pas plus mal. Comme Gracie était désireuse de se rendre utile, Lauren lui avait laissé quelques décisions concernant la décoration. Jusque-là elle avait choisi les couverts, les assiettes et même les nouveaux accessoires pour les toilettes. Le mobilier avait même été commandé, ce qui libérait l'esprit de Lauren.

De fait, cela lui libérait tellement l'esprit que ses pensées s'égaraient périodiquement. Normalement, elle était trop occupée pour réfléchir à sa vie, mais à présent qu'elle avait un peu de temps libre son cerveau semblait ravi de mettre de côté les idées de menu pour songer à Sutton et à l'expression de son visage quand elle était partie… et à quel point il lui manquait. Elle repensait également à la façon dont elle s'était enfuie sans donner d'explication.

Lauren poussa un profond soupir et laissa tomber son stylo sur le bureau, avant de s'adosser à son siège. Toute pensée de menus et de crevettes au gruau s'évapora dès qu'elle jeta un œil à son téléphone. Elle avait six appels manqués, et tous étaient de Sutton, même si la fréquence des appels avait baissé dernièrement. Bientôt, il arrêterait complètement de la contacter : une réalité qui la soulageait et la terrifiait à la fois.

Il fallait qu'elle lui explique les raisons de sa fuite. Mais chaque justification trouvée lui paraissait stupide. La vérité était laide et difficile à exprimer : comment lui faire comprendre qu'il lui avait fallu sortir avec le golden-boy le plus en vue de la ville, le magnat millionnaire, pour découvrir qu'elle avait une faible estime de soi ?

Il ne comprendrait pas. Et pourtant il y avait contribué, probablement sans même le savoir.

Lauren s'était sentie en insécurité. Les constantes suggestions de Sutton au sujet de son entreprise, ajoutées au fait qu'elle soit tombée sur Kaylah au club, avaient tout simplement été trop pour elle. Il lui arrivait souvent de ne pas se sentir à la hauteur dans cette ville, mais elle en avait eu la confirmation cet après-midi-là. Elle était une grande cheffe et pouvait servir avec joie de merveilleux plats à l'élite de Royal, mais elle ne serait jamais l'une d'entre eux.

Le plus tôt elle l'admettrait, le plus simple ce serait. Elle aimait peut-être Sutton, et lui était peut-être entiché de l'idée qu'il se faisait d'elle, mais il ne l'aimerait jamais. Sa famille et ses amis ne l'accepteraient jamais. La meilleure chose à faire était de continuer à ignorer ses appels. Ce serait plus facile pour son cœur de cette manière.

À ce moment précis, son téléphone se mit à jouer la sonnerie qu'elle avait assignée à Sutton. Elle soupira et, au lieu de répondre, se leva pour se préparer un verre de thé glacé. Mais au moment où le téléphone cessa de sonner la sonnette retentit bruyamment à travers la maison.

Lauren fronça les sourcils et se dirigea vers la porte. Elle n'arrivait plus à garder le compte des livraisons. En ouvrant, elle s'attendait à découvrir sur le seuil un livreur lui apportant huit caisses d'assiettes, mais elle se trouva face à Sutton qui tenait un autre bouquet d'herbes aromatiques à la main.

Son cœur bondit à sa vue. Un simple « non » ne semblait visiblement pas lui suffire lorsqu'il s'agissait d'elle, et force était de constater que cela lui plaisait… et lui déplaisait en même temps. Comment pouvait-elle se convaincre qu'elle était capable de vivre sans lui s'il ne la laissait pas essayer ?

— Que fais-tu ici, Sutton ? demanda-t-elle, abattue.

Si elle n'avait pas décroché, c'était parce qu'elle n'était

pas prête à parler. Sa venue ici la forçait à faire face à des sentiments qui l'épuisaient bien trop émotionnellement.

Il sourit et tendit le bouquet.

— Je suis ici parce que je n'ai pas bien compris ce qui s'est passé entre nous, mais je suis déterminé à y remédier.

— Tu n'as pas à y remédier, Sutton. Ou à me réparer. Je suis censée être ta petite amie, pas un cobaye pour homme d'affaires ennuyé qui essaye de se divertir afin d'oublier ses problèmes.

Il parut confus et légèrement surpris par ces mots tranchants.

— Qu'est-ce que tu racontes ?

Qu'est-ce qu'il n'avait pas compris ? se demanda-t-elle. Son regard triste la dérouta, mais elle se contenta de secouer la tête. Elle n'avait pas le temps pour ça.

— Rentre chez toi, Sutton.

— J'en viens. Mais c'était froid et vide sans toi. Tout est sans intérêt depuis que tu t'es enfuie, et j'ignore ce que je dois faire puisque je ne sais même pas ce que j'ai fait de mal. Alors explique-moi et laisse-moi me rattraper, car j'ai besoin de toi.

— Tu n'as rien fait de mal, répondit Lauren en essayant de ne pas réagir physiquement à cet aveu.

Elle aussi se sentait vide et glacée sans lui, mais elle ne comptait pas l'avouer.

— Alors pourquoi as-tu fui le club ?

— Parce que tu mérites mieux ! s'écria-t-elle.

Sutton fut d'abord abasourdi. Puis son expression s'adoucit, et son regard s'emplit de tristesse.

— Il n'y a personne de mieux que toi, Lauren.

Ce fut au tour de Lauren d'être abasourdie. Il le pensait vraiment : elle le ressentait jusqu'au plus profond de son âme. Mais la raison lui échappait. Tout le monde, à part

Sutton, semblait comprendre que leur relation était vouée à l'échec. Il était trop têtu pour le voir.

— Puis-je entrer ? demanda-t-il doucement.

Lauren céda et fit un pas en arrière pour le laisser passer. Elle prit les herbes aromatiques et les porta à la cuisine pour les mettre dans l'eau. Ça serait parfait pour une sauce *chimichurri* ou du pesto. Même dans un moment pareil, le cerveau d'un chef ne s'arrêtait jamais complètement.

Une fois cela fait, elle guida Sutton vers son petit salon cosy. Ils s'installèrent chacun à une extrémité du canapé, à seulement quelques centimètres, mais qui parurent comme des kilomètres à Lauren. Elle aurait voulu se jeter dans ses bras pour y trouver une douce consolation, mais elle se retint et resta à sa place.

— Malgré ce que tu peux penser, Sutton, je ne suis pas assez bien pour toi. Je ne suis pas le genre de femme qui convient à ta famille et à tes amis. Je ne pourrai jamais m'intégrer au club, et malgré tous tes efforts notre petite virée là-bas n'a fait que renforcer ce que je savais déjà. Ce que nous avons partagé était merveilleux, mais ce n'est pas fait pour durer.

Sutton plissa les yeux à mesure qu'elle parlait et contracta la mâchoire avec une irritation réprimée.

— Où es-tu allée chercher que tu n'es pas assez bien pour moi ? Est-ce que ça ne devrait pas être à moi de le dire ?

— Tu n'as pas à le faire. Cette bonne vieille Kaylah Anderson s'en est chargée pour toi. Une rapide conversation et ça a été la fin du rêve. J'ai maintenant les pieds sur terre et je sais que c'est une bataille perdue d'avance.

Sutton fronça les sourcils et chercha son regard.

— Est-ce que tu parles de la blonde qui était au club ? Celle qui était assise près de notre table, dans un chemisier bleu ?

— C'est bien elle.

Bien sûr qu'une femme comme Kaylah ne passait pas inaperçue ! Tout le monde la remarquait avec ses cheveux blonds, ses grands yeux bleus et sa poitrine imposante. Et le cas échéant Kaylah savait très bien se faire remarquer toute seule.

— Qu'est-ce qu'elle… ?

Sa voix s'éteignit, et il écarquilla les yeux comme s'il commençait à tout reconstituer.

— Attends. C'est cette même Kaylah du bal de fin d'année dont tu parlais ?

Elle hocha la tête.

— La discussion a été brève, mais j'avais besoin de l'entendre. J'ai laissé les choses aller trop loin entre nous, tout comme avec Jesse, et je ne pouvais qu'être blessée en fin de compte.

— Et ma douleur à moi alors ? Que crois-tu que j'aie ressenti en te voyant t'enfuir sans un mot d'explication et refuser ensuite mes appels ? Ça me blesse que tu sois capable de disparaître sans même essayer de me parler.

— Tu es Sutton Wingate, répliqua Lauren d'un ton railleur. Tu auras une mondaine plantureuse accrochée à ton bras en un rien de temps et tu m'oublieras rapidement.

— T'oublier ? répéta-t-il, incrédule. Je ne peux pas t'oublier, Lauren. Crois-moi, j'ai essayé. J'ai passé des journées entières à tenter de te sortir de mon esprit après le bal masqué. Tu as hanté mes rêves.

— Cette femme n'était pas moi. Elle était glamour, élégante et tout ce que je ne suis pas. Cette nuit a été un hasard extraordinaire, et tu t'es entiché d'un personnage de fiction imaginé par la loterie Cendrillon. Enlève le masque et le maquillage, et tout ce qui reste c'est moi.

— Enlève ça, et tout ce qui reste est une femme intelligente, talentueuse, attentionnée et séduisante qui compte plus que tout pour moi. Tu parles de toi comme si je pouvais être déçu de qui tu es ou de ton apparence. Je suis tombé amoureux sans même connaître ton visage et plus encore quand je t'ai vue sans masque. La vraie femme est tellement plus incroyable que la mystérieuse inconnue. Je voulais me mettre des raclées quand j'ai cru que tu m'avais repoussé à cause de mes ennuis.

— Repoussé ? demanda Lauren. Comment ça ?

Sutton soupira.

— Quand nous étions au club ce jour-là, je ne faisais qu'entendre les rires venant du fond de la salle. C'étaient des gens qui se moquaient des malheurs de ma famille en disant que nous étions tous des criminels condamnés à finir en prison… C'était comme s'ils me narguaient. J'ai compris que venir au club avait été une erreur, mais je devais me ressaisir pour t'aider à dépasser tes craintes…

Le regret se lisait dans l'expression de ses traits.

— C'est pour ça que j'ai voulu m'isoler une minute. J'étais gêné par leur discours, mais je ne voulais pas qu'on s'en aperçoive, que ce soit toi ou eux. Quand tu as disparu, j'ai pensé que tu les avais peut-être entendus et que tu avais décidé que je n'en valais pas la peine. Tu aurais eu raison de le faire, parce que je pense vraiment que tu mérites mieux qu'un perdant tel que moi.

Lauren ouvrit la bouche de stupéfaction, et son expression refléta une incrédulité totale.

— Comment peux-tu croire une chose pareille ? Tu es un homme incroyable. Un homme innocent. Et être à tes côtés pendant ces moments difficiles en vaut vraiment la peine.

Il eut beau être soulagé par ses paroles, il ressentait toujours le besoin de s'expliquer.

— Tu as raison au sujet de mon besoin constant de

résoudre tous les problèmes. Je t'ai probablement fait plus de mal que de bien avec ma volonté mal placée à vouloir te faire réussir à tout prix. Tu n'as pas besoin que je résolve tes problèmes et je n'ai jamais voulu laisser entendre le contraire.

— Sutton, je…

— Non, laisse-moi terminer. Ça doit être dit.

Il hésita avant de poursuivre, mal à l'aise :

— Je me rends compte à présent que c'est à toi de gérer cette entreprise comme tu le souhaites. Que tu choisisses des camions-restaurants, un emplacement fixe ou un stand de hot-dogs, c'est à toi de décider, et je serai heureux d'être à tes côtés. Si je t'ai poussée, ce n'est pas parce que tu n'es pas assez bien, mais parce que je me sentais inutile. Après la maladie de notre père et la prise en main de l'entreprise par mon frère et moi, j'ai pris l'habitude d'être en contrôle et d'exercer d'énormes responsabilités. Et soudain mon monde s'est écroulé, et tout a disparu.

« J'avais tout et du jour au lendemain, plus rien. Choisir mon café du matin était devenu la décision la plus importante de ma journée. Alors le fait de t'aider avec ton entreprise m'a donné le sentiment d'être à nouveau utile. J'ai voulu t'aider à t'agrandir et à atteindre des objectifs que tu n'avais peut-être même pas, mais c'était plus fort que moi. Je suis désolé d'avoir transformé ta vie en projet.

Lauren s'approcha de lui sur le canapé et posa la main sur la sienne.

— Ne t'excuse pas. Tu m'as fait voir les choses en grand, mais aussi d'une manière complètement différente. Grâce à toi, je vais ouvrir le restaurant de mes rêves. Sans toi, Sutton, j'aurais mis des années à trouver le courage d'essayer. Tu m'as empêchée de me cacher derrière des obstacles imaginaires et tu m'as poussée à donner le meilleur de moi-même. Oui, j'avais peur que tous tes efforts soient motivés par la crainte que je ne sois pas assez bien pour ton monde et tes amis, mais je voulais relever le défi parce que je désirais être digne de devenir une Wingate un jour, et…

— Attends, l'interrompit Sutton.

À ces mots, il avait senti son cœur manquer un battement.

— Tu viens de dire que tu voulais être une… une Wingate ?

Lauren s'empourpra et pinça les lèvres pour cacher son embarras. Elle avait manifestement été trop bavarde.

— Je ne voulais pas dire tout de suite, évidemment. Il y a bien sûr d'autres facteurs à prendre en considération, et c'est tout nouveau entre nous, vraiment euh…

— Je t'aime, Lauren.

C'était la première fois qu'il disait ces mots à une personne, mis à part sa famille. Il ne les avait encore jamais dits à une femme, et la sensation lui plut. Alors il répéta :

— Je t'aime.

— Je t'ai entendu la première fois, répondit-elle, les yeux écarquillés. Mais je pensais l'avoir peut-être imaginé.

Sutton se pencha et prit sa main dans la sienne.

— Tu n'imagines rien. Je t'aime. Je t'aime telle que tu es, que tu portes une robe de bal, un survêtement ou ta tenue de cheffe. Tu es parfaite, et je n'essayerai jamais de te changer.

Lauren resta un long moment silencieuse et immobile. Sutton finit alors par tendre la main pour lui caresser la joue.

— Lauren ?

— Je t'aime aussi, lâcha-t-elle en revenant à la vie et en prenant une profonde inspiration. Je craignais juste de le dire à voix haute.

— Tu m'as fait peur pendant une seconde, avoua-t-il avec un sourire avant de se pencher pour l'embrasser.

La toucher lui avait manqué ces derniers jours. En

fait, tout lui avait manqué chez elle. C'était la seconde fois qu'il réussissait à la récupérer, et il ne comptait plus la laisser partir.

La chaleureuse sensation d'amour emplit sa poitrine pour la première fois et le poussa à continuer. Il s'était dit en venant ici qu'il lui avouerait tout. Si elle le rejetait, il ferait face et passerait à autre chose, mais jusque-là tout allait bien.

Se forçant à rompre le baiser, il recula et contempla ses yeux marron et doré qui l'avaient tant captivé lors de la soirée.

— Lauren, je sais que tu as beaucoup de choses en tête avec le restaurant et le reste. Mais penses-tu pouvoir répondre à une dernière question ?

— Bien sûr. Qu'est-ce que c'est ?

— J'ai beaucoup pensé à nous ces derniers jours et à ce que je te dirais si tu répondais enfin à mes appels. J'ai tourné ça une dizaine de fois dans mon esprit, et le plus important c'est non seulement que je t'aime, mais que je ne peux plus imaginer mon avenir sans toi. Je veux être là quand tu ouvriras les portes du Eatery la première fois, la centième fois et la millième fois. Et je veux que tu sois à mes côtés quand nous retournerons dans notre propriété familiale, lorsque nos noms seront enfin lavés de toutes ces accusations.

Il lui serra la main et posa un genou à terre.

— Mais surtout je veux passer le reste de ma vie avec toi, Lauren. C'est pour cette raison que j'étais si heureux d'entendre que tu envisageais de devenir une Wingate. Parce que, pour être franc, la seule chose que j'aimerais changer chez toi… c'est ton nom de famille. Veux-tu m'épouser ?

Des larmes se mirent immédiatement à couler sur les joues de Lauren. Fort heureusement, elles étaient accompagnées d'un sourire, ce qui fit aussitôt disparaître les craintes de Sutton.

— Je le veux, dit-elle. Absolument, oui !

Sutton se releva d'un bond en entraînant Lauren avec lui. Il la prit dans ses bras, la serrant étroitement contre lui avant de capturer ses lèvres dans un baiser brûlant. Il avait eu peur cette semaine de ne plus jamais pouvoir la tenir dans ses bras. Et maintenant il était avec elle, et ils étaient fiancés.

Quand il put enfin se résoudre à la libérer, il fouilla dans sa poche et en sortit une petite boîte à bijoux.

— Je l'ai choisie, mais si tu ne l'aimes pas nous pouvons la rapporter pour en prendre une autre.

Il ouvrit la boîte et en sortit une bague de fiançailles : c'était une alliance en serti clos comportant un solitaire de deux carats dont l'anneau en platine était incrusté de diamants. C'était beau, mais le plus important pour lui avait été que la bague soit pratique à porter pour elle. Elle était constamment en train de mettre et de retirer des gants alimentaires, et il ne fallait pas que le bijou s'accroche ou tombe par mégarde dans le repas de quelqu'un.

Retenant son souffle, il attendit le verdict… qui tomba lorsqu'elle sortit le bijou de la boîte et le glissa à son doigt, rayonnante de fierté.

— C'est parfait, souffla-t-elle. En fait, c'est au-delà de la perfection. Je n'ai jamais rêvé de quelque chose d'aussi beau.

— Est-ce que tu le penses vraiment ? Je ne voulais pas qu'elle te gêne dans ton travail, alors j'ai choisi quelque chose de plat.

Lauren l'admira encore un peu avant de caresser la joue de Sutton.

— Je le pense vraiment.

— J'en suis heureux. Je sais que tu es occupée à lancer le nouveau restaurant, donc ne t'inquiète pas du mariage pour le moment. Il n'y a pas de hâte. Peut-être qu'à l'été prochain tu seras en mesure de prendre des vacances. Et si j'ai de la chance peut-être que la propriété Wingate sera de nouveau à nous. Si c'est le cas, nous pourrons y organiser un beau mariage. Ou ailleurs si tu préfères. Ça dépendra entièrement de toi.

— Tout ce qui m'importe, c'est la nourriture, déclara Lauren avec un sourire.

— J'avais prévu que tu dirais ça. Il va être difficile de trouver un traiteur assez talentueux pour te satisfaire, mais je me réjouis de les tester jusqu'à ce que nous en trouvions un.

Lauren le regarda avec des yeux emplis d'amour et d'excitation. Elle avait cette même expression lorsque Gracie lui avait proposé d'investir. Il avait été jaloux de cette jeune femme ce jour-là et désespéré de ne pas pouvoir être celui qui concrétisait ses rêves. Mais en cet instant, alors qu'elle le regardait avec la même joie non dissimulée, il comprit qu'il avait réussi. Elle avait plus qu'un seul rêve, et il faisait partie de tous.

— Tu es incroyablement attentionné, Sutton Wingate. Tu m'apportes des bouquets d'herbes aromatiques au lieu de jolies fleurs inutiles. Tu me choisis une bague qui n'accroche pas pour que je puisse la porter constamment. Tu me proposes de m'accompagner pour tester tous les traiteurs du Texas afin de trouver le bon. Qui aurait pu prévoir que sous ce masque de grand méchant loup se cachait un grand sentimental ?

— Ne le dis à personne, répliqua-t-il avec un sourire. On ne sait jamais : tu pourrais avoir besoin de ton loup pour souffler et faire voler la maison de quelqu'un en éclats.

— Quel grand cœur tu as !

— C'est pour mieux t'aimer, mon enfant.

Épilogue

Le restaurant prenait vraiment forme.

Lauren fit un pas en arrière et sourit en admirant le mur qu'ils peignaient en bleu. Sa vision se concrétisait, et bientôt elle aurait tout ce qu'elle avait toujours voulu.

— Je me sens comme un Schtroumpf.

Elle se tourna vers Sutton, qui passait le rouleau sur le mur adjacent. Ses vêtements étaient couverts de minuscules taches bleues en plus des blanches, rouges et noires. Ils peignaient depuis des jours, mais c'était la dernière ligne droite. Après cela elle devait faire poser un parquet en bois, et ils pourraient enfin apporter les nouveaux meubles que Gracie avait commandés.

— Un adorable Schtroumpf, commenta Lauren en lui donnant un baiser.

— Ça me console à peine, dit Sutton en posant le rouleau de peinture.

— Que dirais-tu si avant de dormir je te donnais un bain et te frottais pour faire disparaître chaque goutte de peinture ?

Son sourire diabolique refit surface.

— Quelle bonne idée !

Avant qu'elle puisse répondre, le téléphone portable de Sutton, posé au sol, se mit à sonner. Il se tourna pour y jeter un œil et fronça les sourcils en lisant l'écran.

— C'est mon frère Miles, annonça-t-il avant de décrocher. Salut, Miles. Quoi de neuf ?

Lauren posa le rouleau sur le rebord du bac de peinture et s'avança vers lui. Elle ne pouvait pas entendre la conversation, mais elle voyait à l'expression soudainement sérieuse de Sutton que c'était important.

— D'accord. Je serai là.

Il raccrocha, les sourcils toujours froncés, en regardant l'écran éteint.

— Que se passe-t-il ? demanda Lauren.

— Mon frère affirme avoir trouvé quelque chose d'important, mais il ne veut pas en parler au téléphone. Il a convoqué une réunion familiale urgente ce soir à 18 heures.

— Tu penses que c'est à quel propos ?

Sutton secoua la tête.

— Je ne suis pas sûr, mais à en juger par sa voix il se pourrait qu'il ait trouvé la pièce manquante de l'information que nous cherchions.

— Quelle information ?

Sutton soupira et se frotta le visage, pensif.

— Si nous avons de la chance… Peut-être la preuve dont nous avons besoin pour faire comprendre au monde entier que nous avons été piégés. Et par qui.

REESE RYAN

Mariée à son meilleur ami

Traduction française de
ÉDOUARD DIAZ

PASSIONS

HARLEQUIN

Titre original :
WAKING UP MARRIED

- 1 -

Assise dans la nursery de la maison de son frère et de sa belle-sœur, Zora Abbott berçait dans ses bras sa nouvelle nièce, à peine âgée d'une semaine.

Remington Renee Abbott – la fille de Blake et de Savannah – était la toute dernière addition à leur famille nombreuse. Et Zora était déjà tombée sous son charme.

Plongeant le regard au fond de ses immenses yeux noirs merveilleusement expressifs, elle caressa les boucles sombres et luisantes de sa nièce, si incroyablement douces, et posa délicatement un doigt sur le bouton de rose de son petit nez. En réponse, le bébé battit légèrement des paupières, et sa bouche minuscule s'entrouvrit.

La petite Remi la fixait d'un regard à la fois vaguement amusé et détaché. Se tournant vers le seuil, où Savannah venait soudain d'apparaître, Zora remarqua :

— Les expressions de Remi sont hilarantes. Elle a visiblement hérité du caractère bien trempé de sa maman.

— Et aussi de la capacité de sa tante Zozo à lire au fond de vos pensées et à vous forcer à vous remettre en question, observa Savannah.

— C'est vrai, convint Zora en souriant. Blake et toi aurez fort à faire avec elle.

— Je n'en doute pas, répondit Savannah. Et je déteste devoir mettre fin à ces échanges de mamours, mais ton frère m'a demandé de te rappeler que tu dois te mettre en route pour l'aéroport, sinon tu manqueras ton vol pour Las Vegas.

— Je sais, dit Zora, effleurant d'une caresse la joue du bébé qui avait le même teint d'un brun doux que sa maman. Mais je déteste l'idée de me trouver loin d'elle durant trois jours entiers.

— À ton retour Remi sera là à attendre sa tante Zozo, assura Savannah en riant.

Elle entra dans la chambre aux murs mauves pour rajuster la couette couleur rose fané sur le berceau de sa fille, et Zora déposa un baiser sur le front du bébé avant de la rendre aux bras de sa maman. En reconnaissant le visage familier, la petite Remi esquissa un sourire énigmatique, et Savannah déposa un doux baiser sur sa joue.

Zora ne put s'empêcher de ressentir un petit pincement d'envie, mais elle le refoula fermement. Plus que tout au monde, elle désirait avoir des enfants à elle. Cette idée, qui l'avait beaucoup étonnée, s'était imposée dans son esprit presque deux ans et demi plus tôt, lorsqu'elle avait tenu dans ses bras le petit Davis, frère aîné de Remi. À l'époque, Zora avait conclu que c'était une simple question d'hormones. Une humeur passagère qui disparaîtrait dès qu'elle se serait lassée de changer des couches sales.

Mais ce sentiment ne s'était jamais estompé.

Son désir d'enfant n'avait cessé de croître avec chaque nouveau bébé né dans la famille : Davis, puis Beau et Bailey, les jumeaux de sa cousine, ensuite Benji et, à présent, Remi. Elle souffrait d'un étrange sentiment de perte pour quelque chose qui n'avait même jamais été à elle.

La nuit suivant la naissance de Remi, Zora n'avait pas fermé l'œil, fixant le plafond, torturée par son désir de devenir maman. En plein milieu de la nuit, elle avait quitté son lit, allumé son ordinateur portable et s'était lancée dans une recherche en ligne concernant une idée qui lui trottait dans la tête depuis des mois déjà.

Qui avait dit qu'elle était obligée d'attendre l'arrivée du prince charmant pour devenir mère ?

Zora était vice-présidente en charge des ventes de King's Finest, la distillerie de renommée internationale propriété de la famille. Les Abbott étaient l'une des familles les plus fortunées de la région. Zora avait donc largement les moyens d'élever un enfant seule. Et son grand-père, ses parents, ses frères et leurs compagnes étaient tout l'entourage dont elle aurait besoin pour élever un fils ou une fille.

Son trente-deuxième anniversaire n'était qu'à quelques jours. Pourquoi devrait-elle attendre un mari hypothétique qui ne se présenterait peut-être jamais ?

— Tout va bien, Zo ? s'enquit Savannah en recouchant Remi dans son berceau.

— Oui, bien sûr, affirma Zora, se sentant rougir comme si sa belle-sœur avait lu dans ses pensées. Je repassais quelques idées dans mon esprit avant ce voyage.

— Alors, je vais annoncer à ton frère et à ton neveu que tu seras bientôt prête pour le départ. Cela vous laissera encore quelques minutes ensemble, à toutes les deux.

Zora adressa un sourire reconnaissant à sa belle-sœur, puis elle se retourna vers sa nièce, qui s'endormait déjà.

Elle fit glisser ses doigts sur la signature pyrogravée dans le bois du berceau, une magnifique pièce originale, œuvre de l'artiste qui était aussi le meilleur ami de Zora depuis une éternité – le très talentueux designer de meubles Dallas Hamilton. La raison de son voyage à Las Vegas.

Dallas allait recevoir le prestigieux Prix de l'Innovation pour une splendide ligne d'ameublement qu'il avait créée l'année précédente. Il avait séjourné durant des mois en Thaïlande pour travailler avec des artistes locaux, étudiant leurs styles et apprenant leurs techniques.

Les pièces qu'il avait créées, s'inspirant d'élégants designs thaïs, étaient un mariage esthétique d'Orient et d'Occident, et la collection qui allait être récompensée comportait plusieurs œuvres d'artistes thaïlandais.

Zora en était très heureuse pour son meilleur ami.

La cérémonie de remise des prix, à Las Vegas, était le couronnement d'une année étourdissante au cours de laquelle Dallas avait fait la couverture de prestigieux magazines et reçu des commandes provenant de nombreuses célébrités, sans compter plusieurs interviews à la télévision.

Comme ils étaient tous deux présentement célibataires, Dallas avait invité Zora à être sa cavalière à la cérémonie. Ensuite, ils passeraient les quarante-huit heures restantes à faire la fête à Las Vegas – en guise de préambule à son imminent trente-deuxième anniversaire.

Pour eux deux, cela n'avait rien d'inhabituel. Dallas avait été son cavalier à d'innombrables mariages, événements professionnels ou réunions familiales. Et, lorsqu'il advenait qu'ils soient tous deux célibataires, ce qui se produisait plus souvent qu'elle ou lui n'aimaient l'admettre, ils partaient en vacances ensemble au moins une fois par an.

Dal était encore propriétaire de la cabane que son grand-père lui avait léguée des années auparavant, qui comprenait un atelier où il travaillait à ses créations et où il avait fabriqué le berceau de Remi. L'atelier où son grand-père lui avait enseigné l'ébénisterie lorsqu'il était enfant. Dallas considérait toujours Magnolia Lake comme son port d'attache, mais il passait la plus grande partie de l'année à parcourir le monde, inaugurant de nouvelles salles d'exposition pour sa société, Hamilton Haus, et cherchant l'inspiration dans les traditions des diverses cultures qu'il découvrait.

— Au revoir, ma petite chérie, murmura-t-elle, rajustant la couverture du bébé. Tante Zora reviendra vite.

Zora sortit de la chambre, regrettant de devoir quitter sa nièce mais heureuse de revoir Dallas. Elle avait pris une décision importante et elle allait devoir lui demander un énorme service. Sa gorge se serrait quand elle pensait à ce que pourrait être sa réaction.

- 2 -

Dallas Hamilton sortit de la somptueuse douche aux parois de verre du luxueux hôtel où il avait séjourné toute la semaine. La suite, offerte par l'organisation qui devait lui décerner son prix plus tard ce soir-là, était beaucoup plus élégante que tout ce qu'il aurait songé à s'offrir lui-même.

Sa société de création de meubles avait bien prospéré depuis ses modestes débuts dans la grange de son grand-père, dix ans plus tôt. Mais Dallas n'avait pas oublié pour autant ses humbles origines. Et, s'il avait appris à apprécier les avantages de la richesse, il n'avait pas oublié que les fortunes d'une personne peuvent basculer subitement. Il se rappelait encore le jour où sa mère les avait réunis, son frère aîné et lui, pour leur annoncer que leur père et elle allaient divorcer. Et qu'ils allaient devoir emménager chez leur grand-père.

Ce souvenir brûlait toujours dans sa mémoire, lui rappelait que la destinée est imprévisible, que tout est éphémère et qu'il est sage d'éviter de trop s'attacher. C'est pourquoi son amitié de toute une vie avec Zora Abbott était un miracle.

Nouant la serviette autour de sa taille, Dallas essuya la buée sur l'élégant miroir. Ses joues étaient couvertes d'une barbe drue. Sa mère dirait qu'il avait besoin d'une coupe de cheveux et d'un bon rasage. En général, il se chargeait lui-même de ces détails, mais ce jour-là était l'une de ces rares occasions où il ne fallait pas regarder à la dépense.

Alors, il avait pris rendez-vous pour une séance de coiffure et de soins du visage hors de prix au spa de l'hôtel.

— Cette serviette est très classe, mais je pense que tu peux faire beaucoup mieux que cela, pour cette soirée.

Dallas tourna vivement la tête vers cette voix familière. Même lorsqu'ils se trouvaient à des milliers de kilomètres l'un de l'autre, la voix de Zora était souvent la dernière qu'il entendait avant de glisser dans le sommeil.

— Je ne t'attendais pas si tôt, Zo, dit-il, le cœur battant face à cette apparition inattendue. Sinon, j'aurais fermé la porte.

Dallas resserra prudemment la serviette autour de ses reins pour éviter de se retrouver tout nu face à elle.

— Oui, je sais, assura-t-elle, ses yeux couleur de café brillant d'humour, en esquissant un lent sourire qui acheva de le troubler et fit surgir en lui des idées interdites.

Parce qu'ils étaient les meilleurs amis du monde. Rien d'autre. Malgré ce baiser semi-accidentel sous le brin de gui, deux années plus tôt, qui avait failli faire dérailler leur longue amitié.

— Je t'ai envoyé un texto pour t'informer que j'avais changé ma réservation d'avion.

— Désolé, Zo. Je ne l'ai pas lu.

Il détestait les textos et les réseaux sociaux. Son grand-père disait toujours que tout ce qui mérite d'être dit peut l'être en personne, ou, à la rigueur, au téléphone. Et Dallas était du même avis. Rien ne remplace une conversation face à face.

— Désolé que tu aies dû venir jusqu'ici par tes propres moyens, ajouta-t-il. J'avais prévu un chauffeur pour t'accueillir à l'aéroport.

— Pas de problème, répondit-elle en souriant.

Ce sourire illumina son visage d'un brun délicat, qui sembla rayonner sous les lumières vives de la salle de bains. Elle fit un pas à l'intérieur de la pièce et s'adossa à la cloison, les bras croisés, et ce geste innocent fit remonter ses seins, les exposant davantage dans l'échancrure du corsage.

C'était une simple observation, bien sûr. Il ne les regardait pas vraiment. Ses yeux avaient été attirés malgré lui dans cette direction uniquement parce que…

Dallas toussota et, se retournant vers le miroir embué, passa les doigts sur ses joues râpeuses.

À ce stade, la plupart des femmes auraient probablement saisi le message et battu en retraite, mais sa meilleure amie n'était pas pudibonde et, vu qu'elle avait grandi dans la maison de son père, Duke Abbott, entourée de quatre frères aînés, son idée de l'intimité était assez large.

La tête inclinée sur une épaule, elle continua à le détailler comme s'ils étaient assis dans le salon et tout habillés.

— Je sais, je sais, dit-il, ébouriffant ses cheveux en désordre et un peu trop longs. J'ai besoin de me faire couper les cheveux et de me raser. Ma mère m'en a fait la remarque hier, pendant notre visioconférence.

— Cela ne m'étonne pas de Tish, répondit Zora en riant et en s'approchant pour glisser les doigts dans ses boucles humides et les tirailler gentiment. Je ne peux rien pour tes cheveux, mais je pourrais facilement te raser moi-même. Je suis devenue très habile avec le rasoir à main. Papy m'avait enseigné la technique afin que je puisse le raser.

Zora faisait allusion à son grand-père, Joseph Abbott. Papy Joe était le patriarche de la famille Abbott et le fondateur de la distillerie que ses frères, son père et elle dirigeaient aujourd'hui. Quelques semaines auparavant, il avait été victime d'un AVC et, d'après Zora, il se remettait lentement dans la maison de ses parents et pestait continuellement contre toutes les personnes qui le soignaient.

— Ai-je bien compris ? s'enquit Dallas avec un rire moqueur. Tu proposes de me faire la barbe avec un rasoir à main ? Cela ressemble étrangement à un prélude au meurtre dans une série B. Suis-je censé être le type qui finit sur le carrelage dans une mare de sang au début du film ?

— Fais-moi confiance, répliqua-t-elle, une main campée sur sa hanche voluptueuse. Si je projetais de t'assassiner, ma méthode serait bien plus subtile.

— Cela, je n'en doute pas une seconde, répondit Dallas en riant. Mais, pour le rasage, je crois que je vais passer mon tour. J'ai rendez-vous pour une coupe de cheveux et un rasage au spa.

— Quelle élégance ! ironisa-t-elle. J'espère que tu ne vas pas devenir un de ces dandys hyper exigeants. Il n'y a pas assez de place dans cette relation pour deux personnalités de ce type. Si l'un de nous deux doit jouer ce rôle, nous savons tous deux que ce sera moi.

— Ne t'inquiète pas, princesse, répliqua Dallas, utilisant délibérément le terme que le père de Zora employait encore quelquefois pour s'adresser à elle. Ta place ne risque rien.

Il savait parfaitement que Zora détestait ce sobriquet. Elle était constamment en compétition avec ses frères et ne voulait pas être une princesse. Elle désirait être la reine, d'autant plus qu'ils étaient tous candidats à la succession de Duke Abbott au poste de P-DG de King's Finest.

— Ne m'appelle pas princesse, grommela-t-elle.

— Comme tu voudras, répondit Dallas en riant. Mais je dois m'habiller ou je serai en retard à mon rendez-vous au spa. Alors, tu as exactement cinq secondes pour sortir d'ici avant que j'enlève cette serviette.

— Cette menace est-elle censée m'effrayer ? ironisa-t-elle.

— Dehors, Zo ! dit-il en désignant la porte, s'efforçant désespérément de garder une expression sérieuse.

— Bon, comme tu voudras, admit-elle, se détournant de lui à contrecœur pour regagner la vaste chambre luxueusement meublée. Mais je meurs de faim. Je vais descendre avec toi pour grignoter quelque chose.

— Parfait. Je te rejoins dans cinq minutes.

Là-dessus, il referma la porte derrière elle et enfila un jean et un T-shirt. Il avait invité Zora à Las Vegas parce qu'il disposait de cette immense suite pour lui tout seul et que son anniversaire approchait à grands pas. C'était une parfaite opportunité de le fêter un peu en avance, car il avait prévu de passer une grande partie du mois suivant à voyager entre ses ateliers en Europe et en Asie.

En temps ordinaire, durant un séjour comme celui-ci, chacun d'eux aurait réservé sa propre chambre. Mais cette suite était immense, et elle disposait de deux vastes chambres séparées par un grand salon. Un espace qu'il avait pensé suffisant pour que deux personnes puissent s'y côtoyer sans se gêner.

À l'évidence, il s'était trompé.

Mais, à bien y réfléchir, il était le seul à se sentir gêné. Zora semblait parfaitement à l'aise, et elle n'avait pas hésité une seconde avant d'accepter son invitation. Il était même probable qu'elle ne comprenait pas du tout ses doutes.

Lui non plus ne s'était jamais senti gêné en sa présence. Mais, depuis ce fameux baiser…

Depuis que Zora l'avait embrassé sous le brin de gui à un gala de charité auquel il avait assisté avec elle à Nashville, ce Noël-là, tout était… *différent* entre eux.

Ce baiser l'avait pris au dépourvu. Pour tout dire, il n'aurait pas été plus surpris si le Père Noël et une armée entière d'elfes avaient donné l'assaut à la maison. Alors, il s'était figé comme un cerf ébloui par la lueur des phares d'une voiture, incapable de la moindre réaction.

Et, bien sûr, Zora s'était méprise sur le sens de cette hésitation, s'imaginant qu'il rejetait ses avances. Il n'avait pas eu le temps de lui dire que lui aussi avait envie de l'embrasser qu'elle s'était déjà confondue en excuses, blâmant l'alcool et l'ambiance de fête pour cet élan irraisonné, et elle lui avait promis que cela ne se reproduirait *jamais*.

Durant les semaines qui avaient suivi, Zora l'avait évité. Elle ne décrochait pas son téléphone, et les textos qu'il lui envoyait ne recevaient que de brèves réponses.

Il avait finalement décidé de rentrer de Thaïlande et s'était rendu directement à son bureau pour régler le problème face à face avec elle. Et c'est ce qu'ils avaient fait. Ils avaient convenu de prétendre que ce baiser n'avait jamais eu lieu et de ne jamais plus traverser cette ligne rouge. Car ni l'un ni l'autre ne désiraient mettre en danger leur amitié.

Mais une idée le taraudait. Seraient-ils *réellement* plus heureux en restant de simples amis ?

— Dal ? geignit Zora au même instant derrière la porte, comme une enfant rendue grognonne par un trop long voyage en voiture. Je meurs de faim. Es-tu habillé ?

— Oui, lança-t-il, sortant des chaussettes de son sac.

Son amie jugea que c'était une invitation suffisante. Elle entra dans la pièce d'un pas alerte.

— Prêt ?

— Presque, lâcha-t-il, enfilant sa seconde chaussette. Tout va bien, Zo ?

Son amie baissa les yeux une seconde avant de rencontrer à nouveau son regard.

— Je sais que tu dois te rendre à ton rendez-vous, mais pourrais-tu m'accorder dix minutes ? s'il te plaît ? J'ai *vraiment* besoin de te dire quelque chose.

— Bien sûr, répondit-il en enfilant les baskets Tom Ford que Zora lui avait offertes l'année précédente. Assieds-toi.

Zora s'installa près de lui sur le bord du lit. Son doux

parfum – un mélange subtil de citron et de notes florales – vint caresser ses narines. La tiédeur de sa peau brune l'enveloppait comme une onde bienfaisante. Soudain, son cœur battit plus vite, et il dut ordonner à d'autres parties de son corps de bien se tenir.

Elle est ta meilleure amie, mon gars, se tança-t-il silencieusement. *Gare aux pensées déplacées !*

Ce n'était pourtant pas la première fois qu'il était assis près de Zora sur un lit – au cours de leur enfance et à l'âge adulte. Mais cela ne s'était plus produit depuis ce fameux baiser.

Dallas pria en silence pour que Zora ne prononce pas les mots qu'il redoutait en permanence. Que cela serait leur dernière aventure ensemble parce qu'elle était tombée amoureuse d'un crétin qui ne supportait pas leur amitié.

Zora n'avait jamais été en peine d'exprimer ce qu'elle pensait, et cette soudaine hésitation qu'il sentait chez elle l'alarmait au plus haut point.

— Tu sais que tu peux tout me dire, n'est-ce pas ? déclara-t-il en couvrant sa petite main avec la sienne. Je ne te jugerai pas. Je ne l'ai jamais fait et je ne le ferai jamais. Alors…

— J'ai envie d'un bébé, lâcha-t-elle tout à coup, les mots jaillissant de ses lèvres comme un torrent trop longtemps endigué. Et pas un de ces jours, lorsque j'aurai rencontré l'homme de ma vie. Je veux un bébé *tout de suite*.

Dallas était certain que son cœur s'était arrêté de battre. Après toutes ces années d'amitié, Zora Abbott avait encore la capacité de le surprendre. Et cela n'avait jamais été aussi vrai qu'à cet instant précis.

— Tu as envie d'avoir un bébé ? balbutia-t-il.

Elle acquiesça en silence, le regard rivé au sien, guettant anxieusement sa réaction.

Pour la première fois depuis très longtemps, l'invincible Zora Abbott paraissait vulnérable.

Dallas était prêt à faire quasiment n'importe quoi pour cette femme. Mais Zora lui demandait-elle vraiment d'être le père de son enfant ?

- 3 -

Zora n'avait peur de rien, et elle en était fière. Dotée de nerfs d'acier, elle ne se laissait pas intimider facilement.

Elle avait tenu tête à des leaders de l'industrie des spiritueux misogynes sans jamais reculer d'un pas.

Mais, à cet instant précis, face aux yeux bruns écarquillés de surprise de son meilleur ami, Zora était accablée par le doute et l'appréhension. Sa peau d'un beige clair avait visiblement pâli, et il la dévisageait, bouche bée, sa grande main étreignant la sienne aussi fort que dans les rares occasions où elle l'avait convaincu d'essayer avec elle les montagnes russes de la foire.

— Tu as envie d'avoir un bébé ? dit-il d'une voix sans timbre. Maintenant ? Avec moi ?

— Oui, répondit-elle, hochant vigoureusement la tête.

La seconde suivante, alors que le sens de ses paroles s'imprimait dans son cerveau, elle ajouta précipitamment :

— Attends ! Quoi ? Non, bien sûr ! Pas avec toi, Dallas !

Libérant vivement sa main, elle se leva d'un bond et entreprit de marcher de long en large dans la chambre. Que s'était-il imaginé ? Qu'ils jouaient dans une comédie romantique ?

Dallas, qui paraissait totalement désorienté et un tout petit peu déçu, bredouilla :

— Je croyais que tu voulais…

— Seulement ton soutien, coupa-t-elle en se plantant devant lui, les bras croisés. Pas ton ADN. Tu t'étais senti…

je veux dire *nous* nous étions tous deux sentis tellement gênés après ce baiser... Te demander de devenir le papa de mon enfant ne m'était même pas venu à l'esprit.

En réalité, elle allait demander à un inconnu choisi au hasard d'être le papa de son enfant, comprit-il. Enfin, pas tout à fait au hasard. L'homme en question devrait répondre à des critères très précis d'acuité intellectuelle et de qualités génétiques. Elle ferait sa sélection d'une manière rationnelle. Sans sentimentalité inutile et sans attachements encombrants.

Zora pensait que Dallas serait soulagé d'apprendre qu'elle ne lui demandait pas de lui faire don de son sperme, mais il fronçait les sourcils et semblait plus désorienté que jamais.

— Tu as envie de mettre au monde un bébé toute seule ?

— Si je pouvais le faire toute seule, je serais déjà maman, répondit-elle en se rasseyant près de lui sur le bord du matelas. Mais, à l'évidence, je vais avoir besoin d'aide.

— Je sais comment les bébés viennent au monde, petite effrontée, grogna Dallas. Mais si tu ne me demandes pas...

Le reste de sa phrase mourut sur ses lèvres, et il rougit visiblement, puis toussota d'un air gêné.

À l'évidence, l'idée de faire don de son sperme pour aider sa meilleure amie en mal d'enfant mettait Dallas mal à l'aise, et elle se réjouit de ne pas le lui avoir proposé.

Cette idée lui avait traversé l'esprit, bien sûr. Elle avait connu Dallas quasiment toute sa vie. Elle avait connu et apprécié son grand-père, et elle adorait sa mère. Dallas lui-même était un type formidable, un homme merveilleux. Drôle et intelligent. Créatif et généreux. Et leur relation, qui durait depuis des décennies, avait toujours été harmonieuse, avec un seul et unique petit accroc : ce baiser qu'ils avaient imprudemment échangé sous le gui, deux ans plus tôt.

Elle était un peu pompette, ce jour-là. Et, dans cet état

second, Zora perdait ses repères naturels, et elle en oubliait qu'on ne doit pas boire des yeux les biceps impressionnants et les abdominaux de rêve de son meilleur ami. Ni son derrière parfait.

À jeun, Zora comprenait aisément que le fait qu'elle remarque de tels détails – et même qu'elle en éprouve une *légère* réaction physique – était une simple réaction hormonale sans conséquence. Mais, lorsqu'elle était sobre, elle comprenait aussi qu'il était dangereux de s'attarder sur de telles pensées. Et qu'elle ne devait à aucun prix céder à la tentation.

Zora pompette était visiblement d'un autre avis.

Et donc, elle avait embrassé son ami, le plongeant presque dans un état de choc, ce soir-là. Pendant une poignée de secondes, elle s'était même demandé s'il respirait encore.

Heureusement, Dallas tenait suffisamment à leur amitié pour ne pas la laisser disparaître dans le soleil couchant avec le rouge de la honte sur le front. Elle détestait l'admettre, mais le discours enflammé que son ami toujours si mesuré lui avait tenu, après avoir fait la moitié du tour de la Terre pour mettre les choses au clair entre eux, n'avait fait que le rendre plus sexy encore.

À cette idée, Zora réprima un soupir. Son esprit et son corps se livraient alors une bataille sans merci, tout comme maintenant. La force tranquille de sa main serrant la sienne la réconfortait. Mais elle éveillait aussi en elle des sentiments qu'elle n'aurait pas dû éprouver pour son meilleur ami, comme l'avait fait leur baiser – et tout ce qui s'en était suivi.

Oui, bien sûr, elle adorerait que Dallas Hamilton soit le papa de son enfant. Mais elle tenait trop à leur amitié pour la mettre en danger en suggérant un changement aussi radical dans la nature de leur relation.

Et, à en juger par sa réaction, elle avait fait le bon choix.

— Tu es probablement très surpris d'entendre que j'ai envie de devenir maman, remarqua-t-elle, observant son visage et ses yeux bruns si expressifs.

— Pas vraiment, répondit-il. J'ai remarqué combien tu aimes les enfants de Blake et Benji. De plus, Davis et les jumeaux t'adorent, c'est évident. Et tu étais folle de joie à la naissance de Remi…

Dallas étreignit à nouveau sa main, avant d'ajouter :

— Non, Zo, je ne suis pas surpris. Et je sais que tu seras une maman merveilleuse.

— Merci, Dal, murmura-t-elle, touchée par les paroles de son ami. Ton opinion compte beaucoup pour moi.

— Mais, parce que je suis ton ami, je me dois de te poser la question… Es-tu certaine de ta décision ? Bien sûr, je te sais plus que capable d'élever un enfant sans l'aide de quiconque et je suis persuadé que tu pourras compter sur le soutien total de ta famille. Mais es-tu vraiment sûre de ne pas vouloir attendre de rencontrer l'homme qu'il te faut ? Plutôt que de mettre au monde l'enfant d'un inconnu ?

Zora libéra brusquement sa main. Elle n'était pas fâchée contre son ami parce qu'il lui avait exprimé franchement ses doutes. Elle respectait son droit de lui dire ce qu'elle avait besoin d'entendre, même quand cela ne lui plaisait pas. Néanmoins, l'expression *l'enfant d'un inconnu* lui faisait mal.

— Ce ne serait pas l'enfant d'un inconnu, corrigea-t-elle. Cet enfant serait le mien. Et son géniteur n'aurait aucun droit sur elle ou sur lui. J'y veillerais personnellement. Quant à cet hypothétique prince charmant… S'il se présente un jour, il nous aimera, moi et mon enfant, quel qu'ait été son géniteur. Et il n'y a aucune raison pour que nous n'ayons pas d'autres bébés ensemble. Je n'envisage pas de me contenter d'un seul enfant.

— Oui, bien sûr, répondit Dallas, toussotant pour

s'éclaircir la voix. C'est logique, je suppose. À l'évidence, tu as longuement réfléchi à tout cela. Alors, qu'attends-tu de moi ?

— Tu es mon meilleur ami, Dal. J'ai besoin que tu me dises que je ne suis pas folle de désirer cet enfant, et tout spécialement maintenant, alors que je suis en pleine compétition avec mes frères pour le poste de P-DG de King's Finest. Et j'apprécierais beaucoup que tu sois présent lorsque j'informerai ma famille de mon projet.

— Zora, déclara Dallas, une lueur d'admiration dans ses yeux bruns, tu es l'une des personnes les plus volontaires, les plus déterminées que j'aie jamais connue. Tu n'as jamais craint de dire toute la vérité à ta famille et tu n'as jamais laissé l'opinion de qui que ce soit te détourner de ton but lorsque ta décision était prise. Pourquoi est-ce différent, cette fois-ci ?

Zora n'avait jamais eu peur de bousculer les traditions familiales des Abbott ni de froisser quelques susceptibilités. Elle l'avait fait toute sa vie. Mais il s'agissait ici d'un changement fondamental, qui aurait des répercussions à très long terme pour elle et pour son enfant.

— Je ne sais pas pourquoi c'est différent, répondit Zora en haussant les épaules. Ça l'est, c'est tout.

— Moi, je pense que tu le sais parfaitement, insista Dallas, bras croisés sur son large torse.

Il la connaissait trop bien. Elle le savait. Elle n'avait simplement pas envie de le dire. Mais, visiblement, Dallas ne serait satisfait que lorsqu'elle l'aurait fait.

Peut-être était-il temps de prononcer ces mots tout haut.

— Parce qu'une partie de moi-même désire très fort pouvoir compter sur ton approbation et celle de ma famille, expliqua-t-elle en soupirant. Je vous aime tous et je vous admire. Alors, bien sûr, votre opinion compte beaucoup pour moi. Surtout lorsqu'elle concerne un sujet aussi personnel que mon enfant.

En lui avouant la vérité, elle avait l'impression que ses épaules avaient été libérées d'un grand poids. Mais sa détermination n'en fut que renforcée. Croisant les bras à son tour, Zora releva la tête et rencontra le regard de son ami.

— Mais je *vais* le faire, déclara-t-elle. Quelles que soient les objections des uns ou des autres, même les tiennes.

Elle marqua une pause, avant d'ajouter d'une voix douce :

— Mais je serais folle de joie si vous me souteniez tous.

Son cœur battant à tout rompre, elle observa le beau visage de son ami qui la contemplait d'un air pensif. Dallas n'était pas un homme imprudent ou impétueux. Et il semblait éprouver de l'affection pour elle. Elle savait aussi que, s'il croyait que c'était une très mauvaise idée, il le lui dirait.

Dallas exhala un soupir, et il hocha la tête pour lui signifier qu'il la soutenait. Une immense vague de soulagement déferla sur Zora, et des larmes d'émotion montèrent à ses paupières.

— Merci, Dal, murmura-t-elle en se précipitant dans les bras de son meilleur ami. Tu ne peux pas savoir à quel point ton opinion est précieuse à mes yeux.

— *Toi,* tu sais combien tu es précieuse à mes yeux, Zo, chuchota-t-il tout contre son oreille en la serrant contre lui. Dis-moi simplement comment je peux t'aider. Dis-moi où et quand, et je serai là pour toi.

— Je m'en souviendrai, murmura-t-elle avec un sourire soulagé. Je te le promets.

— À présent, il est temps de bouger, dit-il en la relâchant. Le spa va me facturer une somme ridicule pour mon rendez-vous manqué, et on donnera mon tour à quelqu'un d'autre. De plus, si tu as l'intention de devenir maman, nous devons nous assurer que tu resteras en bonne santé et bien nourrie.

Zora glissa la main dans la sienne, et ils redescendirent ensemble jusqu'au hall d'entrée de l'hôtel avant de se séparer. Dallas fila à son rendez-vous au spa. Zora marchait en direction du délicieux fumet de viande grillée provenant du restaurant lorsqu'un collier de turquoises et de perles dans la vitrine d'une joaillerie captura son regard.

Le collier et les pendants d'oreilles assortis étaient fabuleux. Ils auraient été parfaits avec la robe de soirée qu'elle avait choisie pour leurs festivités du soir.

— Spectaculaire, n'est-ce pas ? remarqua une vendeuse apparaissant à la porte de la boutique. Peu de femmes pourraient se permettre de porter cette bague de fiançailles, mais elle est faite pour vous.

— Bague de fiançailles ? s'étonna Zora. Non, ce que j'admirais, c'était ce…

À cet instant son regard alla se poser sur la bague exposée près du collier, et elle cessa de respirer.

Fabuleuse était un mot trop faible. La bague en question était ornée d'un saphir rose taillé en cœur, flanqué de deux diamants de taille respectable. Un bijou absolument spectaculaire. Zora toussota pour s'éclaircir la voix.

— Navrée, répondit-elle, mais je ne cherchais pas une bague de fiançailles. J'admirais ce ravissant collier et les pendants d'oreilles assortis.

— Bien sûr, bien sûr, répondit la femme, visiblement déçue. Entrez, je vous en prie.

Zora suivit la vendeuse à l'intérieur, et elle essaya le collier face au miroir, se demandant ce que Dallas en penserait. Ce qui était idiot, bien sûr. Ils n'étaient pas un couple. Ils étaient amis. *Seulement* amis.

Mais, pour la première fois depuis qu'elle avait décidé d'élever un enfant seule, elle se sentait réellement soulagée.

Tout irait bien. Parce que son ami serait là durant la partie la plus difficile de son plan : l'annoncer à sa famille.

- 4 -

Face au miroir dans sa suite d'hôtel, Dallas refit son nœud papillon pour la troisième fois. Il se sentait beaucoup plus à l'aise en T-shirt qu'en smoking. Il avait porté un smoking pour la première fois pour accompagner Zora au bal de promo du lycée. Et, à bien y réfléchir, Zora avait été sa cavalière pratiquement chaque fois qu'il avait porté cet habit, à l'occasion d'un gala de charité, d'un bal ou d'un mariage. Pourquoi alors peinait-il tant à nouer son satané nœud papillon ce soir ?

C'était peut-être parce qu'il était encore sous le choc de la nouvelle qu'elle lui avait annoncée.

Zora désirait mettre au monde un bébé.

Pas un bébé hypothétique qu'elle envisageait d'avoir dans un avenir indéfini, lorsqu'elle aurait rencontré l'homme de sa vie. Elle désirait devenir maman immédiatement.

Tout l'après-midi, il avait flotté dans une sorte de brouillard mental, à repasser dans son esprit les paroles de son amie. Surtout ces quelques secondes où il avait cru à tort que Zora lui demandait d'être le papa de son enfant. Après le choc initial qu'il avait ressenti à ses paroles, cette idée n'avait pas cessé de revenir en boucle dans ses pensées.

Ne pourrait-il pas être lui-même le père de ce bébé ? Et, au lieu de faire appel à une coûteuse procédure médicale, pourquoi ne pas utiliser plutôt la méthode traditionnelle ?

Il y avait indéniablement une attirance mutuelle entre eux, même si cela n'avait jamais été dit. Zora et lui se connaissaient l'un l'autre bien mieux que toute autre personne extérieure. N'était-il pas préférable de compter sur un ami pour devenir maman, plutôt que sur un quelconque inconnu ?

Poussant un soupir découragé, il dénoua une nouvelle fois son nœud papillon raté.

— Dal ? appela-t-elle en frappant doucement à la porte. J'ai un petit problème de garde-robe. J'aurais besoin de ton aide.

Dallas alla aussitôt ouvrir la porte de la salle de bains.

— Que puis-je pour…

Le reste de sa phrase mourut sur ses lèvres sitôt qu'il vit son amie. Zora était toujours ravissante. Mais aujourd'hui sa beauté avait pris une tout autre dimension.

Elle était éblouissante.

Elle avait attaché ses cheveux bruns striés de mèches blondes en un chignon lâche qui laissait libres quelques boucles naturelles, et elle portait une robe de soirée d'un rose intense qui s'harmonisait parfaitement avec le teint brun clair de sa peau, et qui épousait amoureusement chacune de ses courbes. Dallas ne parvenait pas à détacher son regard d'elle.

— Qu'y a-t-il ? s'étonna Zora. N'aimes-tu pas ma robe ?

— Au contraire, se récria-t-il, ébloui. Tu es fabuleuse !

— Merci, répondit-elle en souriant, visiblement soulagée. Tu es extrêmement élégant toi-même. As-tu besoin d'aide pour nouer ton nœud papillon ?

— Je t'en serais reconnaissant. Pour une raison que j'ignore, je n'arrive pas à le faire moi-même, ce soir.

— C'est parce que tu es nerveux, opina-t-elle d'une voix douce. Cette soirée est très importante pour toi.

Glissant le collier qu'elle tenait à la main autour de son poignet, Zora, qui avait appris ces gestes avec son grand-père, serra son nœud papillon en quelques secondes.

— Voilà, dit-elle avec un sourire éblouissant. C'est parfait.

— Merci, fit Dallas, s'efforçant d'ignorer la chaleur de son corps et sa fragrance envoûtante, de fixer son regard ailleurs que sur ses lèvres généreuses et de faire taire la petite voix dans son esprit qui se demandait quel goût aurait sa bouche. En quoi puis-je t'aider ? ajouta-t-il d'une voix faible.

— D'abord cela, précisa-t-elle en lui tournant le dos, révélant que la fermeture à glissière de sa robe n'était qu'à demi remontée. Si tu veux bien.

— Bien sûr, répondit-il en faisant ce qu'elle lui demandait, notant au passage que la robe lui allait comme un gant.

— Ensuite, tu pourrais m'aider à attacher ce collier, suggéra-t-elle en lui tendant le bijou.

Dallas l'attacha prestement, et Zora le remercia puis, se retournant vers lui, elle indiqua ses pendants d'oreilles.

— Suis-je assez présentable pour apparaître au bras de l'invité d'honneur de cette soirée ?

— Je ne doute pas une seconde que tu seras la femme la plus ravissante de toute la salle.

— Quel flatteur ! s'exclama Zora, visiblement amusée. Mais c'est gentil de dire cela. Je peux toujours compter sur toi pour me rendre ma confiance en moi-même. Es-tu prêt ?

Elle se détournait déjà pour sortir de la chambre lorsque Dallas la saisit par un poignet, l'arrêtant net.

— Qu'y a-t-il, Dal ? s'enquit Zora, pivotant pour se trouver face à lui.

— J'ai réfléchi à… heu… je pensais…

Il bredouillait comme un idiot. Elle s'imaginait sûrement qu'il avait déjà commencé à boire, car on lui avait effectivement livré quelques paniers de friandises et de bonnes bouteilles, cet après-midi-là. Son frère Sam lui-même lui avait envoyé une bouteille de liqueur en lui ordonnant de ne pas y toucher avant la cérémonie de remise des prix.

— Qu'y a-t-il, Dal ? s'enquit de nouveau Zora. J'espère que ce n'est pas le trac. Tout ira bien, tu verras. Regarde où tu mets les pieds et ne tombe pas du podium.

— Très drôle, marmonna-t-il. Mais non, je n'ai pas le trac. En tout cas, pas ce soir.

— Je vois, dit-elle en croisant les bras sur sa poitrine. À présent, je suis curieuse. Que veux-tu dire par là ?

— Je veux dire…

Il s'interrompit et prit une profonde inspiration, ne parvenant pas encore à croire qu'il s'apprêtait vraiment à prononcer les mots qui se bousculaient sur ses lèvres.

— Je comprends pourquoi tu ne m'as pas demandé d'être le papa de ton bébé.

— Parce que ce serait compliqué et gênant, voire carrément bizarre… pour nous et pour nos familles, rappela-t-elle vivement. En outre c'est un énorme service à demander à un ami, pas une simple suggestion de cadeau d'anniversaire.

— C'est une requête inhabituelle, reconnut-il. Mais tu tiens visiblement beaucoup à devenir maman. Et donc je tiens beaucoup à t'aider à accomplir ton projet. Sans oublier que le fait d'avoir conçu un enfant ensemble crée des liens pour toute la vie entre deux personnes, quelles que soient les circonstances. Ne préférerais-tu pas prendre cette sorte d'engagement avec quelqu'un qui est déjà ton ami pour la vie, plutôt qu'avec un inconnu choisi au hasard ?

— Je sais que nous sommes à Las Vegas, mais je ne comptais pas m'en remettre au hasard pour concevoir un bébé. Les candidats sont soigneusement sélectionnés. Je saurai qui est le donneur et qu'il sera le genre de personne digne de partager l'ADN de mon enfant.

Zora se tut un instant, visiblement agacée, avant d'ajouter :

— J'ai la vague impression que tu me juges, Dallas. J'attendais autre chose de toi.

— Je ne te juge pas, Zo, protesta-t-il en lui soulevant le menton, l'obligeant à le regarder dans les yeux. Tout ce que j'ai dit, c'est que je suis là et que je *désire* faire ça pour toi.

— Et je t'adore pour cela, Dal, assura-t-elle avec un sourire qui n'atteignait pas tout à fait ses yeux. Mais notre amitié est précieuse pour moi, et je ne la mettrai pas en danger une nouvelle fois. J'apprécie ton offre, mais ce dont j'ai besoin de ta part, c'est uniquement ton soutien. D'accord ?

Il acquiesça, lui offrant un sourire probablement aussi peu convaincant que le sien.

— Très bien. Comme tu voudras.

— Parfait, conclut-elle avec un sourire sincère, cette fois-ci. Maintenant, dépêche-toi. J'ai encore faim. De plus, nous risquons de manquer le cocktail. Allons-y avant que les autres aient vidé toutes les bonnes bouteilles.

Zora avait le chic pour introduire l'humour dans les situations les plus sombres. Comme cinq ans plus tôt, à l'enterrement de son grand-père, soulageant un chagrin tout simplement insupportable.

— Tu as encore faim ? s'exclama Dallas en riant. Es-tu certaine de ne pas être déjà enceinte ?

— Surveille tes paroles, répliqua-t-elle d'un air faussement courroucé. Sinon, je t'étrangle avec ton nœud papillon.

Pouffant de rire, Dallas alla éteindre les lumières de la chambre, puis il la suivit jusqu'au salon. Zora ramassa son réticule sur le bar et tourna le regard vers l'un des paniers cadeaux enveloppé de cellophane violette.

— Celui-là porte mon nom, remarqua-t-elle. Je vois

une bouteille de liqueur de café et des pâtisseries à l'air délicieux.

— C'est probablement pour cela que Sam insiste pour que nous n'y touchions pas avant la cérémonie, observa Dallas en riant. Quant à moi, c'est la vodka de cet autre panier qui a attiré mon attention.

— Rendez-vous tout à l'heure, alors, suggéra-t-elle. Après la remise des récompenses, nous reviendrons ici, nous nous mettrons en pyjama et nous déciderons de quelle façon nous allons fêter mon anniversaire durant les deux prochains jours.

Elle esquissa un sourire ironique, avant d'ajouter :

— À moins, bien sûr, que tu n'aies fait la connaissance d'une jolie femme. Si c'est le cas, n'oublie pas de suspendre une chaussette à la poignée de la porte pour m'avertir.

— Petite insolente, répliqua-t-il en offrant le bras à sa meilleure amie. Allons, viens. Allons grignoter quelque chose.

Zora glissa le bras sous le sien, et ils se dirigèrent vers la porte.

Il aurait dû se sentir soulagé que Zora ne l'ait pas pris au mot en acceptant sa proposition d'être le papa de son bébé. Elle avait raison. Ce serait une situation compliquée et pleine de risques. Et ils devraient fournir des tas d'explications à leurs familles.

Il était un célibataire heureux, satisfait de profiter de son amitié avec Zora, la plus longue relation de toute sa vie. Devenir le père de son enfant changerait tout cela pour toujours.

Dallas *n'était pas* comme son père. S'il existait dans ce monde un enfant qui ne soit même qu'à moitié à lui, personne ne pourrait jamais empêcher qu'il fasse partie de sa vie.

Toutefois, au train où allaient les choses, il ne deviendrait peut-être jamais le papa de qui que ce soit.

Et, compte tenu de l'histoire chaotique des relations des hommes de la famille Hamilton, il valait peut-être mieux pour tout le monde qu'il demeure célibataire pour toujours.

- 5 -

— Très bien, déclara Zora en apportant le panier à la cellophane violette afin que Dallas le déballe en premier. Ces brownies au chocolat et cette liqueur de café m'ont fait rêver toute la soirée.

— Déballe-le toi-même, répondit Dallas en déchirant l'emballage d'un autre panier contenant sa vodka favorite. J'ai repéré quelque chose d'intéressant, moi aussi.

La cérémonie avait été spectaculaire. Le Prix de l'Innovation qui lui avait été décerné par une prestigieuse organisation était à ce jour le plus grand hommage de sa carrière. Tout spécialement parce qu'il lui avait été décerné par une assemblée de ses pairs. Dallas avait gagné quelques excellents contacts dans l'industrie, et il venait de passer une merveilleuse soirée avec Zora à son bras. La femme la plus magnifique de toute la salle. Et il n'avait même pas trébuché en montant sur le podium pour son discours.

Une victoire totale.

Quand elle déballa délicatement le panier pour atteindre les délicieux brownies, les yeux de Zora brillèrent comme ceux d'une enfant à Noël. Elle plaça la bouteille de liqueur sur le bar près de la vodka, puis croqua une bouchée de brownie, gémissant de plaisir.

— Oh ! mon Dieu, Dal ! Tu dois absolument goûter ces brownies. Ils ont une saveur de paradis.

— Allons, Zo ! Aucun brownie n'est délicieux à ce point.

Exception faite des tartes aux pommes maison, Dallas

n'était pas un grand fan de pâtisseries. Mais l'expression de pur plaisir sur le visage de son amie éveilla sa curiosité.

— Ceux-ci le sont, insista-t-elle en détachant un petit morceau qu'elle plaça entre ses lèvres. Tu dois les goûter.

Il mastiqua lentement, laissant le goût du chocolat et des noix se répandre dans sa bouche, avant d'observer :

— Tu as raison, c'est un régal.

Zora termina le sien, puis s'empara de deux autres paniers qui avaient excité sa gourmandise.

— Pouvons-nous déballer ceux-là aussi ?

— Absolument, dit-il en sortant deux verres du bar. C'est pour cela qu'ils sont là.

Elle ôta les emballages des deux paniers et en sortit une bouteille d'amaretto et une d'irish cream qu'elle alla poser près des deux autres. Puis, reculant d'un pas, elle croisa les bras sur sa poitrine, les sourcils froncés comme si elle était plongée dans de profondes réflexions. Puis son regard s'éclaira, elle claqua des doigts et, se tournant vers lui, s'empara de son bras.

— J'ai trouvé, dit-elle. Sais-tu ce qui me ferait réellement plaisir, ce soir ?

— Non, répondit-il en souriant. Qu'est-ce que c'est ?

— Un *orgasme explosif*.

— Euh… Quoi ?

— Un *orgasme explosif*, répéta-t-elle, fronçant les sourcils. C'est le nom d'un célèbre cocktail.

Dallas se serait volontiers contenté d'une bière ou d'une vodka *on the rocks* mais, après tout, ils célébraient son succès et l'anniversaire de son amie. Pourquoi lésiner ?

Zora appela donc le service d'étage pour commander les ingrédients nécessaires et ouvrit quelques placards à la recherche du matériel dont ils auraient besoin. Puis elle entreprit de verser des doses précises de chacun des quatre alcools dans le shaker avec une concentration totale.

Dallas fit de son mieux pour ne pas laisser le regard s'attarder sur la courbe parfaite de son généreux derrière tendant le tissu du petit short de son pyjama, s'efforçant de se rappeler qu'il était son ami. Mais il était aussi un homme qui appréciait énormément le spectacle d'un joli derrière rond et ferme.

À cet instant précis, Zora se retourna vers lui.

— Tu as passé énormément de temps à flirter avec les représentantes de l'équipe islandaise, remarqua-t-elle.

Dallas se sentit rougir. Avait-elle surpris son regard concupiscent ? Si c'était le cas, elle n'en montrait rien.

— C'est vrai. Je t'avais dit il y a quelques mois que leur société m'avait suggéré la possibilité d'une collaboration. Le dirigeant de cette société est un père de famille très conservateur qui aime travailler à l'ancienne, et il tenait à me rencontrer en personne avant de s'engager. L'entreprise est un important acteur international, alors…

— Cela pourrait être une *très* bonne affaire pour toi, termina-t-elle à sa place.

Elle plaça la main sur son bras et lui offrit un sourire, avant d'ajouter aussitôt :

— Je sais que ta société est déjà une belle réussite. Tu as travaillé dur et, d'un hobby que ton grand-père t'avait enseigné, tu as fait une entreprise qui a déjà décroché de multiples récompenses. Cette année a été un énorme succès.

Avant qu'il ait pu répondre, on frappa à la porte. Dallas prit quelques billets sur la table de nuit de sa chambre pour le pourboire et alla prendre livraison du lait et de la crème fouettée qu'ils avaient commandés au service d'étage pour les rapporter à son amie. Zora mesura la bonne dose de lait et la versa dans le shaker à cocktail en acier inoxydable. Elle plaça quelques glaçons dans chacun des verres, puis dans le shaker avant de le secouer vigoureusement.

Zora versa sa préparation crémeuse dans leurs deux

verres, puis elle y ajouta une bonne dose de crème fouettée sur laquelle elle posa une cerise. Puis elle tendit son verre à Dallas et leva le sien pour porter un toast.

— Dallas Matthew Hamilton, je suis extrêmement fière de toi. Et ton grand-père le serait aussi, s'il pouvait te voir.

— Je crois aussi qu'il serait fier, répondit Dallas, refoulant une vague de tristesse. Il me manque beaucoup. Mais je me réjouis que tu sois ici. Je sais que tu es très occupée avec King's Finest, ces jours derniers. J'apprécie d'autant plus que tu aies pris le temps de venir me rejoindre pour cette occasion. Je me suis senti très heureux de te savoir dans l'assistance lorsqu'on a appelé mon nom, ce soir.

— Rien n'aurait pu m'empêcher de venir, déclara Zora en faisant tinter son verre contre le sien.

Puis ils burent.

— Hum ! fit Zora en avalant sa première gorgée. C'est bon ! Un peu plus fort que dans mon souvenir, mais excellent.

— Je partage cet avis, dit Dallas en examinant la bouteille. Mais sois prudente. Cette liqueur de café est très forte.

— Je gagne ma vie en vendant des boissons alcoolisées, rappela Zora en riant. Mais ne t'inquiète pas, je n'essayerai pas d'abuser de toi si tu es pompette.

— Toujours aussi insolente, répliqua Dallas en s'octroyant une seconde pâtisserie. Ces brownies sont délicieux. Tu n'avais pas exagéré.

— Je te l'avais bien dit, fit Zora, croquant un brownie à son tour. Rappelle-moi de remercier Sam pour cette attention.

Elle passa la main sur ses boucles brunes striées de blond cascadant sur ses épaules, et Dallas l'observa, fasciné. Il aurait adoré le faire lui-même, mais il n'avait jamais plus osé depuis qu'il avait tenté l'expérience à l'école primaire. Zora l'avait averti de ne jamais plus toucher les cheveux d'une femme noire, à moins qu'elle ne l'ait *explicitement* autorisé.

— Le cocktail est très bon aussi, dit-il en sirotant son verre. Mais je ne suis pas certain qu'il soit aussi mémorable qu'un bon orgasme. C'est placer la barre très haut.

— Il est certainement meilleur que quatre-vingt-quinze pour cent des orgasmes que j'aie éprouvés sans m'en charger moi-même, répliqua Zora.

Dallas s'étouffa avec sa gorgée d'alcool, et il se mit à tousser violemment. Conscient tout à coup du ridicule qu'il y aurait à mourir étouffé dans un lieu public, en proie à une monumentale érection déclenchée par des visions de son amie en pleine action auto-érotique.

— Cela va aller ? s'inquiéta Zora, lui tapotant le dos.

— Oui, oui, assura-t-il. J'ai seulement avalé de travers.

Il avait tendu la main afin de l'empêcher de se rapprocher, priant pour qu'elle n'ait pas remarqué la façon dont son corps avait réagi à ses paroles. S'adossant au coussin du sofa, il s'empressa de changer de sujet.

— Nous ne pourrons plus voyager aux quatre coins du monde ensemble, ni faire la fête toutes les nuits lorsque tu seras maman, annonça-t-il.

Il avait dit cela comme une plaisanterie, mais tout à coup il comprenait que c'était la simple réalité.

— Pour nous, c'est la fin d'une époque, Zo.

Avait-il l'air aussi pitoyable qu'il en avait l'impression à cet instant ?

Emportant son verre, le shaker à cocktail et un nouveau brownie, Zora s'approcha pour poser le tout sur la table basse. Une jambe repliée sous elle, elle s'assit à côté de lui, sa cuisse effleurant la sienne.

— Je ne t'abandonne pas, Dal, le rassura-t-elle en se blottissant sous son bras allongé sur le dossier du sofa. Mais nous grandissons tous un jour.

— C'est vrai au moins pour l'un de nous, répondit-il, sirotant son verre d'un air morose. Tu désires devenir la P-DG de King's Finest et maintenant tu veux aussi devenir maman.

Il marqua une pause comme s'il cherchait les mots adéquats pour ce qu'il s'apprêtait à lui dire, avant d'ajouter :

— Je suis surpris que tu songes à te lancer dans un tel projet au moment où tu dois convaincre ta famille que tu es la plus apte à assumer les fonctions de P-DG.

— Lorsque Blake est devenu papa, personne n'a cru une seule seconde que cela l'empêcherait de diriger l'entreprise, rappela-t-elle d'un ton indigné.

— Je n'ai pas dit cela, Zo, corrigea-t-il, sentant qu'il avait touché un point sensible. C'est seulement qu'être P-DG ou maman sont deux tâches titanesques qui changent la vie.

— Les tâches multiples ne me font pas peur, assura Zora, reposant brusquement son verre sur la table basse.

Elle lui adressa un clin d'œil, avant de poursuivre :

— En outre, papa n'a pas l'intention de prendre sa retraite avant quelques années. Le timing est parfait.

Il lui offrit un sourire un peu triste et vida son verre.

— Comme je le disais, tu y as beaucoup réfléchi.

— Oui, en effet. Je sais qu'il m'est arrivé parfois de me montrer trop pressée, mais c'est fini. Je fais de bons choix. Mes décisions sont mûrement réfléchies. Je prouverai à mon père et à mon grand-père que je suis capable de diriger l'entreprise et de perpétuer l'héritage familial. Ne t'inquiète pas, tout ira bien.

— D'accord, dit Dallas en vidant le reste du shaker dans leurs verres et en portant un toast. Je souhaite que tous tes rêves se réalisent, et même davantage.

— Que tous *nos* rêves se réalisent, corrigea-t-elle, faisant tinter son verre contre le sien.

Impossible. Une nouvelle maman doublée d'une dirigeante

d'entreprise surmenée n'aurait plus aucun temps pour lui. Il n'y aurait plus de moments de proximité comme celui-ci.

Il allait profiter au maximum des prochaines quarante-huit heures. Ce serait peut-être la dernière fois qu'il passerait du temps en tête à tête avec Zora.

- 6 -

Lorsque Zora se réveilla, un soleil impitoyable dardait ses rayons dans la chambre, l'éblouissant malgré ses paupières closes. Elle avait un peu mal à la tête et n'aurait su dire avec certitude dans quelle chambre ni même dans quelle ville elle se trouvait.

Prenant une profonde inspiration, elle entrouvrit prudemment un œil, puis l'autre. Elle écarta ses cheveux de son visage et vit le soleil se refléter sur les façades étincelantes des grands hôtels du Strip.

Elle était à Las Vegas. Avec Dallas.

Son esprit était tout embrumé. Et elle n'avait pas le moindre souvenir de ce qui avait pu se passer après la remise des récompenses.

Zora aurait été incapable de dire si deux heures ou deux jours s'étaient écoulés depuis, ce qui était en soi assez déconcertant. Et à mille lieues du comportement attendu d'une P-DG et future maman.

Elle voyait déjà Parker, son prétentieux frère aîné, gloser à ce sujet, lui déclarant qu'elle était totalement irresponsable et indigne de diriger l'entreprise. Et donc elle ne lui avouerait jamais qu'elle avait bu l'équivalent de son propre poids de…

Seigneur ! Elle avait même oublié ce qu'ils avaient bu.

Elle avait la tête lourde et la bouche sèche. Malgré la climatisation, elle avait trop chaud dans cette chambre et la sensation qu'un poids considérable était posé sur son ventre. Elle avait besoin d'un café... ou même de plusieurs cafés, et d'un bon comprimé antidouleur. Elle ignorait quelle heure il pouvait bien être, mais elle aurait volontiers dormi quelques heures de plus.

Soudain, le lit remua, et le poids qui encerclait son ventre se fit plus lourd.

Zora laissa échapper un cri de frayeur et tenta de s'écarter de ce corps qui avait envahi son espace personnel. Mais cette inélégante tentative de fuite eut pour seul effet de la faire chuter lourdement sur le tapis.

Son derrière généreux venait peut-être de lui sauver la vie.

Zora essaya aussitôt de se relever mais, lorsqu'elle appuya la main sur le sol, elle constata que son poignet lui faisait mal.

Merveilleux. Elle s'était peut-être aussi foulé le poignet.

Toutefois, ses jambes fonctionnaient très bien. Et elle était prête à asséner un bon coup de genou dans les bijoux de famille de cet individu s'il ne lui expliquait pas immédiatement ce qu'il faisait dans son lit.

L'homme en question se redressa d'un coup comme s'il avait entendu son hurlement, mais seulement à retardement.

— Zora ?

— Dallas ? s'écria-t-elle au même instant.

— Que fais-tu sur le sol ?

— Et toi, pourquoi es-tu dans mon lit ?

— Je ne suis pas dans ton lit, se défendit Dallas en grimaçant comme s'il lui était douloureux de parler. C'est ma chambre.

Elle ouvrit la bouche pour protester, mais Dallas indiqua ses bottes de cow-boy favorites et le sac de voyage kaki posés dans un coin de la pièce. Les deux chambres de la suite étaient identiques, mais les meubles y étaient orientés différemment. De plus, elle ne voyait aucune trace de ses affaires personnelles.

Dallas avait raison. Elle se trouvait dans sa chambre et dans son lit. Soudain, elle sentit le souffle glacé de la climatisation sur sa peau presque entièrement exposée. Elle ne portait qu'un body de soie grège et de dentelle, au dos nu, qu'elle ne reconnut pas.

Zora sentit sa confusion se transformer en panique, et ses joues s'enflammèrent. Elle tourna les yeux vers Dallas qui, malgré son apparente migraine, était encore follement séduisant. Elle ne put s'empêcher de suivre du regard la légère toison châtain clair qui, partant de son large torse, disparaissait sous le drap remonté à hauteur de sa taille.

Ravalant sa fierté, Zora accepta sa main tendue, et il l'aida à se relever.

— Très jolis... dessous, observa Dallas en bâillant, les yeux fixés sur le vêtement presque transparent qui exposait plus que généreusement son derrière.

— Très drôle, lâcha-t-elle d'un ton grinçant en arrachant le drap du lit pour s'en envelopper.

Le souffle coupé, elle constata que, ce faisant, elle avait aussi révélé le corps nu de Dallas ainsi que sa magnifique érection matinale.

— Dallas ! s'écria-t-elle. Pourquoi es-tu tout nu ?

— Permets-moi de te rappeler que ceci est *ma* chambre. Je ne m'étais pas rendu compte que j'avais de la compagnie dans mon lit, mais en principe, lorsque c'est le cas, elles n'émettent aucune objection à ce que je sois nu.

Il accompagna ces mots d'un clin d'œil égrillard, qui le fit à nouveau grimacer de douleur.

— Aïe ! gémit-il. Ma tête va éclater.

— Bien fait, dit-elle, parcourant la pièce du regard, les bras croisés. Pourquoi suis-je ici, et où sont mes vêtements ? Cette chose que je porte n'est pas à moi.

— Moi, elle me plaît bien, affirma-t-il en s'étirant

paresseusement, comme si la situation dans laquelle ils se trouvaient ne le gênait pas le moins du monde.

L'attitude détendue de Dallas était un parfait contrepoids à sa propre nature, plus… volcanique. En temps normal, c'était une qualité qu'elle appréciait chez lui. Il lui avait évité de commettre de nombreuses erreurs au fil des années. Mais, à cet instant précis, alors qu'ils venaient inexplicablement de dormir dans le même lit après une soirée bien arrosée et qu'ils se réveillaient peu ou pas du tout habillés, elle aurait aimé que son ami partage au moins partiellement sa panique.

— Moi aussi, j'aime bien cette tenue, déclara Zora. Mais la question n'est pas là. La question, c'est que je ne l'ai pas achetée. En tout cas, je ne me souviens pas de l'avoir fait.

— Elle est pourtant assortie à cela, remarqua Dallas, indiquant un autre vêtement gisant dans un fauteuil, près de la fenêtre.

Zora s'en approcha et ramassa la petite minirobe blanche au dos nu – qui était effectivement un complément parfait à l'ensemble qu'elle portait. Mais elle ne lui appartenait pas non plus.

Ou… Peut-être ?

Elle plaqua la robe à sequins scintillante contre son corps et constata qu'elle était à sa taille, même si elle était plus courte que son style habituel. Le tissu sentait son parfum.

Il ne faisait aucun doute qu'elle avait porté ce vêtement, mais l'avait-elle acheté ?

— Mes cartes de crédit ! s'exclama-t-elle en se tournant vers Dallas, qui bâillait derrière sa main. Si j'ai acheté ces articles, ils seront débités sur l'une d'elles. Où est mon téléphone ?

Ils le cherchèrent ensemble dans toute la chambre. Celui de Dallas était posé sur la table de nuit. Mais le sien n'était nulle part en vue. L'avait-elle perdu ?

— Je suis sûr qu'il doit être ici quelque part, dit Dallas en ramassant son propre téléphone. Je vais appeler ton numéro.

Tous deux tendirent l'oreille, et ils entendirent bientôt la sonnerie personnalisée du portable de Zora.

— Pendant que tu pars à la recherche de ton téléphone, je vais…

— Te rhabiller ? suggéra Zora d'un ton plein d'espoir.

Elle venait de voir son séduisant ami dans sa splendide nudité, et ce spectacle commençait à fissurer son self-control.

La dernière chose au monde dont ils avaient besoin, c'était une répétition de ce fameux baiser… ou même pire.

— Euh… oui, bonne idée, fit Dallas, passant la main sur sa nuque dans un geste qui fit saillir son biceps impressionnant.

Réprimant un gémissement, Zora détourna les yeux.

— Génial, dit-elle, toussotant pour s'éclaircir la voix. Ensuite, nous pourrons parler de… ce qui s'est passé cette nuit devant un bon petit déjeuner. Je meurs de faim.

— J'ignore si on sert le petit déjeuner à cette heure-ci.

— Pourquoi ? Quelle heure est-il ?

— Presque 14 h 30, précisa-t-il en bâillant à nouveau.

— Nous sommes à Las Vegas. Je suis sûre que nous trouverons un lieu qui sert le petit déjeuner toute la journée.

Zora tendit à nouveau l'oreille, mais la sonnerie de son téléphone avait cessé.

— Appelle-moi encore, veux-tu ?

Dallas s'exécuta, et elle passa dans sa propre chambre, de l'autre côté du salon, où elle trouva son téléphone sous une pile de vêtements, sur son lit encore fait.

Pourquoi avait-elle vidé son sac de voyage et éparpillé tout ce qu'il contenait sur le lit ? Cela expliquait peut-être l'achat de cette robe. Selon toute évidence, ils s'étaient rendus dans un lieu où rien de ce qu'elle avait apporté dans ses bagages ne convenait tout à fait.

La batterie de son téléphone était déchargée. Réprimant un soupir, elle brancha la prise, puis elle parcourut la chambre d'un regard circulaire, s'efforçant de se rappeler ce qui s'était passé le soir précédent. Elle aperçut alors plusieurs sacs de shopping posés dans un coin de la pièce.

Apparemment, Zora pompette s'était lancée dans une frénésie d'achats. Elle espérait que cette autre elle-même n'avait pas trop mis à mal ses finances.

Trois des sacs étaient marqués du logo *Boutique du mariage* en élégantes lettres dorées. Le premier contenait une housse à vêtements, le second une boîte à chaussures vide. Dans le dernier, elle trouva ce qui ressemblait à un sac vraisemblablement destiné à contenir des accessoires.

Soudain, Zora ne pouvait plus respirer. Elle glissa les doigts dans ses cheveux, et une mèche s'accrocha dans la bague qu'elle portait au doigt.

Une bague ? songea-t-elle, tremblant d'appréhension.

Elle libéra délicatement les cheveux prisonniers du bijou et, respirant bien à fond, fixa sa main.

Réprimant le cri de désespoir qui montait du fond de sa gorge, elle reconnut la bague de fiançailles au saphir rose qu'elle avait admirée la veille dans la bijouterie. Celle-là même que la vendeuse l'avait convaincue d'essayer. Cette femme s'était terriblement trompée en lui affirmant qu'il n'y avait aucun mal à rêver. Car Zora ne portait pas seulement la spectaculaire bague de fiançailles ornée d'un saphir et de diamants. Elle avait aussi à son doigt un anneau de mariage à couper le souffle, incrusté de diamants de tailles marquise et cœur en alternance parfaite.

Les mains de Zora se mirent à trembler de façon incontrôlable.

Que diable avait-elle fait cette nuit passée ?

- 7 -

Était-il possible que Dallas et elle aient… Non. C'était impossible. Ils n'auraient *jamais* fait une chose pareille. Elle en était certaine. Car, si elle-même avait un caractère plutôt impétueux, Dallas était un homme solide et raisonnable. Un homme logique. Il était inconcevable qu'elle et lui aient…

Zora était incapable de former ces mots. Même en pensée.

Mais il y avait un bon moyen de le vérifier.

Elle retrouva son short et son haut de pyjama et les enfila, avant de retourner dans la chambre de Dallas.

— Dal ? appela-t-elle, toquant à la porte. Es-tu habillé ?

— Presque, répondit-il. Laisse-moi une seconde. Maintenant, c'est bon. Entre.

Zora pénétra dans la chambre, luttant contre la panique. Il devait y avoir une explication logique à tout cela. Peut-être…

Calme-toi, songea-t-elle. *Réfléchis.*

Elle en était capable. Il lui suffirait de contrôler sa respiration, de se détendre. Mais en premier lieu elle devait voir la main de son ami.

— Dallas… Heu… Peux-tu me montrer ta main gauche ?

Il lui lança un regard perplexe, mais il obéit sans protester. Apparemment, c'est à ce moment-là qu'il comprit aussi.

— Bon sang ! C'est un…

— Un anneau de mariage ? suggéra Zora d'une voix tremblante. C'est bien cela, n'est-ce pas ? Assorti à celui-ci ?

Dallas parut stupéfait. Il s'empara de la main de Zora

et compara leurs deux anneaux. Le sien était magnifique, avec ses cinq diamants de taille carrée.

— Sommes-nous allés à un bal costumé ? balbutia-t-il en fixant le regard sur elle. Ce sont des faux, n'est-ce pas ? J'ai imaginé que la tiare que j'avais vue dans ma salle de bains faisait partie d'un déguisement.

— Une tiare ? répéta-t-elle d'une voix éteinte. Dans ta salle de bains ?

Zora s'y précipita aussitôt. La tiare qu'elle vit sur la tablette était lourde et délicatement ciselée. Et les ornements étaient des cristaux Swarovski, elle en était sûre.

Lorsqu'elle retourna dans la chambre, Dallas tenait une feuille de papier entre ses mains et fixait tantôt le document, tantôt l'anneau à son doigt.

— Dallas, dit-elle en lui montrant la tiare, ceci n'est pas un accessoire de déguisement. Ma bague de fiançailles et mon anneau de mariage non plus. Et je suis quasiment certaine que l'anneau de ce que tu portes à ton doigt est en platine orné de vrais diamants.

Son ami fixa à nouveau sa main d'un regard abasourdi, mais sans dire un mot.

— Mon téléphone est encore en charge, mais je dois absolument vérifier mes cartes de crédit. J'ai trouvé dans ma chambre plusieurs sacs provenant d'une boutique de *mariage*. J'ai bien peur que nous nous soyons vraiment…

— Mariés ? fit Dallas d'une voix rauque. D'après ce document, nous sommes désormais M. et Mme Dallas Matthew Hamilton. Apparemment, tu as même adopté mon nom. Et honnêtement c'est peut-être cela le plus choquant dans toute cette histoire.

— Montre-moi ça, dit Zora en lui prenant le document des mains pour le lire attentivement. *Deux fois*.

Hébétée, elle le lui rendit d'une main tremblante.

— Non, non et non ! gémit-elle en s'affalant sur le lit.

Ce n'est pas possible ! Nous n'aurions pas fait cela ! Nous... marier ? Pourquoi aurions-nous fait une chose pareille ? Et pourquoi diable n'en ai-je gardé aucun souvenir ? Ce n'est qu'un mauvais rêve. Nous allons nous réveiller, et tout sera à nouveau comme avant. C'est sûrement cela.

À cet instant précis, Dallas lui pinça le bras.

— Aïe ! protesta-t-elle. Pourquoi as-tu fait ça ?

— Je vérifiais seulement ta théorie du rêve, répondit-il en enfilant un T-shirt avant de s'asseoir près d'elle. De plus, nous rêverions des mêmes choses, et je doute que cela soit possible.

— De quoi te souviens-tu, pour hier soir ? s'enquit Zora.

— De pas grand-chose, convint-il en soupirant. Je me rappelle que nous sommes rentrés ici après la cérémonie. Nous avons enfilé nos pyjamas et nous avons célébré mon succès. Tu nous préparais des cocktails très corsés avec un nom bizarre ayant trait au sexe.

— Je me souviens ! s'exclama Zora. C'était *orgasme explosif*. Et tu m'avais conseillé de ralentir, parce que la liqueur de café était très forte. Nous nous gavions aussi de ces délicieux brownies que ton frère t'avait fait livrer. Cette liqueur de café est peut-être l'explication de mon affreuse migraine, mais...

— Mais les cocktails n'expliquent peut-être pas tout, coupa Dallas en se levant brusquement. Reste-t-il encore quelques-uns de ces brownies ?

— Ces friandises sont-elles si importantes, à cet instant ?

— J'ai seulement besoin de voir l'emballage répondit-il.

Dallas se dirigea à grands pas vers le salon et, parmi les paniers qu'ils avaient déballés la veille, il retrouva celui de son frère et le fouilla frénétiquement.

— Je comprends maintenant pourquoi Sam nous avait recommandé d'attendre la fin de la cérémonie pour l'ouvrir. Ce ne sont pas des brownies ordinaires. Ce sont des brownies à l'herbe. Lis toi-même.

Zora prit l'emballage qu'il lui tendait, et Dallas alla s'asseoir sur l'un des tabourets du bar pendant qu'elle l'étudiait.

— Je suis sincèrement désolé, dit-il. Je n'avais jamais imaginé que mon idiot de frère m'enverrait des brownies épicés à l'herbe dans un panier cadeau.

Zora lut attentivement l'étiquette, et elle regretta aussitôt de ne l'avoir pas fait la veille.

— Ce n'est pas ta faute, assura-t-elle. Tu ne pouvais pas savoir. En outre, c'est moi qui ai déballé ce panier. J'aurais dû faire plus attention à la liste des ingrédients.

Elle jeta la boîte vide dans le panier, puis alla s'asseoir sur le tabouret voisin de celui de son ami, avant d'ajouter :

— En tout cas, rappelle-moi d'étrangler Sam à notre prochaine rencontre. Il nous doit des excuses. Et, si je ne peux pas me faire rembourser tout ce que j'ai acheté, la facture que je lui enverrai sera conséquente. Cette bague à elle seule a dû coûter cinquante mille dollars.

— Tu plaisantes, n'est-ce pas ? s'exclama Dallas, s'emparant de sa main pour examiner la bague étincelante.

Aussi somptueuse que son propre anneau de mariage.

— Elle est magnifique, dit-il enfin. Et elle te va bien.

— Dommage que je ne puisse pas la garder, observa-t-elle, levant la main dans un rayon de soleil pour voir danser la lumière sur le saphir rose taillé en cœur et les diamants.

C'était réellement une bague merveilleuse. Et la couleur du saphir s'harmonisait parfaitement à la teinte de sa peau.

— Minute ! coupa Dallas. Veux-tu dire que tu as réglé toi-même tous ces achats ? Si, pour une raison inconnue, nous avons décidé de nous marier hier soir. Pourquoi n'aurais-je pas réglé moi-même la facture de la bague ?

— C'est la tradition, c'est vrai, convint-elle. Mais je ne t'imagine pas capable d'investir une telle somme dans une bague. Et surtout pas pour un échange de vœux impromptu durant une nuit d'ivresse.

— Car je suis trop radin ? suggéra-t-il, fronçant les sourcils.

— Parce que tu es un homme frugal et raisonnable dans tes dépenses, corrigea-t-elle, posant la main sur l'épaule de son ami. Ce n'est pas une insulte, Dal. Je te comprends.

Son ami évoquait rarement ce sujet, mais elle savait que Dallas avait beaucoup souffert d'être arraché à sa vie confortable dans une famille classique de la classe moyenne de Nashville pour se retrouver chez son grand-père, dans une cabane en ruine au fin fond des bois. Cette expérience d'enfance l'avait traumatisé.

Le brusque divorce de ses parents avait mis à mal sa capacité à faire confiance aux gens, et Dallas avait gardé une peur bleue de la pauvreté, même s'il était aujourd'hui financièrement à l'aise. Dallas ne le reconnaîtrait jamais, mais Zora était persuadée que cela expliquait pourquoi, dans les rares occasions où il s'était lancé dans une relation durable, c'était invariablement avec des femmes qui n'étaient pas faites pour lui.

Dallas avait peur d'être un piètre mari comme son père l'avait été, et l'était encore. Douglas Hamilton en était à son quatrième mariage, et il s'apprêtait même à fonder une seconde famille. Son épouse, qui était beaucoup plus jeune que lui, attendait un enfant.

— Ce n'est pas une accusation, insista-t-elle. D'ailleurs, nous avons des problèmes plus pressants. Et d'abord retourner dans la chapelle mentionnée sur ce document, pour vérifier qu'il s'agit d'un acte légal. Et, si c'est le cas, nous devrons trouver un moyen de le faire annuler.

— Formidable, marmonna-t-il. Me voilà déjà à marcher

dans les traces de mon père. Je détiens même sûrement le record du mariage le plus bref de l'histoire de la famille.

— Ce que nous avons fait ne compte pas comme un mariage, assura-t-elle. Nous étions victimes d'une espèce d'hallucination. Honte à cette chapelle minable qui nous a mariés dans un tel état. De plus, nous n'avons pas consommé le mariage, n'est-ce pas ?

— Crois-moi, répondit-il, devinant qu'elle n'en était pas très sûre. Si je t'avais fait l'amour, tu t'en souviendrais très bien.

Zora ne put s'empêcher de se rappeler l'instant où elle avait arraché le drap du lit tout à l'heure et découvert ainsi que son ami dormait nu, et qu'il était... très bien doté par la nature.

— Essayes-tu de me dire que je me souviendrais de *cela*, mais pas d'avoir décidé de t'épouser ? répliqua-t-elle d'un ton excédé. En tout cas, nous ne soufflerons jamais un mot de cette histoire à qui que ce soit. À personne, compris ? Jamais.

— Pas de problème.

Avec elle, Dallas avait toujours tenu parole. Pourtant, sa réponse ne lui semblait pas très convaincante.

— Croix de bois, croix de fer ? insista-t-elle.

— Ne sommes-nous pas un peu vieux pour ces jeux, Zo ? Soit, nous ne parlerons à personne de ce mariage et nous le ferons annuler avant de quitter Las Vegas si c'est possible.

— Je l'espère sincèrement, dit-elle en descendant de son tabouret. J'ai besoin d'une douche et d'un bon petit déjeuner. Ensuite, nous réglerons ce problème.

— Je sais que ce mariage était une erreur, Zo, remarqua-t-il. Mais tu ne ménages pas ma beaucoup mon orgueil. Visiblement tu as hâte d'être débarrassée de moi.

— Pardonne-moi, s'excusa-t-elle, posant doucement

la main sur la joue de son ami. Un jour, tu seras un merveilleux mari pour une autre femme. Et elle aura de la chance de t'avoir.

— Seulement, ce ne sera pas toi, murmura-t-il.

Zora le dévisagea. Parlait-il sérieusement ? Était-il déçu qu'elle n'ait pas accepté son offre d'être le papa de son bébé ?

— Parce que nous sommes seulement amis, j'ai compris, dit-il enfin. Laisse-moi une quinzaine de minutes pour me doucher, et nous irons ensemble prendre le petit déjeuner.

Et, sur ces mots, Dallas lui tourna le dos et s'en alla.

Zora n'avait pas eu l'intention de lui faire de la peine. Elle s'était simplement montrée un peu trop franche encore une fois. Elle allait devoir travailler là-dessus. *Réellement.*

Elle ressemblait peut-être davantage à son frère Parker qu'elle ne s'en doutait. Parker était un individu brillant, mais totalement ignorant des grâces sociales, qui exprimait ses sentiments sans aucun filtre. C'était pour cette raison qu'elle aurait fait une meilleure P-DG que lui. Il lui restait seulement à le prouver à son père et à son grand-père.

Mais… un mariage impromptu décidé dans l'ivresse ? Parker avait peut-être raison. Elle n'était qu'une tête brûlée dominée par ses émotions, peu apte à diriger King's Finest.

Avec un peu de chance, une douche et une nouvelle tenue contribueraient à lui éclaircir les idées. Elle devait élaborer un plan d'action. Et, en premier lieu, commencer à remballer tous les articles qu'elle avait achetés le soir précédent. Y compris cette robe de mariée devant laquelle sa mère se serait évanouie d'émotion.

Duke et Iris Abbott auraient été terriblement déçus que leur unique fille se soit mariée dans une chapelle minable à Las Vegas – probablement devant un mauvais sosie d'Elvis Presley. Et cela, coiffée d'une tiare somptueuse et vêtue d'une robe si courte qu'elle ne dissimulait presque rien.

Franchement, ils rendraient service à leurs familles en ne leur disant pas un mot de leur aventure de Las Vegas.

— Eh, Zo ! lança Dallas en sortant soudain de sa chambre pour se diriger vers elle, son téléphone dans la main. J'ai l'impression que notre plan de garder le secret au sujet de notre mariage express est éventé.

— Pourquoi ? s'étonna Zora. Ne venions-nous pas de décider que c'était la meilleure solution ?

— C'était avant *ceci*, dit-il en lui tendant le téléphone.

Sur l'écran, en couleurs parfaites et en haute définition elle vit défiler une vidéo d'eux deux, debout côte à côte dans une chapelle. Elle portait la minirobe à sequins et la tiare, et elle dut convenir qu'elles lui allaient très bien. Dallas était magnifique dans son smoking – celui qu'il avait porté à la cérémonie de remise des prix. Dans la vidéo, Dallas et elle échangeaient leurs vœux au cours d'une cérémonie d'un bon goût parfait. Dans la chapelle d'une élégance étonnante, il n'y avait aucun sosie d'Elvis. Et ni elle ni lui ne paraissaient être sous l'effet d'orgasmes alcoolisés ni de brownies à l'herbe. Ils semblaient seulement… aussi heureux que dans un rêve. Elle ne pouvait pas en vouloir à l'officiant d'avoir cru qu'ils étaient simplement un couple amoureux.

Elle en venait presque à regretter que la cérémonie ne soit pas réelle.

— Et alors ? fit-elle en lui rendant son téléphone. Tu as enregistré une vidéo. Efface-la. Où est le problème ?

— Le problème, c'est que ce n'est pas moi qui ai enregistré la vidéo, annonça-t-il. C'est toi qui t'en es chargée, et tu l'as aussi postée en ligne sur ton compte Instagram.

— J'ai… *Quoi ?* s'exclama-t-elle, sentant sa migraine revenir à la charge. Très bien, je la retirerai. Mes parents ne regardent presque jamais ma page, de toute façon. Ce n'est pas comme si je l'avais postée sur le compte de l'entreprise.

— Regarde plus attentivement, insista-t-il, lui tendant de nouveau le téléphone.

Zora repassa la vidéo depuis le début. Elle avait été postée sur le compte Instagram de King's Finest et avait déjà généré des milliers de *likes* et des centaines de vœux de bonheur.

Aïe ! Ses parents allaient la tuer. Mais peut-être n'avaient-ils pas encore vu la vidéo. Elle pourrait l'effacer, et ils n'en sauraient peut-être jamais rien. Elle devait simplement récupérer son téléphone, en espérant qu'il serait chargé pour qu'elle puisse accéder à l'appli.

Mais le téléphone de Dallas sonna à cet instant, et le visage qui apparut sur l'écran était celui de sa mère. Zora lâcha brusquement l'appareil comme s'il était brûlant, et Dallas l'attrapa au vol.

— Oh ! oh ! fit-il. Si ta mère veut me parler…

— Elle a vu la vidéo et elle a déjà essayé mon numéro.

Zora s'affala sur le lit. À présent, sa famille était au courant de son imprudent mariage en état d'ivresse. Sa migraine revenait la torturer.

Tous ses rêves de se hisser à la première place dans la hiérarchie de l'entreprise familiale venaient à l'évidence de partir en fumée. Après une gaffe de cette ampleur, elle pourrait s'estimer heureuse de conserver le poste qu'elle occupait aujourd'hui.

- 8 -

Encore en état de choc, Dallas fixa un instant le téléphone dans sa main.

Se retrouver marié après une nuit d'ivresse n'était pas du tout son genre. Il se considérait comme un homme posé, raisonnable. Celui sur qui on pouvait toujours compter dans un groupe pour rappeler les autres à la raison. Lorsqu'ils étaient enfants, par exemple, il avait empêché son frère aîné de casser les carreaux d'une vieille ferme abandonnée.

C'est pourquoi, s'il n'avait pas vu la vidéo de ses propres yeux, il ne se serait jamais cru capable de faire une chose pareille. Il lui aurait même été plus facile de croire à la théorie de Zora d'un rêve à deux. Tout, sauf accepter qu'il ait gravement compromis les chances de Zora d'être nommée un jour P-DG de la distillerie de sa famille et saboté l'accord qu'il négociait depuis des mois avec la société islandaise de design de mobilier.

Le très conservateur P-DG de cette firme, un homme très à cheval sur les valeurs familiales, ne serait pas amusé en entendant Zora expliquer qu'il était fin soûl durant son pseudo-mariage Instagram avec sa meilleure amie. Un mariage dont il était d'ailleurs sur le point de demander l'annulation. Dallas pouvait dire adieu à son voyage en Islande et au contrat lucratif qu'il en espérait.

— Sam ne perd rien pour attendre, gronda-t-il, soulagé que son téléphone ait cessé de sonner. Il aurait dû nous avertir, au sujet de ces brownies.

Assise sur le lit, tête baissée, Zora était l'image même du désespoir. *Génial.* Il était sur le point d'ajouter un nouveau mariage brisé dans l'arbre généalogique de sa famille.

Poussant un soupir, Dallas alla s'asseoir près de Zora et lui entoura les épaules d'un bras.

— Ça va, Zo ? Puis-je t'apporter un verre d'eau ? Ou peut-être un petit café ?

— Une grande gaufre avec des fraises et beaucoup de crème fouettée, et des tranches de bacon en accompagnement, répondit-elle d'un air absent. Et je me fiche bien de savoir quelle heure il peut être.

— Pas de problème, assura-t-il, étreignant doucement l'épaule de son amie. Je vais nous sortir de ce guêpier, je te le promets.

— Comment, Dallas ? gémit-elle en se tournant face à lui. Que pourrions-nous faire pour réparer les dégâts ? C'est fini !

— Je cherche encore, reconnut-il. Accorde-moi une heure, et je trouverai bien une solution. Nous allons prendre un bon petit déjeuner et y réfléchir ensemble. D'accord ?

Fronçant les sourcils, Zora acquiesça sans enthousiasme, puis elle se leva et regagna sa chambre, le dos voûté comme si elle portait tout le poids du monde sur ses frêles épaules.

Ce spectacle l'attrista. Son amie, toujours si dynamique et déterminée, avait l'air d'une poupée brisée, et c'était en grande partie à cause de lui.

Son téléphone sonna de nouveau, et Dallas réprima un soupir. C'était encore la mère de Zora. Iris souffrirait-elle davantage d'apprendre que sa fille et lui s'étaient mariés sans l'en informer ou que leur bref mariage n'avait été que la conséquence d'un comportement irresponsable ?

Si la famille de Dallas était bien connue pour ses frasques, chez les Abbott la famille était tout. Ils vivaient tous encore dans leur petite ville de Magnolia Lake. Ils travaillaient tous ensemble à la distillerie familiale, à l'exception de Cole, le frère aîné de Zora, qui était devenu le plus important constructeur de maisons individuelles de la région. Et, chaque dimanche, toute la famille dînait encore ensemble chez Duke et Iris.

Il ne faisait donc aucun doute que ses parents auraient le cœur brisé en apprenant que leur unique fille n'avait pas eu droit à un grand mariage classique, entourée de tous ses amis et de sa famille. Son père n'aurait pas la fierté de conduire son bébé jusqu'à l'autel. Et ils seraient probablement encore plus déçus d'apprendre que ni Zora ni lui n'avaient gardé le moindre souvenir de la cérémonie. Que tout cela n'avait été qu'une erreur et qu'ils allaient faire annuler le mariage.

Dallas sortit de sa chambre au pas de course et traversa le salon pour rejoindre Zora dans sa chambre, espérant qu'elle n'était pas encore sous la douche.

Son amie était plantée près du lit, occupée à plier soigneusement ses vêtements pour les ranger dans son sac de voyage. Les sacs de la boutique de mariage étaient également alignés sur le dessus-de-lit.

— Zora ?

— Oui ? fit-elle, levant les yeux vers lui.

— Tu ne pars pas, n'est-ce pas ? s'enquit-il, luttant contre un début de panique.

— Non, je rangeais seulement mes vêtements, que j'ai apparemment éparpillés partout, hier soir, répondit-elle. Pourquoi ? As-tu déjà trouvé une idée ?

— Non… heu… oui, enfin peut-être, bredouilla-t-il, le cœur battant à tout rompre.

— On pourrait difficilement être moins clair, observa-t-elle en riant. Pourquoi ne me dis-tu pas simplement ce à quoi tu as pensé pour que nous en discutions ensemble ?

Dallas avait l'impression que leurs rôles avaient été inversés. D'ordinaire, c'était lui qui lui parlait ainsi. Il prit une profonde inspiration avant d'oser rencontrer son regard.

— Je pensais que… enfin… nous pourrions… heu… ne pas annuler ce mariage du tout.

— Quoi ? s'exclama son amie en le dévisageant comme s'il lui était poussé des cornes sur le front. Ta solution consiste à *prétendre* que nous sommes mariés ? C'est idiot !

Ce n'était pas la réponse que Dallas avait espérée, mais il redressa le buste, prêt à défendre son point de vue.

— D'abord, madame Hamilton, nous ne ferions pas semblant, observa-t-il en souriant. Nous *sommes* mariés, et nous avons un certificat de mariage et une vidéo pour le prouver.

— Je comprends que, techniquement, nous sommes mariés, répliqua-t-elie, croisant les bras sur sa magnifique poitrine. Mais nous n'en avions aucunement l'intention.

— Nous avons peut-être oublié ce qui nous a convaincus de nous marier, répondit-il, indiquant les sacs de la boutique de mariage sur le lit, mais à l'évidence nous nous sommes donné beaucoup de peine pour mettre en scène notre mariage. Et je crois savoir pourquoi.

— J'ai hâte de l'entendre, ironisa-t-elle en s'allongeant sur le lit. As-tu aussi trouvé cela sur ton téléphone ?

— Non, dit Dallas en s'asseyant sur le matelas, près d'elle, mais pas trop près. Je t'avais proposé d'être le papa de ton enfant. Je sais que tu avais refusé, mais à un certain moment nous avons dû décider que c'était une bonne idée. Je ne vois aucune autre raison qui aurait pu nous pousser à nous marier. Et puisque c'est fait…

— Tu as peut-être raison, Dallas, déclara Zora en se levant brusquement pour arpenter la chambre sous le regard de son ami, qui s'efforçait de ne pas se laisser distraire par son short minuscule ni par le souvenir du body de dentelle et de soie qu'il devinait qu'elle portait encore dessous. Mais mes objections sont toujours valides. Et maintenant que me proposes-tu ? De court-circuiter tout le processus in vitro et de faire réellement…

Elle s'arrêta net devant lui pour le dévisager, et soudain ses joues s'enflammèrent.

Dallas savait que peu de choses au monde pouvaient faire rougir Zora. À l'évidence, l'image d'eux deux *ensemble* venait d'y réussir. Ce détail lui rendit un peu d'espoir. Peut-être parviendrait-il encore à la convaincre ?

— L'amour ? termina-t-il à sa place. Oui, Zora, c'est exactement ce que je te propose.

— Je te remercie de vouloir m'aider, Dal répondit-elle d'un ton embarrassé. Tu sais que je t'aime beaucoup… en tant qu'ami. Je sais que j'ai choisi une route non traditionnelle vers la maternité, mais une petite partie de moi-même désire encore croire aux contes de fées. Un jour, l'homme de ma vie apparaîtra. Je ne veux pas me contenter d'un compagnon pratique. Pas même de quelqu'un comme toi, qui compte autant dans ma vie. Tu es mon meilleur ami, et toi aussi tu mérites mieux que cela. Si tu restais marié avec moi pour me rendre service… Un jour ou l'autre tu finirais par nous en vouloir, à mon enfant et à moi.

— Je ne pourrais jamais t'en vouloir, Zora, protesta-t-il en s'approchant d'elle. Tu as toujours été là pour moi depuis notre enfance. Tu m'as encouragé à créer ma société et tu m'as même aidé financièrement à y parvenir.

— Je savais que c'était un bon investissement, assura-t-elle.

Il lui avait remboursé chaque cent, mais son projet aurait pu facilement capoter. Elle avait pris des risques pour lui.

Si Zora avait été opposée à son idée, il n'aurait pas insisté. Ils n'auraient eu d'autre choix que de faire face aux conséquences de leur nuit d'ivresse. Mais, si elle déclinait son offre uniquement parce qu'elle hésitait à accepter son aide, il devait la convaincre qu'il *désirait* faire cela pour elle. Pas seulement par reconnaissance, mais parce qu'il était son meilleur ami et qu'il aurait traversé l'enfer pour elle.

— Tu as pris des risques pour moi, murmura-t-il. Pourquoi refuses-tu de me laisser t'aider à mon tour ?

— Je ne veux pas que tu le fasses parce que tu crois avoir une obligation envers moi, répondit Zora. J'avais les moyens d'aider une personne qui m'est chère, alors je l'ai fait. C'est aussi simple que cela.

— Alors laisse-moi te rendre la pareille, insista-t-il, serrant sa main dans la sienne. Ou serait-ce que tu as changé d'avis et renoncé à devenir maman ?

— Non, lâcha-t-elle sans hésitation. Je n'ai jamais été aussi sûre de toute ma vie.

— Alors, laisse-moi t'aider, Zo. Parce que je désire le faire, pas par obligation.

Elle scruta son visage, ses beaux yeux brillants de larmes retenues. Et Dallas connaissait suffisamment bien son amie pour deviner qu'elle étudiait sérieusement sa proposition.

- 9 -

Prenant les mains de Dallas entre les siennes, Zora rencontra son regard. Son ami avait toujours été gentil et prévenant avec elle, et elle savait qu'elle pouvait compter sur lui en toutes circonstances. Mais ce qu'il lui offrait aujourd'hui impliquait un sacrifice de sa part ainsi qu'un engagement à long terme.

Elle ne l'en aimait que davantage, bien sûr. Mais elle avait besoin d'être certaine qu'il y avait bien réfléchi.

— Dallas, te rends-tu compte de ce que tu me proposes ? observa-t-elle. Concevoir un enfant ensemble implique un engagement de toute une vie. Tu ne pourras jamais plus te débarrasser de moi. Cela ne te fait pas peur ?

— Au contraire, répliqua-t-il en riant. Autrement, nous aurions sûrement fini veufs chacun de notre côté, et voisins dans une maison de retraite où nous aurions passé nos journées à jouer aux cartes et à nous plaindre des visites trop rares de nos petits-enfants. Ce sera peut-être encore le cas, mais au moins nous nous plaindrons de l'ingratitude des mêmes petits-enfants.

Zora éclata de rire, et Dallas rit aussi de bon cœur. Puis ils tombèrent dans un silence embarrassé.

Considéraient-ils sérieusement cette idée ?

Et, si elle se sentait gênée par cette conversation, que ressentirait-elle lorsqu'il faudrait… *consommer* leur mariage ?

— Il y a autre chose, ajouta Zora, baissant les yeux vers leurs mains jointes. Je sais que nous sommes amis depuis très longtemps, mais il n'y a jamais eu de relation *romantique* entre nous. Tu proposes maintenant que nous fassions l'amour ensemble – dans le but de concevoir cet enfant, bien sûr. Mais… et si nous découvrions qu'il n'y a aucune…

— Aucune alchimie entre nous ? suggéra-t-il en riant. Tu l'as peut-être oublié, mais tu m'as embrassé il y a deux ans.

— J'étais aussi pompette ce jour-là, argua-t-elle, rougissant de honte au souvenir de la réaction de Dallas à ce baiser. Et, au cas où *tu* l'aurais oublié, cela ne s'est pas très bien passé.

— Je ne l'ai pas oublié, répondit-il en soupirant. C'était entièrement ma faute.

— Non, c'était la mienne. J'ai essayé de transformer notre amitié en une chose qu'elle ne pouvait pas être. Qu'elle ne *peut pas* être. Et nous répéterions la même erreur en continuant ce mariage.

— Parce qu'il n'existerait aucune attirance entre nous ? s'enquit-il d'un ton incrédule, étudiant son ravissant visage, s'attardant sur sa bouche adorable.

Le cœur de Zora battait à tout rompre, et elle sentait son corps réagir à la chaleur intense du regard de Dallas.

C'était une situation nouvelle. Car Zora était certaine que son ami ne l'avait jamais regardée de cette façon auparavant.

Comme s'il s'apprêtait à la dévorer.

Dallas continua à dévisager son amie, prenant un malin plaisir à voir ses joues s'empourprer.

— Je n'ai pas dit… heu… lorsque je t'ai embrassé, tu n'as pas semblé…

Zora bredouillait, et ses beaux yeux bruns comme un riche expresso étaient devenus immenses.

Zora Abbott n'hésitait jamais. Elle exposait clairement ses exigences et savait toujours ce qu'elle désirait, ou pas. En réalité, il avait rarement vu sa très volontaire amie à court d'arguments, ou montrant le moindre signe de vulnérabilité. Et, à l'idée que Zora *Hamilton* se tenait à présent devant lui comme si elle avait été frappée par la foudre, tremblante et un peu nerveuse, il ressentait une douce euphorie. Il était très excitant de penser qu'il avait le pouvoir de déstabiliser cette femme si incroyablement forte.

Dallas se pencha et recueillit le visage de Zora entre ses mains. Au fond de son regard rivé au sien, il vit briller une flamme d'anticipation alors qu'il se rapprochait encore.

Enfin, Dallas fit ce qu'il regrettait encore de n'avoir pas osé faire le soir où Zora l'avait embrassé sous le gui. Il posa la bouche sur la sienne et l'embrassa hardiment.

Il ferma les yeux, s'abandonnant à la sensation divine de la douceur des lèvres de Zora contre les siennes, de la saveur mentholée de sa bouche. Elle s'ouvrit à lui avec un soupir, et son baiser se fit plus passionné.

Zora l'entoura de ses bras d'un geste hésitant, ses mains touchant à peine son dos. Comme si elle n'était pas sûre que cet instant soit réel. Puis, peu à peu, elle resserra son étreinte, ses doigts pressant sa peau à travers le coton du T-shirt. Elle se rapprocha de lui, emprisonnant son érection naissante entre leurs deux corps.

La sensation de la douceur de son ventre contre sa virilité arracha un gémissement involontaire à Dallas, et elle sembla se répercuter dans tout son système nerveux.

Elle balaya d'un coup les digues du désir qu'il dissimulait depuis si longtemps. Parce que Zora était trop précieuse à ses yeux pour qu'il risque de perdre son amitié pour une histoire de sexe – même si, en secret, il brûlait de sentir ses baisers, ses caresses. À présent qu'il avait été libéré, son désir d'elle quittait les sombres profondeurs où il était resté tapi, comme un tigre affamé à la recherche d'une proie.

Son baiser se fit plus intense, plus exigeant, et Zora y répondit avec la même passion. Elle agrippa sa chemise, se blottit tout contre lui comme si elle aussi avait besoin de davantage de contact.

Dallas laissa descendre les mains jusqu'à sa taille, puis les posa sur ses fesses rebondies, un geste dont il rêvait depuis longtemps sans oser se l'avouer. Ses paumes reposaient sur le tissu de son short, mais les bouts de ses doigts effleuraient la peau exposée juste sous la courbe de son derrière parfait.

Il serra plus fort la chair ferme, l'attirant tout contre lui, intensifiant les sensations qui irradiaient dans tout son corps et laissant déferler un désir trop longtemps refoulé.

Soudain son téléphone se remit à sonner, dissipant le brouillard de passion où ils flottaient. Ils tournèrent simultanément la tête vers la sonnerie.

Furieux de n'avoir pas songé à éteindre son téléphone, il tendit une main pour caresser sa joue.

— As-tu la réponse à ta question, maintenant ? murmura-t-il tout contre sa bouche.

— Oui, je le crois, en effet, répondit-elle, exhalant un soupir avant de reculer d'un pas.

Son téléphone sonnait toujours, mais ils l'ignorèrent, et elle ajouta d'une voix à peine audible :

— Et si tu désires vraiment que nous le fassions j'accepte ton offre de me venir en aide. Mais, tout d'abord, nous devons nous accorder sur quelques règles.

Là, il reconnaissait bien la femme décidée, confiante en elle-même, qu'était son amie. Celle qui avait toujours besoin de garder le contrôle.

— Lesquelles, madame Hamilton ? s'enquit-il avec un sourire moqueur, les mains posées sur sa taille.

Zora tiqua un peu, mais elle n'éleva aucune objection à l'usage de son nouveau nom.

— Nous devons déterminer les limites de ce supposé mariage, afin de savoir ce que nous devons tous deux en attendre. Puisqu'il semble que l'ovulation ne soit idéale que cinq ou six jours par mois, nous n'aurions besoin de faire l'amour que ces jours-là. Ma suite comporte deux chambres, et chacun de nous pourra disposer de la sienne, exactement comme ici. Nous ne dormirions ensemble que... enfin... lorsque cela sera nécessaire.

Elle entreprit de déambuler de long en large dans la pièce, réfléchissant à voix haute, comme il l'avait parfois vue faire lorsqu'elle travaillait avec son équipe de ventes à la distillerie, et il l'arrêta en la prenant gentiment par le bras.

— Zora, je ne suis pas ton employé. Je comprends que le but de cet exercice est de te donner un enfant, mais cela ne signifie pas que tu décides de tout.

Elle fronça les sourcils, visiblement offensée, puis elle poussa un soupir.

— Bien sûr que non, convint-elle. Je suis désolée, Dallas. C'est seulement... J'ai besoin que tout soit clair entre nous. Et je ne veux pas que l'un de nous deux puisse souffrir. C'est pourquoi il vaut mieux prévoir une stratégie de sortie *dès maintenant*. Donnons-nous six mois. Ensuite, nous pourrons raconter à nos familles que nous avons fait de notre mieux, mais que nous étions plus heureux en tant qu'amis.

— Crois-tu que six mois nous suffiront pour convaincre nos familles que nous avons fait de notre mieux ? s'enquit Dallas, s'efforçant de lui cacher qu'il souffrait déjà.

— D'accord, répliqua-t-elle d'un ton impatient. Donnons-nous une année... si tu crois pouvoir supporter ce faux mariage aussi longtemps. Bien sûr, je ne te blâmerai pas si tu refuses. Un an, c'est long, lorsqu'on n'est pas libre de vivre à sa guise.

— Oui, admit-il sans la quitter du regard. Nous devrions prévoir de rester ensemble au moins un an. Mais, cette année écoulée, je suggère que nous procédions ensemble à une réévaluation de nos sentiments. À ce stade, nous n'aurons peut-être plus envie de redevenir de simples amis.

Zora prit une profonde inspiration, puis elle le dévisagea.

— Insinues-tu que nous aurons peut-être envie de faire de cette histoire un *vrai* mariage ?

— Je poserai une seule condition à cet accord, mais elle n'est pas négociable, déclara-t-il. Durant le temps que nous resterons mariés, ce sera un *vrai* mariage. Même maison. Même lit. Et, naturellement, nous ferons l'amour durant ces périodes optimales que tu as évoquées, mais aussi chaque fois qu'il nous en prendra l'envie.

— Mais…

— Non négociable, répéta-t-il. Bien sûr, il ne se passera rien à moins que tu n'en aies envie. Mais l'intimité d'un couple ne devrait pas être soumise au calendrier. D'accord ?

Zora l'observa un instant en silence les bras croisés, comme si elle découvrait une toute nouvelle facette de sa personnalité. Dallas lui permettait souvent de décider seule de ce qu'ils faisaient de leur temps ensemble parce que, quoi qu'elle propose, ce qu'il désirait vraiment c'était être auprès d'elle. Mais cette fois-ci c'était différent. Il aimait son amie, mais il n'était pas question de se laisser enfermer dans un marché de dupes.

C'était sa chance de découvrir s'il y avait davantage entre eux qu'une simple amitié. Cette question, il se l'était posée souvent, surtout depuis leur baiser sous le gui.

— Si je comprends bien, reprit-elle, tu suggères que nous nous réservions le droit à la spontanéité, mais cela ne dépendrait que de moi ?

— Cela résume assez bien la situation, convint-il.

— Dans ce cas je pourrais peut-être n'en avoir envie qu'aux dates optimales, remarqua-t-elle d'un ton ironique.

Lorsqu'elle négociait quelque chose avec lui, Zora profitait pleinement des études de droit qu'elle avait commencées avant de décider qu'elle n'avait pas envie de devenir l'avocate de King's Finest. Mais, à bien y réfléchir, Zora avait toujours tout négocié avec son entourage – son argent de poche, ses corvées ménagères, l'heure de son coucher et, au lycée, la longueur de ses robes.

Dallas l'attira contre lui et déposa un nouveau baiser sur ses lèvres douces. Puis il l'embrassa pour de bon, jusqu'à ce qu'il l'entende exhaler un soupir de contentement. Il sentait les pointes durcies de ses seins pressées contre son torse. Il désirait davantage, mais il n'était pas question d'insister. Il souhaitait seulement remettre les choses au clair.

Elle le désirait, elle aussi.

Dallas interrompit leur baiser et, lorsqu'elle rouvrit les yeux, il lui sourit et lui adressa un clin d'œil.

— Nous verrons cela, madame Hamilton.

Au même instant, son téléphone sonna de nouveau, et Dallas poussa un soupir.

— Si je ne réponds pas…

— Je sais, dit-elle. Ils continueront à appeler.

— Mais comment allons-nous expliquer notre brusque décision de nous marier ?

— Restons vagues, mais aussi proches de la vérité que possible, suggéra-t-elle. Et pas un mot des brownies à l'herbe ni de notre coma éthylique, bien entendu.

Prenant son épouse par la main, il alla s'asseoir dans un fauteuil devant l'immense baie vitrée offrant une vue spectaculaire sur le Strip, l'avenue principale de Las Vegas, et la fit asseoir sur ses genoux.

— Prête ?

Zora inspira bien à fond et hocha la tête.

Il était temps de lever le rideau sur la fable des jeunes mariés.

- 10 -

Assise sur les genoux de son mari, Zora retenait son souffle. Ses mains tremblaient un peu. Au cours des années, Dallas et elle s'étaient souvent retrouvés très près l'un de l'autre, mais jamais à ce point. Cet épisode les conduisait à un niveau d'intimité jusque-là inédit. Pour réussir à convaincre leur entourage de la réalité de ce mariage durant toute une année, elle allait devoir s'y habituer.

Mais la tâche serait rude. Son cœur battait à grands coups, et son corps était en surchauffe. Les impressionnants attributs virils de Dallas – dont l'image était restée gravée dans sa mémoire – pressaient contre ses fesses, et sa féminité y répondait avec un enthousiasme tout à fait embarrassant.

— Prête ? murmura-t-il.

— Oui, assura Zora, inspirant profondément.

Elle fit glisser un doigt sur l'écran pour répondre à l'appel en visioconférence de Letitia Hamilton, la maman de Dallas, qu'on appelait Tish.

Zora et Dallas lui sourirent de toutes leurs dents.

— Salut, maman, dit Dallas.

— Bonjour, lança Zora, essayant de dissimuler sa gêne.

De maman de son meilleur ami, Tish était instantanément devenue sa belle-mère, et cette idée lui nouait la gorge.

Leur relation toujours si amicale allait-elle y survivre ?

Zora reconnut le tableau dans l'arrière-fond. Tish se trouvait dans le salon des Abbott.

Cette affaire pouvait rapidement virer à la catastrophe.

— Je n'arrive pas à croire que vous vous soyez enfuis pour vous marier sans rien nous dire, tous les deux, déclara Tish. Je déteste l'avion, mais j'aurais traversé le pays en voiture sans hésiter pour assister au mariage de mon bébé.

— Ou, mieux, suggéra la mère de Zora en apparaissant au bord de l'écran, vous auriez pu vous marier ici même, à Magnolia Lake, afin que nous puissions tous être présents.

Zora sentit les bras de Dallas se resserrer autour de sa taille, comme pour l'encourager. Elle prit une profonde inspiration puis, relevant le menton, sourit de plus belle.

— Je sais, maman. Et je suis désolée. Dallas et moi n'étions pas venus à Las Vegas avec l'intention de nous marier.

— Et quand exactement avez-vous décidé que vous étiez plus que *de simples amis*, tous les deux ? grommela son père, invisible derrière son épouse.

— Cela s'est produit si vite que nous n'avons rien vu venir, monsieur Abbott, intervint Dallas, au grand soulagement de Zora. C'est pour cette seule raison que je ne suis pas venu vous demander sa main comme il se doit.

Zora serra les lèvres, s'abstenant de remarquer qu'elle était une adulte de bientôt trente-deux ans. C'était à elle seule de décider à qui elle accordait sa main.

Mais, comme Tish avait l'air triste, sa mère furieuse et son père déprimé, le moment était mal choisi pour un discours féministe. Cette conversation aurait lieu, mais un autre jour.

Son père maugréa une réponse indistincte, puis il se retira pour aller chercher une bière. Sa mère approcha le visage de l'écran et rappela presque à voix basse :

— Tu es son unique fille, Zora. Durant toute ta vie, il a redouté le moment où il devrait mener son bébé à l'autel pour la donner à un autre homme. Et voilà soudain que tu es déjà mariée, sans qu'il ait eu le temps de s'habituer à cette idée.

— Je suis désolé, Iris, intervint Dallas, serrant la main de Zora dans une étreinte rassurante. Tout est ma faute. Un mariage éclair ici, à Las Vegas, était mon idée. Lorsque nous avons compris combien nous désirions être ensemble, nous avons cédé à nos émotions. Nous ne voulions pas gaspiller une seconde de plus à vivre des vies séparées.

— C'est vrai, maman, renchérit Zora en souriant. Dallas et moi sommes prêts à fonder une famille.

— Alors, ton père a vu juste ? Tu es enceinte ?

— Non, maman, je ne suis *pas* enceinte. Mais Dallas et moi avons hâte de devenir parents.

— Tout cela est tellement excitant ! s'exclama Tish, ses yeux émeraude rayonnant de bonheur. Et, puisque vous ne répondiez pas au téléphone, probablement trop occupés à nous fabriquer des petits-enfants, nous vous avons préparé une petite surprise, nous aussi.

Zora tressaillit, soudain inquiète.

— Euh… oui ? répondit-elle. Quel genre de surprise ?

— Nous allons organiser un vrai mariage ici même, dans la grange. Oh ! rien d'extravagant, je t'assure. Seulement une gentille petite cérémonie à laquelle nos deux familles pourront assister, pour que ton père ait la joie d'accompagner sa petite fille jusqu'à l'autel comme il en a toujours rêvé.

— C'est… fabuleux, maman, assura Zora, ravalant ses objections.

Pour commencer, elle n'avait pas eu l'intention d'épouser Dallas. À présent, ils allaient devoir se marier une seconde fois, d'une manière plus classique.

— C'est une merveilleuse idée, déclara Dallas. Merci, Iris. Merci, maman. Nous avons hâte de rentrer à la maison.

À la maison. Zora avait l'impression de vivre un rêve bizarre dont elle allait se réveiller d'un instant à l'autre.

Mais Dallas et elle étaient vraiment mariés, et ils allaient devoir vivre durant toute une année sous le même toit en tant que mari et femme, à essayer de concevoir un bébé.

Zora quitta précipitamment les genoux de Dallas à la seconde où il coupa la communication. Elle avait besoin d'espace et de temps pour s'éclaircir les idées.

— Je vais ranger un peu ce désordre avant l'arrivée de la femme de chambre, déclara-t-elle en pliant quelques vêtements. Ensuite, je vérifierai les dégâts que j'ai pu causer à mes cartes de crédit. Et je te suggère de faire de même.

— Es-tu sûre que tout va bien, Zo ? murmura Dallas. Ton père avait l'air très déçu de n'avoir pu t'accompagner à l'autel.

— C'était bien triste, c'est vrai. Et maintenant ils s'apprêtent à dépenser une fortune pour ce mariage. Je la connais. Ma mère est une maman du Sud qui prépare le mariage de son unique fille, et je ne serais pas étonnée qu'elle en fasse un peu trop. Je ne peux pas la laisser dépenser sans compter pour un mariage qui n'est même pas réel.

— Je ne vois aucun mal à les laisser fêter notre mariage, dit Dallas d'un ton rassurant en effleurant sa joue d'une caresse. Mais je veillerai à ce qu'ils ne se ruinent pas.

— Et il y a autre chose, lâcha Zora.

— Ah ? Qu'est-ce que c'est ?

— Avant de… heu… consommer notre mariage, nous devrions vérifier que nous sommes en bonne santé.

— Une remarque très judicieuse, convint Dallas en riant. Je ne m'y opposerai pas. Et, comme je n'ai jamais eu de rapports sexuels sans protection, je n'anticipe aucun problème.

Mais, déjà, son téléphone sonnait de nouveau.

— Je dois prendre cet appel, s'excusa-t-il. Tu permets ?

— Oui, mais dès que tu auras terminé pourrions-nous aller grignoter quelque chose ? Je meurs de faim.

Dallas acquiesça et déposa un baiser sur ses lèvres, puis il établit la communication et quitta la pièce.

Zora s'assit sur le matelas et, levant sa main gauche dans la lumière, elle contempla un instant ses deux bagues, aussi extraordinaires l'une que l'autre. Le saphir rose et les diamants scintillaient dans le soleil.

Une petite partie d'elle-même aurait voulu croire que tout cela était réel, comme Dallas semblait le désirer. Mais ils n'étaient pas deux gamins fous amoureux qui se seraient enfuis à Las Vegas pour se marier.

Elle aimait Dallas comme on aime un ami cher. Certes, elle ne pouvait pas nier l'existence d'une certaine attirance mutuelle. Mais ils n'étaient pas *amoureux.* Se contenter de moins les conduirait un jour à se détester l'un l'autre. C'était un risque qu'elle ne voulait pas courir avec une amitié qui était si précieuse à ses yeux.

Ce mariage n'avait aucun rapport avec l'amour ou l'attirance. Il s'agissait seulement de mettre au monde un bébé. Cet objectif étant atteint, Dallas et elle redeviendraient des amis qui seraient aussi les parents de l'enfant.

C'était la bonne décision pour tout le monde.

- 11 -

Dallas sortit de la chambre de Zora et referma la porte derrière lui. Toussotant pour s'éclaircir la voix, il plaqua son plus beau sourire sur ses lèvres avant de prendre l'appel de l'homme avec qui il espérait signer bientôt un important contrat d'affaires.

— Bonjour, monsieur Austarsson, dit-il en entrant dans sa propre chambre, de l'autre côté de la suite. Comment allez-vous ?

— Très bien, Dallas, je vous remercie, répondit Einar Austarsson. Mais appelez-moi Einar, je vous en prie. On m'a rapporté que vous veniez d'épouser une femme ravissante. Toutes mes félicitations.

Il éclata de rire, avant d'ajouter :

— Pourquoi n'avez-vous pas mentionné, lorsque vous nous avez présentés, que l'adorable Zora était votre fiancée ?

Parce qu'elle ne l'était pas ?

— Nous désirions faire une surprise à nos familles, déclara Dallas.

— Je suis navré de vous déranger au cours d'une journée aussi importante pour vous deux, mais mon avion décolle tôt demain matin. J'ai pensé qu'il serait utile que vous et moi nous rencontrions autour d'un bon repas, pour discuter des grandes lignes d'une éventuelle collaboration entre nos deux organisations.

— J'en serais ravi, assura Dallas.

Il était reconnaissant à Zora d'avoir accepté de prolonger

leur mariage au moins un an. À ce stade, les accords qu'Einar et lui pourraient avoir négociés seraient signés et opérationnels.

Mon… épouse et moi nous apprêtions à sortir manger quelque chose, répondit-il. Mais je serais heureux de vous rencontrer après le dîner.

— Quelle merveilleuse coïncidence ! lança le vieil homme. Brigitta et moi pourrions nous joindre à vous ! Et, après le dîner, nos épouses nous pardonneront peut-être de les quitter un petit moment pour que nous puissions parler affaires.

— Je… heu… c'est une excellente idée, Einar, assura Dallas. Zora et moi serions ravis que vous vous joigniez à nous.

Il espérait seulement que sa nouvelle épouse accepterait.

Son plus beau sourire bien en place, Zora salua Einar Austarsson – un homme massif qui les dominait tous d'une bonne tête, mais doué d'un sourire de gentil géant. Ensuite, elle serra la main de sa ravissante épouse, Brigitta Wernersdóttir, l'image même du bon goût discret. Les années ne lui avaient rien ôté de sa beauté ni de son élégance. Elle portait une robe de cocktail en mousseline de soie rose pâle avec une capeline translucide laissant entrevoir le haut de son dos. Et son maquillage était impeccable.

Zora ne doutait pas un instant que cette femme se réveillait chaque matin fraîche et dispose, image même de la perfection. Tout le contraire de Zora au moment où elle était littéralement tombée du lit, cet après-midi.

Dallas et elle n'étaient sortis des brumes du sommeil que depuis quelques heures, mais c'était déjà le début de la soirée, et elle se sentait toujours morte de fatigue. Heureusement, grâce à un comprimé antidouleur, elle n'avait plus la sensation que tous les tambours de l'Afrique résonnaient dans sa tête.

Sans parler du fait qu'en se réveillant elle avait découvert – *quelle surprise !* – qu'elle était désormais l'épouse de son meilleur ami. Ce n'était pas du tout ainsi qu'elle avait prévu de passer ce week-end à Las Vegas.

Et ce qu'elle s'apprêtait à faire maintenant ne l'enchantait pas non plus. Elle avait envie d'un plat de gaufres belges avec de la crème fouettée et des fraises, qu'elle aurait pu déguster dans un snack sans prétention où elle n'aurait pas eu besoin de se mettre sur son trente et un pour s'empiffrer.

Puis Dallas était venu lui expliquer qu'Einar désirait se joindre à eux pour dîner au restaurant quatre étoiles de l'hôtel. Comment aurait-elle pu refuser de jouer les jeunes mariées en plein bonheur, si cela pouvait aider Dallas à conclure son affaire ?

Si elle avait refusé, Dallas l'aurait comprise. Il ne se serait pas plaint et n'aurait pas essayé de la culpabiliser. Et, même s'ils n'avaient pas été mariés, elle aurait fait tout ce qui était en son pouvoir pour aider son ami à finaliser son contrat avec le designer d'ameublement islandais.

Ce qui l'agaçait un peu, c'était de se sentir *obligée* de le faire, à cause du sacrifice auquel Dallas avait consenti pour elle. Zora n'aimait pas se sentir redevable envers qui que ce soit. Tout ce qu'elle avait, elle l'avait acquis par son travail, même s'il était vrai qu'elle était née dans une famille privilégiée.

Chaque jour, à King's Finest, elle travaillait d'arrache-pied pour prouver qu'elle méritait sa place autant que ses frères. Elle savait que c'était un complexe dont elle devait se défaire, mais elle se sentait tenue de prouver à son grand-père et au reste de sa famille qu'elle avait mérité son siège au conseil d'administration de l'entreprise.

Lorsqu'elle rencontrait des distributeurs et des détaillants, elle se montrait intraitable. Elle était toujours prête à remettre à sa place le premier homme qui commettrait l'erreur de la prendre pour une jolie godiche. Ou de croire qu'elle n'avait obtenu ce job que parce qu'elle était la petite-fille de Joseph Abbott, le fondateur de King's Finest.

Mais Zora s'inquiétait également qu'on la voie comme une femme noire en colère, uniquement parce qu'elle disait ce qu'elle pensait, qu'elle faisait son travail et qu'elle n'avait aucune tolérance pour l'incompétence – des critères qui auraient été jugés très positifs chez un cadre masculin. Alors, elle avait dû trouver le juste équilibre entre la jolie idiote et la mégère féroce.

Elle était donc là à jouer les épouses dévouées avec son maquillage parfait, sa jolie robe et ses talons hauts qui mettaient ses jambes en valeur, mais torturaient ses orteils.

Mais ce n'était pas un rôle qu'elle jouait. Elle *était* l'épouse de Dallas, même si cela lui semblait encore irréel. Et aussi son amie dévouée, qui aurait fait n'importe quoi pour lui.

Mais, dès le lendemain, Dallas serait tenu de lui offrir un grand plat de gaufres à la crème et aux fraises.

Les deux couples bavardèrent amicalement au bar jusqu'à ce qu'une hôtesse les conduise à leur table. Dallas tira une chaise pour Zora et s'assit à côté d'elle, allongeant un bras sur le dossier de sa chaise derrière elle. Elle sentait sa chaleur l'entourer, irradier dans tout son corps, et sa subtile fragrance masculine caressait ses narines, lui rappelant ce qu'elle avait éprouvé quand il l'avait serrée dans ses bras et l'avait embrassée – *deux fois* –, lui faisant oublier qu'ils étaient *seulement* amis.

— Comment vous êtes-vous rencontrés, tous les deux ? s'enquit Brigitta en souriant.

— Nous sommes amis depuis la maternelle, répondit Dallas, peu disposé à lui avouer qu'ils ne s'étaient mariés que parce qu'ils avaient trop bu et qu'ils n'avaient pas lu l'étiquette d'un paquet de brownies. Deux petites brutes de la cour de récréation me harcelaient, et Zora, qui était deux fois plus petite qu'eux, est accourue comme une tornade pour me défendre en les menaçant de lâcher ses quatre grands frères contre eux. Je n'ai jamais plus eu aucun problème à l'école, et Zora et moi sommes amis depuis ce jour.

— C'est l'histoire la plus touchante que j'aie jamais entendue, déclara Brigitta tandis qu'Einar riait aux larmes.

— Je crois que c'est ce jour-là que je suis tombé amoureux de Zora, dit Dallas en lui enlaçant la taille. Je m'étonne qu'il nous ait fallu si longtemps pour comprendre que nous étions faits l'un pour l'autre.

Zora se sentit rougir, tant cette déclaration avait un ton authentique. Ils jouaient seulement un rôle... non ?

Mais, lorsqu'elle se tourna vers Dallas, le sourire qu'il lui adressa paraissait tellement... *sincère* que son cœur fit un grand bond dans sa poitrine. Un instant, elle en oublia presque qu'Einar et Brigitta étaient assis en face d'eux, les couvant d'un regard attendri comme s'ils assistaient aux tout premiers pas d'un bébé.

L'arrivée du serveur la sauva juste à temps, l'empêchant de se jeter sur Dallas pour le dévorer de baisers comme s'ils avaient été seuls dans leur suite. Elle commanda des pâtes au poisson, et Dallas un steak. Brigitta et Einar optèrent tous deux pour le homard.

Le serveur reparti, Dallas s'excusa pour aller se laver les mains, laissant Zora momentanément seule avec le couple.

— Je sais que vous êtes jeunes mariés, déclara Brigitta, mais quelle joie de voir un jeune homme aussi amoureux de son épouse ! Votre longue amitié est un gage de succès.

— Merci, Brigitta, répondit Zora en souriant. Je suppose que nous n'ignorons à peu près rien l'un de l'autre.

— Avez-vous déjà vécu ensemble ? s'enquit Einar.

Zora secoua la tête. Einar et son épouse éclatèrent de rire.

— Croyez-moi, dit Einar, vous ne connaissez jamais vraiment une personne avant d'avoir vécu sous le même toit. Mais je suis sûr que vous réussirez parfaitement, tous les deux.

C'était un facteur auquel elle n'avait jamais réfléchi. De tous ses frères, c'était Cole, le benjamin, qui avait été le plus proche d'elle. Cependant, elle se souvenait que lorsque ce dernier était venu s'installer chez elle durant trois mois, pendant les rénovations de la maison qu'il venait d'acquérir, sa vie était devenue un enfer. Lorsqu'il avait déménagé, elle était prête à l'étrangler.

— Qu'ai-je manqué ? s'enquit Dallas, revenant à leur table.

— Nous remarquions qu'il faut avoir vécu ensemble pour réellement se connaître, expliqua Brigitta en souriant. Et, à ce sujet, Dallas, comptez-vous vous installer chez vous, à Magnolia Lake, ou bien chez Zora ?

— Chez moi, précisa vivement Zora.

Elle rencontra le regard de Dallas et entremêla les doigts aux siens sous la table. Il n'avait soulevé aucune objection, plus tôt, quand elle avait suggéré qu'ils s'installent chez elle. Il avait seulement stipulé qu'ils devaient vivre sous le même toit et dormir dans le même lit. Soudain, avec leur proximité physique et sa grande main étreignant la sienne, l'idée de partager un lit avec Dallas la faisait frissonner, allumait un incendie dans certaines parties de son corps qu'elle aurait préféré ignorer. Tout spécialement ici et maintenant.

— Bien entendu, remarqua Dallas, nous réexaminerons cette solution au moment de l'arrivée des enfants.

Dallas regretta ces paroles sitôt qu'il les eut prononcées, mais il était déjà trop tard.

— C'est adorable ! s'exclama Brigitta. Vous envisagez

déjà de créer une famille ! Vous êtes un couple merveilleux et vous serez des parents extraordinaires.

— Je ferai de mon mieux, répondit Dallas, prenant la main de Zora pour la porter à ses lèvres. Mais je sais que Zora sera une super maman, parce qu'elle est une femme merveilleuse.

À ce contact, Zora frissonna à nouveau. Brigitta rayonnait.

Einar orienta alors la conversation sur le sujet des affaires. Les deux femmes parlèrent des spectacles auxquels Brigitta et son mari avaient assisté durant leur séjour à Las Vegas.

Le serveur revint avec les homards du vieux couple et le steak de Dallas. Mais, au lieu des pâtes au poisson que Zora avait commandées, il plaça devant elle un plat chargé de délicieuses gaufres belges avec des fraises entières et de la crème fouettée ainsi qu'une assiette de bacon grillé.

— Mes gaufres ! s'exclama Zora, émue presque aux larmes.

Ils étaient dans un restaurant très haut de gamme, et c'était un repas d'affaires au cours duquel un important contrat devait être négocié. Elle n'avait pas osé commander un plat qui n'était sûrement jamais au menu d'un tel établissement mais, à l'évidence, Dallas l'avait fait.

— Je t'avais promis des gaufres, rappela-t-il avec un clin d'œil complice.

Elle déposa un baiser sur sa joue. Einar et Brigitta leur adressèrent des sourires attendris.

Son meilleur ami avait-il toujours été aussi prévenant, aussi romantique ? Était-ce seulement elle qui ne l'avait pas remarqué ?

Ou alors, elle se laissait prendre elle-même au piège de

la fable qu'ils inventaient pour rassurer l'homme avec qui Dallas espérait faire des affaires.

Tout cela n'est pas réel.

Zora répéta ces mots dans son esprit, encore et encore.

Au train où allaient les choses, elle allait devoir se les répéter nuit et jour pour s'en convaincre.

- 12 -

Dallas souriait aux anges en écoutant Zora raconter d'un ton animé l'histoire drolatique de leurs aventures au Pérou, où ils avaient tenu à faire ensemble l'ascension du Machu Picchu. Ils sortaient tout juste de l'université et, s'ils étaient avides de découvrir le monde, ils étaient mal préparés pour une telle aventure.

Pendant qu'Einar et lui ébauchaient quelques idées pour leur collaboration éventuelle, Brigitta et Zora avaient papoté comme des amies de longue date. La vieille dame avait montré à Zora des photos des quatre enfants du couple, et Zora des photos de Davis, Remi, Beau et Bailey. Ils étaient restés à table près de deux heures. Le restaurant était bondé, et Dallas s'étonnait qu'on ne leur ait pas demandé de déguerpir.

Puis, enfin, Einar remarqua qu'il était tard. Leur avion décollait de très bonne heure, et ils devaient se retirer.

— Cela a été un grand plaisir de mieux vous connaître, vous et votre adorable épouse, déclara le vieil homme avec un sourire chaleureux. J'ai hâte que nous travaillions ensemble.

— Moi de même, répondit Dallas, serrant vigoureusement sa main. Faites bon voyage.

— Zora, ma chère, je vous enverrai par mail tous les détails concernant la formation aux postes à responsabilités spécialement destinée aux femmes, dont je vous parlais, promit Brigitta. Vous seriez parfaite dans ce rôle. Encore toutes mes félicitations pour votre mariage. Vous serez très heureux ensemble, j'en suis sûre.

— Merci, dit Dallas, déposant un tendre baiser sur la tempe de Zora. Moi non plus, je n'en doute pas.

Main dans la main, ils sortirent du restaurant à la suite du vieux couple et, après avoir pris congé d'eux, ils se dirigèrent vers les ascenseurs.

Ils étaient seuls dans la cabine, mais il avait gardé la main de Zora fermement serrée dans la sienne, même si ce n'était plus nécessaire. Pourquoi lui était-il impossible de renoncer à ce contact ?

— Nous étions si pressés de quitter la suite que je n'ai pas eu l'occasion de te dire à quel point tu es belle ce soir, Zora, murmura-t-il, le regard s'attardant sur le décolleté de la robe portefeuille à col bateau qu'elle portait.

La soie couleur rouille du vêtement mettait en valeur le joli teint ocré de sa peau.

— Merci, souffla-t-elle en rougissant de plus belle.

Dallas commençait à apprécier énormément ce nouveau super-pouvoir qu'il se découvrait : celui de faire rougir l'imperturbable Zora Abbott.

Dans l'ascenseur, ils restèrent silencieux. Lorsqu'ils sortirent de la cabine, ils se tenaient toujours par la main.

— Tu as été brillante ce soir, Zora, observa Dallas alors qu'ils se dirigeaient vers leur suite. Mes créations ont fait venir Einar Austarsson à la table des négociations, mais c'est toi qui l'as convaincu de travailler avec moi. À t'entendre, j'étais un créateur de génie et un grand philanthrope.

— Parce que c'est vrai, assura Zora en s'arrêtant pour se tourner face à lui. Et je te remercie d'avoir commandé ces gaufres tout spécialement pour moi. Je supposais que commander une spécialité de petit déjeuner au dîner dans un restaurant étoilé ne serait pas un bon point pour toi durant une importante négociation. C'est pourquoi je n'avais pas osé le faire moi-même.

— C'était ce que tu désirais, répondit-il, haussant les épaules. Et je t'avais promis que tes désirs seraient exaucés.

— Et je t'en suis reconnaissante. Après tout ce qui s'est passé aujourd'hui, j'avais besoin du réconfort de mon petit déjeuner favori. Je sais que cela semble idiot…

— Pas du tout, assura-t-il. Je te comprends.

Ils se trouvaient à présent devant la porte de leur suite, mais Dallas n'avait pas envie de lâcher la main de Zora. De renoncer au confort, à la douceur de ce lien entre eux.

En réalité, ce qu'il voulait par-dessus tout, c'était poser la bouche sur la sienne et l'embrasser à perdre haleine. Cette fois-ci sans hésitations ni interruptions. Et ce baiser ne serait que le début. Il souhaitait aller beaucoup plus loin avec elle.

Mais ils avaient convenu d'attendre les résultats de leur examen médical avant de faire l'amour, et il en avait laissé l'initiative à Zora. Il tiendrait donc parole, même s'il brûlait de désir pour elle.

Constatant que Dallas ne faisait aucun geste pour ouvrir la porte, Zora s'en chargea avec sa propre carte magnétique. Le mécanisme cliqueta, et le voyant passa au vert.

Dallas lui tint la porte ouverte, et Zora entra la première. À l'intérieur de la suite, Dallas se débarrassa aussitôt de sa veste et de ses chaussures pour enfiler un short et un T-shirt. Ses escarpins à la main, Zora se tourna vers lui.

— Je vais aller me changer et me démaquiller, déclara-t-elle. Et je suis encore très fatiguée. Te sentirais-tu insulté si j'allais me coucher tôt, ce soir ?

— Bien sûr que non, dit-il, faisant de son mieux pour dissimuler sa déception. Cette journée a été riche en émotions, et nous coucher de bonne heure me semble être une excellente idée. Bonne nuit, Zora.

Elle hocha la tête, puis entra dans sa chambre, et la porte se referma derrière elle presque sans bruit.

Dallas ressortit de la douche et se sécha avec une serviette, puis il enfila le short de training qui lui servait de pyjama. Celui qu'il ne portait plus depuis son mariage avec Zora.

Il était encore relativement tôt, pour une soirée à Las Vegas, mais ces dernières vingt-quatre heures avaient été éprouvantes, et il se sentait épuisé.

Réprimant un bâillement, il traversa la pièce plongée dans la pénombre en direction du lit qui l'appelait irrésistiblement. Mais, lorsqu'il alluma la lampe de chevet pour mettre son téléphone en charge, un mouvement le fit sursauter.

— Zora ? s'exclama-t-il. Je te croyais…

— Sous le même toit, dans le même lit, lui rappela-t-elle, la main en visière au-dessus des yeux pour les protéger de la lumière. C'était bien notre accord, non ? Moi aussi, je tiens toujours ma parole. De plus, il va bien falloir que je m'habitue à tes ronflements.

— Je ne ronfle pas ! protesta-t-il en riant. Je respire un peu fort, c'est tout. Et tu es de mon côté du lit. Bouge !

— D'accord, mais, s'il te plaît, éteins vite cette lampe.

Dallas obtempéra, puis il se glissa près d'elle dans le lit. Le drap retenait encore la chaleur de son corps, la fragrance de sa chevelure. Il resta quelques minutes allongé sur le dos, à fixer le plafond, puis enfin il se tourna sur le côté, dos à elle.

— Bonne nuit, Zo.

— Fais de doux rêves, Dallas, murmura-t-elle après un long moment de silence.

Dallas resta longtemps éveillé, luttant bravement contre les élans de son désir. Zora était sa *meilleure amie*.

L'amitié de cette femme allongée près de lui était un bien inestimable. Mais il savait qu'il éprouvait pour elle plus que de l'amitié. Il ferma les yeux, réprimant un gémissement.

Pourquoi la vie était-elle aussi compliquée ?

- 13 -

Lorsque Dallas tourna sur la petite route qui longeait la grange rénovée où sa mère avait décidé d'organiser leur mariage officiel, Zora cessa de respirer. Au bout de cette route s'étendait la vaste propriété de ses parents ainsi que la maison que Cole leur avait fait construire.

Elle se tourna vers Dallas, qui tenait d'une main ferme le volant de son pick-up GMC flambant neuf, le seul luxe que son meilleur ami devenu son mari se soit autorisé.

Elle sentait qu'il était tendu, mais sa grande main vint serrer la sienne sur la console centrale, et il lui offrit un sourire rassurant.

Dallas arrêta son pick-up dans l'allée des Abbott, où étaient déjà garés les véhicules de ses quatre frères.

— Génial, marmonna Zora. Toute la troupe est déjà là.

— Si nous nous en tenons à notre plan initial, tout ira bien, affirma-t-il, coupant le contact. Mais je sais que cette première journée risque d'être… embarrassante. Je n'aime pas plus que toi l'idée de tromper nos parents. Alors, si tu préfères leur avouer toute la vérité… je comprendrai.

— Non, répondit Zora d'un ton véhément.

Elle devinait déjà les commentaires de ses parents et de ses frères : « Imprudents », « Irresponsables ». Des qualificatifs incompatibles avec le profil du futur P-DG de leur société.

— Nous avons convenu de ce plan pour une bonne

raison, lui rappela-t-elle, et nous ne devrions pas en dévier. Je me sens un peu nerveuse, mais tu as raison. Tout ira bien.

Dallas lui adressa un sourire entendu, puis il descendit du véhicule et en fit le tour pour ouvrir sa portière. Zora ne bougea pas. Lorsque Dallas et elle étaient arrivés chez elle, en rentrant de Las Vegas, elle avait pris une douche rapide et enfilé les premiers vêtements qui lui étaient tombés sous la main, à savoir un sweat-shirt, un jean qui avait vu des jours meilleurs et des chaussures de marche, et elle avait attaché ses cheveux en un chignon serré. Et, à présent, elle commençait à douter de ses choix. Mais qu'était-on censée porter à un dîner d'anniversaire où on s'apprêtait à informer sa famille qu'on s'était mariée sans les en avertir ?

— Tu es ravissante, Zo, assura Dallas. Cesse de t'inquiéter.

— Tu dis cela parce que tu as pitié de moi, répondit-elle, souriant malgré elle.

Il lui rendit son sourire et, se penchant vers elle, il effleura ses lèvres d'un baiser.

— Tu serais magnifique, même si tu ne portais qu'un sac à pommes de terre, tes boucles d'oreilles et ton merveilleux sourire, déclara-t-il en lui tendant la main.

— Merci, murmura-t-elle en l'attrapant pour sauter à bas de la cabine.

Dallas referma la portière et enlaça sa taille fine, la serrant tout contre lui, plongeant le regard tout au fond du sien.

— Les raisons de notre mariage sont peut-être encore un peu floues dans notre esprit, remarqua-t-il, mais nous restons mariés parce que tu es une femme forte et décidée qui sait parfaitement ce qu'elle désire.

Il caressa tendrement sa joue, avant d'ajouter :

— Ne laisse personne te faire douter de toi-même et l'oublier. Pas même les personnes que tu aimes.

Zora hocha la tête, rassurée par ces encouragements.

Dallas avait toujours su lui rendre le sourire dans ses pires moments, et elle l'aimait pour cela. Se haussant sur la pointe des pieds, elle déposa un gros baiser sur sa joue.

— Merci, Dal. Merci pour tout.

— Pour toi, je ferais n'importe quoi, assura-t-il en souriant.

C'étaient des mots qu'il lui avait souvent répétés et qu'elle avait toujours considérés comme un sarcasme. Bien sûr, elle savait pouvoir compter sur Dallas en toutes circonstances ; il serait prêt à lui rendre à peu près n'importe quel service – même aussi énorme que celui d'accepter d'être le papa de son enfant. Mais elle ne lui avait jamais rien demandé, car elle ne voulait pas abuser de leur amitié.

Au cours de ces deux derniers jours, Dallas lui avait démontré que cette amitié était beaucoup plus profonde qu'elle ne l'avait imaginé. C'était un sentiment très spécial, qu'elle ne voulait jamais perdre. Jamais.

Les propos de Dallas n'étaient pas sarcastiques. Son ami était sincère, et il le lui prouvait en ce moment même.

Si ce drôle de mariage ruinait leur amitié, elle ne se le pardonnerait jamais.

— Avez-vous l'intention d'entrer, tous les deux, ou comptes-tu rester là à flirter avec ma sœur ? s'enquit Cole en apparaissant sous le porche.

Il était trop tard pour reculer.

Zora s'empara de la main de Dallas et entremêla les doigts aux siens avant de se tourner vers son frère.

— Arrête de pleurnicher comme un bébé, Cole, répliqua-t-elle, grimpant avec Dallas les quelques marches du porche de la jolie maison de ses parents.

— Cela n'a rien de personnel, sœurette, ironisa Cole. C'est seulement que certains d'entre nous ont faim.

Zora lâcha la main de Dallas pour serrer son impertinent jeune frère dans ses bras.

— Au fait, ajouta Cole en riant, joyeux anniversaire, Zora.

Son frère tourna alors son attention vers Dallas, et son sourire s'évapora.

— Salut, Dallas.

— Salut, Cole, répondit ce dernier d'un ton poli mais retenu.

À l'évidence, il avait remarqué le sous-entendu désapprobateur de la remarque de Cole. Et il lui montrait qu'il ne se laisserait pas intimider.

Et, curieusement, elle trouvait la réponse laconique de Dallas follement émoustillante.

Zora glissa à nouveau la main dans la sienne, et ils suivirent son frère à l'intérieur de la maison.

— Économise cette belle énergie, chuchota-t-elle à l'oreille de son mari. Il y aura assez de testostérone dans l'air, ce soir, sans devoir en rajouter.

Dallas se contenta d'étreindre sa main. Visiblement, il était parfaitement à l'aise et prêt à relever tous les défis de ses frères. Mais Zora était tout de même un peu déçue par l'attitude de Cole. Des cinq membres de leur fratrie, c'était de Cole qu'elle se sentait la plus proche et, de l'avis général, c'était lui le plus rebelle. Après tout, Cole était le seul de ses frères à ne pas travailler à la distillerie. Il avait subi beaucoup de pressions à ce sujet, mais elle l'avait toujours défendu bec et ongles contre son frère Max, son père et son grand-père.

Elle était d'autant plus déçue que Cole paraisse irrité par leur mariage impromptu. Il ne s'était même pas donné la peine de les féliciter, elle et son nouveau mari – que Cole avait toujours considéré comme un ami. Si l'un de ses frères s'était marié secrètement se sentirait-elle irritée, elle aussi ?

Elle allait devoir essayer de rester calme, quelles que soient les piques qu'ils leur lanceraient.

— Zora ! Dallas ! s'écrièrent leurs mères en s'approchant dès qu'ils eurent franchi le seuil de la maison.

Tout l'espace était décoré de ballons argentés, rose fluo et noirs – ses couleurs favorites. Sur une bannière accrochée au-dessus de l'arche de l'entrée du salon, on lisait : *Joyeux anniversaire, Zora.*

Iris Abbott était rayonnante dans une jolie robe de fête imprimée de motifs d'automne. Ses longs cheveux noirs, qui retombaient en douces boucles sur ses épaules, avaient été légèrement teints pour dissimuler ses quelques cheveux gris.

— Je ne sais pas si je devrais vous embrasser ou vous donner une bonne fessée, déclara-t-elle en souriant d'un air ému. Nous avons reçu un choc en apprenant la nouvelle.

Iris serra sa fille dans ses bras, et Zora se blottit avec délices dans les bras rassurants de sa mère.

— Je suis désolée, maman, murmura-t-elle.

— Je sais, mon bébé, assura Iris, scrutant son visage.

Elle tourna le regard vers le salon, où son père, ses frères et leurs compagnes attendaient, avant d'ajouter :

— Je sais ce que l'on ressent lorsqu'on est amoureuse *à ce point.* Ce genre de passion tend à obscurcir notre jugement. Bien sûr, j'ai été déçue de n'avoir pas été invitée au mariage de mon unique fille, mais je suis heureuse de constater que Dallas et toi avez enfin compris ce que Tish et moi savions depuis longtemps. Vous êtes faits l'un pour l'autre.

Iris tourna le regard vers Tish, qui admirait l'anneau de mariage de Dallas, et son sourire s'élargit. Les yeux verts de sa nouvelle belle-mère rencontrèrent les siens, et Zora se figea une seconde, la gorge serrée.

Zora et Tish s'étaient toujours entendues à merveille. La

maman de Dallas lui avait souvent répété qu'elle était la fille qu'elle n'avait jamais eue. Mais cela, c'était à l'époque où Dallas et elle étaient seulement amis. Serait-elle du même avis aujourd'hui, alors que Zora avait épousé son fils ?

Après tout, Cole avait toujours eu une relation cordiale avec Dallas, lui aussi. Mais l'attitude de son frère envers l'homme qui était aujourd'hui son mari avait changé.

Zora prit une profonde inspiration, rassemblant son courage pour aller saluer Tish et s'excuser de l'avoir privée d'un moment aussi important de la vie de son fils. Mais, avant qu'elle ait eu le temps de dire un mot, Letitia Hamilton la serra dans ses bras avec effusion.

— Ma chère Zora, je suis ravie que vous fassiez officiellement partie de notre famille, désormais. Je me suis longtemps inquiétée à l'idée que mon bébé n'épouse pas la femme qu'il lui faut, une femme qui le rendra heureux.

Elle recueillit le visage de Zora entre ses mains, avant d'ajouter, les yeux brillants de larmes d'émotion :

— Je ne trouve pas les mots pour exprimer à quel point je suis soulagée de savoir que, si je venais à disparaître, Dallas ne serait pas seul. Qu'il aurait auprès de lui quelqu'un qui l'aime autant que moi.

— Merci, Tish, répondit Zora d'une voix un peu tremblante. Votre approbation compte beaucoup pour moi.

Elle s'était mentalement préparée à entendre des critiques de la part de leurs parents et de ses frères aînés, et elle ne s'attendait pas à recevoir un accueil aussi affectueux de la part de Tish.

Zora sentit sa vue se brouiller de larmes. C'était, en partie, à cause de l'attitude bienveillante de Tish. Mais aussi parce qu'elle ne pouvait s'empêcher d'imaginer à quel point la mère de Dallas serait dévastée lorsque son fils et elle mettraient un terme à leur mariage, un an plus tard. Zora n'avait pas suffisamment réfléchi à l'importance, pour cette femme, de savoir que ses fils ne répéteraient pas l'erreur qu'elle avait commise en épousant son premier mari, le père de Dallas.

— Je regrette que vous n'ayez pas pu être là, dit-elle de nouveau.

Leurs familles devaient penser que Dallas et elle avaient choisi de les exclure de leur mariage. Qu'ils avaient eu l'audace de partager cet instant unique avec des inconnus sur Internet. Et, pour couronner le tout, Zora avait posté ces images sur le compte Instagram de King's Finest.

Comment s'étonner que Cole fasse la mauvaise tête ? Ils devaient tous penser qu'elle s'était comportée comme une petite princesse gâtée et égoïste, et elle ne pouvait pas les convaincre qu'ils se trompaient.

Sa famille était peinée de n'avoir pas été présente à leur mariage mais, dans un sens, Dallas et elle n'étaient pas tout à fait là non plus. Pas vraiment.

— Cette cérémonie que nous avons organisée ici sera une manière de vous faire pardonner, intervint la mère de Zora. D'ailleurs, j'ai quelques dates à vous proposer.

— Pourrions-nous attendre la fin du dîner pour parler du mariage ? suggéra le père de Zora, apparaissant sur le seuil.

Zora lisait distinctement la souffrance et la déception dans son regard, et elle sentit sa gorge se serrer. Dallas pressa doucement sa main, et ils s'avancèrent ensemble vers lui.

— Salut, papa, dit-elle d'un ton hésitant.

Zora était une femme adulte, et elle était libre de ses choix. Elle occupait un poste important dans leur société et était appelée quotidiennement à prendre des décisions difficiles. Mais, face à son père, elle redevenait la petite fille de son papa. Et elle l'avait déçu. Blessé, même.

Zora et son père n'étaient pas d'accord sur tout. Mais il avait toujours respecté ses décisions parce qu'elle avait le courage de lui dire exactement ce qu'elle avait l'intention de faire, même lorsqu'elle savait qu'il ne l'approuverait pas. Mais, concernant ce mariage express, elle avait le sentiment d'avoir agi comme une gamine égoïste.

— Bonsoir, Dallas, joyeux anniversaire, Zora, dit son père d'un ton serein. Tout le monde est dans la pièce d'à côté. Vos mamans ont empêché les garçons de vous attendre en embuscade parce qu'elles tenaient beaucoup à être les premières à vous embrasser.

Iris et Tish le fusillèrent du regard.

— Merci, papa, répondit Zora en s'avançant vers lui. Et je suis désolée d'avoir…

— Viens ici, ma chérie, coupa Duke en lui ouvrant les bras.

Zora se précipita dans l'étreinte de son père, pressant la joue contre son torse, retrouvant avec délices la fragrance familière de son after-shave.

— Tu n'as aucune excuse à nous faire, poursuivit-il. Tu es une femme libre de tes choix. Tes frères sont peut-être un peu vexés, mais ils s'en remettront.

Son père lui tapota affectueusement le dos, puis il tendit la main à Dallas, qui la serra avec effusion.

— Merci de vous montrer aussi compréhensif, monsieur, dit Dallas en prenant la main de Zora dès que son père l'eut libérée. À présent, nous ferions bien d'aller saluer les autres.

Zora se sentait soulagée par la réaction de ses parents, mais à présent elle allait devoir affronter ses frères.

— Zora ! Dallas ! s'écrièrent Savannah et Quinn, la petite amie de Max, que Zora appréciait beaucoup. Félicitations !

— Et regardez qui est si contente de revoir sa tatie Zo, remarqua Savannah, berçant bébé Remi dans ses bras.

Assis à la table dans sa chaise haute, Davis, son neveu, trépignait de joie.

— Salut, bel enfant ! lança Zora en lui chatouillant

le ventre. Tu m'as manqué. As-tu été sage pendant mon absence ?

— Oui ! répondit l'enfant avec enthousiasme. J'ai aidé maman à s'occuper de Remi.

— Bravo, petit homme !

Zora se tourna vers Dallas, avant d'ajouter :

— Ne sont-ils pas merveilleux ?

— C'est vrai, convint-il, lui enlaçant la taille en souriant d'un air attendri.

Zora dévisagea son mari, souriant malgré elle, et son cœur s'emplit d'une étrange émotion. Elle reconnaissait cette expression dans ses yeux. *Il imagine déjà notre future fille.*

Elle aussi y avait souvent réfléchi, en observant le petit visage de Remi et en caressant ses doux cheveux bouclés.

Zora se sentit littéralement fondre. Jusqu'à aujourd'hui, elle ne s'était jamais demandé si Dallas pouvait avoir envie de fonder une famille, lui aussi. Elle avait cru qu'il ne faisait tout cela que pour elle. Mais la douceur de son regard et son sourire sincère, tandis qu'il contemplait le bébé endormi, lui laissaient soudain espérer que cet arrangement pourrait s'avérer mutuellement bénéfique pour eux.

— N'y voyez aucune pression, dit Savannah. Mais un jour prochain, peut-être, vous aussi aurez envie d'un enfant bien à vous.

Dallas acquiesça, un sourire presque timide au coin des lèvres.

— Oui, répondit-il, nous l'espérons.

— C'est vrai, fit Zora. Nous avons envie d'avoir des enfants… très bientôt.

À cet instant, Kayleigh – la fiancée de son frère Parker – sortit de la cuisine, un verre à la main, et vint vers eux avec un grand sourire.

— Félicitations à tous les deux ! Joyeux anniversaire, Zora.

Kayleigh les serra dans ses bras l'un après l'autre, puis elle alla rejoindre Parker, qui boudait toujours dans son coin.

Son frère arborait la même expression intraitable que le jour où il avait affirmé à Zora qu'elle était trop émotive et trop irrationnelle pour diriger la distillerie familiale.

— Bonsoir, Parker, dit Zora, le regard rivé sur lui, le mettant au défi de faire une remarque désagréable.

— Bonsoir, Zora, marmonna-t-il. Dallas…

Kayleigh décocha ostensiblement un coup de coude à son fiancé et, toussotant d'un air gêné, Parker vint vers eux.

— Je suppose que des félicitations sont de rigueur, lâcha-t-il.

Parker tendit la main à Dallas, et celui-ci la serra d'un air hésitant, comme s'il s'attendait encore au pire.

Zora le comprenait. Parker avait le chic pour mettre les pieds dans le plat. Et, sans même le faire exprès, rendre les gens furieux. Y compris quand il voulait bien faire.

— Merci, Park, répondit Dallas, assénant une claque amicale sur l'épaule de son frère. C'est important pour moi.

Parker fixa Zora d'un regard étrange puis, remontant ses lunettes sur l'arête de son nez, il fit une chose inouïe.

Il s'avança vers elle et… *il la serra dans ses bras.*

Il n'était pas du tout dans les habitudes de Parker de se laisser aller à de telles effusions, et Zora apprécia son effort, même s'il lui coûtait visiblement beaucoup.

Zora lui rendit son étreinte, et elle faillit pouffer de rire lorsque Parker lui tapota brièvement le dos, comme il le faisait avec Cricket, le caniche de Kayleigh.

Au moins, il fait des efforts.

On ne pouvait pas en dire autant de ses trois autres frères, et elle nota mentalement qu'elle aurait deux mots à leur dire lorsqu'elle se retrouverait seule avec eux.

Aussi loin que Zora remonte dans ses souvenirs, les Hamilton et les Abbott avaient toujours été amis. Ils étaient ensemble aux anniversaires, pendant les vacances, et à plus de repas du dimanche qu'elle n'en aurait pu compter. Aussi, le fait que ses frères aient adopté cette nouvelle attitude pour l'unique raison que Dallas et elle avaient choisi de se marier la faisait bouillonner de colère. Elle était tentée de leur dire ce qu'elle pensait de leur désapprobation lorsque Dallas lui enlaça à nouveau la taille.

— Cela ne fait rien, Zora, lui chuchota-t-il à l'oreille. Nous nous y attendions, non ? Ils se sentent un peu vexés, et c'est compréhensible. Laisse-leur un peu de temps.

Sur ces mots, Dallas déposa un baiser sur sa tempe. Zora se blottit contre lui avec un doux soupir et se détendit.

Dallas et elle prirent place à table. Zora salua ses frères comme si leur désapprobation évidente n'avait aucune importance, et Dallas fit de même.

Savannah et Quinn lancèrent des regards déçus à leurs partenaires respectifs. Et chacun des deux frères répondit par sa propre version du regard de l'innocence blessée.

— À présent que toute la famille est réunie, déclara la mère de Zora avec un sourire rayonnant, votre père aimerait vous dire quelques mots.

— Tout d'abord, fit son père en venant se placer près de son épouse et en prenant sa main, joyeux anniversaire à notre bébé. Je sais que ce soudain mariage de Dallas et de Zora nous a tous surpris, et en a même fâché certains. Mais n'oublions pas que Zora est une femme adulte et intelligente, capable de faire ses propres choix. Que nous les approuvions ou non, nous devons les respecter.

Duke se tourna vers Dallas, avant de poursuivre :

— Vous êtes un homme honorable et travailleur, et vous avez toujours été un ami des Abbott, le genre d'homme dont je rêvais pour ma fille. Iris et moi sommes très heureux de vous accueillir dans la famille à titre officiel, fils.

— Merci, monsieur, répondit Dallas, visiblement ému.

— Merci, papa, murmura Zora en se levant pour serrer son père dans ses bras.

Elle lui était reconnaissante d'avoir donné le ton pour ses frères, même si sa mère avait dû un peu le pousser.

— Où est grand-père ? s'enquit Zora.

— Papi Joe était un peu fatigué, aujourd'hui, et il fait une petite sieste. J'espère qu'il se joindra à nous plus tard.

La mère de Zora prit place à une extrémité de la table, et son père s'installa à l'autre, lançant à la ronde :

— Tout le monde est prêt à manger ?

— Oui ! répondirent-ils avec un bel ensemble, prenant leurs places autour de la table parmi les rires, comme s'ils commençaient tous à se détendre.

À mesure que la soirée progressait, l'ambiance se fit plus festive, mais Zora ne pouvait s'empêcher de regretter que ses actes aient causé tant de tensions dans la famille.

Après le dîner, suivi du délicieux gâteau d'anniversaire que sa mère avait confectionné, Zora était restée assise près de Dallas à la table, leurs chaises l'une contre l'autre, le bras de Dallas autour de ses épaules.

Elle était blottie tout contre son nouveau mari, se délectant de la chaleur réconfortante de cette étreinte, et une partie d'elle-même aurait tout donné pour que ce mariage soit réel. Pour que Dallas et elle soient vraiment des âmes sœurs destinées à vivre ensemble toute leur vie, comme leurs mères l'avaient toujours prédit.

- 14 -

Dallas se débarrassa de son jean et fit passer son T-shirt par-dessus sa tête. Puis, après les avoir soigneusement pliés, il les posa sur le panier à linge de la salle de bains de Zora. Ensuite il retourna dans sa chambre. Zora était assise dans le lit et elle consultait son agenda, des feutres de diverses couleurs éparpillés autour d'elle.

— Désolée, marmonna-t-elle en les écartant pour lui faire de la place. Je n'ai pas l'habitude de partager mon lit.

Puis elle leva le regard et le vit planté là dans son boxer noir.

— Heu… est-ce dans cette tenue que tu dors ? s'enquit-elle, ouvrant de grands yeux.

— Est-ce un problème ? répondit-il.

Ils étaient rentrés directement chez elle après le dîner chez ses parents, et Dallas n'avait avec lui que les quelques vêtements qu'il avait emportés à Las Vegas.

— Je pourrais retourner chez moi pour récupérer quelques affaires si nécessaire, suggéra-t-il.

— Non. Bien sûr que non. C'est seulement… Tu m'as un peu surprise, c'est tout.

Les joues brûlantes, Zora fit de son mieux pour détacher le regard de la bosse impressionnante qui distendait le tissu du sous-vêtement, avant d'ajouter précipitamment :

— Tout va bien. Après tout, je t'ai déjà vu encore moins habillé, n'est-ce pas ?

— C'est certainement vrai, reconnut-il en riant avant de

se glisser sous les couvertures. Et, si les relations sexuelles doivent devenir le principal instrument de notre projet de procréation, tu me reverras souvent en tenue légère.

— Oui, mais pas avant…

— Notre examen médical, je sais, termina-t-il à sa place. Je prendrai rendez-vous avant mon départ pour Chicago, dans quelques jours.

— Tu vas partir pour Chicago ? s'enquit-elle, fronçant les sourcils. Quand ?

— Je serai absent une grande partie de l'année prochaine. Je te communiquerai les dates par texto. Et toi ? N'as-tu aucun voyage d'affaires prévu ?

— Si, convint-elle en feuilletant son agenda, égrenant quelques dates. Je dois me rendre à Atlanta et à New York, et je me suis aussi engagée pour un tour de deux semaines dans quatre pays de l'Union européenne.

— Hum ! J'ai l'impression que nos activités procréatives vont nécessiter un sérieux planning.

Il hésita, avant d'ajouter d'un ton plein d'espoir :

— Sauf, bien sûr, si tu avais envie de m'accompagner à Chicago, par exemple.

Ils essayaient tant bien que mal de faire un voyage ensemble au moins une fois par an, lorsqu'ils n'étaient pas dans une relation avec un autre partenaire. Mais, même en ces occasions, leurs voyages ressemblaient de plus en plus à du télétravail. Ils ne s'éloignaient jamais de leurs téléphones ni de leurs ordinateurs portables, répondant aux coups de fil et aux mails, gérant au jour le jour leurs affaires respectives.

Et, même si ce qu'il lui proposait était un voyage d'affaires, il espérait trouver du temps pour qu'ils puissent simplement profiter de la compagnie l'un de l'autre et élaborer des plans d'avenir ensemble.

— Je ne peux pas tout abandonner pour partir avec toi

à Chicago la semaine prochaine, Dal, observa Zora. J'ai énormément de travail de préparation en cours, pour mes visites à nos clients. Je ne serais qu'une distraction pour toi.

— Tu n'es pas une *distraction*, Zora. Tu es ma femme.

Il lui semblait étrange d'utiliser de tels mots pour décrire sa meilleure amie. Et, à en juger par l'expression de Zora, elle trouvait cette idée aussi saugrenue que lui.

— Je le sais, Dal, assura-t-elle d'une voix douce. Mais ce mariage n'annule pas mes obligations envers l'entreprise de ma famille. Et toi aussi, tu as les tiennes.

— Tu as raison, bien sûr.

Il s'efforça bravement de ne pas avoir l'air déçu que son épouse place si ostensiblement sa carrière avant leur mariage. Son père avait même dû insister pour qu'elle prenne le reste de la semaine, comme une sorte de lune de miel à la maison.

— Et, que penses-tu de cette soirée chez tes parents ? s'enquit-il. Tout va bien avec eux ? Je sais que la situation était un peu tendue avec Cole.

— Oui, c'est vrai, convint Zora, haussant les épaules. Mais cela n'a aucune importance.

Dallas n'en croyait pas un mot. Il lisait de la tristesse dans ses yeux bruns, dans ses épaules un peu voûtées. Elle était sincèrement blessée que ses frères se soient conduits comme des crétins parce que leur petite sœur – aujourd'hui une adulte parfaitement capable de prendre ses propres décisions et de diriger leur société si on lui en accordait l'opportunité – s'était mariée sans attendre leur bénédiction.

— Blake et Max sont vexés parce que leur petite sœur s'est mariée à Las Vegas sans les inviter, dit-il. Mais dans le cas de Cole… c'est différent.

— Je sais, reconnut Zora d'un air songeur. J'en parlerai avec lui… *Bientôt.*

Elle fourra ses marqueurs dans une trousse qu'elle posa

avec son agenda sur la table de chevet. Puis elle éteignit sa lampe, plongeant son côté de la chambre dans la pénombre.

— Cette soirée aurait été pénible pour moi si tu n'avais pas été là, murmura-t-elle. Merci d'avoir été, comme toujours, mon havre dans la tempête et la voix de la raison. Et merci de t'être montré patient avec mes frères.

Elle se pencha pour déposer un baiser sur sa joue. Surpris, il tourna la tête vers elle à cet instant, et sa bouche s'écrasa sur la sienne. Zora s'écarta un peu pour le dévisager un instant. Ni l'un ni l'autre ne disaient plus un mot. Puis elle posa sa main fine sur son torse et se pencha pour l'embrasser pour de bon.

Ses lèvres effleuraient les siennes, douces et légères, le faisant presque douter de la réalité de cet instant. N'était-ce qu'un rêve merveilleux ? Puis Zora se blottit contre lui, et il la laissa libre de lui dicter elle-même l'intensité qu'elle désirait donner à leur baiser.

Mais, lorsque ses lèvres s'entrouvrirent, Dallas fut incapable de résister plus longtemps, et il l'embrassa passionnément, savourant avec délices le goût merveilleux de sa bouche. Puis il la serra plus fort contre lui. Il sentait ses rondeurs généreuses presser contre son torse à travers le mince tissu du débardeur qu'elle portait avec un autre de ces petits shorts affriolants.

Il sentait distinctement les pointes durcies de ses seins sous le tissu et, lorsqu'il l'entendit gémir, il l'embrassa avec une fougue renouvelée, ce son incroyablement érotique déclenchant un torrent de feu dans son sang, un impérieux besoin de l'entendre encore et encore.

Zora roula sur lui, le chevauchant, sa féminité humide et brûlante pressant contre sa monumentale érection, le faisant gémir de désir à son tour. Dallas empoigna vigoureusement ses hanches et la serra plus fort contre lui tandis qu'elle l'embrassait à pleine bouche.

Il avait d'innombrables fois rêvé d'embrasser Zora, de lui faire l'amour, et il en avait eu honte, craignant de perdre son amitié. Mais il l'avait *désirée à en mourir.*

Zora effleura son torse du bout des doigts, et ce contact généra une intense onde de plaisir dans tout son corps.

Il glissait la main sous son petit haut, saisi d'un besoin désespéré de sentir sa peau nue contre la sienne, lorsque, soudain, elle interrompit leur baiser. Le cœur de Dallas cessa de battre comme il songeait qu'elle désirait mettre fin à cet instant.

Mais il s'était inquiété inutilement. Le regard toujours rivé au sien, elle fit passer son petit haut par-dessus sa tête et le lança sur le sol, exposant ses seins généreux aux pointes brunes. Dallas déposa un baiser à la base de sa gorge, puis laissa glisser les lèvres sur ses seins superbes, respirant avec délices leur fragrance. Zora caressait sa joue, ses iris brûlant de désir ancrés dans les siens, creusant les reins pour aller à la rencontre de ses caresses. Son message était très clair.

Fermant les paupières, Dallas butina sa chair offerte, se délectant de ses murmures sensuels, s'attardant sur les pointes durcies. Puis sa bouche traça un chemin descendant de baisers sur son ventre satiné.

Zora se cambra en gémissant et se passa les doigts dans les cheveux. Dallas mourait d'envie de lui faire l'amour, mais elle venait de lui rappeler qu'ils avaient convenu d'attendre. Il lui avait donné sa parole et il la tiendrait quoi qu'il lui en coûte.

— Zora ! gémit-il. Je…

— Oh ! mon Dieu ! s'écria-t-elle, se dégageant de son étreinte pour ramasser son petit haut sur le sol et l'enfiler précipitamment. Je n'aurais pas dû t'embrasser. Et surtout pas… C'est ma faute ! Je suis désolée !

— Ne t'excuse pas, grommela-t-il. J'en avais envie, moi aussi.

Il poussa un grand soupir avant d'ajouter :

— Ce qui est sûr en tout cas c'est que, lorsque nous aurons décidé de sauter le pas, l'alchimie entre nous ne sera pas un problème.

Un sourire sincère s'épanouit sur ses lèvres adorables et, lorsqu'elle se mit à rire aux éclats, Dallas ne put que rire avec elle. Et ce rire partagé dissipa instantanément la tension dans la pièce.

Car ce qui venait de se passer entre eux semblait si étrange, si nouveau, que leur rire les ramenait à la douceur des choses familières, les rassurait.

Zora se glissa sous les couvertures le plus loin possible de lui, comme si un abîme s'était ouvert entre eux.

Dallas éteignit la lampe sur sa table de chevet et, un bras replié sous la tête, fixa le plafond.

— Bonne nuit, Zo.

— Bonne nuit, Dallas.

La déception qu'il entendait dans la voix de Zora égalait la sienne. Mais, songea-t-il, il venait de passer ces deux dernières années à se demander constamment ce qu'il ressentirait s'il faisait l'amour à Zora.

Il pouvait certainement attendre encore une semaine.

Ils seraient bientôt ensemble, il n'en doutait pas un instant.

- 15 -

Zora gara sa voiture à sa place désignée dans le parking de King's Finest, près du luxueux pick-up de son frère Blake, puis elle ramassa son sac et la serviette de cuir contenant son iPad, marquée de ses initiales : ZA. Le problème, c'était qu'elles n'étaient plus ses initiales. Pas d'après la licence de mariage restée sur sa table de travail à la maison.

Elle n'était pas prête à la montrer à tout le monde, mais elle ne pouvait pas non plus l'enterrer dans un dossier quelconque. Elle l'examinait chaque fois qu'elle entrait dans le bureau, comme si elle avait besoin de se rappeler que Dallas et elle étaient vraiment mariés. Mais, si elle n'en avait pas été convaincue, le fait que Dallas ait dormi dans son lit chaque nuit depuis leur retour le confirmait amplement.

Elle était arrivée au bureau une heure plus tard qu'à son habitude parce qu'elle avait conduit son mari à l'aéroport pour son voyage d'affaires de quelques jours à Chicago. Et, après une semaine à dormir ensemble – et rien d'autre –, lorsque Dallas l'avait embrassée juste avant de descendre de la voiture elle avait failli faire une syncope.

Zora réprima un soupir. Sa famille était restée étrangement silencieuse toute la semaine. Aucun appel de ses parents ou de son grand-père. Aucun texto de ses frères. Même Quinn et Savannah leur avaient laissé tout l'espace dont ils pourraient avoir besoin. Toutefois, elle avait le pressentiment que ce n'était que partie remise, le temps que les mariés profitent d'une courte lune de miel à la maison. À présent que cette pause était terminée, tout pouvait arriver.

Zora sortit de son coupé Mercedes noir aux vitres teintées. Comme le disait sa grand-mère de sa voix douce : « Quel que soit ton état de nervosité intérieure, marche d'un pas décidé. Les épaules bien droites. La tête haute. »

C'était un bon conseil, aujourd'hui encore.

Elle n'arriverait pas la tête basse comme si elle avait honte de son mariage précipité. Au lieu de cela, elle en serait fière.

Remontant ses lunettes de soleil sur l'arête de son nez, elle entra d'un pas assuré dans le bâtiment, vêtue de son élégant complet lie-de-vin, d'un chemisier à motifs de peau de guépard et de bottines assorties.

L'équipe de sécurité à la porte la félicita pour son mariage, confirmant ce que Zora soupçonnait déjà. Toute la ville et tous les employés de la distillerie étaient déjà au courant de ce qui s'était passé à Las Vegas.

Zora accepta en souriant les félicitations de tous ceux qu'elle croisa en route vers son bureau. Elle s'arrêta pour écouter patiemment chacun se pâmer d'admiration devant le saphir rose de sa bague de fiançailles et l'anneau de mariage serti de diamants.

Elle bavarda un peu plus longuement avec son assistante, Emily, qui avait tenu la barre pendant son absence.

— Vos bagues sont fabuleuses ! s'écria la jeune femme avec une totale sincérité lorsque Zora s'approcha pour la serrer dans ses bras. Dallas est adorable, et de plus vous êtes amis depuis toujours ! Quelle chance vous avez !

— Oui, je suppose que c'est vrai, reconnut Zora, souriant malgré elle. Merci.

— À propos, votre père désire vous rencontrer dans la

salle de conférences à 11 heures. Nous avons donc le temps de revoir ensemble quelques détails, si vous le désirez.

— Ce serait merveilleux. Hum... Avez-vous un petit quart d'heure à me consacrer ?

— Bien sûr. Et j'adore votre ensemble..., *madame Hamilton.*

— Merci, répondit Zora avec un sourire un peu contraint, mais vous pouvez continuer à m'appeler Zora comme avant.

— Zora ce sera, promit Emily. Un café glacé ?

— Oui, s'il vous plaît.

Elle avait très peu dormi durant la semaine précédente, mais pas pour les raisons qui empêchent habituellement les jeunes mariés de dormir la nuit. Dallas et elle n'avaient pas fait l'amour. Si elle était restée éveillée des heures à se tourner et se retourner, le corps torturé par le désir, c'était à cause de la présence de son meilleur ami, avec ses pectoraux de dieu grec et ses abdominaux parfaits, allongé près d'elle dans le lit. Et *très* peu vêtu.

Pire encore, ces deux dernières nuits, elle s'était réveillée blottie entre ses bras, son corps vigoureux pressé tout contre son dos. Le premier matin où c'était arrivé, elle avait un peu paniqué. La seconde fois, elle avait à peine sursauté et n'avait pas changé de position jusqu'à ce qu'il soit réveillé à son tour, se délectant de sa chaleur, de l'affection qu'il lui manifestait même pendant son sommeil.

— Emily, mon père a-t-il mentionné les raisons de cette réunion ? s'enquit Zora, déverrouillant la porte de son bureau.

— Hélas, non. J'ai essayé de le lui demander afin que vous arriviez préparée, mais il n'a rien voulu dire.

Zora la remercia, puis elle entra dans son bureau et s'assit à sa table de travail. Elle se souvenait très bien des deux dernières réunions impromptues auxquelles elle avait été convoquée. La première avait eu lieu lorsque son frère Parker avait annoncé qu'il s'estimait mieux qualifié que leur aîné pour assumer le poste de P-DG de King's Finest quand leur père se retirerait. Et la seconde lorsque son père et son grand-père avaient annoncé que la succession à la tête de King's Finest serait désormais décidée par le mérite – plutôt que par le rang de naissance.

C'était la première fois que l'idée de diriger l'entreprise l'avait effleurée.

Enfant, déjà, Zora insistait pour que ses parents la traitent exactement comme ses frères, avec les mêmes privilèges et les mêmes corvées. Sa mère s'en était agacée. Son père avait été plutôt impressionné. Au bout du compte, tous deux avaient accédé à sa requête. Ainsi donc, lorsque le sujet de la succession était revenu sur la table, elle avait tenu à être candidate au poste, au même titre que ses frères.

Toutefois, depuis l'AVC dont son grand-père avait souffert, au cours de cette même réunion, aucun d'eux n'avait jugé convenable d'aborder le sujet de la succession. Leur seule préoccupation avait été le prompt rétablissement de Papy Joe. Puis Max et Quinn – qui était la responsable du nouveau projet de brandy que la distillerie mettait sur le marché – avaient annoncé qu'ils étaient en couple. Et, peu après, Remi était née.

Cette cascade d'événements avait détourné leur attention de la compétition pour le poste de P-DG, mais Zora doutait qu'un seul d'entre eux ait renoncé à ses ambitions.

Elle, en tout cas, était toujours candidate.

Son père avait peut-être demandé cette réunion matinale parce qu'il avait pris sa décision. Si c'était le cas, elle ne pouvait imaginer que le moment choisi soit une pure coïncidence. Cela signifiait forcément que son mariage précipité l'avait exclue de la compétition.

Ne sois pas défaitiste, se tança-t-elle. *À moins que papa ne déclare le contraire, je suis toujours en course pour ce poste.*

Soudain, son téléphone tinta, annonçant qu'elle avait reçu un texto. *Dallas.*

Son mari l'informait qu'il était à bord de l'avion, et qu'ils s'apprêtaient à décoller. La dernière phrase de son message déclencha une tempête au creux de sa poitrine.

Tu me manques déjà, Zo.

Un sourire involontaire étira les coins de ses lèvres et, à peine consciente de ce qu'elle faisait, elle serra le téléphone contre sa poitrine. Lui aussi lui manquait déjà.

Zora avait adoré chaque minute qu'ils avaient passée ensemble, la semaine précédente, leurs conversations au sujet de leurs carrières respectives devant une tasse de café.

Le seul sujet qu'elle avait évité, c'était leur plan de coparentalité. Et elle avait pris tout son temps pour organiser la visite médicale sur laquelle elle avait insisté. Elle avait besoin d'être sûre que Dallas tenait autant qu'elle à son projet.

Elle ne s'était pas précipitée pour faire l'amour avec son meilleur ami, d'abord parce qu'elle avait toujours exercé une grande prudence dans ses relations sexuelles. Mais aussi pour donner à Dallas le temps de bien réfléchir à la portée de l'engagement auquel il consentait. Sans le brouillard mental et les pensées irrationnelles que le sexe pouvait générer.

Alors, même si Dallas était déjà prêt, ses propres visites chez le médecin étaient prévues durant la semaine où son meilleur ami serait absent. À son retour, s'il était toujours décidé à suivre leur plan, elle serait prête, elle aussi. Mais, entre-temps, elle avait peur de placer trop d'espoirs dans l'idée de devenir maman grâce à Dallas. Parce que, si ce projet capotait, elle en aurait le cœur brisé.

Assise à sa table de travail, Zora relut le message de Dallas sur l'écran, puis elle pianota sa réponse.

Toi aussi, tu me manques. Appelle-moi dès ton arrivée.

— Prête à revoir avec moi mes notes de la semaine passée ? s'enquit Emily en entrant d'un pas alerte dans son bureau, sa tablette dans une main et un verre de café glacé dans l'autre.

Zora lâcha précipitamment son téléphone comme si elle avait été surprise en faute et prit le café que son assistante lui tendait, telle une bouée dans la tempête.

— Un texto de votre petit mari, n'est-ce pas ? remarqua Emily, riant de sa réaction. Vous rougissez, et c'est vraiment adorable. Vous êtes très mignons, ensemble.

— Merci, Emily, répondit Zora avec un sourire embarrassé. Et maintenant, concernant cette semaine… qu'ai-je manqué ?

Retombant dans une attitude professionnelle, Zora porta son attention sur ce que son assistante lui disait, refoulant toute pensée de meilleurs amis trop séduisants, de jolis bébés et d'opportunités manquées. Au lieu de cela, elle se concentra sur le sujet qu'elle maîtrisait le mieux – son rôle dans l'augmentation des ventes de l'entreprise.

Pour le moment, tout le reste allait devoir attendre.

— Zora, ma chérie, comment vas-tu ? s'enquit Duke Abbott lorsqu'elle fit son entrée dans la salle de conférences, cinq minutes avant l'heure convenue pour cette réunion.

Toutefois, elle remarqua aussitôt que son père n'était pas seul. Tous ses frères étaient là aussi – y compris Cole, qui mettait rarement les pieds à la distillerie.

— Cole ! s'exclama Zora. Que fais-tu là ?

Elle n'avait pas eu l'intention d'ignorer la phrase de bienvenue de son père, mais la présence de son frère, assis à la place autrefois occupée par son grand-père, ne pouvait pas être un bon signe.

— Que se passe-t-il, ici ? s'enquit-elle d'une voix tendue.

— Détends-toi, Zo, lança Cole.

— Ma chérie, calme-toi, dit son père d'un ton qui se voulait rassurant, en se levant.

Ce qui, évidemment, eut exactement l'effet contraire. Il n'existe pas de meilleur moyen d'irriter une femme que de lui demander de *se calmer*.

Zora posa son iPad sur la table à sa place habituelle, près de Max, mais elle refusa de s'asseoir. Les bras croisés sur la poitrine, elle les dévisagea tous l'un après l'autre.

— Pas avant que vous m'ayez expliqué ce qui se trame.

— Zora, je suis désolé que tu aies l'impression d'être tombée dans une embuscade, s'excusa Parker en toussotant d'un air gêné. Ce n'était pas notre intention. Nous aimerions seulement aborder un sujet ou deux avec toi, c'est tout. Tu n'as aucune raison de t'inquiéter. Assieds-toi, s'il te plaît.

Le regard de son frère était presque suppliant et, ravalant ses objections, Zora prit place à la table de mauvaise grâce.

— J'ai beaucoup à faire aujourd'hui, annonça-t-elle. Quelqu'un va-t-il me dire pourquoi nous sommes ici ?

— Tes frères craignent que, dans ta hâte à épouser Dallas, tu n'aies négligé quelques détails, déclara son père d'une voix douce. Nous désirons seulement nous assurer que tes intérêts et ceux de la famille sont protégés.

— Et pourquoi une telle inquiétude ? s'enquit-elle en parcourant la tablée des yeux.

Cole et Max évitaient son regard, et c'étaient eux qui paraissaient le plus mal à l'aise. C'est donc sur eux qu'elle concentra son offensive.

— Cole ? Max ? À l'évidence, c'est vous deux qui avez orchestré toute cette affaire. Alors, parlez, ne jouez pas les timides. Si vous avez quelque chose à me dire, *dites-le*.

— Gamine, tu sais que nous t'adorons tous, répondit

Max. Mais nous ne pouvons pas nous taire lorsque sur un coup de tête tu prends une décision qui pourrait te nuire…

— Et nuire au reste de la famille, ajouta Parker d'un air peiné. Et surtout porter atteinte à l'œuvre de grand-père.

— Premièrement, je ne veux plus qu'on m'appelle gamine, grommela-t-elle. J'ai trente-deux ans, bon sang ! Deuxièmement, Max, notre soudaine décision de nous marier a surpris certains d'entre vous, mais pas *les femmes* de la famille. Et, troisièmement, de quelle façon notre mariage pourrait-il vous nuire ? Vous ne m'avez pas vue faire une crise de nerfs lorsque vous vous êtes mis en couple.

— Tu as raison, convint Max en soupirant. Tu es une femme intelligente et capable. Et, c'est vrai, tu as passé l'âge d'être considérée comme une gamine.

— Merci, dit Zora, se détendant un peu.

— Mais tout de même, Zora ! protesta Cole. Si c'était l'un de nous qui était parti en week-end à Las Vegas et qu'il était revenu marié, tu aurais été dans tous tes états.

C'était hélas vrai.

— Si vous aviez épousé une inconnue rencontrée à une table de black jack, peut-être, convint Zora. Mais Dallas n'est pas un inconnu. Il fait presque partie de notre famille. Nous l'avons tous côtoyé depuis la maternelle.

— C'est précisément pour cela que nous ne comprenons pas votre hâte soudaine à vous marier, observa Blake d'un ton posé, raisonnable. D'autant plus que vous avez toujours affirmé que votre relation était platonique.

— C'était vrai, assura-t-elle.

Et, d'une certaine façon, ça l'était toujours.

— Alors pourquoi ce mariage précipité ? insista Max.

— Tu as déclaré à Savannah que tu songeais à devenir maman, intervint Cole, affrontant enfin son regard. Est-ce parce que tu es déjà enceinte ?

— Non ! s'exclama Zora, s'efforçant de contrôler sa fureur. Mais si j'étais enceinte ce serait *mon* affaire.

Elle parcourut de nouveau la tablée du regard. Tous ses frères paraissaient mal à l'aise, certains plus que les autres.

— Qu'y a-t-il, Cole ? gronda-t-elle en se levant. Tu ne me crois pas ? Dois-je vous apporter un test de grossesse pour vous convaincre tous ?

— Cela ne sera pas nécessaire, intervint précipitamment Duke, visiblement agacé par cette conversation.

Tant pis. C'étaient eux qui l'avaient cherchée.

Sa grand-mère lui avait toujours recommandé d'affronter les problèmes au lieu de les esquiver, et ce conseil l'avait bien servie avec les petites brutes de la cour de récréation.

Elle s'était toujours efforcée de se montrer bienveillante avec les gens et de ne jamais provoquer le moindre conflit. Mais, lorsque d'autres choisissaient d'entrer sur ce terrain, elle avait un talent inné pour les mettre au pas.

— Écoute, Zora, je suis désolé, fit Cole en soupirant. Ma question était déplacée. Ce que je voulais dire… Tout cela ne te ressemble pas. Je m'attendais plutôt à une tiare de grand bijoutier, une calèche tirée par des chevaux et un lâcher de colombes pour ton mariage. Je ne comprends pas que tu aies soudain choisi de te marier à Las Vegas sans prendre la peine d'en informer ta famille. Pas même moi.

Cole semblait particulièrement affecté par ce détail. Était-ce là l'explication de tout ceci ? Cole avait de la peine parce qu'elle ne lui avait pas confié son intention de se marier ?

Zora soupira, se souvenant du conseil de Dallas. Elle devait se montrer patiente avec sa famille. Comprendre qu'ils se sentent blessés d'avoir été tenus à l'écart de son mariage.

— Comme je vous l'ai déjà dit, nous n'étions pas allés à Las Vegas dans l'intention de nous marier. C'est seulement… que c'est arrivé, voilà tout. Mais, maintenant que c'est fait, nous ne regrettons rien. Nous sommes heureux, tous les deux. J'aimerais que soyez aussi heureux pour nous que je l'ai été pour chacun de vous, lorsque vous avez rencontré vos compagnes d'aujourd'hui.

Elle tourna le regard vers Blake, Parker, et enfin Max. Et tous eurent la décence de paraître un peu honteux.

Parker toussota pour s'éclaircir la voix, avant de déclarer :

— Nous apprécions tous ton soutien, Zora. Et nous…

Il hésita, face aux expressions sombres de ses frères, avant de corriger :

— *Je* suis heureux pour vous deux. Mais dans la mesure où votre union a été une décision spontanée je suppose que tu n'as pas signé de contrat de mariage, comme nous en avions tous convenu il y a cinq ans. Un contrat destiné à assurer que la distillerie restera pour toujours dans notre famille, au lieu de tomber entre les mains de qui que ce soit.

Zora réprima une grimace. Elle aurait dû se douter que cette question serait abordée.

Si elle avait épousé un inconnu, elle aurait eu des raisons de s'inquiéter. Mais c'était *Dallas*. Elle avait une confiance aveugle en son ami. Elle remettrait sa vie entre ses mains si nécessaire.

— Tu as raison, répondit-elle en se rasseyant. Nous avons tous convenu de signer des contrats de mariage afin de protéger King's Finest. Mais, croyez-vous vraiment que nous ne puissions pas faire confiance à Dallas ? Pourquoi songerait-il à s'emparer d'une partie des actions de la distillerie ? Il a sa propre entreprise, et elle est en pleine croissance.

— Dallas Hamilton est un jeune homme honorable et travailleur, intervint son père. Il a très bien réussi, et nous savons tous qu'il t'adore. Ce n'est pas que nous ne lui faisons pas confiance. Pas exactement.

— Alors, qu'est-ce que c'est ? s'enquit-elle, la vue brouillée de larmes de colère.

— C'est seulement qu'il vaut mieux prévenir que guérir, Zo, murmura Max, posant doucement la main sur la sienne. Aucun de nous n'attribue de mauvaises intentions à Dallas. Mais les circonstances et les gens peuvent changer. Il est impossible de le prévoir. Alors, nous devons parer à toutes les éventualités.

— Et, puisque Dallas est financièrement à l'aise, comme tu nous l'as dit, observa Parker, il ne devrait voir aucun inconvénient à signer un contrat de mariage stipulant précisément le patrimoine de chacun. D'ailleurs, il me semble que ce serait aussi à son avantage. De plus, les termes de l'accord sont très généreux. En cas de divorce, Dallas – ou n'importe laquelle de nos éventuelles épouses – n'en sortirait pas lésé.

Comme Zora fronçait les sourcils, il ajouta précipitamment :

— Cela ne signifie pas que nous anticipions que tu vas divorcer, Zora. Pas plus que nos futures épouses, d'ailleurs.

Zora dévisagea Blake, le cœur battant. Son frère était peut-être sincère en déclarant qu'il ne croyait pas que Dallas et elle mettraient un terme à leur mariage dans un avenir prévisible. Elle, en revanche, était parfaitement au courant de la nature temporaire de leur arrangement. Dès lors, demander à Dallas de signer un contrat qui lui assurerait une généreuse compensation en cas de divorce lui semblait peu judicieux.

— Non, répondit-elle d'une voix douce, se levant à nouveau. Je comprends vos inquiétudes, mais il n'est pas question que je demande à Dallas de signer un contrat de mariage. Alors, s'il n'y a rien d'autre à l'ordre du jour, j'ai du travail en retard qui m'attend.

Sur ces mots, Zora ramassa ses affaires et quitta la

salle. Elle avait presque atteint son bureau lorsque Cole la rattrapa.

— Ta décision a-t-elle un rapport avec ce contrat avec les Islandais que Dallas essaye de décrocher ? s'enquit-il.

— Quel contrat ? répondit-elle, ouvrant de grands yeux.

— Tish nous en parlait la semaine dernière, juste avant votre arrivée chez nos parents. Je me suis renseigné au sujet de ce type avec qui Dallas espère collaborer. C'est un homme important. Avez-vous contracté un faux mariage parce que Dallas pense qu'un homme marié aura de meilleures chances de décrocher cette affaire qu'un célibataire ?

— C'est ridicule ! protesta Zora, le cœur battant à tout rompre. Crois-tu vraiment que j'aurais renoncé à ma calèche tirée par des chevaux et au lâcher de colombes pour *cela* ?

Elle s'apprêtait à se remettre en marche lorsque son frère lui saisit le bras.

— Tu es une fille honnête et une amie loyale, dit Cole, baissant la voix. Et je sais combien Dallas compte à tes yeux. Alors, la réponse est oui. Je te crois capable d'un tel sacrifice pour lui. Comme lorsque tu l'as aidé à financer sa société.

— Comment sais-tu cela ? chuchota-t-elle d'un ton furieux.

— Je n'en étais pas sûr, avoua Cole. Mais je le soupçonnais.

— Dallas ne m'a jamais rien demandé. En réalité, il m'a fallu des mois pour le convaincre de me laisser *investir* dans sa société. Et comme tu le vois mon pari a payé. Il m'a tout remboursé avec intérêts depuis des années. Mais ne répète…

— Je tiendrai ma langue, assura Cole. Mais je ne laisserai personne abuser de la générosité de ma petite sœur.

— Cole, je sais que tu m'aimes et que tu veux seulement me protéger, mais écoute-moi attentivement. Si tu crois que Dallas essaye de profiter de moi, tu te trompes. Aie confiance en moi comme je l'ai toujours fait pour toi.

Avant que son frère ait eu le temps de répondre, le téléphone de Zora vibra dans sa poche. *Dallas.*

— Ce doit être mon mari qui m'appelle pour me dire que son voyage s'est bien passé. Avons-nous terminé, ici ?

— Oui, répondit Cole en soupirant. À plus tard, Zo.

Zora suivit des yeux son frère, qui retournait à la salle de conférences, puis elle établit la communication.

Jamais elle ne s'était sentie aussi heureuse d'entendre la voix de Dallas.

- 16 -

L'événement auquel il devait assister ce dimanche matin – le dernier de ses sept jours de travail à Chicago – avait été annulé, et Dallas avait donc réservé sa place d'avion un jour plus tôt pour le vol du retour.

En temps ordinaire, il aurait profité de ce temps libre pour visiter la ville, pour travailler sur ses créations ou lire un bon livre. Mais, dès la seconde où il avait appris cette annulation, une seule idée s'était imposée dans son esprit : Zora.

Alors il avait payé un supplément scandaleux pour changer sa réservation, car il désirait faire une surprise à son épouse. Arrivé chez lui, il avait rassemblé quelques vêtements propres, le strict nécessaire pour passer quelques jours chez Zora. Ensuite, il avait glissé son certificat médical dans la poche intérieure de son blouson de cuir noir mat arborant le nom *Triumph* en lettres brodées dans le dos.

Dallas rangea ses affaires dans les sacoches de sa moto, une superbe Triumph qu'il s'était offerte un an plus tôt, puis il attacha son casque et enfourcha l'engin. Après avoir laissé la machine chauffer quelques minutes, il sortit prudemment de l'allée de sa maison et, arrivé sur la route, il mit les gaz.

C'était une magnifique journée d'automne, au début de l'après-midi. Le soleil brillait à travers les frondaisons, illuminant les feuillages de toutes les couleurs du feu. Dallas adorait rouler à moto à cette époque de l'année, libre comme le vent qui sifflait autour de lui. Mais aujourd'hui il était concentré sur un seul but : faire enfin l'amour à sa ravissante épouse.

Toutefois, une idée l'oppressait. Et ce n'était pas la perspective de retrouver enfin Zora. Toute cette semaine, il avait été hanté par des images de son corps nu sous le sien, dans le lit qu'ils partageaient. Ce qui le tourmentait, c'était l'idée que leurs rapports en seraient changés à tout jamais.

Le désir qu'il ressentait pour Zora sortirait du non-dit pour s'exposer en pleine lumière. Ni elle ni lui ne pourraient plus prétendre qu'il n'existait pas. Ils avaient convenu de redevenir de simples amis au bout d'une année. Mais qui pouvait croire que le génie rentrerait tranquillement dans sa lampe ?

Et ce n'était pas son seul motif d'inquiétude. Zora et lui étaient sur le point de s'embarquer dans une autre aventure : celle de la coparentalité.

L'énormité de ce qu'ils s'apprêtaient à faire lui était apparue à l'instant où il avait posé les yeux sur Remi et caressé sa peau douce de bébé. Elle était si petite ! Tellement sans défense ! En contemplant le visage de la fillette endormie, il n'avait pu s'empêcher de se demander à qui ressemblerait l'enfant que Zora et lui concevraient ensemble.

Ce bébé aurait-il le sourire de sa maman ? Son joli teint d'un brun ocré ? Aurait-il le caractère de feu de sa mère ou son sens de l'humour à lui et son attitude nonchalante ?

Dallas accéléra. À présent, il filait à toute allure en direction de la maison d'Iris et Duke, où Zora se trouvait probablement déjà ainsi que tous ses frères et leurs compagnes. Il aurait donné n'importe quoi pour pouvoir l'enlever au nez et à la barbe de tout le monde, la faire grimper derrière lui sur la moto et foncer chez elle, pour passer le reste de cette journée à explorer ce corps qu'il avait déjà imaginé dans tous ses détails.

Il tourna enfin sur la route qui conduisait à la propriété des Abbott et, quelques minutes plus tard, il arrêta sa machine dans l'allée de ses nouveaux beaux-parents, ôta son casque et se dirigea à grands pas vers une porte ouverte sur le côté de la maison.

Comme toujours, la cuisine d'Iris Abbott sentait divinement bon. Des parfums de pain sortant tout juste du four, de viandes rôties, de savoureux légumes et d'appétissants desserts venaient caresser ses narines. Mais il ne se laisserait pas distraire par les merveilles culinaires d'Iris. Pas aujourd'hui.

Il grimpa les quelques marches sans bruit et entra dans la cuisine, où régnait une joyeuse activité. Quinn et Kayleigh s'affairaient à préparer une salade, tandis qu'Iris remuait le contenu d'une casserole sur le feu. Assise sur l'un des tabourets du bar, une couverture drapée sur les épaules, Savannah était apparemment en train de donner le sein à la petite Remi. Zora était assise en face d'elle, un torchon de cuisine entre les mains, et les deux femmes bavardaient.

Zora était à la fois follement sexy et adorable, ses boucles brunes attachées en un chignon lâche, vêtue d'un col roulé noir et d'une minijupe de suédine lie-de-vin, et chaussée de cuissardes noires qui lui coupèrent le souffle.

Rester assis à côté d'elle dans cette tenue durant tout le repas promettait d'être une véritable torture. Il brûlait déjà de la déshabiller.

Dallas entra aussi discrètement que possible. Il salua Iris d'un geste puis, un doigt sur les lèvres, il l'implora du regard de le laisser s'avancer derrière son épouse pour la surprendre.

Iris sourit en le voyant. Quinn et Kayleigh aussi. Mais personne ne le trahit.

Dallas referma soudain les bras autour de la taille de Zora et déposa un tendre baiser sur son cou.

Zora sursauta, visiblement surprise, mais ne cria pas. Elle pivota dans ses bras et, lorsque ses yeux bruns rencontrèrent les siens, la lueur de joie qui brilla dans son regard lui alla droit au cœur.

— Dallas, que fais-tu ici ? s'écria-t-elle. Ton avion ne devait atterrir que tard dans la soirée.

— Je sais, convint-il en la serrant plus fort dans ses bras. Mais j'étais trop impatient de te voir, mon bébé.

Dallas dévisagea son épouse, se demandant comment elle allait réagir à ces manifestations d'affection en public. Mais elle lui avait raconté que Cole doutait de la réalité de leur mariage. Quel meilleur moyen de lui prouver qu'il avait tort ?

Durant quelques instants, le temps sembla s'arrêter. La cuisine, qui bourdonnait du bruit des conversations lorsqu'il était entré, était tout à coup silencieuse. Mais Zora se haussa sur la pointe des pieds pour nouer les bras autour de son cou et posa les lèvres fermement sur les siennes, provoquant un chœur d'exclamations ravies autour d'eux.

— Toi aussi, tu m'as manqué, murmura-t-elle, levant les yeux vers les siens. Je suis heureuse que tu sois rentré en avance.

— À ce propos, intervint Iris sans subtilité excessive, pourquoi Dallas et toi ne rentreriez-vous pas à la maison ? Ton mari doit être épuisé après une longue semaine à Chicago sans sa petite chérie.

Quinn, Kayleigh et Savannah pouffèrent de rire. Zora dévisagea sa mère d'un air étonné.

— Nous n'avons même pas encore dîné, observa-t-elle.

— Qu'à cela ne tienne, répliqua Iris. Je vais vous préparer un dîner à emporter. Cela ne me prendra qu'une minute. Dallas aura tout juste le temps d'aller saluer les garçons.

Zora s'apprêtait à répondre, mais Quinn l'arrêta.

— Sincèrement, Zora, nous comprenons. Prends ton

dîner et ton homme, et rentrez vite chez vous. Il y aura beaucoup d'autres dîners du dimanche soir avec la famille.

— Très bien, répondit Zora. Nous n'avons pas l'habitude de nous imposer quand on ne veut pas de nous.

— J'adorerais vous avoir à dîner avec nous, assura Iris, mais je me rappelle très bien ce que nous désirions lorsque nous étions jeunes mariés. De plus, avec des carrières aussi exigeantes que les vôtres, vous devriez saisir toutes les opportunités d'être ensemble.

— Je suis du même avis, déclara Dallas.

Il s'empara de la main de Zora et l'entraîna vers le salon, où son père, son grand-père, ses frères et son neveu regardaient un match à la télévision.

Dallas salua les hommes, serrant les mains de son grand-père et de son père. Parker, Max et Blake avaient des attitudes amicales, et seul Cole semblait bouder.

— Nous n'allons pas rester pour dîner, annonça Zora d'un air un peu embarrassé. Dallas vient à peine de rentrer, et il a eu une semaine très éprouvante. Maman a insisté pour que je le ramène à la maison afin qu'il puisse se reposer un peu. Elle est en train de nous préparer un dîner à emporter.

— Trop fatigués pour manger, hein ? ironisa Joseph Abbott. Moi aussi, j'ai été jeune, vous savez.

— Laisse ces enfants tranquilles, papa ! le tança Duke en riant. Moi, je les comprends. Si Dallas et Zora manquent un dîner ou deux avec nous, ce ne sera pas la fin du monde.

— Merci pour votre compréhension, répondit Dallas.

— C'est une très belle moto que vous avez là, remarqua le grand-père d'un air approbateur. Je me souviens du temps où les jeunes organisaient des courses avec ces engins.

— Celle-ci est un tout nouveau modèle, précisa Dallas. Elle a gardé le style des motos anciennes, mais elle est dotée des toutes dernières technologies.

— Est-ce là-dessus que vous comptez ramener ma petite-fille chez vous ?

— Pas aujourd'hui, papy, intervint Zora précipitamment. Mais je permettrai peut-être à Dallas de m'emmener faire un tour sur sa moto… *Un jour.*

Dallas esquissa un sourire. C'était la première fois que Zora manifestait un intérêt quelconque pour ses motos.

— Cela a l'air dangereux, lâcha Parker. Tu as souscrit une assurance-vie et rédigé un testament, je suppose ?

— On peut toujours compter sur Parker pour tuer l'ambiance, remarqua Max en riant.

— Et quoi ? fit Parker, haussant les épaules. As-tu idée des statistiques d'accidents de moto ?

Au même instant, la mère de Zora réapparut, et elle leur tendit un sac de toile contenant leur dîner dans plusieurs bocaux de verre.

— Voilà, dit-elle. Votre dîner est prêt.

Dallas lâcha la main de Zora pour prendre le sac, puis il se pencha pour déposer un baiser sur la joue de sa belle-mère.

— Merci, Iris.

— Vous pouvez m'appeler belle-maman, si vous le désirez.

Malgré lui, Dallas sentit son cœur se serrer. Son mariage avec Zora prendrait fin dans un an, et il perdrait le privilège d'appeler Iris belle-maman presque aussi vite qu'il l'avait gagné.

— Merci, belle-maman, dit-il en souriant.

Puis il attrapa la main de Zora et, leur souhaitant une bonne soirée, ils prirent congé de la famille.

- 17 -

Zora rentra sa Mercedes dans le garage pour deux véhicules, impeccablement rangé, actionna la télécommande de fermeture de la porte et sortit de la voiture.

Tournant le regard vers Dallas, elle sentit un frisson la parcourir tout entière. Il était follement sexy avec son blouson de cuir, son casque noir et ses bottes. Il avait un air mystérieux, peut-être même un peu dangereux. L'idée de toute cette puissance mécanique vibrant entre ses cuisses vigoureuses… avait quelque chose de très troublant.

C'était précisément pour cette raison qu'elle n'avait jamais accepté de monter en selle derrière lui lorsqu'il le lui avait proposé. À cause de cela, et aussi parce qu'elle détestait ne pas contrôler une situation. Il lui était déjà pénible d'être passagère dans un avion ou une voiture. Mais parcourir les virages en épingle d'une route de montagne à l'arrière d'une moto fonçant à toute allure ? *Jamais de la vie.*

Dallas descendit de sa machine et abaissa la béquille, puis il ôta son casque et le posa sur le siège de la moto.

— Tu es vraiment un régal pour les yeux, observa-t-il, parcourant son corps d'un regard admiratif.

— Tu peux cesser de jouer les amoureux transis, répliqua-t-elle, sentant sa température grimper en flèche sous le feu de ce regard. Nous sommes seuls, maintenant.

— Je ne joue pas un rôle, Zora, corrigea-t-il en s'arrêtant à moins d'un mètre d'elle pour plonger des yeux emplis de désir dans les siens. Je te l'ai dit, si nous suivons notre plan… nous devrons nous y tenir réellement, aussi longtemps que nous serons ensemble.

Soudain, elle avait trop chaud. Les pointes de ses seins avaient durci. Portant une main à sa gorge en un geste de protection inconscient, elle balbutia :

— Tu m'as appelée « mon bébé », tout à l'heure, dit-elle en détournant le regard. C'était la première fois.

— C'est parce que nous n'avions jamais été mariés auparavant, observa-t-il, esquissant un sourire conquérant. Est-ce un problème ?

— Non, murmura-t-elle, pas du tout.

Dallas se rapprocha encore. À présent, ils se tenaient à moins de trente centimètres l'un de l'autre. Pourtant, il ne l'avait pas encore touchée, et elle ne pouvait s'empêcher de se sentir déçue par cette réserve. Mais la promesse qu'il lui avait faite à Las Vegas le jour où ils avaient conclu leur accord brûlait encore dans sa mémoire.

« Il ne se passera rien à moins que tu n'en aies envie. »

Elle en avait envie à cet instant même. Et si fort ! Elle pensait souvent à lui en effleurant inconsciemment sa moiteur brûlante du bout des doigts, dans son lit tellement vide et froid sans lui.

Un silence pesant s'étira entre eux. On n'entendait plus que le son de sa respiration de plus en plus précipitée.

— Je t'ai rapporté un petit cadeau, déclara-t-il, tirant une enveloppe cachetée de la poche intérieure de son blouson et la lui tendant sans la quitter du regard.

Zora fixa l'enveloppe marquée de l'en-tête d'un cabinet médical de Chicago.

Il avait passé son examen de santé.

Elle lui avait déjà envoyé ses propres résultats par texto. Désormais, ils n'avaient plus aucune excuse. Aucune raison de ne pas faire ce dont elle avait constamment rêvé durant ces deux dernières semaines. Et même, occasionnellement, des années avant qu'ils se réveillent mariés à Las Vegas.

— Je suppose que nous sommes prêts, dans ce cas, dit-elle en lui rendant l'enveloppe.

— Ne vas-tu pas l'ouvrir ? s'étonna-t-il.

— Je te fais confiance, Dallas, assura-t-elle, reculant d'un pas, incapable de respirer normalement aussi près de lui.

La douce fragrance de son after-shave, mêlée à l'air vif de cette soirée d'automne, avait quelque chose d'enivrant. Et, lorsqu'il fit un autre pas vers elle, elle recula d'autant, jusqu'à ce que la portière de sa voiture l'empêche d'aller plus loin.

— Ta confiance me flatte, répondit-il en lui tendant de nouveau l'enveloppe. Mais ce qui est dit est dit, n'est-ce pas ?

Zora déchira l'enveloppe avec des gestes maladroits et parcourut les feuillets qu'elle contenait, à peine capable de déchiffrer les lettres noires.

— Tout a l'air très bien, déclara-t-elle en lui rendant l'enveloppe.

Dallas la replaça dans la poche intérieure de son blouson de cuir sous le regard fasciné de Zora. Elle brûlait de couvrir ce cher visage de baisers, de sentir sa barbe naissante égratigner sa peau, cette merveilleuse sensation descendre vers son ventre, comme cette première nuit, dans son lit, lorsqu'elle n'avait pas pu s'empêcher de l'embrasser.

Zora fit un immense effort pour se ressaisir, et son regard rencontra à nouveau le sien. Son cœur battait la chamade, et ses mains tremblaient. Dallas allait *réellement* l'obliger à prononcer les mots fatidiques. À quémander ses caresses. Elle le lisait dans ses yeux sombres. Il désirait l'entendre mendier son amour.

En principe, elle ne voyait aucun inconvénient à exprimer ses préférences au lit. Mais Dallas était son meilleur ami, et tout cela lui semblait encore très… étrange. Mais le désir qu'elle éprouvait pour lui était réel, elle ne pouvait pas en douter. Et, plus important encore, elle avait besoin de lui.

Dallas Hamilton avait longtemps été un sujet parfait pour ses fantasmes sexuels. Mais, à présent, elle avait besoin de quelque chose de plus… solide.

Zora glissa les mains sous sa ceinture de cuir pour effleurer du bout des doigts la colonne de chair qu'elle devinait parfaitement derrière la fermeture à glissière. Son ami exhala un soupir presque douloureux, et elle sentit son souffle tiède sur sa peau. Un petit sourire coquin étira les coins de ses lèvres. Elle était très tentée de répéter l'expérience pour voir cette réaction se reproduire.

Cette fois-ci, elle empoigna sa monumentale érection à travers l'épais denim. Ses doigts descendirent lentement le long de son sexe dur pour se resserrer à sa base. Dallas laissa échapper une sorte de gémissement.

— Zora ! murmura-t-il en se rapprochant de ses caresses, le regard chaviré, les mains appuyées à la carrosserie de la Mercedes, de part et d'autre de Zora.

C'était une sensation exaltante que de se sentir ainsi prisonnière entre le grand corps de Dallas et le métal lisse de la voiture. L'idée de détenir ce pouvoir et d'obliger son ami à rendre les armes l'emplissait d'un délicieux sentiment de puissance féminine.

Zora tira jusqu'en bas la fermeture Éclair de son blouson de cuir. Puis elle glissa les mains sous l'ourlet de son T-shirt pour les laisser remonter sur sa peau nue et caresser, pincer doucement ses tétons durcis.

— Embrasse-moi, Dallas, murmura-t-elle d'une voix haletante. S'il te plaît.

Il se pencha pour poser la bouche sur la sienne, recueillant ses joues entre ses grandes mains. Ce n'était plus un baiser hésitant comme les précédents, mais avide et exigeant.

Intense et brûlant. Une facette de lui-même que Dallas laissait rarement entrevoir.

Zora crispa les doigts sur les muscles de son dos, sous le coton de son T-shirt, espérant que ses ongles courts ne laisseraient pas de marques, et elle s'immergea totalement dans leur baiser, tout son corps brûlant déjà de désir pour lui. Ses clés étaient tombées sur le sol du garage, mais cela lui était totalement indifférent. Une seule chose importait : se retrouver nue dans les bras de son mari et faire l'amour avec lui.

Zora défit la boucle de sa ceinture avec des doigts tremblants tout en continuant à l'embrasser, et elle glissa la main à l'intérieur de son boxer pour serrer son sexe dur dans sa paume. Cette fois-ci, ils gémirent ensemble.

— Bon sang ! marmonna-t-il alors qu'elle le caressait sur toute sa longueur. Quel dommage que cette Mercedes soit ridiculement hors de prix ! Sinon, je t'allongerais sur le capot et je t'écartèlerais pour me régaler de l'unique repas qui me satisferait à cet instant précis.

La main de Zora s'immobilisa, et un flot d'images érotiques déferla soudain dans son esprit. La scène qu'il décrivait la fit frissonner de la tête aux pieds, et un feu liquide envahit le centre de sa féminité.

Zora ne respirait plus. Elle était sur le point de lui répondre qu'un capot enfoncé ne serait qu'un détail sans importance lorsqu'il s'écarta d'elle.

— Nous ferions mieux de rentrer ces victuailles dans la maison, dit-il d'une voix un peu essoufflée. Ensuite, je passerai rapidement sous la douche, et nous reprendrons cet entretien *exactement* là où nous l'avons laissé.

Zora acquiesça en silence, et elle ne le quitta pas du regard tandis qu'il se penchait pour ramasser le sac de toile contenant leur dîner, exposant son derrière parfait. Elle allait *adorer* la suite, cela ne faisait aucun doute.

Dallas éparpilla tous ses vêtements sur le sol de la salle de bains et entra sous les jets brûlants de la douche, dans la seconde suite de la maison. Il lui arrivait souvent de se doucher et de se raser dans la salle de bains personnelle de Zora où tout était net et parfaitement à sa place. Chaque recoin occupé par des crèmes de beauté, des produits de maquillage – des fards ou du mascara.

Le fait qu'il n'y ait aucune place pour lui dans la salle de bains de Zora était une parfaite métaphore de ce qui l'inquiétait dans leur relation. Elle était la seule personne dans son entourage qui n'ait jamais eu besoin de lui d'une manière ou d'une autre. Même maintenant, elle n'avait pas besoin de son aide. Elle avait la situation bien en main et les moyens de mettre son plan à exécution toute seule.

L'unique petite case bien nette où il était admis dans sa vie était celle d'*ami*. Une femme aussi indépendante que Zora pouvait-elle avoir une autre place pour lui auprès d'elle ?

Appuyant la main contre le carrelage frais, il inclina la tête sous les jets d'eau pour rincer le shampoing dans ses cheveux, poussant un soupir.

Au même instant, la porte de verre de la cabine de douche s'ouvrit, laissant entrer de l'air plus frais, tandis que la vapeur s'échappait en tourbillons dans le reste de la pièce.

— Zora ! balbutia-t-il d'une voix mal assurée.

Son amie entra sous la douche, son corps d'un brun ocré glorieusement nu, lui coupant littéralement le souffle. Dallas lui enlaça la taille et referma sa main libre sur la courbe idéale de son derrière rond tandis qu'elle se blottissait contre lui.

— J'ai pensé que tu aurais peut-être envie d'un peu de compagnie, murmura-t-elle, une lueur coquine au fond de ses yeux presque noirs. Et n'avais-tu pas promis que nous reprendrions là où nous nous étions arrêtés ? Je me suis un peu impatientée.

Dallas déposa un baiser sur sa tempe, puis il laissa glisser les lèvres jusqu'à son oreille de nacre.

— Tu es merveilleusement belle, Zora, chuchota-t-il. Et je suis impatient de faire l'amour à mon épouse.

— Ton épouse temporaire ? répliqua-t-elle en riant. Je crois qu'elle est aussi impatiente que toi.

— Je préfère penser à toi comme à mon épouse *tout court*, corrigea Dallas, le regard rivé tout au fond du sien. Pas mon épouse temporaire ni ma future ex-épouse. Simplement mon épouse, qui se trouve aussi être ma meilleure amie.

— L'idée me plaît bien, souffla-t-elle en se blottissant davantage contre lui, enfonçant ses ongles courts dans les muscles de son dos, le faisant frissonner.

Il l'embrassa avec délices, se délectant du goût de sa bouche, tandis que ses mains exploraient sa peau de soie et les délicieuses courbes de son corps, encore plus parfaites dans leur glorieuse nudité.

Dallas quitta sa bouche pour tracer un chemin de baisers sur sa gorge puis, s'emparant de l'un des magnifiques globes de ses seins, il mordilla délicatement la pointe durcie. Zora ondulait des hanches en gémissant sous ses caresses, adossée au mur carrelé et, laissant glisser la main sur la douceur de son ventre, il la referma sur son mont de Vénus partiellement rasé, qu'il caressa longuement avant d'introduire un doigt, puis un autre, dans sa moiteur brûlante.

— Oh Zora ! murmura-t-il tout contre son oreille. Tu es prête pour moi ! Mais je crois que nous pouvons faire mieux encore.

Dallas s'agenouilla devant elle, les mains serrant ses hanches, et Zora le dévisagea dans un silence stupéfait lorsqu'il la fit s'asseoir sur le carrelage de céramique noire du banc de la douche, avant de lui écarter gentiment les jambes. Puis il inclina la tête et posa la bouche sur son intimité offerte pour la goûter, *là*.

Le souffle coupé, Zora laissa échapper un gémissement et glissa les doigts dans ses cheveux tandis qu'il butinait sa chair ultrasensible. Et, avec chaque seconde qui passait, ses gémissements devenaient plus bruyants, plus désespérés.

Cette escalade de sensations, ses doux encouragements et ses suppliques tremblantes avaient plongé Dallas dans un état d'excitation érotique extraordinaire. Son érection était devenue douloureuse, mais il continua à lui donner du plaisir avec les doigts et avec la bouche. Elle creusait les reins, se haussait sur la pointe des pieds pour aller à la rencontre de ses caresses en murmurant son nom, et Dallas fut très tenté de la prendre là où ils se trouvaient, dans cette cabine de douche.

Mais c'était la première fois qu'ils faisaient l'amour ensemble, et il désirait prendre tout son temps avec elle. Lui prouver à quel point leur union pourrait être parfaite, si elle leur donnait une chance.

Dallas se releva pour couper l'eau de la douche, puis il prit Zora dans ses bras et l'embrassa. Ce baiser, d'abord lent et tendre, se fit bientôt brûlant et passionné. Et elle y répondit avec une fougue égale à la sienne. Dallas lui enlaça la taille pour la serrer contre son érection douloureuse. Il aurait tout donné pour entrer tout entier dans la moiteur brûlante de sa trop ravissante épouse. La femme qui occupait constamment ses pensées depuis une semaine.

Leur mariage n'était peut-être que temporaire, mais il avait tout de même une chance inouïe de pouvoir retrouver cette femme fantastique chaque soir en rentrant à la maison et de partager son lit.

À présent que la douche ne coulait plus, la température s'était rafraîchie, et Zora fut prise d'un frisson.

Dallas ne renonça à ses lèvres pulpeuses que le temps qu'il leur fallut pour se sécher et pour atteindre le lit de Zora, au bout du couloir du premier étage.

Ils se glissèrent tous deux sous la couette blanche moelleuse, leurs deux corps encore un peu humides.

— Tu permets ? murmura-t-il, désignant le bandeau qui attachait la chevelure de Zora en un chignon lâche.

Lorsqu'elle acquiesça, Dallas le lui ôta, libérant une cascade de boucles luisantes, et il enfouit les doigts dans leur douceur de soie, comme il avait si souvent rêvé de le faire.

— Tu es si belle, Zora ! souffla-t-il en caressant sa joue, le regard rivé au fond de ses yeux bruns hypnotiques.

Il l'embrassa une nouvelle fois passionnément, et leur baiser devint bientôt un corps-à-corps fiévreux. Alors il entra lentement dans sa moiteur, se délectant de chaque seconde de cette sensation divine, jusqu'à ce qu'il réalise qu'il était tout entier en elle.

Dallas l'embrassa à nouveau, s'obligeant à ralentir le rythme de ses assauts, afin de prolonger ce moment fabuleux le plus longtemps possible.

Mais, à mesure que leurs baisers gagnaient en intensité, le va-et-vient de ses hanches devenait plus rapide malgré lui.

— Oui, Dallas, oui ! gémit-elle. Alors que leurs corps brûlants se mouvaient en cadence, se rapprochant de l'explosion finale. Comme cela ! Ne t'arrête pas, s'il te plaît !

Haletante, à bout de souffle, Zora cria son nom.

Ses cheveux en désordre, son front et son cou brillants de perles de transpiration, Zora lui apparaissait plus sexy qu'elle ne l'avait jamais été.

Sa féminité brûlante, palpitante, l'enserrait tout entier, et Dallas surfa avec elle sur les vagues du plaisir, dans un océan de félicité. C'était un pur bonheur qu'il était bien décidé à retrouver encore et encore dans l'avenir.

Alors il renonça à lutter et il explosa tout au fond d'elle dans un éclair aveuglant, le dos cambré, avant de retomber sur le drap, haletant, luttant pour reprendre son souffle.

Après, ils restèrent allongés côte à côte, à fixer le plafond en silence, jusqu'à ce que leur respiration ait retrouvé un rythme normal. Dallas fut le premier à recouvrer la parole.

— C'était…

— Bizarre ? suggéra-t-elle.

— Ce n'était pas du tout le mot auquel je songeais, répondit Dallas en riant. J'allais dire absolument fabuleux.

— Je suis du même avis, déclara Zora, déposant un bref baiser sur ses lèvres. Mais aussi… *bizarre*, tu ne trouves pas ? Parce qu'il s'agit de *nous*. Mais, au fond, c'est peut-être justement pour cela que c'était si bon.

— Je m'étais toujours demandé comment ce serait, entre nous, murmura-t-il, déposant une pluie de baisers sur son cou. Et je dois avouer que la réalité ne m'a pas déçu.

— Tu avais déjà pensé que nous le ferions ? s'étonna-t-elle, posant sa main ouverte sur son torse, l'arrêtant net alors qu'il s'apprêtait à l'embrasser une nouvelle fois.

— Pas toi ? répliqua-t-il, la défiant du regard.

— Ce n'est pas le sujet, Dallas, répondit-elle en rougissant.

— Et quel est le sujet ? s'enquit-il, posant les lèvres sur la pointe d'un sein.

— Deuxième round, lâcha-t-elle dans un souffle. Mais, d'abord, allons faire un tour à la cuisine pour reprendre des forces.

Elle arborait un sourire très coquin, et il ne put s'empêcher de sourire à son tour.

— Voilà une proposition qui me plaît énormément, admit-il avec une sincérité totale.

- 18 -

Zora entra dans la cuisine vêtue de sa tenue de travail, un confortable tailleur-pantalon bleu marine et un chemisier blanc. Elle flottait encore sur un petit nuage de félicité. Dallas avait déjà préparé le café, et le délicieux arôme du bacon frit lui mettait l'eau à la bouche.

Plus tôt ce matin-là, elle s'était réveillée dans les bras de son mari comme de nombreux autres matins. Ils étaient encore nus, après avoir fait l'amour toute la nuit, chacun explorant le corps de l'autre et, en tentant de se libérer de l'étreinte de ses bras pour se rendre dans la salle de bains et commencer à se préparer pour son travail, elle l'avait réveillé sans le vouloir.

Dallas avait ouvert des yeux encore ensommeillés, et il lui avait fallu un instant pour retrouver ses repères, puis il lui avait offert le plus adorable des sourires.

Dallas l'avait toujours accueillie avec ce merveilleux sourire chaque fois qu'ils se retrouvaient après des mois d'absence. Et, face à ce sourire, elle se sentait… spéciale. Comme si, pour lui, elle était la personne la plus importante du monde. Mais le regard qu'il posait sur elle ce matin-là avait failli la liquéfier sur place.

— Bonjour, ma ravissante, avait-il murmuré d'une voix rauque.

Comment répondait-on d'une manière adéquate au bonjour de son meilleur ami, qui se trouvait aussi être son mari temporaire et le papa de son futur enfant ?

Une poignée de main ? Un bécot sur la joue ? Peut-être un bref baiser sur les lèvres ?

— Bonjour, Dal, avait-elle dit. Désolée de t'avoir réveillé, mais j'ai besoin de commencer à me préparer pour mon travail.

— Ou alors, tu pourrais oublier ton travail aujourd'hui, avait-il suggéré en laissant glisser les lèvres sur sa joue, jusqu'au creux de son oreille. Et rester au lit avec moi.

Ses mains avaient serré fermement sa taille comme s'il n'avait nulle intention de la laisser partir, et il avait ajouté d'un ton suave :

— Je te promets que tu ne le regretteras pas.

— Je… heu…, avait-elle bredouillé, Emily et moi devons partir dans seulement deux jours, alors…

— Raison de plus pour rester au lit avec moi, l'avait-il interrompue, lui mordillant l'oreille tout en effleurant la pointe d'un sein avec le pouce.

— J'ai déjà pris presque une semaine de congé pour notre lune de miel, avait-elle objecté d'une voix faible.

— Mais nous n'avions pas fait l'amour, cette semaine-là, alors que c'est exactement le but d'une lune de miel, rappela-t-il, les lèvres traçant un chemin de baisers sur son cou.

— Vraiment ? avait-elle répondu, frissonnant malgré elle. N'est-ce pas plutôt pour profiter ensemble de quelques jours de détente après le stress du mariage ?

— Et pour faire l'amour, avait-il déclaré, posant la bouche sur la pointe d'un sein. Encore et encore.

Les lèvres sensuelles de Dallas avaient continué leur parcours sur sa peau brûlante, et il n'en avait pas fallu davantage pour que Zora retourne le rejoindre sous la couette.

— Bonjour, mon bébé, murmura Dallas en se penchant pour l'embrasser, l'arrachant à ses fantasmes érotiques.

Il était torse nu, avec pour seul vêtement un jean qu'il portait bas sur les hanches. Le regard de Zora fut irrésistiblement attiré vers la légère toison châtain clair qui s'étirait au centre de son ventre pour disparaître sous la ceinture de son jean. Et soudain un torrent d'images de la douche qu'ils avaient prise ensemble ce matin-là – et au cours de laquelle il lui avait encore fait l'amour, debout contre le mur de la cabine – resurgit dans sa mémoire.

Elle ferma les yeux pour les dissiper puis, toussotant pour s'éclaircir la voix, elle répondit d'un ton faussement détaché :

— Salut. Je vois que tu as déjà préparé le petit déjeuner.

Dallas pouffa de rire, comme s'il avait vu, lui aussi, ces images coquines défiler dans son esprit.

— C'était le moins que je puisse faire, après t'avoir mise en retard ce matin, répondit-il. Je sais que tu aimes la ponctualité. Assieds-toi, je t'en prie.

Il indiquait l'un des tabourets devant le bar, en continuant à garnir leurs assiettes de tranches de bacon, et Zora faillit objecter qu'elle était déjà très en retard pour son travail. Mais, bien sûr, Dallas s'était donné beaucoup de peine pour leur préparer ce petit déjeuner pendant qu'elle s'habillait et se maquillait. Il aurait été grossier de refuser. Et de plus, faire l'amour comme deux adolescents en rut vous donnait apparemment un appétit féroce.

Soudain, elle comprenait pourquoi Blake, Parker et Max avaient commencé à arriver de plus en plus tard au bureau et à partir de plus en plus tôt depuis qu'ils étaient en couple.

— Merci, répondit-elle en prenant place devant le bar, où l'attendait déjà un grand verre de jus d'orange. C'est très gentil de ta part, mais tu n'étais pas obligé, tu sais. J'aurais acheté quelque chose en route pour le bureau.

— Mais alors je n'aurais pas eu le plaisir de déjeuner

avec mon épouse, répliqua-t-il, ajoutant des œufs brouillés dans leurs assiettes.

— Tu adores prononcer ce mot, n'est-ce pas ? remarqua Zora, sirotant son jus d'orange avant de reposer le verre.

— Lequel ? s'enquit Dallas. *Épouse ?*

Il la fixa d'un regard étrange une seconde, puis sourit d'un air embarrassé et haussa les épaules.

— Je n'y avais pas réfléchi, mais c'est peut-être vrai.

Là-dessus, il s'affaira à étaler la confiture de fraises maison de sa mère sur un toast, et Zora s'abstint de lui poser la question qui lui brûlait les lèvres : *pourquoi ?*

Tout cela était censé n'être qu'une mise en scène, une comédie destinée à dissimuler à leurs familles une vérité moins reluisante – qu'ils avaient fait la fête jusqu'à l'inconscience et qu'ils s'étaient mariés dans une petite chapelle de Las Vegas sans en garder le moindre souvenir. Qu'ils étaient restés mariés uniquement parce qu'elle désirait très fort mettre au monde un enfant, et qu'elle n'avait pas envie d'attendre l'arrivée d'un mari hypothétique pour réaliser son rêve.

Mais prétendre que *leur* mariage était réel, même lorsqu'ils étaient seuls, lui semblait être un jeu dangereux qui pourrait leur causer bien des souffrances. Et, même si la situation dans laquelle ils se trouvaient était assez bizarre, elle ne voulait pour rien au monde faire du mal à son ami.

Dallas Hamilton était un homme robuste, un amoureux des grands espaces. Grâce à son esprit brillant et ses mains habiles, il créait des meubles fabuleux, mais il était aussi un homme sensible, d'une gentillesse qu'elle avait rarement constatée chez les autres hommes qu'elle connaissait.

Il cachait cette vulnérabilité en se montrant très circonspect dans ses relations. C'était pour cette raison qu'aucune de ses idylles passées n'avait été très sérieuse. Il protégeait encore férocement le cœur de ce petit garçon qui avait été brisé lorsque son père l'avait abandonné.

Elle aussi ferait tout ce qui était en son pouvoir pour protéger cet adorable petit garçon. C'était donc à elle de veiller à ce qu'ils restent concentrés sur leur but. De leur rappeler leur plan chaque fois que l'un d'eux s'égarait.

— Qu'y a-t-il sur ton agenda aujourd'hui ? s'enquit-elle d'un ton léger. Comptes-tu travailler au siège de ta société ou dans ton atelier personnel ?

— Je pensais m'installer dans ton bureau ici, chez toi, répondit Dallas en grimpant sur le tabouret voisin du sien pour se beurrer un toast. J'aimerais travailler sur quelques nouvelles créations que je compte présenter à Einar. J'espère que cela ne te dérange pas ?

— Non, bien sûr, répondit-elle. Absolument pas. Cette maison est aussi la tienne.

Et elle était sincère. Dallas avait eu la gentillesse d'emménager provisoirement chez elle, bien que son bureau et son atelier se trouvent à l'autre bout de la ville, ce qui supposait de longs trajets en voiture. Alors qu'ici il n'avait que quelques mètres à parcourir lorsqu'il se levait le matin.

— Rentreras-tu à la maison pour dîner ? s'enquit Dallas en sirotant son café.

Pour être tout à fait honnête, elle devait reconnaître que la présence de Dallas dans son espace personnel lui semblait encore un tout petit peu étrange et elle répondit en lui décochant un sourire moqueur :

— Oui, mon chéri. Je serai rentrée à temps pour le dîner.

Dallas disposa sur le plan de travail de la cuisine de Zora tous les ingrédients dont il aurait besoin pour préparer son chili con carne et ses petits pains de maïs aux piments verts. Zora adorait le chili, il le savait. Il le lui avait souvent servi lorsqu'elle passait la soirée chez lui devant un film ou un match de basket-ball à la télévision.

Il était resté assis toute la matinée à la seconde table de travail dans le bureau de Zora, à peaufiner quelques esquisses qu'il comptait présenter à Einar. Mais le but principal du projet était de s'immerger durant quelques mois dans la culture islandaise, de s'imprégner de l'esthétique particulière de l'ameublement de ce pays, des coutumes de ses habitants, et d'y chercher l'inspiration pour créer des choses nouvelles et innovantes, un vrai métissage de deux cultures.

Cette collaboration était importante pour lui. Il désirait montrer à Einar Austarsson qu'il était un partenaire fiable et qu'il était prêt à s'atteler à la concrétisation de leur projet. Un projet comme celui-ci nécessitait généralement de six mois à un an de préparation avant qu'il soit nécessaire de prendre l'avion pour aller s'installer dans ce qui serait pour un temps son nouvel environnement.

Une situation pas très différente de celle qu'il vivait maintenant.

Dallas parcourut du regard la cuisine de Zora, élégante et moderne, et dotée de tous les équipements dernier cri. L'exact contraire de la cuisine toute simple dont il disposait dans la cabane de rondins qui avait été autrefois la propriété de son grand-père.

C'était un espace exigu et suranné, et la cuisine était deux fois plus petite que celle de Zora, mais cette cabane lui rappelait son grand-père, aujourd'hui décédé, et tout ce que le vieil homme lui avait enseigné. Préparer un chili bien piquant ou créer de beaux meubles. Durant son adolescence l'ébénisterie était un passe-temps qui lui permettait de se libérer de sa colère et de sa frustration mais, avec le temps, ce hobby était devenu une vocation qui lui apportait sérénité et satisfaction, puis un gagne-pain, pour lui et pour les salariés de ses entreprises, ici à Magnolia Lake et ailleurs dans le monde.

Tout en cherchant dans les placards un récipient adapté à la préparation de son chili, Dallas se rappela la conversation qu'il avait eue avec Zora le matin même, et il réprima un soupir.

« Tu adores ce mot-là, n'est-ce pas ? »

À l'évidence, Zora se sentait encore embarrassée lorsqu'il s'adressait à elle comme à son épouse, même si c'était très exactement ce qu'elle était.

Dallas, au contraire, prenait un plaisir immense à prononcer ce mot.

Zora Abbott Hamilton était *réellement* son épouse. Et chaque minute de cette union l'avait comblé de bonheur. Depuis l'instant où ils s'étaient réveillés au lit ensemble, dans cet hôtel de Las Vegas, jusqu'à cette conversation qu'ils avaient eue au petit déjeuner le matin même.

Il adorait l'idée de partager sa vie – et son lit – avec cette femme ravissante qui avait toujours tant compté pour lui, même si cette situation n'était que temporaire. Alors oui, il le clamait haut et fort, il adorait appeler Zora « son épouse ».

Il avait proposé à son amie d'être le père de son enfant parce qu'elle désirait désespérément devenir maman et qu'elle était si importante à ses yeux. Il souhaitait l'aider. Toutefois, depuis qu'il avait bercé bébé Remi dans ses bras, sa vision de la paternité avait radicalement changé. Puis, s'il avait encore eu besoin d'être convaincu, le petit Davis avait offert de devenir le nouveau meilleur ami de son tonton Dallas.

En pensant à ces enfants, Dallas esquissa un sourire affectueux. C'était ce soir-là qu'il avait compris qu'il désirait fonder une famille, lui aussi. S'il ne s'était jamais permis d'y penser c'était seulement parce que, chez les Hamilton, les mariages et les relations ne semblaient jamais durer.

Alors, Dallas n'avait pas été très pressé de se marier, ni d'avoir des enfants. Et une série de relations catastrophiques avait achevé de le convaincre qu'il était plus prudent de rester célibataire. Tant qu'il avait eu Zora dans sa vie, ses échecs amoureux lui avaient semblé sans importance. Mais, ce qu'il n'avait pas compris alors, c'était que Zora et lui étaient déjà dans une relation à long terme. Une relation solide qui avait résisté à l'épreuve du temps. Pourquoi leur mariage serait-il différent ?

Ils s'adoraient, ils aimaient être ensemble et ils avaient toujours veillé l'un sur l'autre. Et ils étaient, sans conteste, sexuellement compatibles. Élever un enfant ensemble ne ferait que renforcer un lien qui existait déjà.

Pourquoi alors ne pas le rendre permanent ?

L'idée de faire de leur mariage un engagement à vie aurait dû le rendre nerveux. Mais il y pensait depuis l'instant où il avait trouvé cette licence de mariage sur la commode, en se réveillant dans sa chambre d'hôtel à Las Vegas.

Il s'était longtemps demandé si son amitié pour Zora pourrait évoluer en un sentiment plus fort. Aujourd'hui, il en avait la certitude – et c'était une idée à la fois follement excitante et un peu effrayante.

Si ce plan fonctionnait, ils auraient le meilleur des deux mondes : ils seraient amis *et* amants. Dans le cas contraire, il perdrait la femme qui était tout pour lui. C'était pour cela que ni elle ni lui n'avaient jamais osé se risquer dans une relation amoureuse. Aujourd'hui, cependant, il avait eu un aperçu de ce que pourrait être leur vie en tant qu'amis et amants, et il n'imaginait plus vivre sans elle.

Dallas posa la marmite sur le feu, réprimant un soupir. L'idée de devoir se séparer de Zora dans un an lui serrait le cœur. Parce qu'il était amoureux de sa meilleure amie. Et parce qu'ils étaient faits l'un pour l'autre.

À présent, il ne lui restait plus qu'à trouver les arguments qui convaincraient Zora de cette évidence.

- 19 -

Ce dimanche matin, Zora était au lit avec Dallas, la joue reposant sur son torse, un bras autour de sa taille. Elle était rentrée de son voyage à Atlanta le vendredi précédent, et Dallas était venu l'accueillir à l'aéroport. Et, depuis l'instant où il l'avait serrée dans ses bras, elle était au paradis.

Son baiser de bienvenue avait failli la faire défaillir. Ses jambes tremblaient, et tout son corps brûlait de désir pour lui. Dès leur arrivée chez elle, elle avait été heureuse de ne pas devoir le faire attendre davantage.

Ils avaient passé le week-end à rattraper le temps perdu, car Dallas devait, de son côté, partir pour Londres dès le lendemain.

Soudain, le téléphone de Zora se fit entendre. C'était la sonnerie personnalisée de sa mère. Elle se blottit dans les bras de son mari en gémissant, tout alanguie par la sensation de sa douce chaleur contre elle, et n'eut pas la force de tendre la main vers l'appareil.

— Je la rappellerai tout à l'heure, lorsque nous serons levés, murmura-t-elle, les lèvres contre son torse.

— Parfait, car je n'en ai pas terminé avec toi, répondit Dallas avec un sourire sensuel en se tournant pour la couvrir de son grand corps et l'embrasser.

Zora sentait la pression délicieuse de son érection contre son ventre lorsque son téléphone sonna de nouveau avec la même mélodie.

Zora regrettait amèrement de ne pas avoir activé la fonction *ne pas déranger*, et elle poussa un soupir excédé.

— Si je ne réponds pas au téléphone, ma mère va croire que nous faisons l'amour, souffla-t-elle.

— Tant mieux, dit Dallas en déposant une pluie de baisers sur sa gorge. Parce que c'est ce que nous faisons.

— Ils n'ont pas besoin de le savoir.

— Je suis sûr qu'ils le savent déjà, observa-t-il en riant. Nous sommes des jeunes mariés. Ils sont probablement persuadés que nous copulons comme des lapins.

— Comme c'est poétique ! gémit-elle.

— Tu sais que j'adore ta famille, n'est-ce pas ? murmura Dallas, déposant un autre baiser sur son cou.

Zora se figea. Aucune conversation avec un amant commençant de cette façon ne pouvait bien se terminer.

— Oui ? répondit-elle d'un ton prudent. Mais ?

— Mais tu n'es rentrée que depuis quelques jours, et moi je pars demain matin.

Il repoussa d'un geste tendre une mèche de cheveux sur sa joue puis, la bouche sur la sienne, il ajouta d'une voix rauque de désir :

— Et je préférerais de loin passer ces quelques dernières heures ici, à faire l'amour avec mon épouse.

Zora frissonna, et les pointes de ses seins durcirent. Une délicieuse chaleur envahit tout son corps, se concentrant sur le centre humide et brûlant de sa féminité.

— Ta *fausse* épouse, rappela-t-elle.

Elle n'avait pu s'en empêcher. Cet instant de perfection entre eux lui semblait si réel qu'elle en était terrifiée.

Dallas s'écarta un peu d'elle pour étudier son expression, puis un sourire coquin étira les coins de ses lèvres.

— Mais les orgasmes que je m'apprête à t'offrir seront très, très réels, promit-il.

Comment aurait-elle pu le repousser ?

Soudain, Zora ne respirait plus, et son cœur battait très fort. Au souvenir des nombreux orgasmes très réels qu'elle lui devait déjà, elle sentit un feu liquide se mettre à palpiter au centre de son corps. Comment aurait-elle pu ne pas désirer répéter ces expériences ? Mais, bien sûr, elle n'avait pas envie de paraître mendier ses caresses. D'avoir l'air désespérée.

— Il ne s'agit pas seulement de ma famille, mais aussi de ta mère, remarqua-t-elle d'un ton raisonnable en caressant sa joue râpeuse. Tish se languit de toi, beaucoup plus qu'elle ne veut bien l'admettre. Ce sera l'affaire de quelques heures. Nous ne resterons pas longtemps, je te le promets.

— D'accord, répondit Dallas en soupirant.

Il s'efforçait bravement de sourire, mais elle lisait la tristesse de la défaite dans ses yeux bruns. Puis il s'empara de sa main et déposa un baiser au creux de sa paume.

Ce geste romantique fit battre son cœur plus vite, et Zora posa à nouveau la joue contre son torse, son corps étroitement soudé au sien. Jamais elle ne s'était sentie à ce point heureuse et en sécurité dans les bras d'un homme. Avec Dallas, elle pouvait être elle-même sans être jugée. Elle aimait ce sentiment et elle aimait Dallas. Et cependant rien ne s'était passé comme elle l'avait imaginé lorsqu'il lui arrivait de fantasmer qu'elle tombait amoureuse de lui. De cet homme qu'elle avait connu toute sa vie.

Il n'y avait eu aucune pluie d'étoiles, aucun éblouissement mutuel lorsque leurs regards s'étaient rencontrés et qu'ils avaient compris qu'ils étaient désespérément amoureux l'un de l'autre. Zora avait attendu son histoire d'amour épique durant toute sa vie. Elle ne se contenterait pas de ce type de relation seulement parce que c'était un arrangement confortable pour eux deux.

Elle avait besoin de feux d'artifice, et Dallas les méritait, lui aussi, parce qu'il était un homme merveilleux, qui ferait un jour un mari fantastique pour une autre femme.

Et Zora ne ferait rien qui puisse les priver d'un tel moment, l'un ou l'autre. Et elle ne courrait pas non plus le risque de perdre définitivement son meilleur ami, si l'un d'eux découvrait un jour qu'ils étaient plus heureux du temps où ils n'étaient qu'amis.

— Bonjour, les amoureux ! s'exclama la mère de Zora lorsqu'ils entrèrent dans la cuisine de ses parents, main dans la main. Je suis heureuse de vous voir, tous les deux. Tish et moi avons mille questions à vous poser, au sujet du mariage.

— Le mariage ? répéta Zora pour gagner un peu de temps.

— Oui, Zora. Le mariage que nous allons organiser pour vous ici même. Et auquel nos familles vont pouvoir assister.

Sa mère, qui n'avait pas caché le sarcasme dans sa voix, échangea un regard entendu avec Tish. À l'évidence, leurs familles ne s'étaient pas encore remises de l'affront d'avoir été exclues de leur cérémonie de mariage initiale.

— Bien sûr… heu… maman, répondit Dallas, étreignant la main de Zora. Vous vous êtes montrées très patientes avec nous, toutes les deux, en nous laissant le temps de nous habituer à la vie domestique, ces quelques dernières semaines.

— Mais nous allons devoir vous demander de faire preuve de patience encore un peu plus longtemps, intervint Zora, posant la main sur le bras de son mari. Dallas part pour Londres tôt demain matin. Nous allons probablement vous quitter peu après le dîner.

Comme les deux femmes pouffaient de rire, Zora ajouta précipitamment :

— Pour nous occuper de ses bagages, bien sûr.

Zora sentit que ses joues devenaient écarlates. Sa mère savait qu'elle était une femme adulte avec une vie sexuelle épanouie, bien entendu. Mais il lui semblait tout de même étrange d'entendre leurs mères suggérer qu'ils étaient pressés de rentrer pour se mettre au lit. Surtout lorsque c'était vrai.

— Je pense que d'ici deux semaines nous n'aurons plus besoin de voyager autant, tous les deux, déclara Dallas pour rompre le silence embarrassé. Au moins pour quelque temps. À ce moment-là, nous nous assiérons tous autour d'une table et nous organiserons tout comme il se doit.

— Très bien, conclut Tish. Mais ne retardez pas votre mariage trop longtemps. Autrement, votre première fille pourrait bien y tenir le rôle de demoiselle d'honneur.

— Je vois cela d'ici, dit la mère de Zora en riant. Et maintenant, Dallas, pourquoi n'iriez-vous pas rejoindre les garçons au salon ? Et, Zora ? Quinn a proposé de se mettre aux fourneaux aujourd'hui, mais je suis sûre qu'elle apprécierait que tu l'aides à préparer la salade de fruits.

— Bonne idée, maman. Je reviens tout de suite.

Zora et Dallas se dirigeaient vers le salon lorsque Dallas s'arrêta tout à coup pour déposer un bref baiser sur ses lèvres.

— Comment te sens-tu, mon bébé ? murmura-t-il.

Zora se rappela qu'ils jouaient une comédie destinée à rassurer leurs familles. Mais la douceur de ses lèvres, la sensation de son torse solide sous ses mains était si réelle…

— Tout va bien, assura-t-elle. Va rejoindre les garçons. Je passerai vous voir tous dans un moment. Mais je t'ai promis que nous ne resterions pas longtemps et je tiendrai parole.

Dallas acquiesça à contrecœur et, après avoir déposé un dernier baiser sur ses lèvres, il continua son chemin, tandis que Zora retournait à la cuisine en se demandant pourquoi leur histoire lui paraissait aussi indéniablement réelle.

— Que puis-je faire pour t'aider ? s'enquit-elle en se lavant les mains devant l'évier.

— Et si tu m'aidais à préparer les salades ? suggéra Quinn.

— Pas de problème.

Zora et Quinn préparèrent d'abord une salade de pommes de terre et, cela fait, elles entreprirent de découper des tranches d'ananas, des mangues, des pommes et des fraises pour la salade de fruits. Son amie était étrangement silencieuse, et Zora ne put s'empêcher de remarquer :

— Qu'y a-t-il, Quinn ? Max et toi, vous êtes-vous disputés ?

— Pas du tout. Pourquoi ?

— J'ai l'impression que quelque chose te tracasse.

Leurs grands-pères respectifs avaient été amis durant des décennies, mais Zora et Quinn ne s'étaient liées d'amitié que depuis que Quinn avait rejoint King's Finest. Zora était ravie que son frère Max et elle soient ensemble aujourd'hui. Ils étaient parfaits l'un pour l'autre.

— Pas vraiment, assura Quinn en se tournant vers elle. Je me demandais seulement…

Quinn jeta un regard rapide autour d'elle, avant de poursuivre, baissant la voix :

— Cette histoire entre Dallas et toi… a-t-elle un rapport avec ce dont nous avions parlé, au Magnolia Café ?

Zut !

Zora réprima un soupir. Dallas excepté, Quinn était la

seule personne au monde à connaître son projet d'élever un enfant toute seule. À l'époque, Quinn et Max ne sortaient même pas ensemble et, à vrai dire, Zora et elle ne se connaissaient pas encore très bien. Mais Quinn était une interlocutrice agréable, et cette confidence lui avait échappé.

Quinn lui avait promis de n'en parler à personne et, à l'évidence, elle avait tenu parole. Autrement, Max serait aussitôt venu lui demander des explications.

— Je ne veux pas te mentir, Quinn, répondit Zora en découpant un ananas. Mais je ne veux pas non plus te placer dans une situation où tu devrais mentir à mon frère, ou…

— Je comprends, coupa Quinn. N'en dis pas davantage.

Elles poursuivirent leur travail en silence durant quelques instants, puis Quinn ajouta :

— Mais sache que je n'ai pas l'intention de vous juger. Dallas est un homme merveilleux, et d'ailleurs j'avais toujours pensé que vous vous comportiez comme un couple. Je n'ai pas été du tout surprise de vous voir ensemble. Pas plus que Savannah, Kayleigh ou vos mères.

— Pourquoi alors ai-je l'impression que tu t'apprêtes à ajouter un *mais* ? observa Zora en se tournant vers elle.

— Pas exactement, répondit Quinn, haussant les épaules. C'est seulement un fait à prendre en compte. C'est tout.

— Très bien, dit Zora en reposant son couteau. À présent, tu m'intrigues. Qu'est-ce qui ne va pas ?

— J'ignore quels arrangements vous avez conclus, si votre lien est permanent, ou même si vous êtes vraiment mariés.

— Fais-moi confiance. Nous *sommes* mariés, affirma Zora.

— Je n'ai pas pu m'empêcher de remarquer l'expression de Dallas lorsque vous êtes ensemble, déclara Quinn en souriant. Une telle adoration ne peut pas être feinte. Pour Dallas, votre mariage est extrêmement réel.

— Nous sommes meilleurs amis depuis notre enfance, rappela Zora, souriant malgré elle. Moi aussi, je l'adore.

— Non, ma petite Zora, répliqua Quinn. Cet homme est fou amoureux de toi.

— Nous nous adorons mutuellement, bien sûr, convint Zora. Mais être *amoureux*, c'est autre chose.

— Qu'est-ce que l'amour pour toi, Zora ? Pour moi c'est une amitié avec quelqu'un qui te comprend réellement. Qui sait toujours te faire sourire à la fin d'une horrible journée. L'attirance et le sexe sont la partie la plus facile. Pour certains, c'est même une réaction instantanée. Mais l'amitié, le respect et la connaissance profonde de l'autre... C'est là qu'est la difficulté. C'est ce que nous recherchons tous avec plus ou moins de succès. Mais Dallas et toi, vous les avez déjà depuis toujours.

— Si ma meilleure amie était une femme, penserais-tu que nous sommes faites l'une pour l'autre ? s'enquit Zora.

— Si vous vous aimiez aussi fort que Dallas et toi vous aimez, j'en serais absolument convaincue, répondit Quinn sans hésiter une seule seconde. L'amour ne fait aucune distinction. Et, ce qu'il y a entre vous, c'est *sans le moindre doute* de l'amour.

Zora demeura un instant silencieuse, réfléchissant aux paroles de son amie, puis Quinn ajouta :

— Je sais combien l'amitié de Dallas est précieuse à tes yeux, Zora. Vous devrez seulement veiller à être totalement honnêtes l'un envers l'autre, concernant ce que vous attendez de ce mariage. Les amitiés comme la vôtre sont rares, et elles méritent d'être préservées. C'est tout ce que j'avais envie de te dire et, à présent que c'est fait, je me sens beaucoup mieux.

Génial, songea Zora, réprimant un soupir. Au moins

l'une d'elles se sentait mieux. Car, maintenant, une question se posait : Quinn avait-elle raison ?

Dallas était-il vraiment amoureux d'elle ?

Et, si c'était bien le cas, qu'adviendrait-il de leur amitié lorsque leur arrangement arriverait à son terme ?

- 20 -

Deux mois s'étaient écoulés depuis le matin où Dallas s'était réveillé à Las Vegas pour découvrir qu'il était marié avec sa meilleure amie. Déjà deux mois ?

Au mieux, ils passaient quelques jours ensemble avant que l'un ou l'autre parte en voyage d'affaires. La plupart de ces déplacements étaient déjà sur leur agenda bien avant leur mariage, bien sûr, mais Dallas se désolait qu'ils soient si souvent séparés. Zora avait accepté de rester mariée avec lui durant seulement un an, et il préparait en secret un plan très élaboré pour faire en sorte que leur union devienne permanente. Il désirait lui prouver qu'ils étaient bien plus heureux depuis qu'ils étaient mari et femme.

Mais, chaque fois qu'il lui avait semblé que Zora pourrait donner une suite favorable à sa proposition, elle disait ou faisait quelque chose pour leur rappeler la nature temporaire de leur relation.

Dallas acheva d'appliquer la teinture à bois sur une méridienne de merisier sur laquelle il travaillait depuis une semaine. C'était la dernière pièce d'une collection dont l'inspiration lui était venue depuis que Zora et lui vivaient ensemble. À l'origine, Dallas avait seulement eu l'intention de créer quelques pièces pour les présenter à Einar. Au lieu de cela, il avait créé toute une ligne de meubles modernes et élégants, et un brin audacieux. Des pièces susceptibles de s'intégrer dans un univers aussi bien masculin que féminin. Un compromis parfait entre le style de Zora et le sien.

Cette inspiration lui était venue presque par hasard mais, dès que l'idée s'était gravée dans son cerveau, elle était devenue une obsession. Cette méridienne serait parfaite au pied du lit de Zora, et elle était le clou de toute sa collection. Dallas avait hâte de la lui montrer.

Essuyant ses mains avec un chiffon, il recula pour admirer son œuvre. Une seconde couche de teinture et une de vernis, et il serait prêt à la montrer à son épouse – son inspiratrice.

Son téléphone sonna à cet instant, et il le chercha des yeux sur toutes les surfaces de travail. Comme ce n'était pas la sonnerie personnelle de Zora, il fut tenté de l'ignorer, mais en s'approchant il reconnut le nom qui s'affichait sur l'écran.

Einar Austarsson.

Dallas se sentit soudain nerveux. Au cours de ces derniers mois, Einar et lui avaient échangé des mails au sujet du projet, mais la lenteur de ses réponses pouvait laisser craindre que l'homme d'affaires n'ait changé d'avis au sujet de leur collaboration.

Ramassant son téléphone, il établit la communication.

Einar le salua d'un ton jovial, comme s'ils étaient de vieux amis. Il lui expliqua qu'il avait été très occupé à rebâtir leur entrepôt principal, dont la toiture s'était effondrée lors d'une tempête de neige particulièrement sévère.

— Mais assez parlé de mes malheurs, poursuivit-il avec entrain. J'aimerais que nous accélérions notre projet de collaboration. Quand pourriez-vous venir nous rejoindre ici, à Reykjavik ?

Dallas avait anticipé cet appel depuis des mois, mais il ne s'était pas attendu à ce qu'Einar se décide aussi vite. Sa vie avait totalement changé au cours de ces deux derniers mois. Zora et lui étaient mariés, et ils s'efforçaient activement de concevoir un enfant. Désormais, il était engagé dans une course contre la montre.

Il lui restait dix mois pour convaincre la femme qu'il aimait que leur mariage n'était pas dû à un hasard. Qu'ils étaient faits l'un pour l'autre.

Zora monta dans sa voiture et sortit du parking. Elle avait quitté son travail un peu plus tôt, par ce brumeux après-midi d'hiver, impatiente de retrouver son mari. Ces quelques derniers mois, Dallas et elle avaient dû voyager constamment pour leur travail, et ils essayaient de profiter au mieux des quelques jours qu'ils pouvaient passer ensemble.

Hélas, Zora n'était toujours pas enceinte, même si ce n'était pas faute d'essayer.

Lorsqu'ils étaient des amis aux vies bien remplies, ils s'étaient habitués à ne pas se voir durant des semaines, voire des mois entiers. Mais, désormais, l'absence de Dallas dans sa vie et dans son lit provoquait en elle un douloureux sentiment de perte, un vide immense. Ce mariage avait une date d'expiration – et c'était *elle* qui l'avait fixée. Dallas, lui, avait maintes fois suggéré qu'ils prolongent indéfiniment leur arrangement.

Pour être honnête, elle se sentait flattée lorsque Dallas proposait, même en plaisantant, qu'ils restent mariés. Cependant, il ne lui avait jamais dit qu'il était *amoureux* d'elle. Être satisfait l'un de l'autre ne suffisait pas à faire un mariage. Un jour, ils commenceraient à s'en vouloir, comme le père de Dallas, qui n'avait jamais réellement désiré se marier ni élever des enfants, en avait voulu à son épouse.

Et si leur mariage suivait la même voie ?

L'idée de perdre leur précieuse amitié lui brisait le cœur.

À cet instant, son téléphone sonna au fond de son sac. C'était la sonnerie personnalisée de Dallas.

— Salut, dit-elle en établissant la communication. J'allais justement t'appeler pour savoir si je devais m'arrêter en route pour acheter un dîner à emporter.

— Est-ce ta façon de me demander si j'ai préparé le dîner ?

— Me voilà démasquée, répondit-elle en riant. Mais les délicieux repas que tu nous prépares m'ont gâtée. Je pense que c'est ce qui me manquera le plus, dans ce mariage.

— Vraiment ? ironisa-t-il. Dans ce cas, je crois que je vais devoir te prouver mes autres talents, ce soir.

— Oh ! fit-elle, sentant durcir les pointes de ses seins. Voilà qui me paraît prometteur. J'ai hâte d'être rentrée à la maison.

— Parfait, répondit-il en riant de bon cœur. Mais, d'abord, pourrais-tu passer à la cabane de mon grand-père ? Je voudrais te montrer mon travail de ces derniers mois.

— Ce soir ? geignit-elle. On est vendredi, et la semaine a été longue. Je suis épuisée.

— Tu ne le regretteras pas, assura-t-il d'un ton enjôleur. J'ai une surprise pour toi.

Par cette froide soirée d'hiver, elle rêvait d'un bain voluptueux, d'un repas chaud et de ses pantoufles fourrées. Mais comment aurait-elle pu refuser ?

Dallas avait bouleversé toute son existence pour lui donner l'enfant qu'elle désirait si désespérément. Elle lui devait bien de faire un détour par son atelier pour regarder ce qu'il souhaitait lui montrer.

— J'arrive, dit-elle, un peu inquiète de constater à quel point elle se sentait l'obligée de Dallas.

Quelques minutes plus tard, son téléphone sonna de nouveau. Zora répondit aussitôt.

— *Gott kvöld*, Brigitta, dit-elle, utilisant les quelques mots d'islandais que son amie lui avait enseignés.

Zora n'avait plus parlé avec elle depuis quelque temps, mais les deux femmes échangeaient fréquemment des mails. Brigitta siégeait au conseil d'administration d'une société internationale qui militait pour l'inclusion des femmes dans la gouvernance des entreprises et, à sa suggestion, Zora avait accepté de parler du sujet devant des audiences de femmes cadres lors d'événements organisés par cette société.

Zora savait par expérience que les femmes étaient trop rares chez les cadres supérieurs des grands groupes, mais elle avait d'abord hésité à s'engager. Dallas l'y avait encouragée en lui parlant des artistes locales avec qui il avait travaillé sur tous les continents, qui s'étaient épanouies dans la vie professionnelle et qui, désormais, étaient souvent le principal soutien de leurs familles.

Zora était heureuse d'avoir relevé ce défi.

Son engagement militant dans la société de Brigitta lui avait apporté un profond sentiment de satisfaction et l'avait motivée dans sa vie professionnelle. Elle espérait faire encore davantage et avait beaucoup réfléchi aux moyens d'accroître l'implication de King's Finest dans la vie de sa communauté.

— Je vais bien, dit sa nouvelle amie d'une voix presque dénuée de son accent islandais habituel. Mais je pense qu'il y a quelque chose que vous devriez savoir.

Zora poussa un soupir, s'efforçant de dissiper le malaise que lui avait causé sa conversation avec Brigitta. Quittant l'étroite route de campagne, elle s'engagea dans la longue allée conduisant à la cabane de Dallas. La cabane elle-même était modeste. Dallas avait procédé à quelques travaux essentiels, mais il avait sans cesse repoussé la rénovation complète dont elle aurait eu besoin. En revanche, il avait totalement restauré l'espace qui comptait le plus à ses yeux – la grande grange de la propriété. C'était là qu'il passait le plus clair de son temps lorsqu'il n'était pas en voyage.

Elle descendit de sa voiture et se dirigea à grands pas vers le bâtiment. Dallas ouvrit la porte coulissante et lui offrit *ce sourire-là*. Celui qu'elle adorait, qui faisait briller ses yeux et éclairait tout son visage. Qui lui faisait aussitôt oublier tous ses soucis. Qui la faisait se sentir appréciée. *Aimée.*

Et, à cet instant, tous ses doutes s'effacèrent. Elle n'avait plus peur à l'idée d'avoir épousé son meilleur ami. Dallas n'avait peut-être pas prononcé les mots magiques, mais pour la première fois la situation lui apparaissait clairement. Il l'aimait, et pas seulement comme un ami.

— Salut, ma belle, murmura-t-il en déposant un baiser sur ses lèvres. Comment était ta journée ?

— Tout va mieux maintenant que je suis avec toi, répondit-elle, lui souriant à son tour.

Les moments qu'ils passaient ensemble la rendaient incroyablement heureuse. Mais c'était bien plus que cela. Sa vie tout entière était devenue plus belle depuis que Dallas Hamilton était son mari.

Un sourire involontaire étira les lèvres de Dallas. Les paroles de Zora lui avaient procuré une joie immense. Parce que ses jours et ses nuits étaient aussi infiniment plus agréables depuis que Zora les partageait avec lui.

Il serait bien resté là toute la nuit à serrer son épouse dans ses bras, mais il commençait à faire froid, et Zora frissonnait. Dallas la fit entrer dans son atelier et referma la grande porte coulissante derrière eux.

Cette grange était pour lui un espace de paix et de créativité. Ses œuvres étaient comme une forme de méditation.

Ici, il était entouré de souvenirs de son grand-père, qui l'avait pris sous son aile et lui avait enseigné l'art d'une ébénisterie qui reflétait à la fois l'âme de ses régions d'origine et l'esprit des personnes pour qui il les créait.

— Il y a tant de souvenirs, ici ! murmura-t-elle. Ton grand-père me manque beaucoup.

On aurait cru qu'elle lisait dans ses pensées, comme c'était si souvent le cas. Elle le comprenait mieux que quiconque au monde, et c'était réciproque.

Terrassé par une vague d'émotion, Dallas se contenta de hocher la tête.

— Tu avais une surprise pour moi, paraît-il ? s'enquit-elle.

Dallas fourra les mains dans ses poches et, la gorge nouée, s'apprêta à lui montrer son travail. Il avait toujours accordé une grande valeur à ses avis, même s'il n'était pas toujours d'accord. Mais cette collection avait un côté plus personnel que tout ce qu'il avait créé jusque-là.

Si Zora la détestait, sa censure le blesserait bien davantage cette fois-ci. Car il avait mis tout son cœur, toute son âme, dans chacune de ces pièces.

— Viens, dit-il. C'est là-bas.

Conduisant la jeune femme jusqu'au fond de la grange, il lui montra la méridienne de cuir noir qu'il avait terminée plus tôt ce jour-là, la pièce finale de sa nouvelle collection.

— Alors ? Qu'en penses-tu ?

— Oh ! mon Dieu, Dallas ! murmura-t-elle, effleurant la douceur du cuir du bout des doigts. Je crois que c'est le meuble le plus sexy que j'aie vu de toute ma vie.

Elle fit lentement le tour de l'élégante méridienne sans que ses doigts quittent la surface de cuir, avant d'ajouter :

— Tu sais que j'adore toutes tes créations, mais celle-ci est époustouflante. C'est, de loin, la plus incroyable.

— Je suis heureux que tu l'apprécies, Zo, répondit-il,

réprimant un soupir de soulagement. Car c'est toi qui m'as inspiré pour cette méridienne.

— Moi ? fit-elle, ouvrant de grands yeux.

— Oui, toi, affirma-t-il, laissant glisser la main sur le cuir. Elle est hardie et sophistiquée. Contemporaine et aiguisée, avec des courbes exquises, et…

— Fière d'être noire ? suggéra-t-elle en souriant.

— En réalité, j'ai choisi cette couleur parce qu'elle s'harmonise avec le style de ta maison.

— Tu as créé cette méridienne… pour moi ? balbutia Zora.

— J'ai pensé qu'elle serait parfaite au pied de ton lit, avoua-t-il, se sentant soudain très vulnérable. Ou alors, elle pourrait remplacer ce fauteuil que tu détestes, près de la fenêtre dans le coin lecture de ton salon.

— Afin que nous puissions nous y asseoir ensemble ? demanda-t-elle, ses yeux brillants de larmes fixés au fond des siens.

— Quelque chose de ce genre, convint-il en souriant.

— Merci, Dal. Je l'adore. Elle est magnifique !

— Comme toi, murmura-t-il, recueillant son visage entre ses mains pour déposer un baiser sur ses lèvres.

— Et ces autres pièces ? s'enquit-elle, désignant le lit, la commode et la table de chevet à quelques pas d'eux.

— Au départ, j'avais seulement l'intention de travailler sur la méridienne. Puis j'ai décidé de fabriquer quelques autres pièces pour créer un ensemble. Qu'en penses-tu ?

— Je les adore, même si tu t'es un peu éloigné de ton style habituel. S'agit-il de prototypes que tu montreras à Einar ?

— Non, répondit-il, détournant le regard. Au départ, c'était mon intention, mais ce projet est vite devenu très personnel. Je compte inclure ces pièces au catalogue de

Hamilton Haus. Avec ta permission, j'aimerais que cette collection porte le nom de *Zora*.

— Tu vas donner mon nom à ta collection ? s'exclama-t-elle en le dévisageant d'un air stupéfait.

— Oui, si tu m'y autorises, confirma-t-il d'un air gêné. Je…

Avant qu'il ait pu finir sa phrase, Zora s'avança vers lui et, nouant les bras autour de son cou, elle l'embrassa. Dallas la serra étroitement contre lui, se délectant de la sensation de ses courbes généreuses sous ses doigts, et Zora fondit littéralement sous ses caresses, ses lèvres pulpeuses effleurant sensuellement les siennes.

Malgré le froid de l'hiver à l'extérieur, le visage de Dallas était brûlant, et un incendie dévastateur explosa dans tout son corps. Leur baiser devint passionné, les embrasant tout entiers. Soudain Dallas brûlait de désir pour cette femme extraordinaire, son épouse depuis deux mois déjà.

Leur mariage avait peut-être été le résultat d'une série d'erreurs et de choix questionnables, mais il se réjouissait qu'il ait eu lieu, faisant de lui le mari de Zora Abbott. Dallas était fier qu'elle porte son anneau à son doigt, et il ferait tout pour la convaincre que leur mariage n'avait pas été une quelconque erreur.

C'était leur destinée, écrite dans les étoiles depuis l'instant où ils s'étaient rencontrés pour la première fois sur ce terrain de jeux pour enfants, vingt-cinq ans plus tôt.

Leur baiser devenait plus intense de seconde en seconde, et il brûlait de la dévorer sans plus attendre. Elle était la femme la plus sexy du monde, même s'il s'était efforcé de l'ignorer pendant dix ans. Désormais, il n'était plus obligé de prétendre que sa meilleure amie n'était pas une déesse de l'amour au corps de rêve. Et il n'essayerait plus jamais de se persuader qu'ils seraient plus heureux en tant que simples amis.

Mais le temps pressait. Il devait absolument convaincre Zora qu'ils étaient faits l'un pour l'autre, même si leur relation présente n'était due qu'à une suite d'événements ridicule.

Sans cesser une seconde de l'embrasser, il fit glisser le manteau d'hiver sur ses épaules et le lança sur un banc près d'eux tandis qu'elle faisait passer son T-shirt par-dessus sa tête. Le tailleur de Zora et son chemisier allèrent rejoindre son manteau un instant plus tard puis, enfin, chacun débarrassa l'autre de ses sous-vêtements.

Mettant fin à leur baiser incandescent, Dallas entraîna Zora vers la méridienne et il la pencha en avant, les mains appuyées sur le cuir noir, afin de la prendre par-derrière, une position que Zora déclarait idéale pour la conception. Mais son épouse se retourna vers lui, une lueur coquine dans le regard, et l'obligea à s'asseoir sur le cuir pour s'installer sur ses genoux, face à lui.

Zora resserra les jambes autour de ses hanches pour les nouer derrière son dos tout en lui enlaçant le cou.

— J'adore cette position, murmura-t-il entre deux baisers, mais ne devions-nous pas privilégier la conception du bébé ?

— Je sais, convint-elle, le regard rivé au sien. Mais, ce soir, le principal n'est pas que je tombe enceinte. Il s'agit uniquement… de nous.

Dallas hocha la tête en silence, ému au-delà des mots à l'idée que Zora admette enfin ce que lui savait déjà depuis des mois. Que ce qu'ils ressentaient l'un pour l'autre allait bien au-delà de leur arrangement temporaire, ou même de leur désir de concevoir un enfant ensemble.

Dallas glissa un bras autour de sa taille fine et l'attira à lui, son érection tout contre le centre humide et brûlant de sa féminité, et Zora gémit de plaisir lorsqu'il l'embrassa avec plus de passion encore.

À présent, leurs respirations étaient haletantes.

Agrippant ses hanches, il la souleva pour la rapprocher de sa douloureuse érection, brûlant de se sentir à nouveau en elle, comme s'ils n'avaient pas déjà fait l'amour ce matin-là. Empoignant son sexe, elle le guida en elle avant de redescendre lentement sur la colonne de chair dressée, lui arrachant un gémissement.

— Zora ! murmura-t-il dans ses cheveux. C'est si bon !

Elle l'embrassa avec une douceur exquise, mais leur baiser devint bientôt beaucoup plus passionné, et le mouvement de ses hanches s'accéléra d'autant.

Zora cria son nom, et tout son corps devint rigide. Ses mains étreignaient fiévreusement ses épaules comme si elle avait besoin d'un point d'appui. Et, serrant plus fort ses cuisses, Dallas accéléra le rythme de ses assauts.

Tout à coup, il explosa dans l'orgasme le plus fantastique de toute sa vie et, plaquant Zora contre son torse, enfouit le visage dans sa chevelure au merveilleux parfum de chocolat.

— Zora, je t'aime.

Ces mots, prononcés à voix si basse qu'ils n'étaient qu'un chuchotement, Dallas désirait les lui dire depuis des mois. Mais il n'avait jamais trouvé le moment idéal.

Zora demeurait immobile et silencieuse, et on aurait même dit qu'elle ne respirait plus.

Accablé par ce silence assourdissant, Dallas ferma les yeux et poussa un soupir.

Ce lourd silence planait sur eux, tel un monstre invisible qui avait été libéré à l'instant où il lui avait déclaré comme un idiot qu'il l'aimait.

Mais c'était la pure vérité. Il l'aimait. Et pas seulement comme un ami d'enfance. Cette vérité ne lui était jamais apparue d'une manière aussi éclatante, mais il soupçonnait que sa soudaine déclaration d'amour avait effrayé Zora.

Elle s'écarta de lui pour se lever, enfila ses bottes fourrées et son manteau, qu'elle boutonna jusqu'au col comme si elle avait besoin de cette barrière entre sa nudité et lui. Puis elle ramassa rapidement le reste de ses vêtements.

— Salle de bains ! lança-t-elle par-dessus son épaule en se hâtant dans cette direction.

Le cœur serré, Dallas poussa un long soupir.

Cela ne s'était passé comme il l'avait espéré.

— Rejoins-moi à la cabane, Zo, cria-t-il dans son dos. Je vais nous commander quelque chose pour dîner. Ensuite, nous pourrons… parler.

Zora s'arrêta net comme si elle venait de heurter un mur. Elle tourna la tête vers lui et acquiesça en silence avant de reprendre la fuite.

Dallas enfila son jean et sa chemise, puis il chaussa ses bottes sans les lacer et, ramassant sa ceinture et son boxer, il prit le chemin de la cabane pour commander le dîner et prendre une douche.

Visiblement, son épouse avait été très troublée par sa déclaration d'amour. Mais il croyait sincèrement chaque mot qu'il avait prononcé et il était persuadé que Zora l'aimait aussi.

Luttant contre un sentiment d'échec, il réprima un soupir. Mais il était plus déterminé que jamais à convaincre Zora que ce qui existait entre eux était réel et valait la peine qu'ils luttent pour le garder.

- 21 -

Zora referma la porte de la salle de bains, furieuse contre elle-même pour s'être enfuie comme une enfant. C'était précisément ce genre de situation qui lui avait fait redouter d'épouser son meilleur ami et d'élever un enfant avec lui.

L'aimait-elle ? *Bien sûr que oui !* Mais, avant l'épisode de Las Vegas, elle avait eu une idée très précise de la *nature* de cet amour qu'elle avait pour lui.

Les Grecs de l'Antiquité comprenaient parfaitement la complexité du sentiment amoureux, et ils avaient quatre mots différents pour le définir : *agape* pour l'amour de l'humanité, *storge* pour l'amour des parents envers leurs enfants, *philia* pour l'amour entre amis, et *eros* pour la passion érotique.

Avant ce voyage à Las Vegas, ce qu'ils éprouvaient l'un pour l'autre était sans l'ombre d'un doute un amour entre amis. Et elle avait été sincèrement décidée à ce que cela reste ainsi. Même après qu'ils avaient décidé de concevoir un enfant ensemble. Toutefois, au cours de ces derniers mois, la situation entre eux avait peu à peu évolué. Leur mariage, d'abord un simple arrangement, devenait chaque jour plus réel, leur amour plus fort que l'amitié et que le simple désir sexuel.

Était-elle tombée amoureuse de son meilleur ami ? Dallas était-il amoureux d'elle, lui aussi, comme Quinn le croyait ?

Zora était une professionnelle accomplie, une candidate

au poste de P-DG de son entreprise, et elle était sur le point de s'embarquer dans la grande aventure de la maternité. Elle allait donc devoir parler sérieusement avec son mari de la déclaration qu'il lui avait faite et des sentiments de plus en plus compliqués qu'elle éprouvait pour lui.

Elle allait faire un brin de toilette, enfiler son manteau et aller le rejoindre à la cabane pour avoir une franche discussion avec lui. C'était une perspective qui n'avait cessé de la terrifier durant ces quelques dernières semaines.

Zora entendit ses clés tinter dans sa poche lorsqu'elle rassembla ses vêtements dans une main. De l'autre elle serrait son manteau de laine beige autour de son corps nu. Posant ses affaires sur le plan de travail, elle parcourut du regard l'espace où elle se trouvait.

Dallas avait entièrement restauré la grange, mais il s'était contenté de quelques améliorations dans la cabane, qui la rendaient tout de même plus confortable qu'auparavant.

Une table de billard qu'il avait fabriquée lui-même trônait au centre de la pièce principale sommairement meublée. Le couloir de gauche conduisait à la chambre de Dallas, et celui de droite à une chambre plus petite, destinée aux invités.

Dallas avait fait appel à l'entreprise de Cole pour percer une grande baie vitrée dans le mur du fond, par où la lumière entrait à flots. Son frère avait également modernisé la petite cuisine, qui disposait à présent d'un réfrigérateur haut de gamme et d'un lave-vaisselle.

Dallas avait réalisé lui-même le magnifique plan de travail central en bois de séquoia de récupération, qui servait de bar du petit déjeuner et qui était la seule surface de travail disponible dans la cabane pour la préparation des repas.

Son manteau toujours serré contre son corps, Zora se dirigea vers la chambre de Dallas, où elle entendait couler la douche. Prenant une profonde inspiration, elle posa ses vêtements et son manteau sur le lit, ôta ses bottes fourrées, puis entra bravement dans la salle de bains.

Dallas se rinçait les cheveux sous la douche, et il sursauta lorsqu'elle ouvrit la porte de verre et entra dans la cabine avec lui.

Puis un sourire ironique étira ses lèvres sensuelles.

— Est-ce ta nouvelle lubie ? Te doucher avec un homme ?

— Peut-être, répondit-elle avec un haussement d'épaules nonchalant. Est-ce un problème pour toi ?

— Absolument pas, déclara-t-il en lui enlaçant la taille pour la serrer contre lui et l'embrasser. Vous pouvez vous doucher avec moi quand il vous plaira, madame Hamilton.

— C'est Mme Abbott-Hamilton, corrigea Zora en lui rendant son baiser. Mais comme je te trouve très mignon – et très bien disposé envers moi si j'en crois cette protubérance dure que je sens contre mon ventre – je te pardonne.

— Alors, tout va bien entre nous, Zo ? s'enquit-il, scrutant son visage. Tu semblais assez contrariée lorsque je t'ai dit…

— Je sais, coupa-t-elle sans lui laisser le temps de répéter ces mots. Et je te prie de m'excuser. J'étais seulement étonnée de t'entendre parler ainsi.

— J'étais sincère, Zo, murmura-t-il en lui caressant la joue. Je t'aime, et pas seulement comme un ami. J'adore être ton mari, et l'idée d'être le papa de nos enfants me comble de bonheur. Tu es ma meilleure amie *et* la femme qui a conquis mon cœur pour toujours. Et cela, c'est merveilleux.

Zora fronça les sourcils, le cœur serré. Ces paroles rendaient plus difficile encore ce qu'elle avait à lui dire.

— Dallas, commença-t-elle d'une voix tremblante, je…

— Je t'aime, Zora, répéta-t-il. Et je désire vivre avec toi. Pas uniquement durant ces quelques mois qui nous restent, mais pour toute la vie. Et je sais que tu m'aimes aussi.

C'était vrai. Zora le comprenait maintenant. Mais elle comprenait aussi que cet arrangement était injuste pour Dallas. Il était possible qu'ils soient destinés à vivre ensemble. Mais peut-être pas à cette époque de leurs vies.

— Dallas, je ne crois pas que…

— C'est la vérité, Zo, l'interrompit-il, le regard rivé au sien. Je ne dis pas cela uniquement parce que le sexe entre nous est fabuleux. C'est ce que je ressens réellement pour toi. J'étais peut-être ivre lorsque j'ai prononcé mes vœux de mariage dans cette chapelle de Las Vegas, mais, mon bébé, chacune de mes paroles était sincère. Je t'aime, Zo. Je crois que je t'ai toujours aimée.

Sa voix trembla un peu quand il prononça ces mots. Zora ferma les yeux, et des larmes brûlantes montèrent à ses paupières. Elle désirait lui avouer la vérité – qu'elle l'aimait et qu'elle aussi désirait vivre avec lui. Mais ce n'était pas cela qu'elle était venue lui dire. Parce que ce n'était pas dans le meilleur intérêt de l'homme qu'elle adorait.

— Dallas, moi aussi, je t'aime, murmura-t-elle, les joues ruisselantes de larmes.

L'expression de Dallas passa instantanément de la joie à l'appréhension. Car il la connaissait suffisamment bien pour deviner qu'elle rassemblait ses forces et que ce qu'elle s'apprêtait à ajouter lui ferait de la peine.

— Mais cet arrangement, poursuivit-elle, je… je n'avais pas compris à quel point il est injuste pour toi.

— Puisque je suis le premier concerné, ne serait-ce pas à moi de décider de ce que je juge juste ou injuste ?

— Tu es mon meilleur ami, Dal, et tu as été un mari merveilleux…

— *J'ai été* un mari merveilleux ? l'interrompit-il. Au passé ?

Pour toute réponse, un nouveau flot de larmes roula sur

les joues de Zora. Dallas fronça les sourcils, puis il coupa l'eau de la douche et sortit brusquement de la cabine.

Il lui tendit une serviette, en prit une pour lui-même avant de disparaître dans la chambre. Zora l'y suivit tout en se séchant avec la serviette blanche moelleuse, et elle s'assit sur le bord de son lit pendant qu'il ouvrait des tiroirs, puis qu'il enfilait un boxer propre.

— Tu me demandes de mettre fin à notre mariage *maintenant*, n'est-ce pas ? s'enquit-il en pivotant vers elle.

— Oui, lâcha-t-elle dans un souffle, le cœur brisé.

— Pourquoi, Zo, murmura-t-il en s'asseyant près d'elle sur le lit, sa grande main recouvrant la sienne. Je sais que ce n'est pas ce que tu désires, et moi non plus. Ce que nous avons construit… c'est *absolument vital* pour moi.

— Pour moi aussi, Dal, mais je suis terrifiée.

Dallas savait qu'elle n'admettait pas facilement ses peurs et ses faiblesses. Il prit sa main, entremêlant leurs doigts pour la réconforter.

— Si notre arrangement devenait un véritable mariage, les enjeux seraient beaucoup plus élevés, je le sais, reconnut-il. Et je comprends que tu sois terrifiée, sachant tout ce que nous pourrions perdre. Moi aussi j'ai peur. J'ignore autant que toi ce que ce nouveau chapitre de notre vie pourrait nous apporter. Mais je sais qu'aussi longtemps que nous resterons ensemble tout ira bien et qu'ainsi nous pourrons vaincre tous les obstacles.

— J'ai envie de le croire, Dal. Sincèrement. Mais…

— Je ne te demande pas de croire à un conte de fées, Zo, mais de livrer un combat avec moi et de te battre parce que notre amitié est trop précieuse pour qu'on risque de la perdre. Toutes nos anciennes relations ont sombré parce qu'elles n'étaient pas de taille à résister aux contraintes de nos carrières et de nos familles. Mais toi, Zora, tu es ma priorité absolue. Ton amour, ton amitié et la famille que tu essayes de créer… comptent plus pour moi que n'importe quoi d'autre. Pour toi, mon cœur, je suis prêt à tous les sacrifices.

— Comme ta décision de renoncer à ta collaboration avec Einar Austarsson, par exemple ?

— Comment as-tu su ? fit-il, ouvrant de grands yeux. Brigitta te l'a dit, n'est-ce pas ?

Ce n'était pas vraiment une question, et Zora ne se donna donc pas la peine de confirmer ce qu'il savait déjà.

— Je n'ai pas annulé le projet, précisa Dallas. J'ai seulement demandé qu'il soit reporté quelque temps.

— Mais pourquoi, Dallas ? s'enquit-elle, recueillant tendrement ses joues entre ses mains. Tu avais travaillé si dur pour préparer cette collaboration !

— Nous envisagions de lancer le projet dans quelques mois, observa Dallas, déposant un baiser au creux de sa paume. Le problème, c'était qu'Einar souhaitait que je vienne dès que possible à Reykjavik pour tout organiser, ce qui aurait nécessité ma présence là-bas durant près de trois mois. Je lui ai répondu que cela ne m'était pas possible pour le moment, parce que nous essayions de fonder une famille.

— Qu'a-t-il répondu ? s'enquit Zora.

— Einar avait supposé que tu m'accompagnerais là-bas, répondit Dallas en soupirant. Je lui ai rappelé que mon épouse avait d'importantes responsabilités dans une entreprise et qu'elle ne pouvait pas s'absenter durant trois mois. Alors, j'ai décliné son offre pour le moment, mais je lui ai dit que j'espérais concrétiser notre collaboration dans un avenir proche.

— Oh ! chéri ! s'exclama-t-elle, les yeux brillants de larmes. Je n'arrive pas à croire que tu aies renoncé à ce projet pour moi. Je sais à quel point tu y tenais.

Dallas haussa les épaules, comme si cette opportunité

perdue de donner une dimension internationale à sa société n'était qu'un détail sans importance.

— Aujourd'hui, déclara-t-il, tu sais que tu comptes davantage pour moi que ma collaboration avec Einar Austarsson, ou quoi que ce soit d'autre.

— J'apprécie le sacrifice que tu es prêt à accepter pour moi, Dallas, répondit Zora d'une voix émue. Mais je ne t'ai pas demandé de te sacrifier et je ne le ferais jamais. Je désire que ta vie soit une réussite et que tu sois heureux. Ce projet te tenait énormément à cœur.

— C'est vrai, convint-il, le regard rivé au sien. Mais c'était avant que j'aie compris que je désire vivre avec toi. D'avoir des enfants avec toi, de bâtir une vie pour nous deux ici même, à Magnolia Lake.

Dallas disait tous les mots adéquats. Il lui donnait *tout* ce qu'elle aurait pu espérer de lui.

Il se sacrifiait pour elle.

Elle ne pouvait pas le permettre.

— Tu ne m'as pas du tout consultée sur ce sujet, observa-t-elle. Tu n'as même pas pris la peine de me demander si j'accepterais de t'accompagner en Islande.

— L'aurais-tu fait, Zora ? s'enquit-il en soupirant. Je crois que nous connaissons tous deux la réponse à cette question.

— Alors, tu as simplement décidé à ma place ? répliqua-t-elle, blessée et furieuse.

— Ce n'était qu'un projet, Zora, rappela-t-il. Hamilton Haus est une entreprise solide. Ce n'est pas la fin du monde.

— Cette volonté de t'immerger totalement dans différentes cultures du monde tous les deux ou trois ans fait partie de ta marque. C'est ce qui rend Hamilton Haus si unique. Mais, plus important encore, ces projets te rendent heureux, Dal. De plus, ils aident de nombreux artistes locaux. Je ne peux pas te priver de tout cela.

— Tout mariage exige des sacrifices, Zora, remarqua Dallas en effleurant sa joue d'une caresse.

— Le mariage demande quelques compromis, corrigea-t-elle. Chacun doit céder un petit peu pour trouver un juste milieu. Si l'un des deux consent à tous les sacrifices, le couple ne peut pas fonctionner. L'autre finirait par éprouver du ressentiment, et je ne veux pas de cela entre nous, Dal.

— Qu'essayes-tu de me dire, Zo ? s'enquit-il d'un air peiné.

L'expression de Dallas lui brisa le cœur, et un nouveau flot de larmes monta à ses paupières.

— Je dis que je ne vois pas comment cette relation pourrait fonctionner pour nous deux, répondit-elle d'une voix brisée.

— Zo, mon cœur, dis-moi simplement ce que tu désires, murmura-t-il. Tu peux tout me demander.

Zora ferma les yeux une seconde, puis, souriant à travers ses larmes, plongea le regard au fond du sien.

— Deux choses, répondit-elle en caressant doucement sa joue. Tout d'abord, je veux que tu appelles Einar demain matin et que tu lui dises que tu as changé d'avis.

— Très bien, dit Dallas, visiblement ému. Et quoi d'autre ?

Zora se débarrassa de la serviette serrée autour d'elle et la laissa choir sur le sol, puis elle s'installa sur ses genoux, face à lui, et posa les lèvres sur les siennes.

— Fais-moi l'amour, précisa-t-elle dans un souffle.

Comment refuser une telle proposition ? Dallas l'embrassa et lui fit l'amour comme si c'était la dernière fois de sa vie qu'il avait l'occasion d'être avec elle.

Et cette seule idée lui déchirait le cœur.

Mais elle aimait trop Dallas pour permettre qu'il renonce à une telle opportunité. Quelles qu'en soient les conséquences.

- 22 -

Zora était plantée au bout de la grande table du conseil d'administration, face à son grand-père – qui se remettait bien de son AVC –, à Duke, son père, et à ses frères Blake, Parker et Max. Elle venait de leur exposer son projet de création de la Fondation King's Finest et de se proposer pour piloter le projet.

Dallas était en Islande depuis deux semaines, et elle avait passé bon nombre de ses nuits à sangloter, seule dans son lit, en regrettant que son mari ne soit pas auprès d'elle. Et, pour ne pas sombrer dans la dépression, elle avait élaboré ce projet qu'elle venait de présenter à sa famille.

Son père et son grand-père avaient aimé l'idée de cette fondation, qui offrirait des services à des communautés défavorisées et qui améliorerait l'image de leur marque.

Mais, comme elle s'y attendait, son père avait une question à lui poser.

— Si tu te concentres sur la création de cette fondation, qui se chargera des ventes ? s'enquit-il, fronçant les sourcils. Tu sais combien ton travail ici est important, Zora.

— Merci, papa, répondit-elle en souriant. Mon assistante, Emily, est intelligente et ambitieuse. Elle a occupé une place essentielle dans notre équipe depuis que je l'ai recrutée à sa sortie de l'université, il y a six ans. Ses fonctions actuelles ne rendent pas justice à ses talents.

Zora retourna s'asseoir à sa place, près de Max, avant d'ajouter :

— Dans mon travail de bénévolat, j'offrirai aux femmes les connaissances et les outils nécessaires pour qu'elles puissent progresser dans l'échelle hiérarchique. Je ne suggère pas qu'Emily me remplace totalement, mais je lui ai déjà confié des responsabilités plus larges, et chaque fois elle a dépassé toutes les espérances que j'avais placées en elle. Je pourrais garder le pouvoir de décision final et confier les opérations quotidiennes à Emily, avec une augmentation de salaire conséquente et l'appui de deux autres femmes talentueuses qui sont prêtes à assumer de nouvelles responsabilités.

— C'est un excellent plan, Zora, opina son grand-père avec un sourire chaleureux. Je suis fier de toi pour avoir élaboré un tel projet. Serais-tu tentée par le poste de P-DG ?

— Justement, répondit-elle, à ce sujet… j'y ai beaucoup réfléchi. Je désire par-dessus tout assurer le succès de la fondation, tout en continuant à assurer la progression de nos ventes. Par conséquent, j'aimerais retirer mon nom de la liste des candidats et soutenir la candidature de Blake.

Tous les visages autour de la table exprimaient à présent divers degrés de choc et de surprise. Comment s'en étonner ? Après tout, elle était habituellement la personne la plus compétitive de ce groupe.

— Nous ne sommes pas dans un parlement, Zora, grogna Parker. Et Blake n'est pas un candidat politique.

— Non, en effet, répliqua son père, mais ici, à King's Finest, l'intérêt de la famille est toujours prioritaire. Votre grand-père et moi sommes attentifs à vos opinions. Vous serez un jour le noyau dur de cette entreprise et vous travaillerez encore ensemble longtemps après que nous aurons disparu. Vos désirs comptent énormément pour nous.

— Excellent, déclara Max. Parce que moi aussi j'y ai pas mal réfléchi. Aurais-je aimé devenir le prochain P-DG de King's Finest ? Bien sûr. Mais, en toute honnêteté, je crois que Blake est mieux qualifié que moi pour assumer ce poste. Alors moi aussi je soutiens la candidature de Blake. Pas parce qu'il est l'aîné, mais parce que ses connaissances, son éthique du travail, son caractère et le respect qu'il a su inspirer autour de lui font de Blake le candidat *logique* au poste de P-DG.

— Je veux que ce soit bien clair pour tout le monde, intervint Parker, réprimant une grimace. Je ne me retire pas de la compétition. Mais je reconnais la logique de vos arguments. Si Blake est nommé P-DG de King's Finest, je pense qu'il représentera notre entreprise avec compétence. Et je ferai ma part pour l'y aider.

Leur père et leur grand-père échangèrent un regard. Papy Joseph hocha la tête.

— Je suis heureux que vous soyez parvenus à cette conclusion tout seuls, déclara Duke avec un sourire rayonnant. Parce que votre grand-père et moi pensons tous deux que Blake mérite d'être nommé P-DG de notre distillerie. Je suis très fier de constater que vous placez l'intérêt de cette famille et celui de l'entreprise avant vos intérêts personnels.

— Bien joué, petite peste, dit Max en se tournant vers Zora, lorsque la réunion fut terminée. Et je te demande pardon de n'avoir pas été plus réceptif, lorsque tu es rentrée mariée de Las Vegas. Nous étions tous surpris, c'est tout. Mais je dois avouer que Dallas et toi semblez faits l'un pour l'autre. Le mariage te va bien, Zo.

— Merci, Max, répondit Zora, s'efforçant de sourire.

Leurs familles savaient que Dallas était à Reykjavik pour affaires. Ce qu'ils ignoraient, c'était que leur relation était dans le flou le plus total. Elle s'était rendue au dîner familial du dimanche soir et y avait fait bonne figure, leur communiquant les dernières nouvelles du séjour de son mari, car ils se parlaient au téléphone chaque matin.

Cole et Quinn étaient les seuls à sembler comprendre à quel point elle était dévastée par cette séparation. Mais, même à eux, elle n'avait pas dit toute la vérité.

Lorsqu'elle quitta son siège, elle se retrouva face à face avec Blake.

— Merci, Zo, dit-il en la serrant dans ses bras. Je ne m'y attendais pas du tout, mais je te suis reconnaissant pour la confiance et le soutien que tu m'as manifestés. À quand le grand mariage en famille ?

— Les deux mamans trépignent d'impatience, répondit Zora avec un soupir, mais, comme Dallas est toujours à Reykjavik, j'espère qu'elles se calmeront un peu.

— Sois patiente avec elles, répondit Blake en souriant. Elles sont folles de joie à l'idée que Dallas et toi allez enfin vous marier. Comme nous tous, d'ailleurs.

Génial, songea-t-elle. Alors, maintenant, ses andouilles de frères avaient décidé d'approuver son mariage avec Dallas ?

— Tiens bon, Zora, intervint Parker en lui tapotant affectueusement l'épaule. Elles sont ravies que Dallas et toi soyez enfin ensemble. Nous le sommes tous. En outre, plus ils sont tous concentrés sur la date de ton mariage, et moins ils nous harcèlent au sujet du nôtre, Kayleigh et moi.

Chose rarissime, Parker lui souriait, et Zora ne put s'empêcher d'éclater de rire.

C'était la fin d'une autre longue journée, et elle se sentait épuisée. Elle désirait uniquement rentrer chez elle, se glisser sous les couvertures et penser à la vie merveilleuse qu'elle avait vécue ces quelques mois derniers, depuis que Dallas et elle étaient mariés. Elle espérait de tout cœur qu'ils trouveraient le moyen de faire de ce mariage un succès, pour lui et pour elle-même.

- 23 -

On était dimanche soir et, plantée devant la fenêtre de la cuisine de ses parents, Zora observait son père qui s'affairait devant le barbecue au fond du jardin.

Avec chaque jour qui passait, Dallas lui manquait davantage. À tel point qu'elle avait la sensation que cette absence la rendait réellement malade. Sa mère avait même posé la main sur son front comme pour vérifier si elle avait de la fièvre, avant de déclarer que sa seule maladie était que son homme lui manquait.

Cette plaisanterie ne l'avait pas amusée.

Derrière la vitre, elle voyait aussi sa mère, la plupart de ses frères et leurs épouses assis autour du gril, chaudement habillés pour tenir compagnie à son père malgré la fraîcheur de l'air en cette fin d'automne. Savannah et Kayleigh étaient dans le salon avec Remi, déjà âgée de trois mois et grandissant de jour en jour.

Si Zora était d'humeur sombre, c'était aussi parce que Emily et elle devaient partir le lendemain pour l'Europe, afin de rencontrer des distributeurs en Belgique, en Finlande, en Suède et en Allemagne.

Le claquement de la porte du réfrigérateur la fit sursauter. Elle n'avait pas entendu Cole entrer.

— As-tu l'intention de te morfondre de ce type durant ces trois mois où il va vivre comme un pacha en Islande ? ironisa-t-il en décapsulant sa bière.

— Maintenant, cela suffit ! gronda-t-elle en pivotant

pour faire face à son frère. Tous les autres membres de cette famille ont accepté ma relation avec Dallas. Mais *toi* – sur qui je comptais le plus pour me soutenir – tu t'es comporté comme un crétin depuis le début.

— Tu n'as pas besoin de te mettre dans ces états seulement parce que je me moque de ton petit ami…

— Dal n'est pas mon petit ami, Cole, coupa-t-elle. Il est mon *mari* et quasiment un membre de cette famille depuis notre enfance. Vous vous êtes toujours très bien entendus, tous les deux, non ?

— Je sais, grogna-t-il en sirotant sa bière.

— Alors, quel est ton problème, au juste ? Pourquoi le traites-tu soudain comme un ennemi ? Il est le même homme formidable et l'ami de la famille qu'il a toujours été.

La voix de Zora se brisait, et les larmes qu'elle essayait de refouler commencèrent à ruisseler sur ses joues, ce qui la rendit encore plus furieuse contre elle-même et contre son frère.

Zora n'avait jamais voulu de la protection de ses frères. Elle exigeait qu'ils reconnaissent qu'elle était aussi intelligente et aussi forte qu'eux, et elle avait appris depuis longtemps à ne pas pleurer en leur présence.

En se comportant ainsi, elle foulait aux pieds ses propres codes, et c'était cela qui la faisait le plus enrager.

— Zo, je suis désolé, lâcha Cole en posant sa bière pour s'approcher d'elle. Je ne voulais pas te faire de la peine.

— De la peine ? rétorqua Zora. Je suis *furieuse* ! Tu n'as jamais traité l'épouse ou la compagne de nos frères de cette façon. Au contraire, tu adores Savannah, Kayleigh et Quinn. Pourquoi alors te comportes-tu comme un parfait imbécile avec Dallas ?

Cole fronça les sourcils puis, au lieu de répondre à sa question, il haussa les épaules, ramassa sa bière et but une longue gorgée, ce qui la fit enrager encore davantage.

— Tout cela, c'est du vent, Cole ! ajouta-t-elle. Tu dois avoir une bonne raison pour te comporter de cette manière. Il y a quelques mois de cela, à l'anniversaire de mariage de maman et papa, vous vous entendiez très bien, Dallas et toi. Qu'est-ce qui a bien pu changer entre-temps ?

— Tu tiens vraiment à le savoir ? s'enquit Cole.

— Bien sûr ! répondit Zora, fusillant son frère du regard.

— Il nous a menti, déclara Cole en reposant sa bière. Il nous avait toujours juré qu'il n'y avait rien entre vous deux. Et voilà tout à coup que vous vous mariez en secret. Ce choix ne s'est pas fait en un seul jour. À l'évidence, il y avait bien davantage que de l'amitié entre vous.

— Et c'est pour *cela* que tu es en colère ? s'exclama Zora, se retenant à grand-peine d'éclater de rire. Parce que tu crois que nous étions ensemble durant tout ce temps et qu'il t'avait menti à ce sujet ?

Cole croisa les bras, son expression indiquant clairement qu'il ne voyait rien de drôle dans cette situation.

— D'abord, dit Zora, pointant un doigt menaçant vers son frère, qui je choisis ou non d'inviter dans mon lit n'est pas ton affaire. Ensuite, Dal ne t'avait pas menti. Avant de nous marier, nous étions seulement amis. Notre décision de nous marier a été une décision spontanée, qui nous a surpris autant que vous tous. Mais cela nous a paru juste, et nous étions heureux…

— *Étiez* heureux ? remarqua Cole d'un ton circonspect. Dois-je comprendre que vous ne l'êtes plus ?

— Nous sommes toujours heureux, assura-t-elle.

Elle désirait être convaincante, mais ses yeux refusaient de coopérer, et de nouvelles larmes ruisselèrent sur ses joues.

— Pourquoi ne peux-tu pas simplement te réjouir pour nous deux, espèce d'idiot ? geignit-elle.

En dépit de ses protestations, Cole la serra dans ses bras, indifférent aux larmes et au maquillage qui tachaient sa chemise, et il éloigna Zora de la fenêtre pour que leur famille ne la voie pas pleurer.

— Tu as raison, je me suis comporté comme un imbécile, s'excusa Cole. Mais quelque chose clochait, dans votre histoire, alors je me suis inquiété. Tu es ma petite sœur, et l'amie la plus proche qu'il me reste. Je suppose que je n'ai pas très bien réagi à l'idée de te perdre.

L'amie la plus proche qu'il lui restait ?

Soudain, le véritable problème lui apparaissait clairement. Pourquoi n'y avait-elle jamais songé ?

— Tout cela ne concerne pas du tout Dallas et moi, mais Quinn et toi, n'est-ce pas ? observa-t-elle d'une voix douce.

— Je ne sais pas du tout de quoi tu parles, grogna Cole en détournant le regard

— Bien sûr que si, murmura Zora.

Elle jeta un rapide regard autour d'elle pour s'assurer qu'ils étaient seuls, avant d'ajouter, baissant la voix :

— Tu n'as pas encore tout à fait accepté que Quinn et Max soient ensemble, n'est-ce pas ?

— Quinn et Max sont heureux, répondit-il, le visage aussi froid qu'un masque de pierre. Alors, je suis content pour eux.

— Dans ce cas, pourquoi as-tu l'air de tant souffrir ? Pour elle, ce qu'il y avait entre vous n'était qu'une belle amitié. Avais-tu vraiment cru que vous finiriez ensemble un jour ?

— Est-ce une critique ? marmonna-t-il.

— Pas du tout, se défendit Zora. Et maintenant que Dal et moi sommes mariés tu as l'impression que tu viens de perdre deux de tes plus proches amis d'un seul coup. Je te comprends.

— J'en doute un peu.

— C'est vrai, insista Zora. Moi aussi j'éprouvais ce sentiment chaque fois que Dal commençait une relation avec une autre femme. Tout à coup, ses petites amies occupaient dans sa vie une place que j'avais toujours considérée comme la mienne. Et, bien entendu, elles aussi se sentaient menacées par notre amitié.

— Étant donné que vous êtes aujourd'hui mariés et sur le point de fonder une famille, il semblerait que leurs craintes aient été justifiées, ironisa Cole, reposant sa bière.

— Touchée, répondit Zora en souriant. Je suppose que je te dois des excuses.

— Et moi, je vous en dois aussi, à Dal et à toi, murmura Cole, posant la main sur son épaule. Depuis votre retour de Las Vegas, je me suis conduit comme un idiot. Je suis sincèrement désolé, Zo.

Sur ces mots, il la serra dans ses bras, et Zora se blottit dans la douce chaleur de cette étreinte, heureuse qu'ils aient conclu une trêve. Avant que Sloane, Savannah, Kayleigh et Quinn soient entrées dans sa vie par l'intermédiaire de ses frères et de son cousin, elle n'avait pas eu beaucoup d'amies. Cole et elle avaient tissé un lien spécial entre eux très tôt dans leur enfance et, Dallas mis à part, c'était de lui qu'elle s'était toujours sentie la plus proche.

Zora comprenait la douleur que son frère devait éprouver. Toutes les personnes dans son entourage semblaient avancer vers le bonheur, et lui seul restait à la traîne. Et son sentiment d'isolement était aggravé par le fait qu'il était le seul membre de sa famille à ne pas être inclus dans les opérations de King's Finest.

— Alors, tu me pardonnes ? s'enquit-il, pinçant le chignon au sommet de sa tête avant de la relâcher.

— Arrête ! protesta-t-elle en assénant une tape sur sa main. Tu sais parfaitement qu'on ne doit pas toucher les cheveux d'une femme noire.

— Je parie que ton chéri en a le droit, observa Cole en riant.

— Idiot ! geignit-elle, lui décochant une bourrade, rougissant malgré elle au souvenir de la première fois où Dallas avait détaché son chignon pour glisser les doigts dans ses cheveux.

Zora alla jusqu'au réfrigérateur et sortit une autre bière qu'elle tendit à son frère, avant d'ajouter :

— Maintenant que nous sommes à nouveau amis… j'ai un aveu à te faire. Pourrions-nous monter au premier pour parler un instant ?

— Oui, naturellement, répondit Cole, retrouvant son sérieux. Allons-y.

Zora révéla à son frère toute la vérité au sujet de leur mariage à Las Vegas. Et sa décision d'élever un enfant seule. Elle lui avoua aussi qu'elle était amoureuse de son meilleur ami et qu'elle l'avait peut-être toujours été.

Son frère l'écouta patiemment, puis il lui assura que son secret serait bien gardé avec lui, avant de lui offrir un dernier conseil.

— Tu es une Abbott, Zora. À vrai dire, tu es la plus forte et la plus déterminée d'entre nous. Vas-tu te contenter de rester là à te plaindre que Dallas te manque, ou comptes-tu trouver un moyen pour que votre relation fonctionne ?

Il lui adressa un sourire ironique et ajouta :

— Comme tu le disais, Dal est un type bien. De plus, il a toute ton attention. Tu ne retrouveras peut-être jamais plus une combinaison aussi favorable dans ta vie.

— Très drôle, marmonna Zora.

— Sérieusement, Zo, Dal t'adore, dit Cole en riant. Tout le monde le sait. Il a déjà prouvé qu'il était prêt à accepter des sacrifices pour toi. La question est : quels sacrifices es-tu prête à consentir de ton côté pour que votre relation s'épanouisse ?

Pour toute réponse, Zora reposa la tête contre l'épaule de son frère et poussa un grand soupir.

C'était justement *à cette question-là* qu'elle allait devoir trouver la réponse.

- 24 -

Dallas coupa le contact du Range Rover dans le garage de la villa qu'il occupait depuis quelques semaines à Vogar, dans le sud-ouest de l'Islande. Le véhicule et la maison lui avaient été prêtés à titre gracieux par son hôte, Einar Austarsson.

La villa spacieuse était à une quarantaine de minutes de route de Reykjavik. La serre chauffée du jardin, équipée d'un jacuzzi et entièrement vitrée, offrait une vue imprenable sur le Snæfellsjökull – un volcan vieux de 700 000 ans couronné par un glacier.

Être confortablement assis dans un bain bien chaud face à un paysage aussi spectaculaire était une façon très agréable de terminer une journée de travail. En temps normal, cette nature magnifique lui aurait inspiré d'innombrables idées pour ses créations. Mais, au lieu de cela, lorsqu'il ne travaillait pas activement au projet, il pensait à Zora.

Dire qu'elle lui manquait aurait été bien en dessous de la vérité. Il avait accepté de collaborer à ce projet, qui exigeait qu'il réside quelque temps en Islande, mais il n'avait aucunement l'intention de renoncer à leur mariage.

Allait-il s'avérer difficile de coordonner leurs exigeantes activités professionnelles afin qu'ils puissent passer davantage de temps ensemble et offrir une vie familiale stable aux enfants qu'ils mettraient au monde ? *Très certainement.*

Cela valait-il la peine de consentir à quelques sacrifices ? *Mille fois oui.*

Pour le moment, il devait se contenter des appels en visioconférence et des textos. Mais, aussi longtemps que Zora serait prête à essayer de trouver un moyen de réussir leur vie de couple, Dallas garderait l'espoir.

Il tourna le bouton de la porte et pénétra dans la maison, et il s'arrêta net, car deux odeurs reconnaissables flottaient dans l'air de la pièce. La première était celle du chili con carne ultra-puissant de son grand-père. La seconde était…

— Zora ? lança-t-il dans le silence.

Personne ne lui répondit.

Il entra dans la cuisine parfaitement équipée. Une marmite de fonte trônait sur la plaque de vitrocéramique noire comme le reste de l'îlot central. Il souleva le couvercle et huma le contenu de la marmite, qui mijotait doucement.

C'était bien le chili de son grand-père.

Reposant le couvercle, Dallas se retourna, et son cœur fit un bond dans sa poitrine. Incapable d'émettre le moindre son, il ne put que fixer la femme plantée devant lui.

Il avait pensé à elle à chaque minute du jour. Il avait rêvé d'elle chaque nuit. Son cerveau surchauffé avait-il fini par la faire se matérialiser devant lui ?

— Zora ! murmura-t-il d'une voix à peine audible.

— Oui, mon bébé, c'est moi, répondit-elle sur le même ton en s'approchant de lui.

— Mais j'ai parlé avec toi ce matin, balbutia-t-il. Tu étais à Berlin en voyage d'affaires.

— Oui, c'est vrai, convint-elle en souriant. Mais à présent je suis ici. Avec toi. Et, mon bébé, il n'existe aucun lieu au monde où je préférerais me trouver à cet instant.

Une foule d'émotions se bousculaient dans le cœur de Dallas, et il s'approcha de Zora pour saisir délicatement son ravissant visage entre ses mains. Posant la bouche sur la sienne, il l'embrassa, et Zora lui rendit son baiser avec une passion égale.

Le réconfort de ses bras et la douceur de ses baisers lui avaient affreusement manqué. Et, à présent qu'il la sentait tout contre lui, il doutait d'être capable de la laisser repartir.

Zora émit un petit cri lorsqu'il la souleva brusquement du sol pour l'emporter à grands pas vers sa chambre.

— Le chili ! rappela-t-elle d'une voix essoufflée. Ta mère m'a enseigné la recette familiale, et je ne voudrais pas rater mon premier essai.

— Tout ira bien, murmura-t-il en entrant dans la chambre avec elle. La marmite mijote tranquillement sur le feu.

Dallas avait dormi seul toutes les nuits depuis plusieurs semaines, à rêver d'elle, à regretter sa présence, ses baisers, et il fit passionnément l'amour à son épouse, bien décidé à rattraper le temps perdu. Espérant la convaincre de rester.

Dallas était allongé dans le lit, Zora serrée tout contre lui. Il ne l'avait quittée qu'un instant pour aller éteindre le feu sous la marmite de chili. Déposant un doux baiser sur son front encore humide de transpiration, il murmura :

— Tu ne peux pas savoir à quel point tu m'as manqué, Zora.

— Je crois que si, répondit-elle en souriant, ses yeux brillants couleur de café fixés tout au fond des siens. Toi aussi, tu m'as *désespérément* manqué.

— Combien de temps peux-tu rester ? s'enquit-il en tortillant une longue mèche de ses cheveux entre ses doigts. Pas avant que je reprenne l'avion pour rentrer chez nous, à Thanksgiving, j'espère ?

— Cette date me va parfaitement, assura-t-elle, incapable de s'empêcher de sourire. Et, si tu ne vois pas d'inconvénient à partager ton espace avec une coloc, j'aimerais revenir ici avec toi après Thanksgiving. Je travaillerai depuis cette maison jusqu'à la conclusion de ton projet.

— Parles-tu sérieusement ? balbutia-t-il, le cœur battant à tout rompre. Comment… je veux dire… N'étais-tu pas candidate au poste de P-DG de King's Finest ?

— Nous avons tous décidé que Blake était le meilleur candidat pour ce travail.

— Et tu étais d'accord avec cette décision ?

— Oui, répondit-elle d'une voix douce. Totalement. À ce stade de ma vie, l'idée de diriger la société ne m'apporte plus la joie ni la satisfaction que j'en espérais.

— Et qu'est-ce qui pourrait te les apporter ? s'enquit Dallas en caressant tendrement sa joue.

— Je désire me concentrer sur les rôles d'épouse et de maman, précisa Zora, esquissant un sourire rêveur. Et simultanément organiser la création de la nouvelle fondation caritative de King's Finest. C'est un projet qui me passionne. Notre entreprise pourrait faire énormément de bien dans le monde entier. Et, tout en restant ici, avec toi, je travaillerai à faire de ce projet une réalité.

— C'est merveilleux, Zo, mais j'espère que tu n'as pas fait tout cela à cause de…

— Ma famille a souvent discuté de la création de cette fondation au cours des années. Mais, aucun membre de la famille n'ayant proposé d'en prendre la tête, nous avons reporté le projet à une date ultérieure. Aujourd'hui, j'ai le sentiment que le moment propice est enfin arrivé. Et, bien sûr, j'aurai davantage de flexibilité pendant les premières années de nos enfants.

— *Nos enfants ?* répéta-t-il, souriant d'une oreille à l'autre. Veux-tu dire que…

— Oui, Dallas, affirma-t-elle, souriant à son tour, les larmes aux yeux. Plusieurs enfants. Parce que je t'aime et que je désire être ton épouse pour toute la vie.

— Dans ce cas, il y a encore une chose que je dois faire.

Dallas quitta le lit et, posant un genou à terre devant elle, il prit sa main dans la sienne. Le cœur battant, la bouche sèche, il déclara avec un petit rire embarrassé :

— Apparemment, je t'ai déjà dit ces mots en une précédente occasion, mais je vais te les répéter, car je ne veux pas que tu doutes une seconde de leur sincérité.

Dallas inspira profondément, avant de poursuivre d'une voix tremblante d'émotion :

— Je t'aime, Zora Abbott. Je t'ai aimée depuis le premier jour où nous nous sommes rencontrés dans la cour de récréation, lorsque nous avions six ans. Et je t'aime toujours aujourd'hui. J'ai attendu cet instant durant toute ma vie. Je désire passer le restant de mes jours à être ton meilleur ami, ton amant et le père de nos enfants.

Il marqua une pause, avant d'ajouter d'une voix qui se fêlait un peu :

— S'il te plaît, dis-moi que tu *resteras* mon épouse pour toute la vie.

Ses joues ruisselantes de larmes, Zora hocha lentement la tête.

— Oui, Dallas, murmura-t-elle. Rien au monde ne pourrait me rendre plus heureuse que de vivre avec toi durant ma vie entière.

Épilogue

Dallas était blotti contre Zora dans le lit qu'ils partageaient désormais, à Vogar, en Islande. Ils étaient rentrés chez eux à Magnolia Lake pour fêter Thanksgiving avec leurs familles. À sa grande surprise, Zora et leurs mères avaient préparé une cérémonie de mariage aussi simple qu'élégante, ce samedi-là. Puis, après quelques jours de lune de miel au Costa Rica, ils étaient retournés ensemble en Islande.

Ils devaient reprendre l'avion pour Magnolia Lake le lendemain matin pour les fêtes de fin d'année, et Dallas était satisfait de rester au lit avec son épouse, blotti tout contre la tiédeur de son corps alangui.

Zora couvrit de baisers son torse nu, puis releva les yeux vers les siens, ses cheveux bouclés, qu'il avait décoiffés de ses doigts pendant l'amour, recouvrant partiellement son ravissant visage.

— Je t'ai acheté un petit cadeau de Noël un peu en avance, annonça-t-il, se souvenant tout à coup du présent qu'il lui avait trouvé à Reykjavik ce jour-là.

— Moi aussi j'ai quelque chose pour toi, murmura-t-elle en souriant.

Sautant à bas du lit, Dallas alla récupérer un sac de shopping arborant le logo d'une grande marque et en tira un paquet plat qu'il lui tendit. Zora défit le nœud du ruban doré qui l'entourait et, un sourire rayonnant sur les lèvres, en sortit une jolie robe de laine mérinos.

— Elle est fabuleuse ! s'exclama-t-elle en se penchant pour poser les lèvres sur les siennes. Je l'adore !

Puis, se détournant de lui, elle ouvrit le tiroir de la table de chevet et en tira une petite boîte en carton.

— Tiens, dit-elle en la déposant dans sa paume. Moi aussi, j'ai pensé à toi.

Dallas défit le ruban et l'ouvrit. Lorsqu'il vit ce qu'elle contenait, il écarquilla les yeux, et son cœur se mit à battre à grands coups au creux de sa poitrine. Incapable d'abord de prononcer la moindre parole, il contempla fixement le bâtonnet bleu et blanc doté d'un petit écran, sur lequel apparaissait un seul mot :

Enceinte.

— Est-ce…, balbutia-t-il. Sommes-nous…

— Oui, fit Zora avec un rire très doux, posant la main sur son ventre. Nous attendons un enfant.

— Depuis combien de temps le sais-tu ?

— Je le soupçonnais depuis la semaine dernière, alors je me suis soumise au test plusieurs fois, répondit-elle, les yeux brillants de larmes retenues. Je suis même retournée chez une obstétricienne ce matin même, et elle me l'a confirmé. Tu es heureux, n'est-ce pas ? Parce que, de mon côté, je suis éperdument amoureuse de toi, Dallas Hamilton. Et j'ai hâte d'élever ce bébé avec toi. Tu n'es pas seulement mon meilleur ami. Tu es l'amour de ma vie.

— Je t'aime tant, Zo ! Rien n'aurait pu me rendre plus heureux.

Il se pencha pour poser les lèvres sur son ventre, puis releva la tête pour embrasser tendrement sa bouche.

Elle venait de lui offrir tout ce dont il avait toujours rêvé. Aucun autre cadeau n'aurait été plus précieux à ses yeux. Et cela seul justifiait amplement tous les sacrifices qu'ils devraient consentir pour construire une vie heureuse à deux.

Ne manquez pas dès le mois prochain
dans votre collection

PASSIONS

le premier tome de la nouvelle série

Milliardaires à Charleston

*Ils sont de retour pour conquérir
leurs cœurs…*

Un roman inédit chaque mois de
novembre 2021 à janvier 2022

Retrouvez prochainement,
dans votre collection

PASSIONS

Ce scandaleux secret, de Janice Maynard - N°953

Mais que fait Jake Lowell à sa porte ? Nikki est profondément troublée de le revoir, car elle n'a plus eu de nouvelles de son amant depuis la merveilleuse nuit qu'ils ont passée ensemble, cinq ans plus tôt. Assaillie par les questions furieuses de son visiteur, Nikki comprend qu'elle ne peut fuir son passé plus longtemps. L'heure est venue de révéler à Jake qu'une adorable petite fille est née de leur liaison…

Une idylle à Hawaï, de Nina Singh

Le soleil, l'eau turquoise, la plage, les palmiers… Rita est ravie d'être à Hawaï pour le mariage de sa meilleure amie. N'est-ce pas le cadre parfait pour oublier sa récente rupture et peut-être même profiter enfin de l'instant présent ? Si la tentation est grande de s'abandonner à la séduction de Clint Fallon, le frère de la mariée, Rita se prend à douter. Peut-elle s'offrir une idylle passagère avec cet éternel célibataire sans mettre en péril son cœur ?

Une brûlante passion, de Joss Wood - N°954

En cette période de Noël, Adie se pose toujours mille questions sur sa vie, ses choix… Et voilà que sa rencontre avec le fascinant Hunter Sheridan la bouleverse davantage encore ! Tandis qu'elle aimerait laisser libre cours au puissant désir qu'elle ressent pour le riche playboy, elle craint en effet de se lancer dans une liaison dont son cœur pourrait ne pas sortir indemne…

Ce marché si parfait, de Kerri Carpenter

Emerson ne supporte plus que sa mère cherche à la marier ! Alors qu'elle fuit la boutique nuptiale de cette dernière, elle tombe dans les bras de Jake, le séduisant propriétaire du Wright Bar. D'une confidence à l'autre, tous deux finissent par conclure un pacte : Emerson aidera Jake à relancer son entreprise, en échange de quoi Jake jouera le rôle de son fiancé auprès de sa famille. Un marché parfait sur le papier, jusqu'à ce que les sentiments s'en mêlent…

Sous le charme du rancher, de Joanne Rock - N°955

Si Nicole a fait ce long voyage jusqu'au ranch de Mesa Falls, c'est pour une raison bien précise : découvrir qui est le père de son neveu Matthew, dont elle est la tutrice. Or, sur place, elle se heurte à une franche hostilité de la part de Desmond Pierce, le propriétaire des lieux, qui la prend pour une intrigante. Se pourrait-il que cet homme mystérieux soit celui-là même qu'elle est venue trouver ?

Tentée par un héritier, de Fiona Brand

Deux ans plus tôt, Allegra a passé une nuit passionnée avec Tobias Hunt, mais il est parti sans un au revoir, suscitant chez elle une cruelle déception. Alors, à la lecture du testament de sa grand-tante, Allegra ne mâche pas ses mots : elle préférerait vivre en enfer que de cohabiter un mois avec cet homme odieux ! C'est pourtant la folle condition que son aïeule a posée pour qu'Allegra conserve les parts de son entreprise et touche son héritage...

La rédemption d'Anderson, de Kira Sinclair - N°956

SÉRIE : MILLIARDAIRES À CHARLESTON TOME 1

Revoir Anderson cause un véritable choc à Piper. Ses mains tremblent furieusement, son cœur bat à tout rompre... Parce qu'il l'a protégée de son demi-frère, l'homme qu'elle a tant aimé autrefois a séjourné en prison, et Piper se sent coupable d'avoir gâché sa vie. Après dix ans de séparation et de silence, acceptera-t-il enfin de lui parler ? Piper ressent toujours un lien puissant entre eux et aimerait qu'Anderson s'ouvre à elle, mais cela est-il encore possible ?

L'épouse de ses rêves, de Brenda Jackson

En devenant pilote chez Outlaw Freight Lines, Regan a réalisé son rêve. Un rêve auquel elle va devoir renoncer, et pour cause : elle est éperdument amoureuse de son patron, Garth Outlaw. Alors qu'elle lui remet sa démission, il lui propose de passer deux semaines avec lui sur une île paradisiaque. Stupéfaite, Regan accepte, tout en se jurant de ne pas céder à la tentation d'une liaison sans lendemain. Car elle est résolue à obtenir bien davantage de lui...

Noël au Cap-Vert, de Catherine Mann - N°957

En se rendant à un séminaire au Cap-Vert, le Dr Rowan Boothe n'imaginait pas qu'il découvrirait un bébé abandonné dans sa chambre d'hôtel, et encore moins qu'il solliciterait l'aide de Mariama pour s'en occuper. Mariama, qui ne cesse, chaque fois qu'ils se rencontrent, d'attiser sa colère... et son désir. Désormais, tous deux n'ont plus le choix : pour le bien-être de la petite Issa, il leur faut déposer les armes...

Cette inoubliable liaison, d'Andrea Laurence

En matière de femmes, Alex Stanton s'est fixé une règle d'or : zéro engagement. Seulement voilà, cela fait huit mois qu'il est incapable d'oublier Gwen, avec qui il a vécu une liaison passionnée. Aussi, quand il apprend qu'elle séjournera dans les Hamptons en même temps que lui, voit-il l'occasion de renouer avec elle. Mais, quand il retrouve enfin Gwen, il comprend qu'il va devoir revoir ses plans de séduction. Car elle est enceinte...

Le chalet sous la neige, d'Elizabeth Lane - N°958

Dragan Markovic est le pire être sur terre ! D'abord, il a licencié Tessa pendant sa grossesse et, maintenant, il l'empêche de se rendre avec ses filles à Anchorage ! Certes, il n'y peut rien si son avion a été pris dans une tempête et qu'ils ont dû atterrir en plein cœur de l'Alaska... Mais le résultat est le même : la voilà coincée avec lui dans un petit chalet. Pire : le charme de Dragan, couplé à l'aura de danger qui l'entoure, ne fait que renforcer son attirance irrésistible pour lui...

Un irrépressible désir, de Jules Bennett

En sentant le pouce de Ryan effleurer doucement ses lèvres, Piper fond de désir... Mais aussitôt elle se ressaisit, furieuse contre elle-même et contre celui qui vient de réapparaître dans sa vie. Pas question en effet qu'elle cède à son attirance pour celui qui fut son amour de jeunesse. Elle a fait le serment de ne jamais sortir avec un cow-boy, le jour où son père, une star du rodéo, les a abandonnées sa mère et elle. Et elle fera tout pour oublier Ryan...